JOHN STRALEY

Der Klang der Gefahr

Buch

Cecil Younger ist Privatdetektiv mit einer magischen Anziehungskraft für Probleme. So verlaufen auch seine Ermittlungen in einem Sorgerechtsstreit äußerst nervenaufreibend, obwohl er seine Klientin, Priscilla DeAngelo, seit gemeinsamen Kindertagen in Sitka/Alaska kennt. Die etwas hysterische und grenzwertig paranoide junge Frau ist davon überzeugt, ihr Sohn sei nur aufgrund einer finsteren Verschwörung in den höchsten Kreisen der Politik seinem Vater zugesprochen worden. Als Cecil nicht zu Priscillas Zufriedenheit vorwärtskommt, nimmt sie die Sache selbst in die Hand. Doch dann wird Senator Wilfred Taylor nach einem Treffen mit ihr tot aufgefunden und Priscilla wegen Mordes verhaftet. Aus Freundschaft zu ihr schaltet sich Cecil wieder in die Geschichte ein, und zusammen mit der gegen Kaution freigelassenen Priscilla, ihrer Schwester Jane Marie und einem bärbeißigen Strafverteidiger erlebt er vor der magischen Kulisse Alaskas den verrücktesten Fall seiner Laufbahn.

Autor

Der Klang der Gefahr ist der dritte Roman des mit dem *Shamus Award* ausgezeichneten Autors. John Straley lebt mit seiner Frau, einer Meeresbiologin, die das Verhalten von Walen erforscht, und seinem Sohn in Sitka, Alaska. Gegenwärtig arbeitet er an seinem nächsten Roman um den eigenwilligen Privatdetektiv Cecil Younger.

JOHN
STRALEY

Der Klang der Gefahr

Roman

Aus dem Amerikanischen von
Marcus Ingendaay

GOLDMANN

Die Originalausgabe erschien unter dem Titel
»The Music of What Happens«
bei Bantam Books, New York

Umwelthinweis:
Alle bedruckten Materialien dieses Taschenbuches
sind chlorfrei und umweltschonend.
Das Papier enthält Recycling-Anteile.

Der Goldmann Verlag
ist ein Unternehmen der Verlagsgruppe Bertelsmann

Deutsche Erstausgabe 8/97

Umschlaggestaltung: Design Team München
Umschlagfoto: Tony Stone Bilderwelten
Satz: Uhl + Massopust, Aalen
Druck: Elsnerdruck, Berlin
Krimi 5960
AB · Herstellung: Heidrun Nawrot
Made in Germany
ISBN 3-442-05960-7

1 3 5 7 9 10 8 6 4 2

Einmal, während einer Rast, stritten die Jäger vom Clan der Fianna-Finn um die Frage, woraus die schönste Musik der Welt beschaffen sei.

»Sag, was meinst du?« sprach Fionn und wandte sich an Oisin.

»Die schönste Musik der Welt, das ist der Ruf des Kuckucks vom höchsten Baum weit und breit«, sagte sein Sohn, der ein fröhlicher Junge war.

»Ein guter Klang«, sagte Fionn. »Und du, Oscar, was ist für dich die schönste Musik der Welt?«

»Die schönste Musik der Welt ist das Geräusch eines Speers, der sich in einen Schild bohrt«, rief der wackere Bursche.

»Auch das ist ein guter Klang«, befand Fionn.

Und nacheinander berichteten sämtliche Kämpen von ihren Vorlieben, erzählten vom Röhren des Hirschs, wie es übers Wasser scholl, vom Gebell der wilden Meute, die dem Jäger durch den Wald vorauseilte, vom Gesang der Lerche, von Mädchenlachen und Liebesgeflüster.

»All das hat einen guten Klang«, meinte Fionn.

»Aber sag uns doch, Häuptling«, fragte einer, »welchen liebst du am meisten?«

»Den Klang der Ereignisse«, sagte der große Fionn, »das ist die schönste Musik der Welt.«

James Stephens, *Irische Märchen*

1

Es war fast Frühling, als sie mich aus der Psychiatrie entließen. In anderen Gegenden Amerikas blühten jetzt die Obstbäume, und die Flugsamen warfen ihre Kapseln ab. Nur hier in Sitka, Alaska, sahen die klebrigen Blätter der Erlen immer noch aus wie winzig kleine, geballte Fäuste, die sich in den Trieben verschanzt hatten und nicht so ohne weiteres herauskommen wollten. Am Morgen war eine Gruppe von Grauwalen an der Küste vorbeigezogen, und wenn ich den Kopf aus dem Stationsfenster im dritten Stock steckte, dann hörte ich die Drossel schlagen. Aber die Schatten waren immer noch lang, und die Tage schmeckten eisern nach Winter. Die Medikamente, die sie mir hier gaben, schmeckten ganz ähnlich und hinterließen hinten im Rachen ein Gefühl wie von bitteren Eisenspänen.

Mein Therapeut sagte zu mir: »Cecil, Sie haben eine Menge durchgemacht. Möglicherweise ist so viel Kriminalität doch nicht das richtige für Sie... nicht nur beruflich, auch sonst, einfach nicht das richtige.«

Er stand am Fenster, die Sonne im Rücken. Lächelnd schaute ich ihn an, aber mir war absolut schleierhaft, was er da eben gesagt hatte. Seine Lippen bewegten sich, und immer wieder blitzte die Sonne hinter ihm auf. Ich registrierte einen endlosen Strom ärztlicher Ratschläge, die er zu meinem Besten absonderte, aber sie ergaben einfach keinen Sinn.

Angeblich bin ich ja als Privatdetektiv keine große Leuchte, doch zumindest die unentwegt sprudelnden Worte aus dem Mund des Therapeuten hätte ich verstehen müssen. Ich beschäftigt mich meistens mit Strafsachen, das heißt, ich helfe Leuten, denen ein Verbrechen zur Last gelegt wird, welches in der Regel schon Wochen, manchmal auch Jahre zurückliegt. In diesen Fällen sind Worte praktisch das einzige, was von der Tat übrig ist. Und zu meiner Entschuldigung kann ich nur sagen: Ich koste nicht die Welt und bin loyal meinen Klienten gegenüber, was mehr ist, als man von den meisten anderen Privatdetektiven sagen kann. Aber Logik ist nicht meine starke Seite, Schlußfolgerungen fallen mir schwer. Eine Frau, die ich mal kannte, sagte, ich würde es in diesem Gewerbe schon deshalb zu nichts bringen, weil ich keine Achtung vor der Wahrheit hätte und in einer Welt jenseits des bloßen Augenscheins jedesmal hoffnungslos ins Schwimmen geriete. Das trifft aber irgendwie die Sache nicht. Ich habe eine hohe Meinung von der Wahrheit und finde nur, daß jeder etwas anderes darunter versteht. Und was die »Welt jenseits des bloßen Augenscheins« angeht, da weiß ich eigentlich gar nicht, was sie meint.

Mein Therapeut beugte sich vor, und aus irgendeinem Grund gruppierten sich lose Worte auf einmal zu Sinn-Einheiten, die von meinem Sprachzentrum verarbeitet werden konnten: »Cecil, Sie hatten eine transitorisch-ischämische Attacke. Versuchen Sie, das zu buchstabieren, falls sich so etwas wieder ankündigt – das lenkt ab und beruhigt. Möglicherweise war hier Ihre Betäubungsmittelabhängigkeit der entscheidende Faktor, aber egal, Ihre Kopfverletzung hat jedenfalls eine Art Schlaganfall ausgelöst, der zumindest zeitweilig Ihr Gedächtnis getrübt hat. Sie leiden an einer neurologischen Dysfunktion, die insbesondere Ihr folgerichtiges Denken beeinträchtigt, das heißt, Ursache und Wirkung stehen für Sie subjektiv in keinem vernünftigen Zusammenhang mehr. Sie sind nicht direkt verrückt... na ja, Sie haben da diese Neurose in Ihrer Vorgeschichte, und Ihr Drogenmißbrauch verschönert das Gesamtbild auch nicht unbedingt, aber worauf ich hinauswill, ist... bitte verstehen Sie mich nicht falsch... Sie haben schlicht und ergreifend... Scheiße im Kopf.«

»Scheiße im Kopf. Das ist Ihre Diagnose?«

Mein Therapeut lächelte mir zu und rieb sich den Nasenrücken. »Die Ursache der meisten sogenannten Geisteskrankheiten ist neurologischer Natur. Ich könnte Ihnen jetzt erzählen, das alles wäre halb so schlimm, und Ihnen auch ein paar Medikamente dagegen verschreiben. Aber am primären Problem würde es nicht das geringste ändern... jedenfalls nicht an der Scheiße im Kopf.«

Ich mochte den Typ. Er sah aus wie Mitte Fünfzig, schien aber viel jünger zu sein. Er war Anarchist, Lachsfischer und unter anderem eben auch Psychotherapeut. Er trug ein rotes T-Shirt unter seiner Flanelljacke und hatte einen Bluterguß unter dem rechten Daumennagel. Daß dieser Typ unumwunden aussprach, was zumindest er für die absolute Wahrheit hielt, wertete ich als ersten Schritt auf meinem Weg zur allmählichen Selbstfindung. Und allein das war schon ein gutes Gefühl.

Von seinem Platz am Fenster blickte er auf mich herab, versuchte Augenkontakt herzustellen und sagte leise: »Erinnern Sie sich, wie Sie zu Ihrer Kopfverletzung gekommen sind, Cecil? Wissen Sie noch, wie das passiert ist?«

Ich lehnte mich zurück. Der ganze Fall hatte anfangs nach reiner Routine ausgesehen. Ich sollte den sechsjährigen Sohn von Priscilla DeAngelo observieren, der zu dieser Zeit bei seinem Vater in Seattle lebte. Priscilla DeAngelo war eine alte Freundin. In der Schule war ich mal in ihre Schwester verliebt gewesen. Ich kannte Priscilla und ihre Schwester von Kindesbeinen an. Aber das war dreißig Jahre her, und Priscilla hatte sich mittlerweile in einen Sorgerechtsstreit verbissen, in dem es so hart und erbarmungslos zur Sache ging wie bei einem professionellen Hundekampf. Priscilla ließ sogar durchblicken, daß sie nichts dagegen hätte, wenn ich bei dieser Gelegenheit ihren Sohn gleich mitbrächte. Was sie von mir wollte, war klar, aber ich steckte nur den Spesenvorschuß ein und machte ihr ansonsten keine Versprechungen. Diese Art Observation mit anschließendem Abenteuerurlaub für die lieben Kleinen hat so überhandgenommen, daß daraus sogar ein völlig neuer Straftatbestand erwachsen ist: Kindesraub. Ich hatte nicht vor, die Liste meiner Verfehlungen bei der Polizei zu verlängern, aber ich mußte mal wieder von der Insel wegkommen. Also nahm ich ihr Geld und dann den Flieger nach Süden, der mich in zwei Stunden nach Seattle brachte.

Ich sah meinen Seelendoktor an und schwieg. Aber ich erinnerte mich ganz genau, und die Erinnerung spulte sich vor meinem inneren Auge ab wie ein Film. Es war auf dem Parkplatz eines großen Einkaufszentrums, und ich aß gerade ein Joghurteis. Da bemerkte ich, wie ein leerer Einkaufswagen quer über den Parkplatz rollte und geradewegs gegen die geöffnete Tür eines Minivans prallte. Der kleine Junge mit dem T-Shirt und der blauen Latzhose stand direkt neben der Wagentür, und als der Einkaufswagen auch gegen den Jungen stieß, also, ich weiß nicht genau, wie es passierte, aber der Junge hatte auf einmal starkes Nasenbluten. Zwar war das Ganze als verdeckte Operation geplant, trotzdem rannte ich auf den Jungen zu. »Young Bob«, flüsterte ich und stolperte vorwärts. Sein Vater sah mich, mich und den Einkaufswagen, und kam plötzlich auf mich zugestürzt, in der Hand eine Papiertüte, die offenbar eine Flasche Wein enthielt.

Von diesem Moment an versank mein Film im Chaos. Ich erinnerte mich an den Parkplatz. Ich wußte, wie ich auf einmal auf dem Rücken lag und in einen Himmel voller tanzender Lichtpunkte starrte – gleich Staubteilchen in einem einsamen Sonnenstrahl. Ziellos trieben diese Partikel vor meinen Augen, und ich erinnerte mich an den Impuls, mit der Hand in jenen Teilchenstrom zu fassen, um ihnen so etwas wie Form zu verleihen. Als ich es schließlich tat, gerann das Bild zu einem hünenhaften Weißen, der mir irgend etwas ins Gesicht brüllte und dabei immer wieder mit der Weinflasche fuchtelte. Dann war da noch so ein halbwüchsiger Junge mit einer grünen Schürze, und auch vor dem zog der Riese seine Show ab. Derweil lag der Einkaufswagen auf der Seite und drehte immer noch mit den Rädern, wie mir schien, wie ein gestürztes Pferd, das mit den Hufen trat, um wieder auf die Beine zu kommen. Dann Geschrei und Gehupe und das Geräusch von rasselnden Stahlrädern auf dem Asphalt. Der kleine Junge hatte blauschwarzes Haar und weiße Haut. Das Blut lief an seiner Latzhose herunter, dunkle Spritzer, die aussahen wie Achtelnoten. Bevor er anfing zu weinen, starrte er auf mich herab, und in seinen blauen Augen schimmerte ein leerer Ausdruck, als wüßte er nur zu genau, daß auch ich im nächsten Moment verschwunden sein würde.

Sein Vater nahm ihn schließlich in den Arm. Und ich weiß noch, wie es auf einmal dunkel war und wie jemand von der Security mich anschreit, denn ich lag noch immer mitten auf dem verwaisten Parkplatz: »He, Mann, soll ich einen Arzt rufen? He, brauchen Sie einen Arzt? Wenn Ihnen nichts fehlt, verschwinden Sie von hier!«

»Ja, ich erinnere mich«, sagte ich zu meinem Therapeuten. Je länger ich in diesem Stationszimmer saß, desto größer wurde die Enttäuschung über meinen vermeintlichen Wahnsinn. Wenn schon verrückt, dann bitte richtig. Und Wahnsinn, das war für mich bisher nichts weniger als ein reinigender Sturm der Gefühle – wie beim armen van Gogh etwa, verzehrende Leidenschaft, grenzenlose Schönheit. Statt dessen lag ich auf diesem Parkplatz, das Hemd bekleckert mit leise vor sich hin schmelzendem Joghurteis (Boysenbeere). Die Welt war einfach kein impressionistisches Gemälde, sondern nur ein häßliches, gemeines Chaos aus entsetzlichem Krach und schmutzigem Asphalt.

Mein Therapeut blickte mich nachdenklich an, sah durch seine Halbgläser in meine Krankenakte und von dort wieder auf mich. Ich war gespannt, was seine Lippen machen würden.

»Hören Sie, Cecil, die Gesprächstherapie wird Ihnen nicht viel bringen. Die komplette Psychotherapie tut ohnehin nichts anderes, als den Leuten einzureden, ihr Leben sei eine Geschichte, die jeder längst kennt, noch bevor sie im Einzelfall überhaupt stattgefunden hat.« Er blickte sich im Stationszimmer um. Der Junge mit dem kahlrasierten Schädel und den Schnittwunden an der Schläfe hatte aufgehört, sich im Kreis zu drehen, und stand still. Der Therapeut beugte sich zu mir vor und sagte leise: »Aber das ist natürlich reiner Unsinn. Das hier ist keine Geschichte. Auch Ihr Leben ist keine Geschichte. Niemand weiß, wie die Sache eines Tages ausgeht.«

»Und das stört Sie nicht?«

»Mich? Shit, Mann, überhaupt nicht. Aber ich weiß, daß es *Sie* stört. Ich persönlich hab damit kein Problem. Ich unterhalte mich gerne mit Verrückten. Und das, obwohl ich sie nicht verstehe... das einzige, was ich weiß, ist, daß sie ein bißchen anders sind als normal.«

Er zog seine Halbbrille wieder auf die Nasenspitze und besah sich erneut meine Akte. Er hatte einen Dreitagebart, und seine Haut war vom Seewind gerötet. Er sagte: »Sagen Sie, Sie sind Privatdetektiv, richtig?«

»Ja, kann man so sagen. Ich hab noch ein paar Aufträge zu erledigen.«

»Sie sollten jetzt nichts überstürzen. Jede Art Aufregung verschleppt den Heilungsprozeß. Vermeiden Sie Anstrengungen, Cecil. Mein Vorschlag: Lesen. Lesen sie mal wieder was. Meinetwegen sortieren Sie Akten. Aber halten Sie sich in den nächsten Wochen jeden Streß vom Leib. Meinen Sie, Sie schaffen das, mal streßfrei über die Runden zu kommen?«

Streßfrei, du lieber Gott. Mein Gedächtnis war in den vergangenen Wochen allmählich zurückgekehrt, und ich erinnerte mich zumindest an einige meiner Fälle. Da war diese Sexgeschichte für diesen Anwalt, aber der hatte mich fallenlassen, als ich ihm am Verhandlungstermin keine heiße Story liefern konnte. Dann hatte ich noch eine Versicherungssache. Eine Versicherung in der Nähe von Portland suchte irgendeinen Zeugen. Auch nicht unbedingt der Superauftrag, denn der Typ, den sie suchten, wohnte praktisch nur einen Block weiter, und seine Nummer stand im Telefonbuch. An Arbeitsstunden und abrechenbaren Leistungen war da nicht viel drin. Ganz anders übrigens als bei diesem Sorgerechtsstreit, den mir wohl die Hölle geschickt hatte. In einem solchen Fall steckt unter Umständen richtig Geld, aber ausgerechnet den hatte ich versaut.

Die ganze Angelegenheit ging mittlerweile in ihr sechstes Jahr. Begonnen hatte alles, als der Vater des Babys angeblich noch im Kreißsaal irgendwas von Tod gesagt hatte. Das Baby hieß eigentlich Robert Carl Sullivan III. Aber alle nannten es nur Young Bob, sogar schon vor seiner Geburt. Sein Großvater war der alte Bob Sullivan, und Robert Sullivan II (»Bitte nicht Bob!«) hatte Priscilla geheiratet, nachdem sie beide das College geschmissen hatten. Anfangs ging auch alles gut, jedenfalls waren sie wohl ziemlich stolz darauf, stolz und glücklich, als rechtlich angetraute Eheleute unwiderruflich auch zu den Erwachsenen zu zählen, wenn auch quasi nur ehrenhalber. Doch bereits wenige Tage nach Young Bobs Geburt verließ Priscilla die Wöchnerinnenstation, lief durch den Regen zu meinem Büro und verlangte von mir, daß ich ihr bei ihrer Scheidung helfe.

Ich sehe es heute noch vor mir, wie sie da in der Tür steht. Aus der kaputten Dachrinne troff das Wasser. Das Baby war noch in die Krankenhausdecke gewickelt, der kleine kokosbraune Kopf lediglich durch ein Strickmützchen geschützt. Der Kleine schrie wie am Spieß, und ich bat sie sofort herein.

Sie stand vor meinem Ofen und hielt Young Bob im Arm. Aber sie sah ihn kaum an, während sie sprach. Sie sprach sehr leise. Unaufhörlich spielten ihre Finger mit dem Saum der Decke, dicht neben dem Mund des Babys. »Es gab einen Moment, da dachte ich, ich müßte sterben«, begann sie. »Es hat so entsetzlich weh getan, und dann fingen sie plötzlich an von wegen, sie müßten mich aufschneiden, um das Baby zu holen. Aber ich wollte die Spritze nicht, wollte keine Narkose. Deswegen hab ich auch dauernd so gepreßt. Trotz der Schmerzen und allem. Ich wollte einfach nicht aufgeben. Ich kenne nichts, was so weh getan hat wie das. Und dann war das Kind auf einmal da. Es war unglaublich groß und schwer, aber total süß, obwohl es sehr blaß war und irgendwie grau. Die Schwester meinte zwar, mit dem Kleinen stimmt was nicht. Aber ich wußte, er war okay. Vor allem, weil er so gut gerochen hat.«

Ich nickte, als hätte ich hier tatsächlich Wesentliches beizutragen, und bot ihr etwas zu trinken an, aber sie winkte sofort ab und setzte sich, Young Bob im Arm, auf den steiflehnigen Stuhl direkt neben dem Ofen.

»Das Baby hat lange nicht geschrien. Der Arzt und die Schwester waren dauernd mit dem Baby dran. Robert stand neben mir und hielt meine Hand. Dann, nach einer halben Ewigkeit, fing das Baby endlich an zu schreien, und Robert bedankte sich bei dem Arzt, und das hat mich sehr wütend gemacht. Ich meine, ich versteh das ja irgendwie, also in dem Moment, da sagt man so was eben. Aber dabei ist es dann auch geblieben. Bedankt sich bei dem Arzt, und ich bin plötzlich total unwichtig. Ich meine, der Arzt hat das Kind doch nicht gekriegt, sondern ich. Und dann war da noch was, das ich einfach nicht begreife. Er beugt sich über mich und ist plötzlich am Heulen und sagt: ›Warum ist das Baby so dunkel, die Haut, das Gesicht, alles, wieso ist das so dunkel.‹ Und ich frage ihn: ›Wieso, was ist denn daran nicht in Ordnung?‹ Und dann sagt er: ›Dieses Baby wird irgendwann einfach sterben.‹ Unser Baby hat gerade den ersten Atemzug getan, und er sagt so etwas. Warum macht er das? Wie kann man das auch nur denken?« Sie sah mich an, als könnte ich ihr darauf eine Antwort geben. Quer durch den Raum sah sie mich an, und mir fiel nicht mehr ein als ein hilfloses Achselzucken. Young Bob fing wieder an zu schreien, die winzigen Lippen kreisrund in dem zerknitterten Gesichtchen.

Das war der Anfang von Priscillas Scheidungsdrama. Von nun an war ihr die Scheidung ein tiefes inneres Bedürfnis. Ich konnte darüber nur spekulieren, aber irgend etwas mußte am Tag von Young Bobs Geburt im Kreißsaal vorgefallen sein, irgendeine heilige Grenze war überschritten worden, und nur die Trennung von Robert konnte das wiedergutmachen. Zumindest behauptete sie das. Kurz und gut, sie wollte das alleinige Sorgerecht, und zwar ohne Besuchsrecht seinerseits. Und das wiederum war der Anfang von Priscillas Heiligem Ehekrieg. Es folgten jede Menge Anwalts- und Gerichtstermine. Der Richter gab sich jede erdenkliche Mühe, wenn schon nicht zu einer Versöhnung, dann doch wenigstens zu einer gütlichen Einigung zu kommen. Priscilla blieb stur. Und einen Tag, nachdem ein Richter sowohl auf Roberts Besuchsrecht (unter Aufsicht) als auch (schlimmer noch) auf das gemeinsame Sorgerecht entschieden hatte, nahm sie ihr

Baby und floh mit ihm über die Staatsgrenze. Privatdetektive, die Robert angeheuert hatte, machten Mutter und Kind schließlich ausfindig – in einem kleinen Einzimmerapartment über einem vietnamesischen Lebensmittelladen in Anchorage. Das brachte Priscilla nun erst recht gegen alle Welt auf, und sie gab mir den Auftrag, die vermeintliche Verschwörung zwischen Gericht und Jugendamt aufzudecken. Durch diese Aktion hatte sie nämlich ihr Kind verloren. Die Begründung dafür war nur schwer nachvollziehbar und nach jahrelangem Hickhack auch so gut wie sinnlos. Sie wollte eigentlich gar nicht wissen, warum der Richter seinerzeit Robert das Besuchsrecht zugesprochen hatte. Was sie wollte, war Rache. Irgendwann wurde ihr die Rache vermutlich sogar wichtiger als ihr Baby. Normalerweise mache ich um solche Kindertragödien einen großen Bogen, aber die Honorarschecks kamen pünktlich, während ich immer mehr Material über den Fall zusammentrug. Ich befragte alle möglichen Leute, sammelte Aussagen, abwegiges, kaum verwertbares Material – das volle Programm. Die Ergebnisse präsentierte ich ihr dann im Verlauf von ausgedehnten Mittagessen in einem Restaurant am Hafen. In einem internen Bericht der Jugendpflege etwa stand zu lesen, Priscilla sei »ziellos und unberechenbar«, was sie derart aufregte, daß sie vor Wut eine Tasse durchs Fenster warf. Einmal, nach dem Anhören der Recherchebänder, zertrümmerte sie sogar mein Tonbandgerät, so daß ich nach und nach dazu überging, das Material vorher zu bearbeiten, nur um des lieben Friedens willen. Um die Wahrheit zu sagen, vieles davon war sowieso frei erfunden. Okay, ich hätte das nicht tun dürfen, aber was blieb mir übrig? Priscilla war bei sämtlichen Psychologen und Psychotherapeuten der Stadt untendurch, und ich war der einzige, mit dem sie sich überhaupt noch über »den Fall« unterhalten konnte. Das lag hauptsächlich daran, daß sie sich weigerte, dem tieferen

Grund für die Abscheu vor ihrem Exmann nachzugehen. Psychologen rühren ja eigentlich gern in diesem Seelenmorast, aber bei Priscilla gefiel ihnen schon der ganze Ton nicht. Sie betrachtete die Therapie lediglich als weiteres Mittel, Young Bob zurückzubekommen. Öffnen wollte sie sich deswegen nicht. Sie steuerte ihre Fachleute wie ein General seine Kriegsberichterstatter – scheinbar kollegial und doch unübersehbar machtbewußt. Ihr Fehler war, daß sie die Spielregeln selbst bestimmen wollte.

Robert Sullivan II lebte inzwischen in Seattle und war dort Vertrauensmann bei der Gewerkschaft der Hafenarbeiter. Er hatte fähige Anwälte und tat auch sonst das einzig Richtige: Er trat in dem Fall überhaupt nicht in Erscheinung. Um so wortmächtiger agierten seine Anwälte. Mühelos gelang es ihnen, Priscilla mit den klassischen Schlüsselbegriffen zur krankhaften Hysterikerin zu stempeln. Galt ihnen Priscilla als »überdreht« und »uneinsichtig«, so drückte sich in diesem Urteil sowie den resultierenden Maßnahmen der Richter, Ärzte und nachgeordneten Entscheidungsträger natürlich die Einsicht selber aus. Dummerweise waren das alles Männer, und Priscilla erblickte darin das unausrottbare, alte Vorurteil, wonach Frauen angeblich nicht wissen, was gut für sie ist. Aus diesem Anfangsverdacht wurde mit der Zeit eine düstere, kafkaesk anmutende Verschwörungstheorie.

Ob Robert seinen Sohn liebte, konnte ich nicht sagen. Ich hatte die beiden auch nur ein einziges Mal gesehen, damals, am Tag der blutigen Nase und der Weinflasche auf dem Kopf. In meinen Augen jedenfalls schienen sie glücklich zu sein.

Mein Therapeut sagte wieder etwas, und ich schreckte hoch wie vor dem Einschlafen. »Okay, Cecil, langer Rede kurzer Sinn ... halten Sie sich größeren Ärger vom Hals. Und wenn ich Ihnen irgendwie helfen kann, kommen Sie einfach vorbei. Ich gebe Ihnen ein Rezept mit – und noch eins zur Reserve. Aber danach ist Feierabend. Sie sollten sich nicht an dieses Zeug gewöhnen. Das heißt, wenn die Schachtel leer ist, sollte es das auch gewesen sein.« Er stand auf, lächelte auf mich herab wie jemand, der jetzt zum Angeln geht: »Denn die Pillen machen Sie erst recht bekloppt. Denken Sie an die Scheiße im Kopf. Tschüs dann.«

Und weg war er.

Aus unerfindlichen Gründen fuhren sie einen in der Psychiatrie bei der Entlassung nicht mit dem Rollstuhl zum Ausgang, wie sonst in amerikanischen Krankenhäusern üblich. Unstreitig eine weitere Enttäuschung, denn auf dieses Abschiedsritual hatte ich mich richtig gefreut. Meine ersten Schritte in eine emotional austarierte Freiheit hätten mich vom Rollstuhl direkt in das wartende Taxi geführt, und ich hätte mein seelisches Gleichgewicht vor mir hergetragen wie eine junge Mutter ihr Baby, womit wir wieder beim Thema wären. Aber nichts dergleichen geschah. Die Türen öffneten sich selbsttätig und mit einem satten WUSSCH! Es war ein windiger Frühlingstag, und ich ging zu Fuß nach Haus, es waren ohnehin nur zwei Meilen.

Auch litt ich nicht an Depressionen, was ebenfalls eine Überraschung darstellte. Ich war völlig entspannt. Aller Erdenschwere ledig gondelte meine Seele durch wolkig-windbewegte Lüfte wie ein entfesselter Zeppelin. Ich griff in meine Hosentasche und genehmigte mir ein Xanax, dann noch eins, nur so zur Sicherheit. Ich ging die Straße hinab, von da aus über die Kanalbrücke zur Stadt. Der Wind schraffierte die Schaumkronen zu langgezogenen weißen Strichen über den Wellen, aber die Sonne schien, und die Wolken schwebten hell und durchsichtig über dem Horizont. Eine Gruppe See-Enten dümpelte im leichten Strudel hinter dem Ölhafen. Allmählich revidierte ich auch meine Meinung über den Wahnsinn und die Scheiße im Kopf. Was wollte ich eigentlich? Hier auf der Insel, in dieser kleinen Stadt am Meer hatte ich alles, was ich zum Leben brauchte. Für mich gab es keinen schöneren Ort auf der Welt: Die schmucken Fischerboote strahlten in ihrem frischen Anstrich, und die Autos rollten gelassen und ohne viel Gehupe durch die Straßen. Und wenn man die Straße hinabsah, blickte man auf die grünen Ausläufer der Berge, die sanft zum Meer abfielen. Mein Blick schweifte vom alten Postamt zur Russischen Kirche, vom Altersheim bis zu meiner Stammkneipe, und ich sah, daß es gut war. Die Sonne strahlte, und eine vollendete Harmonie lag über der Szene, als wäre sie von einer fröhlichen Melodie untermalt oder in das phantastische Licht einer Landschaft von van Gogh getaucht. Aus der Vergangenheit wußte ich, daß ich eigentlich unglücklich war, aber hier ging ich, setzte wie verzaubert einen Fuß vor den anderen, roch den Salzhauch des Meeres und dachte in meinem Sinn: »Worüber beklage ich mich eigentlich? Wie kann jemand auf dieser wunderschönen Welt unglücklich sein?« Keine Frage, die Pillen waren klasse.

Hinter der Brücke ging ich am Ufer entlang bis nach Hause. Ich summte eine coole Melodie vor mich hin und winkte Leuten zu, denen ich Geld schuldete, denn mir war klar, mein Wahnsinn hatte sich verändert. Ich fühlte mich wie Elwood P. Dowd in dem Film *Mein Freund Harvey* – die Stelle, wo er mit diesem riesigen Hasen seine Schwester besuchen geht, die Taschen voller Visitenkarten, und dabei alle möglichen Leute zum Essen einlädt.

Doch kaum hatte ich die Haustür geöffnet, war der Film auch schon wieder zu Ende. Toddy war in Tränen aufgelöst, und Priscilla stieß mich sofort gegen die Wand. Sie hielt mir eine abgebrochene Zahnarztsonde vor die Nase und schrie: »Dafür sollte ich dich eigentlich umbringen! Ich sollte dir dieses Ding durch die Nase in dein Spatzenhirn rammen! Wo ist mein Sohn? Du solltest mir meinen Sohn zurückbringen, aber du hast alles versaut!« Ich spürte, wie sich die Kleiderhaken in meinen Rücken bohrten.

Ihre Halsvenen waren geweitet, als hätte sie jemand unter Wasser gedrückt. Sie hatte Schaum vor dem Mund, während sie schrie. Und dann rammte sie mir die nadelspitze Sonde bis in die Nebenhöhlen. Blut rann an dem Instrument herunter und färbte ihre Knöchel rot. Aber das einzige, was mir in dieser Situation einfiel, war: »Priscilla, willst du mit uns zu Abend essen?«

Priscillas Familie wohnte in der Innenstadt von Juneau, in einem Haus unter einem Totempfahl. Ihre Schwester ging in dieselbe Klasse wie ich, und ich war öfter bei den DeAngelos zum Abendessen eingeladen. Das war 1968. Etwas Exotisches umgab diese Familie, etwas ganz und gar Fremdartiges, das jedoch von den DeAngelos so wenig zu trennen war wie der Heizölgeruch aus ihrem undichten Ofen. Ihr Vater war Fischer, der einmal versucht hatte, eine kleine Konservenfabrik aufzumachen. Als die Konservenfabrik niederbrannte, reichte das Geld immerhin noch für einen Kutter, mit dem er dann die anderen Fabriken belieferte. Aber das war ein Markt, der zu dieser Zeit fast ausschließlich von den Skandinaviern beherrscht wurde. Hier hatte Mr. DeAngelo allein schon durch seinen italienischen Akzent einen schweren Stand. Hinzu kam, daß seine Haut relativ dunkel war. Er blieb also, bei aller Freundlichkeit seinerseits, ein Außenseiter, dem überall nur Mißtrauen entgegenschlug, ganz gleich, ob in den Bars am Hafen oder der Reparaturwerft, wo sich die norwegischen Fischer um den Ofen versammelten und von der kommenden Fangsaison sprachen. Mr. DeAngelo sah einfach viel zu sehr nach Indianer aus. Als seine Konservenfabrik bis auf die Grundmauern abbrannte, war zwar gerüchteweise von Brandstiftung die Rede. Doch als fünf Tage später der indianische Nachtwächter eines Konkurrenzbetriebs eine brennende Zigarette in ein Faß mit ölgetränkter Putzwolle fallen ließ, kippte die Stimmung sofort wieder um. Hinter all diesen mysteriösen Vorgängen, verbreiteten die Norweger damals, könne nur DeAngelo stecken.

Der Brand in der Konservenfabrik blieb nicht der einzige Vorfall, der die Familie in der Stadt isolierte. Mr. DeAngelo hatte drei Kinder, einen Sohn und zwei Töchter. Vor allem der Sohn war hübscher, als die Polizei erlaubt. Jedenfalls waren die blonden, blauäugigen Töchter der Nordmänner dieser Ansicht. Ricky DeAngelo besaß ein kleines Boot mit Benzinmotor, und damit hatte er eine Art Versorgungslinie eingerichtet. Er belud das Boot bis obenhin mit Zigaretten, Lebensmitteln, Gartengeräten, Zeitungen und Schokoriegeln und schipperte die Fracht nach Tenakee, einem kleinen Dorf etwa fünfzig Meilen von Juneau entfernt, Rückzugsgebiet für ehemalige Bergarbeiter und Fischer, die ihre alten Tage in der Nähe der heißen Quellen verbrachten. Manchmal nahm er auch Passagiere mit, aber das waren in aller Regel junge Mädchen, die etwas erleben wollten. Der Vater eines dieser Mädchen hat Ricky dann umgebracht.

Es passierte, als er und Dina Jorgenson Arm in Arm die Docks entlanggingen. Die beiden hatten vor, sich mit Priscilla zu treffen, um dann gemeinsam ins Kino zu gehen. Priscilla, damals zwölf Jahre alt, lag hinter der Ecke auf der Lauer, um das Pärchen zu erschrecken. Und sie dachte sich nichts bei dem Mann, der sich dort vor dem Gebäude herumdrückte, die Hände tief in seinem Colani vergraben. Ricky hatte dieses hinreißende Lächeln, und Dina hatte ihren Kopf an seinen Hals gelegt, und er hatte ihr duftendes Haar geküßt. Nur als Dinas Vater hinter dem Gebäude der Reinigung hervorgestürzt kam und mit gezückter Pistole auf ihn losging, muß Ricky dieses Lächeln etwas verrutscht sein. Jedenfalls war das

Grinsen noch da, als er längst mit einem Loch in der Brust an der Kaimauer lag, über sich das panische Geschrei der aufflatternden Möwen. Aus Angst vor ihrem Vater flüchtete Dina in den Wald. Priscilla hielt ihren Bruder im Arm und wischte ihm das dunkle Haar aus den Augen. Sie weinte und redete die ganze Zeit auf ihn ein. Seine bleichen Wangen waren blutverschmiert von ihren Händen. Dort fand sie auch Mr. DeAngelo und versuchte vergeblich, Priscilla zu überreden, ihren Bruder loszulassen. Sogar der Arzt mit der schwarzen Tasche, der wenig später eintraf, durfte kaum mehr für Ricky tun, als ihm ein Verbandpäckchen auf die sprudelnde Wunde zu drücken, die sie mit ihrer Brust bedeckt hatte. Die Schlagzeile des Lokalblatts am folgenden Morgen meldete lapidar: »Tragischer Zwischenfall am Hafen – Italienischer Jugendlicher getötet.«

Mr. DeAngelo machte zwar mit der Küstenfischerei weiter, allerdings war die Rotweinflasche bereits am frühen Morgen sein ständiger Begleiter – bis Krabbenfischer eines Herbsts auf sein Boot stießen, das herrenlos im Frederick Sound kreiste. Seine Leiche wurde unweit des Five-Finger-Leuchtturms an Land geschwemmt, und von da an hing bei den DeAngelos ein schwarzer Trauerflor über der Tür.

Der gesamte Haushalt bestand nunmehr ausschließlich aus Frauen: die Mutter, ihre beiden Töchter, eine Tante. Während meiner High-School-Zeit wohnten wir weiter draußen, und die ältere Schwester lud mich deshalb öfter zum Abendessen ein. Für gewöhnlich bot sich dann die Tante an, mich mit dem Auto nach Hause zu fahren. Auf diese Weise hatte ich immer noch eine kleine Gnadenfrist, bevor ich wieder meinem Vater vor die Augen treten mußte.

Mein Vater war Richter und führte bei Tisch ein strenges Regiment. Nur er durfte das Essen austeilen, welches meine Mutter eigens zu diesem Zweck vor ihm hinzustellen hatte.

Das bedeutete jedoch nicht, daß wir während der Mahlzeiten zum Schweigen verurteilt waren. Im Gegenteil, verdrucksstes Herumstochern auf dem vollen Teller war verpönt. Er erwartete von seinen Kindern eine gewisse konversationsmäßige »Ergiebigkeit« – allerdings ausschließlich zu vorher festgelegten Themen, die von Politik über wichtige Sportereignisse bis zum Wetter reichen konnten (»für die Jahreszeit zu kühl«). Da mir dazu meistens nichts einfiel, war meine Verlegenheit entsprechend groß. Was sollte ich auch sagen, wenn mir der Richter das Wort erteilte und meine Meinung zu erfahren wünschte – etwa hinsichtlich der verspäteten Mauserung der heimischen Wasservögel in dem betreffenden Jahr.

Dagegen war bei den DeAngelos immer jede Menge los. Während bei uns zu Haus der Richter den Gang der Unterhaltung bestimmte, schossen bei den DeAngelos die wildgewordenen Sätze nur so durch den Raum, unberechenbar wie ein hin und her peitschender Hochdruckschlauch. Da fielen die Bemerkungen, wie sie kamen, da wurde gestritten, getratscht, geflachst, man erteilte Ratschläge und machte sich über den anderen lustig. Hier war Leben in der Bude, niemand saß einfach nur stumm und wie angekettet an seinem Platz. Eine einzige Witzelei von der Sorte, wie sie bei den DeAngelos gang und gäbe war, und meine Schwester und ich hätten vom Richter mindestens einen Tag Stubenarrest bekommen. Aber hier bat man übergangslos um das Gemüse, gerade so, als wäre nichts passiert.

Kunst und Wissenschaft rangierten bei den DeAngelo-Frauen ganz oben. Was immer bei ihnen auf den Tisch kam, es hatte mehr an Unterhaltung mitbekommen als die meisten Menschen in einer Woche – vom Supermarkt über die Küche bis zum geselligen Kulminationspunkt, dem Essen, alles gebadet in einem Strom der Worte. Ich erinnere mich an den

Knoblauch, die Butter, den Rotwein. Sogar die Kinder bekamen hier Wein, jeweils ein Glas, vermischt mit Wasser. Eines Abends verstrickten sich Priscilla und ihre Tante in eine hitzige Diskussion darüber, ob Einsteins Quantenmechanik anzumerken sei, daß er Hausmusik getrieben hatte. Priscilla war nämlich zu der Ansicht gelangt, daß der Ton einer Geige dem analytischen Denken nicht eben förderlich sei, woraus sie messerscharf schloß, daß eine durch Violinspiel kontaminierte Theorie schon deshalb nichts tauge. Die Tante hielt energisch dagegen, aber leider nicht die Kartoffel bei sich, welche prompt auf ihrem Schoß landete. Mit dem Wein ging es fast ebenso, aber niemand schien sich daran zu stören. So eine Kartoffel ließ sich aufheben, nicht aber die entscheidende Botschaft. Die mußte raus. »Aber es ist Musik, Kind. Es ist Musik. Wenn dich einmal die echte, die wahre Musik berührt, dann weißt du, daß es einen Gott gibt.« Mir war absolut schleierhaft, worum sich der Streit eigentlich drehte, deshalb grinste ich zur Mutter hinüber, deren Blick liebevoll auf ihrer stillen älteren Tochter ruhte.

Diese ältere Tochter war Jane Marie. Wir gingen in dieselbe Klasse, und sie war es auch gewesen, die mich zum Abendessen mitgebracht hatte. Jane Marie DeAngelo hatte in mir einen überwältigenden Eindruck hinterlassen. Damals glaubte ich noch, es läge allein an ihren dunklen Augen und ihrer blassen Haut. Erst Jahre später wurde mir klar, daß ich mich damals in sie verliebt hatte. Aber was begreift man schon in der Pubertät? Aus dem Tumult der DeAngelo-Debatten hielt sich Jane Marie übrigens immer heraus – und das nicht etwa aus Schüchternheit. Mir kam es so vor, als habe sie das Ihre bereits gesagt und würde sich bei Bedarf wieder melden. In meiner Teenagerzeit war ich wie eine junge Dogge: linkisch, und in meinem Bestreben, es allen recht zu machen, auch reichlich dämlich. Jane Marie und ich sprachen eigentlich kaum miteinander, aber ich erinnere mich, wie ich dauernd vor ihr eine Show abzog, um sie zum Lachen zu bringen. Im Grunde wollte ich ihre Aufmerksamkeit auch nur, damit sie mich von dem Zwang erlöste, den August zu spielen.

Nach dem Essen ging Jane Marie mit mir auf die Veranda und zeigte mir die Fotos von ihrem Ausflug nach Tenakee in Rickys altem Motorboot. Die Veranda war eine Art Wintergarten, an zwei Seiten mit grüngestrichenem Profilholz verkleidet. Dieses satte Grün werde ich nie vergessen – »BP-Grün« nannten sie es. An einer Wand hing ein Foto mit Mr. DeAngelo und Ricky am Hafen. Auf dem Foto lächelten sie, aber irgendwie traurig, das traurige Lächeln von zwei Raben in einer eisigen Winterlandschaft. Jane Marie redete nicht viel, aber wenn sie es tat, dann niemals traurig oder verbittert. Sie blickte mir dabei geradewegs ins Gesicht, was ich von zu Haus nicht gewöhnt war und weshalb ich meistens die Augen niederschlug. Dafür steckte ich mir einmal zwei Strohhalme in die Nase und pustete damit Rosinen durchs Zimmer, nur um sie zu beeindrucken. Keine tolle Erinnerung, wenn ich ehrlich sein soll.

Erst Jahre später, am Entlassungstag von der High-School, war ich in der Lage, Jane Marie in die Augen zu blicken und ihr meine Liebe zu gestehen. Aber da war es natürlich zu spät. Sie lachte bloß, warf ihr Haar zurück und meinte, ich sollte mich wieder einkriegen. Dann ging sie hinunter zum Hafen, in der Hand den Blumenstrauß von der Abschlußfeier, und das Thema war ein für allemal gestorben.

Priscilla hielt jetzt die Zahnarztsonde direkt an mein Auge. Toddy wagte sich einen Schritt aus seiner Ecke hervor, rang dabei verzweifelt mit den langen Hemdschößen. Todd und ich sind eine Art Wohngemeinschaft, wir sind etwa gleich alt.

Allerdings ist seine geistige Entwicklung irgendwann stehengeblieben, folglich ist das mit seinem Alter so eine Sache. Er legte ihr die Hand auf den Ellbogen und flüsterte ihr zu: »Du, ich mach uns etwas, das ist unheimlich gut. Möchtest du auch eine Tasse Kakao mit Marshmellows? Dauert echt nicht lange. Und hinterher könnte ich uns Rehsuppe machen. Willst du auch Rehsuppe hinterher?«

Priscilla wurde allmählich ruhiger. Ihre Gesichtszüge entspannten sich, was in der Wirkung nicht anders war, als risse in einer sturmdurchtosten Winternacht die Wolkendecke auf und der liebe Mond käme zum Vorschein. Sie ließ die Sonde auf den Tisch fallen. Dieses Instrument hatte einige Wochen zuvor dazu gedient, meine Haustür aufzusperren, aber es war mir im Schloß abgebrochen, so daß unsere Tür seitdem nicht mehr abzuschließen war. Das war auch in Ordnung, denn den Schlüssel hatte ich ohnehin längst verloren.

Sie sagte: »Du begreifst einfach nicht, wie es für mich ist. Du begreifst es einfach nicht.«

Das war zweifellos richtig. Ich stand neben Priscilla und umarmte sie leicht, fühlte bei der Gelegenheit unauffällig nach, ob sie vielleicht noch mehr am Körper trug als nur ihre Kleider. Das war offensichtlich nicht der Fall.

»Dann erklär es mir.«

»Es ist alles seine Schuld. Seine Schuld und die Schuld seiner Familie. Sie haben mich noch nie akzeptiert. Sie haben mich in ihrem Clan nie haben wollen. Sie glauben, nur weil sie so viele Verbindungen haben, können sie machen, was sie wollen. Das sind alles Gangster. Angeblich sind sie jetzt auf einen Deal aus. Das kann nur heißen, daß sie mit ihrem Latein am Ende sind. Mir ist übrigens egal, was ihr alle sagt. Aber mit Gangstern mache ich keinen Deal.«

»Wie wär's jetzt mit einem Kakao. Es denkt sich so schlecht mit leerem Magen.«

Sie ging auf mich zu und dann an mir vorbei zum Fenster, das auf den Kanal hinausgeht. Das Haus steht auf Stelzen und befindet sich direkt am Ufer. Die Flut war gekommen, und man hörte, wie die Wellen unten gegen die Bootsrampe schlugen. Sie stand vor dem Fenster, und ihr Spiegelbild verschmolz mit der Hafenszenerie hinter der Scheibe: Möwen über dem Verklappungsrohr der Fischfabrik, ein kleines Motorboot mit Schleppnetz und einer Frau vorn am Bug, die soeben vor dem Laden für Marineausrüstung an Land sprang. Die Wellen im Hafen schimmerten in Priscillas düster umrandeten Augen.

»Was schlagen sie denn vor, wie soll der Deal aussehen?« fragte ich sie.

»Mir egal. Will ich gar nicht wissen. Ein Deal kommt sowieso nicht in Frage.« Ihre Fäuste waren geballt, und sie sprach weiter zum Fenster: »Es ist einfach nicht gerecht. Es ist nicht gerecht, daß er mein Kind hat und nicht ich. Meine Schwester sagt auch, ich kann nicht alles haben und soll irgendeinen Kompromiß schließen. Ich soll vernünftig sein, sagt sie. Vernünftig. Wie denn, bitte schön? Natürlich kann man gut vernünftig sein, wenn es nicht das eigene Kind ist.«

Priscilla sprach nie von Liebe. Auch der Name Young Bob fiel kein einziges Mal, zumindest nicht in meiner Gegenwart. Alles, was sie interessierte, war Gerechtigkeit. Und sie wähnte sich im Besitz der alleinigen Wahrheit. Sie wollte eine Rechnung begleichen, und ich begriff nie warum. Denn angenommen, sie hätte bekommen, was sie verlangte, was hätte sie dann mit dem Haß gemacht, der mittlerweile zu ihrer seelischen Grundausstattung gehörte? Sie hätte entweder sich oder ihren Feind neu erfinden müssen, nur um diesen Haß am Leben zu erhalten.

Todd reichte ihr eine Tasse Kakao, auf dem eine dicke Schicht Marshmellows schwamm. Für Priscilla war Toddy die personifizierte Herausforderung. Denn Toddy wehrte sich anscheinend gegen keine der Schubladen, in die man ihn stecken wollte, und fügte sich genau deshalb nicht ins bekannte Bild. Die Leute vom Sozialamt waren die ersten, die das begriffen hatten. Er war nicht zurückgeblieben, aber auch kein Autist, er gebot über einen ausreichenden und teilweise reichlich prätentiösen Wortschatz und war trotzdem kein verkapptes Genie. Auf seiner Akte stand lediglich sein Name, nichts weiter. Er war seine eigene Kategorie. Ich glaube, hier lag der eigentliche Grund dafür, daß sich Priscilla in seiner Gegenwart so unbehaglich fühlte. Er paßte einfach nirgendwohin, sogar in ihren vielschichtigen Verschwörungstheorien war für ihn kein Platz.

Ein weiterer Grund, warum sie Toddy nicht mochte, war seine fanatische Suche nach dem Geheimnis des Jenseits. Das nämlich erschien Priscilla nicht nur als reine Zeitverschwendung, sondern regelrecht irritierend, wenn nicht gar bedrohlich. Todds Mutter war an Unterkühlung gestorben, als er noch ein kleiner Junge war, aber das hielt sie nicht davon ab, ihm von Zeit zu Zeit als Geist zu erscheinen. Todd brauchte nur ihre Schuhe zu nehmen und ihre Sachen auf eine bestimmte Weise darüberzuhängen, und die Mutter erschien. Bei diesen Heimsuchungen verriet sie Todd alles Wissenswerte über den Himmel. Nichtsdestoweniger schien sie sich über die einseitige Orientierung ihres Sohnes Sorgen zu machen und meinte bei passender Gelegenheit, das mit dem Himmel sei ja gut und schön, aber er solle sich doch lieber darum kümmern, daß er ein ordentliches Leben führte. Und bei ihrem letzten Besuch gab sie ihm noch den guten Rat mit auf den Weg, nur ja immer die Wahrheit zu sagen und sich ansonsten keine Sorgen zu machen. Dann war sie fort. Ihre Kleider blieben leer und unbelebt. Und Todd hatte dummerweise sämtliche Details der Himmelskunde längst wieder vergessen.

Aber den Rat seiner Mutter, stets bei der Wahrheit zu bleiben, den nahm er sehr ernst, obwohl ihm kaum jemand seine Geschichte abnahm. Manchmal rastete er deswegen fast aus, aber gewalttätig wurde er nie. Todd hatte einige Monate in einer Landesklinik verbracht, bevor es mir endlich gelang, als sein gesetzlicher Vormund die Verantwortung für ihn zu übernehmen. Seine beiden Hauptleidenschaften waren Hunde und die *Encyclopaedia Britannica*, welche er von vorne bis hinten durchlesen wollte. Todd zufolge war sie die Pforte zur Wahrheit, der Schlüssel zum totalen Wissen über das Jenseits.

Aber selbst die andeutungsweise Erwähnung des Todes schien Priscilla wütend zu machen. Sie schnappte sich die Tasse mit dem Kakao und drückte sie Todd sofort wieder in die Hand, während sie mich kalt und geschäftsmäßig fixierte.

»Cecil, ich möchte, daß du das Telefon von Richter Gaffney abhörst.«

»Sorry, aber das mache ich auf gar keinen Fall.«

»Arbeitest du für mich oder nicht?«

»Priscilla, nimm bitte zur Kenntnis, daß ich nicht das Telefon eines Richters anzapfen werde.«

»Aber der Fall ist sonnenklar, Cecil. Irgend jemand hat sich den Richter vorgenommen. Es war garantiert der Senator. Ich weiß es. Es kann auch gar kein anderer gewesen sein. Alles, was wir noch brauchen, ist ein handfester Beweis.«

Priscillas Verschwörungstheorie hatte einen großen Vorteil: Sie war auf unbestreitbar elegante Weise abstrakt. Wie übrigens auch die neueren Theorien über den Ursprung des Universums. Danach besaß das Universum die Form einer riesigen Schüssel, und die Schwarzen Löcher, bisheriger Annahme zum Trotz, waren auch nicht unvergänglich, sandten dafür aber jede Menge Energie aus. Für Priscilla spielten Gerichte und Jugendämter die Rolle der Schwarzen Löcher. Sie erhielt von ihnen keine konkrete Information, im Gegenteil, Information verschwand im bürokratischen Apparat wie in einem Schwarzen Loch, das zwar nirgendwo sichtbar war, aber dafür unendlich kompakt.

Senator Wilfred Taylor war ebenfalls so ein Schwarzes Loch. Priscilla hatte sein Büro mit Anfragen bombardiert, die allesamt auf das Grundrecht der Informationsfreiheit abhoben und auf die Herausgabe seiner Akten- und Telefonnotizen pochten. Die Tatsache, daß sie die gewünschten Unterlagen nie erhielt, wertete Priscilla als Beweis für deren immense Wichtigkeit. Ich selbst hatte mehrere Male mit Senator Taylor gesprochen. Zunächst hatte er sich auch geduldig unseren Fall angehört, erst später lehnte er es rundweg ab, sich weiter mit der Sache zu befassen. Der alte Bob Sullivan war ein Freund von Senator Taylor. Priscilla war überzeugt, daß der Senator seine Verbindungen hatte spielen lassen, um Druck auf Richter Gaffney auszuüben, der den Sorgerechtsfall übernommen hatte. Wilfred Taylor war State Senator aus Anchorage, ein liebenswürdiger Mann, der mit schöner Regelmäßigkeit wiedergewählt wurde und über beste Kontakte zur Ölindustrie und den verschiedenen Eskimovereinigungen verfügte. Mit einem Wort, ein gut christlich engagierter Politiker, der keinen Hehl aus seiner Auffassung machte, daß die freie Marktwirtschaft den Grundpfeiler für »unsere überkommenen Werte« darstelle. Ich hatte mir in der Eingangshalle vom Capitol des Staates Alaska die Beine in den Bauch gestanden und am Ende sogar seine Hand geschüttelt. Mit einem Lächeln im Gesicht hatte er mir mitgeteilt: »Ich kann leider nichts weiter für Sie tun. Richten Sie Mrs. Sullivan beziehungsweise Ms. DeAngelo, richten Sie ihr bitte aus, daß ihre Sturheit mehr Schaden anrichtet, als es die Sache wert ist. An der Rechtslage kann ich im übrigen gar nichts ändern.« Dann gab er mir seine feste, aber fleischige Hand, der Aufzug meldete sich mit einem hellen Glockenton, und Taylor tauchte in den Pulk der Anzugträger ein, die ihn ebenfalls mit ihren Problemen behelligen wollten.

Priscilla lehnte sich gegen den Sims meines Holzofens. Sie nippte an ihrem Kakao und starrte gedankenschwer in den süßlichen Dampf, der von der Tasse aufstieg. Erneut ging in ihrer Miene jene Wandlung vor, verschwand der hilfesuchende Ausdruck aus ihrem Gesicht, um knallharter Entschlossenheit Platz zu machen. Sie setzte die Tasse ab.

»Dann kümmere ich mich eben selbst darum.«

»Priscilla, du kannst in einem Büro keine Wanze installieren. Glaubst du, du kriegst Young Bob jemals wieder zurück, wenn du im Gefängnis sitzt.«

»Vielen Dank für deinen Rat. Aber zerbrich dir bitte nicht meinen Kopf, Cecil. Ab heute arbeiten wir in dieser Sache nicht mehr zusammen.« Sie war gerade einmal einen Meter vierzig groß, doch mir kam es so vor, als zählte plötzlich jeder Zentimeter doppelt, so sehr schien sie unter der ungeheuren Aufgabe zu wachsen, jenen Sumpf allgemeiner Korruption und moralischer Verkommenheit trockenzulegen. »Glaub mir eins, Cecil, ich krieg das auch ohne deine Hilfe hin. Und ihren Deal können sie sich sonstwohin schieben. Ich nehme noch heute abend das Flugzeug nach Juneau, verlaß dich drauf.«

Sprach's, drehte sich um und ging dann die Treppe hinunter zur ebenerdigen Stiefelkammer. Sie rauschte zur Türe hinaus, ohne Todd eines Blickes zu würdigen, der eine Tasse selbstgemachter Suppe für sie in den Händen hielt und ihr entgegenstreckte.

Die Schatten auf dem Bücherregal wurden allmählich länger. Bereits gegen fünf Uhr würde es dunkel sein. Aber der Himmel war wolkenlos, und die hereinbrechende Nacht tauchte den Kanal einen Moment lang in burgunderrotes

Licht. Offiziell schrieb man zwar Frühling, aber für meinen privaten Winterschlaf war das ohne Bedeutung. Todd stellte den Topf Suppe wieder aufs Feuer. Eine Charlie-Parker-Kassette lief, und ich hatte mir einen Gedichtband von Pattiann Rogers genommen. Ich las eins der Gedichte, blickte auf die wandernden Schatten an der Wand, lauschte dem Saxophon und den Wellen auf den Felsen unterm Haus. Mit Hilfe von Ahle und Zahnseide nähte Todd einen Leuchtstreifen auf das Halsband seines Hundebabys. Der Hund war eines Abends einfach unter unserem Haus gewesen. Er hatte den Kunststofftank meines Motorboots durchgebissen und würgte irgendein gelbliches Zeug aufs Deck, als Toddy ihn fand. Er sah aus wie ein blutjunger Staffordshire-Terrier, möglicherweise war auch ein Schuß Boxer mit drin. Todd hatte das Tier in den Arm genommen und mit ins Haus gebracht. Beide sahen sie mich jetzt mit ihren großen Augen an, und mein Entschluß, in diesem Leben ohne vierbeinige Freunde auszukommen, schmolz dahin. Todd nannte ihn Wendell. Während ich allmählich auf der Couch wegdämmerte, stieß der kleine Hund meinen Teller um und fing an, die Bescherung, die er auf dem Fußboden angerichtet hatte, mit seiner langen Zunge aufzulecken. Ich bekam noch mit, wie er sich dann über den Löffel hermachte, und segelte doch längst in einem Heißluftballon mit Myrna Loy über den Pazifik, so, wie ich sie aus den Filmen mit dem Dünnen Mann kannte.

Just in dem Moment, als ich gerade über einen tropischen Wasserfall schwebte, eine Hand am Korbgeflecht der Gondel, in der anderen einen silbernen Cocktailshaker, just in dem Moment stand auf einmal mein Anwalt in der Tür, beugte sich über mich und riß mich aus meinen Träumen in die Wirklichkeit zurück. Die Wirklichkeit, das war mein kaltes Wohnzimmer, denn das Feuer war vollständig herabgebrannt.

Dickie Stein war ein Anblick für sich. Sein Haar zum Beispiel war immer zerzaust, weil es sich offenbar keinem Kamm fügte, und aufgrund seiner stark gebogenen Augenbrauen wirkte sein Gesichtsausdruck unfreiwillig komisch. Ich war absolut sicher, daß er noch nie in seinem Leben Drogen genommen hatte, aber er sah irgendwie immer bekifft aus. Er trug ein rostrotes Harvard-Sweatshirt, Elefantenshorts und Gummistiefel, die er über der Wade umgeschlagen hatte. In der Hand hielt er einen Stapel Papiere.

»Na, wie geht's, alter Häuptling?« Die Stimme drang aus großer Entfernung zu mir. Und während mein Traum zerstob, stellten sich meine Pupillen allmählich auf sein Gesicht ein. Er hatte eine Pfanne auf den Herd gestellt, und Toddy rührte mit einem Holzlöffel darin herum. Dann bückte sich Toddy und legte Holz nach.

»Ich hab euch etwas Elchfleisch mitgebracht. Ein Klient aus Yakutat hat mich für meine Dienste mit dem Inhalt seiner Gefriertruhe entlohnt. Das gute Tier war bei seinem Ableben zwar nicht mehr das Jüngste, aber meine Spezial-Marinade macht sogar aus einem alten Stiefel eine echte Delikatesse.«

»Danke, Euer Ehren. Aber setz dich doch, dann machen wir Reis dazu.«

»Yeah, schätze mal, das wäre genau das, was ich jetzt brauche. Leider keine Zeit. Eigentlich suche ich Priscilla.«

»Schon weg. Bereits vor Stunden abgehauen, so genau weiß ich das nicht. Vielleicht erwischst du sie noch am Flughafen. Sie wollte nach Juneau, um mit Satan persönlich abzurechnen.«

Aus der Ferne erhob sich das dumpfe Brummen eines Düsenflugzeugs und übertönte die Wellen und den Blues von der Kassette. Dickie schaute auf seine Taucheruhr.

»Zum Teufel, schafft euch endlich eine Uhr an. Da oben fliegt unsere Priscilla. Das war die letzte Maschine. Warum hat hier eigentlich niemand eine Uhr, das möchte ich mal wissen.«

»Wir setzen den Reis aufs Feuer und essen ihn, wenn er fertig ist. Dazu braucht man keine Uhr.« Ich griff nach dem Vorratsglas mit dem Reis, das über dem Herd stand. Toddy ließ Wasser in eine Pfanne laufen, und Dickie ließ sich in einen Sessel fallen und knallte seine gummibestiefelten Füße auf den Tisch.

»Mann, ich wünschte, ich hätte sie noch erwischt. Hier, dieser ganze Papierkram ist heute gekommen. Sieht gar nicht schlecht aus für uns. Hoffentlich läßt sie mich dann wenigstens für ein Weilchen zufrieden.«

Ich machte unter der vorderen Platte das Feuer an. »Das würde uns alle froh machen. Was hast du da in der Hand? Die Hintergründe des Kennedy-Attentats?«

»Tut mir leid, falsche Verschwörung, Younger. Viel besser... hoffe ich jedenfalls. Das ist von ihrem Ex. Du kennst ihn ja, glaube ich: Robert Sullivan.« Dickie sah mich zugleich verwirrt und mitleidig an, als sei ich ein kranker Vogel in seiner Hand. Ich rieb mir den Kopf an der Stelle, wo Mr. Sullivan einige Monate zuvor durch einen Schlag mit der Weinflasche meine Festplatte erschüttert hatte.

Dickie stocherte mit der Ecke eines juristischen Schriftsatzes zwischen den Schneidezähnen. »Jedenfalls haben seine Leute endlich von sich hören lassen, und das ist doch schon was. Seine Anwälte unten in Seattle und dieser Sullivan bieten ihr unter bestimmten Bedingungen das Besuchsrecht an. Auf lange Sicht ist sogar an eine gütliche Einigung hinsichtlich des Sorgerechts gedacht, ich finde, das klingt nicht schlecht. Sie möchten sich demnächst gern mit Priscilla treffen, aber nur, wenn sie verspricht, vernünftig zu sein.«

»Das könnte glatt passieren.«

»Hey, Mann, laß mich nicht hängen. Das hier ist mehr, als

sie erwarten konnte. Ich meine, zunächst darf sie mit ihrem Sohn zwar nicht alleine sein, aber ich denke, schrittweise kommen wir so zu einer akzeptablen Lösung.«

»Nur wenn du ihr den Kopf ihres Mannes präsentierst. Und das ist von ihrer Seite aus schon ein Kompromiß.«

Dickie nahm sich erneut die Unterlagen vor und blätterte gedankenverloren darin herum. »Die Familie schlägt vor, ich möge mich mit ihrer Schwester in Verbindung setzen. Du kennst sie doch von früher, oder? Sie arbeitet irgendwie als Wissenschaftlerin oder so. Sagt dir das was?«

»Das letzte, was ich gehört habe, war, daß sie Biologin ist. Hat ein kleines Fischerboot, beschäftigt sich mit Meeresbiologie und hat nebenher ein kleines Versandgeschäft aufgemacht, um ihre Forschungsarbeit zu finanzieren«, erklärte ich ihm und ließ mich wieder auf die Couch sinken.

»Herr im Himmel«, murmelte Dickie und kratzte sich mit der Spitze des Kugelschreibers im fettigen Haar. »Nicht schon wieder so ein durchgedrehtes Mäuschen. Langsam weiß man wirklich nicht mehr, ob es heute grundsätzlich mehr Bekloppte gibt oder einfach nur weniger normale Leute.«

»So was wie normale Leute hat es nie gegeben, das ist ein Märchen«, sagte ich und wühlte unter den Sofakissen nach einer Pille, die mir beim Öffnen des Fläschchens womöglich heruntergefallen war. »Das ist nämlich so, Dickie, die Welt teilt sich in Bekloppte und Statistiker, und manchmal hat man sogar beides auf einmal.« Ich förderte einen schmierigen, mit Flusen verklebten Vierteldollar zutage. »Aber Jane Marie hab ich seit ewigen Zeiten nicht mehr gesehen. Ich weiß auch gar nicht, wie sie uns helfen könnte.« Ich steckte den Vierteldollar in meine Tasche.

Daß ich Jane Marie außen vor lassen wollte, hatte eher sachliche Gründe. Für gewöhnlich horchte ich auf, wenn mir etwas über sie zu Ohren kam. So wußte ich beispielsweise, daß Jane Marie die Lebensgewohnheiten der Buckelwale vor der Südostküste Alaskas studierte, also Nahrungssuche, Fortpflanzungserfolg und dergleichen. Da sie aber weder für eine Regierungsbehörde noch für eine Universität arbeitete, mußte sie natürlich auch die Finanzierung sicherstellen, und das geschah eben durch diesen Spielevertrieb und einen entsprechenden Newsletter. Kürzlich war sie sogar in den Nachrichten gewesen. Sie wollte unweit einer stillgelegten Mine eine Forschungsstation einrichten, und es gab einigen Wirbel um die technischen Hinterlassenschaften der Minengesellschaft. Keine zwei Wochen zuvor hatte ich ihr Bild in der Zeitung gesehen. Ich hatte den Finger auf dieses Foto gelegt und einen Moment darauf liegen lassen. Sie war noch immer sehr schön, besonders für einen verrückten Statistiker.

Dickie hatte aufgehört zu blättern und sich irgendwo festgelesen. »Hey, hör dir das an. Das ist klasse. Robert Sullivan schlägt vor, wir sollen mit Harrison Teller Kontakt aufnehmen, der würde hier vor Ort seine Interessen vertreten.«

»Teller? Aber der wohnt in der Nähe von Fairbanks.« Ich schüttete den Reis in eine Pfanne, und Toddy ging zum Kühlschrank, um dort nach etwas Gemüse zu suchen. Wendell hatte indessen Dickies Gummistiefel in Angriff genommen. Dickie grinste, schob vorsichtig den Hund beiseite und gab ihm ersatzweise meinen Gedichtband zum Zernagen. Ich marschierte sofort auf den Hund zu und rettete das Buch aus seinen Fängen. Wendell schaute mich mit den leeren Augen und dem leicht zur Seite geneigten Kopf eines wahren Lyrikfreundes an. Ich wischte den Sabber vom Umschlag und stellte das Buch wieder ins Regal.

»Mann, Dickie, diese Arschgeigen in Seattle wissen nicht mal, daß es nach Fairbanks genauso weit ist wie nach Rußland. Das wäre etwa so, als säße ihr eigener Anwalt in Chicago. Aber davon mal abgesehen, Teller hat keine Zulassung mehr.«

Dickie lehnte sich zurück und plazierte seinen Fuß auf einem Stapel Zeitungen, um den Gummistiefel vor Wendell in Sicherheit zu bringen. »Harrison Teller. Endlich eine gute Nachricht. Ich wollte ihn immer schon mal kennenlernen. Der Typ ist eine lebende Legende.«

Dickie war gerade sechsunddreißig Jahre alt geworden. Er hatte in Harvard Jura studiert, was bald achtzehn Jahre zurücklag. Er hatte damals die klassische Wall-Street-Karriere ausgeschlagen, um hier am Rande der Zivilisation Rechtsgeschichte zu machen. Er legte immer großen Wert auf die Feststellung, daß er das Gütesiegel Ivy League nicht brauchte. Aber unversehens fand er, der Revoluzzer von gestern, sich nun als stinknormaler Provinzanwalt im hintersten Alaska wieder, ging auf die Vierzig zu und mußte sich eingestehen, daß sich die Betroffenheit des Ostküsten-Establishments über seinen Karriere-Boykott durchaus in Grenzen hielt. In jüngster Zeit trug er sein Harvard-Sweatshirt immer häufiger. Dickie selbst ertrug wohl den Gedanken am allerwenigsten, daß jemand so schlau und gleichzeitig so eitel sein konnte. Und das fand ich nun wieder einen netten Zug, auch wenn ich damit fast allein stand. Normalerweise gingen Dickie und ich zusammen einen trinken, nur jetzt, während des Winters, aßen wir auch zusammen und sahen uns auf dem Videorecorder Filme an.

»Aber eine erneute Anklage gegen Teller haben sie trotzdem nicht mehr hingekriegt. Mein Gott, der Typ bräuchte sich bloß ans Telefon zu hängen und hätte für den Rest seines Lebens ausgesorgt.«

Wendell hatte sich mittlerweile auf der Couch breitgemacht und zerrupfte hörbar das rostrote Harvard-Sweatshirt. Dickie legte die Schriftsätze auf den Tisch, nahm sich die Fernbedienung und schaltete aufs Geratewohl den Film ein, den sich Toddy zuletzt auf Video angesehen hatte. Flackernd kam Leben in die Glotze auf dem Bücherregal: Cary Grant, wie er über den nächtlichen Rasen diesen eigenwilligen Leoparden verfolgt. Toddy setzte sich auf die Ecke des Sofas. Das Sofa war eigentlich eine Schlafcouch, und die Sprungfedern ächzten unter seinem Gewicht. Seine Schultern sanken nach vorne. Er schnitt nicht mehr ganz frischen Broccoli in eine Stahlschüssel.

»*Leoparden küßt man nicht*. Ich finde diesen Film ungeheuer gut. Und du, Cecil?«

»Nenn mir einen, der ihn nicht gut findet.«

»Meinst du, wir könnten uns hier einen Leoparden halten, Cecil? Ich weiß, du magst diese Riesenviecher nicht, aber vielleicht könnten wir …«

»Einen Leoparden, wozu? Guck dir doch bloß diesen Hund an. Der ist schlimmer als jeder Leopard.«

Wendell hatte endlich ein erstes Loch in das Harvard-Shirt gebissen, und Dickie sah ihn liebevoll an, streichelte ihm den Kopf, als hätte ihn das Tier von einer großen Bürde befreit. Dann wandte er sich an Todd, tippte ihm ans Knie.

»Es gibt überhaupt keine besseren Geschichten als die von reichen Leuten, die von wilden Tieren verfolgt werden – wo sie doch immer dachten, es wären Hauskatzen. Zeigt ihnen, daß sie nicht alles kontrollieren können.«

Ich nahm noch ein Xanax. Auf der Mattscheibe krabbelte Katharine Hepburn in ihrem durchnäßten Abendkleid aus dem Teich. Glitzernd perlte das Wasser an ihren Haaren hinab, während sie verliebt auf einen nervösen Cary Grant einredete. Eine große Stille senkte sich auf den Bildschirm, nur im Hintergrund sang Bird mit seiner Kanne. Und ein Stück weiter pflügten die Grauwale durch den Sand, um ganze Schichten von Krabben und kleinen Krebsen abzuweiden. Das Wasser vor der Küste würde schlammig sein und die Luft zerrissen von den Schreien der Möwen und den Fontänen der Wale. Und wenn dieses Leben wirklich nur ein Traum gewesen wäre, hätte ich ruhig weiterschlafen können.

Das Telefon klingelte, doch weder Toddy noch ich brachten es fertig, den Hörer abzunehmen. Die flimmernde Mattscheibe hatte uns vollständig in Bann gezogen. Als es zum drittenmal klingelte, sah zumindest Dickie auf. Und nachdem er das Feuer unter dem Reis abgedreht hatte, nahm er auch den Hörer ab.

»Es ist Hannah.« Er hielt den Hörer von sich weg.

Hannah war eine Frau, die mich mal geliebt hatte. Bis sie dann völlig überraschend merkte, daß sie für weinerliche, narzistische Säufer im Grunde nichts übrig hatte. Ich wollte gerade aufstehen, da sah ich, wie Wendell bereits einen Fetzen Harvard aus dem Shirt gebissen hatte. Das war vor der Couch, und dahinter schimmerte das Gesicht von Katharine Hepburn in Großaufnahme. Nur noch wenige Minuten, und die Leoparden saßen im Gefängnis in der Falle. Mir war klar, daß Hannah nur angerufen hatte, um zu kontrollieren, ob ich nach meiner Entlassung noch nüchtern war. Sie fragte einen nie direkt, doch selbst hinter der aufgesetzten Lockerheit blieb ihr hochkonzentrierter Argwohn spürbar. Einen abgebrochenen Stöckelschuh in der Hand, stolperte Katharine durch den Wald.

»Sag ihr, ich baue ihr gerade ein Segelboot. Wir taufen es dann auf den Namen *True Love*. Sag ihr, ich ruf sie an, sobald es fertig ist.«

»Ich soll dir sagen, er baut dir gerade ein Segelboot und tauft es auf den Namen *True Love*. Und ich soll dir noch ausrichten, daß er dich anruft, sobald er fertig ist«, sagte Dickie in den Hörer – und verzog das Gesicht, als am anderen Ende aufgelegt wurde. Dann kam er zurück zur Couch. »Sieht so aus, als wäre die Message nicht rübergekommen«, sagte er und setzte sich. Dann sagte er: »Weißt du, das ist nämlich aus einem ganz anderen Film. In *Leoparden küßt man nicht* baut er ihr jedenfalls kein Boot, soviel ist sicher.«

»Ich weiß«, sagte ich und winkte ab.

Wir sahen den Film zu Ende, spulten zurück und sahen ihn noch mal von vorn. Wir aßen Elch Teriyaki mit Reis und vergammeltem Broccoli. Auch Wendell bekam sein Freßchen, dazu das, was vom Tisch des Herrn abfiel, und gab endlich Ruhe. Er lag mit dem Rücken auf der Couch, während Toddy ihm den fast haarlosen Bauch kraulte. Dickie trank noch ein alkoholfreies Bier und schlief davon bald ein. Ich knipste das Licht aus, half Toddy bei der Suche nach seinem Schlafanzug, ging dann ins Bett. Ich erinnere mich nicht mehr genau, was ich in dieser Nacht geträumt habe. Ich weiß nur noch, daß es irgendwie um einen kleinen Jungen ging, einen kleinen Jungen mit dunklen Augen, der mit einem Leoparden schmuste – was mir das angenehme Gefühl vermittelte, daß ich durch eine Welt schwebte, in der alles nach den Prinzipien eines aufgeklärten Optimismus geregelt war.

Ich schlief durch, bis die Schatten der Möwen über mein Gesicht flitzten und mich der Anruf einer Anwaltssozietät aus Juneau erreichte, die mich davon in Kenntnis setzte, daß Senator Wilfred Taylor von Priscilla umgebracht worden war.

2

»Das Ganze ist kein Spiel, Mr. Younger. Ich muß Ihnen sogar sagen, sie ist in einer äußerst schwierigen Situation. Der Senator liegt tot, das heißt mit eingeschlagenem Kopf, im Treppenhaus des Capitols, und Ms. DeAngelo heult den Leuten die Ohren voll, er wäre ein – Moment, ich zitiere – ›er wäre ein Gangster, ein mieser Schuft, der endlich gekriegt hat, was er verdient. Jawohl, ich habe ihn getötet, irgend jemand mußte es ja tun.‹«

Die Stimme aus dem Telefon gehörte dem jungen Mann von jener Anwaltssozietät in Juneau, die für die Pflichtverteidigung zuständig war. »Gibt es Aufzeichnungen darüber, Bänder vielleicht?«

»Unglücklicherweise ja. Der Polizist, der sie festgenommen hat, trug ein Diktiergerät in seiner Brusttasche. Ms. DeAngelos Stimme ist kaum zu überhören.«

»Mit wem hat sie denn in dem Moment gesprochen?«

»Keine Ahnung, aber den Angaben des betreffenden Polizisten zufolge hat sie entweder mit sich selbst geredet oder mit dem Toten. Das war ungefähr um zweiundzwanzig Uhr dreißig. Zu der Zeit befinden sich nur noch wenige Leute in dem Gebäude. Niemand hat direkt etwas gesehen, aber ein paar Leute wollen im Treppenhaus eine lautstarke Auseinandersetzung gehört haben.«

»Hat man denn eine Waffe gefunden? Irgend etwas mit Blutspuren?«

»Bislang noch nicht. Es spricht jedenfalls im Moment nichts dagegen, daß er durch einen Sturz gegen das Treppengeländer umgekommen ist. Sowohl dort als auch auf der Treppe selbst hat man Blut und Haare gefunden. An weiteren Beweismitteln gab die Örtlichkeit nicht viel her. Tut mir leid, mehr weiß ich im Augenblick auch nicht. Aber für mich deutet alles auf einen Streit hin. Deshalb wiegen ihre Äußerungen auch so schwer. Dazu kommt ihre generelle psychische Verfassung. Ich schätze mal, sie werden nichts unversucht lassen, eine Anklage wegen vorsätzlichen Mordes auf die Beine zu stellen. Wenn er wirklich nur während eines Streits ausgerutscht ist, sehe ich nicht ein, warum wir sie nicht freibekommen sollten. Vielleicht plädieren sie auch nur auf Totschlag, aber das hängt sehr davon ab, was Ms. DeAngelo ursprünglich von dem Senator wollte. Je besser es ihnen gelingt, sie als gewaltbereiten Racheengel hinzustellen, um so schlechter stehen wir mit unserer Unfall-Version da. Dann nämlich geht die Geschichte wirklich in Richtung Mord.«

Ich hielt den Hörer weg, denn was jetzt kam, kannte ich schon. Dickie war inzwischen in seinem Büro, versuchte am Telefon, die Abwehr zu mobilisieren und die Bedingungen für eine Entlassung gegen Kaution in Erfahrung zu bringen. Unklar war auch, ob Priscillas Familie ihn überhaupt bezahlen konnte. Aber selbst dann mußte noch eine dritte Person für Priscilla bürgen, jemand, der vierundzwanzig Stunden am Tag praktisch nicht von ihrer Seite wich und für die Zeit der Haftverschonung, so es sie denn gab, die volle Verantwortung übernahm. Dickie versuchte, Jane Marie zu erreichen.

»Hören Sie, ich kann mich jetzt nicht weiter darüber unterhalten«, erklärte ich dem Pflichtverteidiger und hantierte mit dem Hörer an meiner Schulter. »Wir kommen zu Ihnen. Immerhin haben Sie sie durch die Anklageerhebung gelotst. Dickie wird mit ihr reden. Alles Weitere klären wir dann.« Nach einer Pause fügte ich hinzu: »Das heißt, wenn Sie einverstanden sind.«

Der Bursche kam frisch von der Uni, und der Job war völlig neu für ihn. Er wollte zunächst lediglich einen guten Eindruck machen. Ich kannte ihn nicht, aber ich spürte sofort, was ihm die Sache bedeutete und wie sehr er darunter leiden würde, wenn wir ihm den Fall aus der Hand nahmen. Ein knackiger Mordfall mit der entsprechenden Presse wäre endlich mal etwas anderes als die elenden Sexgeschichten und die Fälle von Trunkenheit am Steuer, mit denen er sich für gewöhnlich herumschlug.

»Yeah, okay. Vielleicht verraten Sie mir dann auch, wie Sie die Sache anpacken wollen. Anschließend können wir ja immer noch entscheiden, was das Beste für sie ist.«

Meine Vermutung war richtig gewesen, er war bereits beleidigt.

Ich legte den Hörer auf und sah aus dem Fenster. Der Frühling war bereits wieder vorbei. Zwar war das Wasser im Kanal noch glatt, aber der Regen hatte bereits eingesetzt. Vereinzelte große Tropfen platschten auf die spiegelnde Wasserfläche, bildeten erste Bläschen und konzentrische Kreise, die sich gegenseitig in die Quere kamen. Ein Seemann breitete eine blaue Persenning über das Steuerhaus seines alten Holzkutters, das er erst gestern kalfatert und frisch gestrichen hatte. Egal zu welcher Jahreszeit, im Südosten von Alaska ist der Herbst niemals fern. Sogar an den wärmsten Sommertagen liegt immer schon ein Hauch von Herbst in der Luft. Der Herbst war wie der Klatsch bei einer ausgelassenen Party - ein durchgängiges Hintergrundgeräusch, das man mitbekam, ob man wollte oder nicht.

Ich packte meine paar Sachen zusammen: meine Baumwolljacke (mit Wollfutter), Ölzeug, Unterwäsche und Socken (zum Wechseln), ein Flanellhemd, Rasierapparat, meine Kamera (idiotensicher) und ein paar Stifte. Ich wollte gerade die Tasche zumachen, da ging ich noch mal zurück an meinen Schreibtisch, holte das große Jagdmesser und den silbernen Armreif heraus, den Dave Galanin für mich gemacht hatte. Auf dem Armreif war ein Bär eingraviert, wie ihn die Tlingit-Indianer machen. Sollte angeblich Glück bringen. Ich fand, für den Armreif war jetzt die Stunde der Wahrheit gekommen.

Toddy und Wendell würden schon alleine zurechtkommen. Zum Supermarkt gelangte man auch zu Fuß, und man konnte dort anschreiben lassen, so daß Toddy nicht auf Bargeld angewiesen war. Um das Auto brauchte ich mir keine Sorgen zu machen, denn ich besaß keins mehr. Ich erinnere mich noch genau an den Tag, an dem sie mir endgültig den Führerschein abgenommen haben. Der Richter sagte nämlich zu mir: »Mr. Younger, Sie werden den Halleyschen Kometen eher wiedersehen als Ihren Führerschein.« Der Halleysche Komet kam alle sechsundsiebzig Jahre, und das konnte man in Ruhe abwarten – zumal ohne Auto. Dickie würde mit seinem Motorrad zum Flughafen kommen und es im Moor hinter dem Parkplatz an einen Baum ketten.

Es war windig, und versprengte Regentropfen bliesen mir ins Gesicht, als ich aus dem Taxi stieg. Ich bezahlte und schulterte meine Tasche. Die Wolken hingen niedrig, aber die Sicht reichte für die Landung. Die Maschine aus Ketchikan kam, und die ersten Passagiere drängten sich bereits an der Gangway. Es war der normale Geschäftsverkehr von Ketchikan hoch nach Sitka und dann landeinwärts nach Juneau.

Ich glaube, meine extreme Flugangst geht zurück auf eine lebendige Phantasie, verbunden mit dem blanken Unverständnis hinsichtlich der Funktionsweise eines Flugzeugs. Ich habe sogar selber Flugstunden genommen, ohne Erfolg. Moderne Düsenflugzeuge werden nämlich von Nieten zusammengehalten, die nicht viel stärker sind als die an den Aluminiumkanus damals im Summercamp. Nur daß die Außenhaut eines Flugzeugs noch dünner ist. Einmal trug ich mit einem Freund eins dieser Blechkanus durch die Brandung zum Bootshaus am Strand, wobei er ausrutschte und wir zusammen mit dem Boot hinfielen. Ein kleiner vorstehender Felsbrocken hatte ausgereicht, das Aluminium zu durchschlagen. Was nützten da die schlauen Erklärungen, diese Materialermüdung sei die Folge einer elektrolytischen Reaktion, welche wiederum daher rührte, daß das Boot monatelang am Steg gelegen hatte, wofür es einfach nicht gemacht sei. Ich kann nur sagen, es nützt überhaupt nichts, nicht, wenn man mit sechshundert Meilen pro Stunde über Alaskas Küstenlandschaft hinwegdonnert und sich vorstellt, wie leicht sich die dünne Aluminiumröhre in einen kreischenden Feuerball verwandeln kann, der dann als Regen aus zerfetzten Bauteilen und gebrochenen Nieten auf den Wellen niedergeht. Bei jeder Änderung der Drehzahl sehe ich ihn vor mir, den zerfetzten Hydraulikschlauch tief unten in den Eingeweiden des Flugzeugs, zuckend, pulsierend trotz des Druckverlusts, und der Kapitän vorne im Cockpit tippt noch gelangweilt gegen die Anzeige – Millisekunden vor der Katastrophe. Dann das Unvermeidliche, die lautlose Implosion, rasende Flammen, am Schluß der nackte Fels. Das heißt, auf Flügen kann man mich vergessen. Ich kannte Leute, die lieber neben Eltern mit einem schreienden Baby Platz nahmen als neben mir.

Ich genehmigte mir noch eine Handvoll Pillen, während wir, Dickie und ich, durch den Metalldetektor marschierten. Ich hatte mich noch nicht angeschnallt, da war jenes Gefühl akuter Bedrohung einer makabren Spaßbereitschaft gewichen, die ich als emotionale Ersatzhandlung nur empfehlen kann. Ich schaute zu Dickie hinüber, der sich ans Fenster gesetzt hatte, während die Stewardeß ihren Kontrollgang machte. Sie trug zentimeterdickes Make-up und hatte sich die Augenbrauen nachgezogen, bis der dramatische Geisha-Effekt nicht mehr zu überbieten war. Durchs Bullauge sah ich einen Raben, der eins von diesen Brötchen zerpflückte, die es im Flugzeug zu essen gab. Irgendwie war dieses Ding auf dem Rollfeld gelandet. Der Rabe hüpfte auf das Gestänge des Gepäcktransporters, hackte auf das Brötchen ein, blickte dann starr geradeaus.

»Mann, das sieht aber alles gar nicht gut aus.« Dickie brütete über den Notizen, die er sich während eines Telefonats mit der Kriminalpolizei von Juneau gemacht hatte. Darunter war auch eine eher schlichte Skizze, die er sich jedoch immer wieder ansah, um sich vor Augen zu führen, auf welche Weise der Senator gestürzt war.

Ich lächelte, als der Flieger zurücksetzte. »Die Fakten sehen nie gut aus«, sagte ich. »Am besten, man kümmert sich nicht darum.« Die Flügel des Flugzeugs überschatteten jetzt den schwarzen Vogel. Seine Federn plusterten sich in den Turbulenzen von Wind und Düsenstrahl. Er schnappte sich das Brötchen und schwang sich in die Lüfte.

Tatsächlich sprachen sämtliche Fakten gegen Priscilla. Sie hatte ein Motiv und weigerte sich beharrlich, zum Hergang des Geschehens Stellung zu nehmen. Andererseits stand bisher nur fest, daß der Senator durch einen Schlag auf den Kopf zu Tode gekommen war. Aber die Staatsanwaltschaft würde in puncto Spurensicherung einiges aufbieten, um einen Mordfall daraus zu konstruieren. Um so schlimmer für sie, wenn sie sich keine Anwälte leisten konnte, die sich eine wirklich effektive Gegenstrategie überlegten.

Priscilla war nach Sitka gezogen, um ein wenig Abstand von ihrer Familie zu gewinnen. Finanziell kam sie so gerade über die Runden, meistens durch eine Vielzahl kleiner Gelegenheitsjobs, was jedoch auf den Inseln nichts Ungewöhnliches ist. Vor der Geburt von Young Bob hatte sie tageweise auf einem Kutter angeheuert. Später suchte sie nach Alternativen, die zumindest die Kosten für eine Tagesmutter abdeckten, hatte gekellnert, in der Fischfabrik gearbeitet, sogar im Kino Popcorn verkauft. Das reichte für ein kleines ebenerdiges Apartment am Hafen, aber eben nicht für die Dienste eines Gerry Spence, der sich dann in den nächstbesten Flieger setzte, um sie im fernen Alaska in einem Mordfall zu verteidigen.

Die Stewardessen führten vorne das Schwimmwestenbalett auf, und ich saß einfach nur da und sah mir die Show an. Aus irgendeinem Grund wirkte die Aufführung so frisch und unverbraucht wie bei einer Premiere, aber ich verstand leider wieder einmal nicht, was das Ganze eigentlich sollte. Dickie raschelte in seinen Unterlagen und schüttelte ab und zu den Kopf. Das Flugzeug rumpelte an die Startposition, ich guckte durchs Fenster, sah den Deich und direkt dahinter die Wellen. Die Triebwerke heulten auf, und das Flugzeug kam bollernd in Fahrt. Ich schloß die Augen.

Nach dem Abendessen und dem zweiten Martini pflegte der Richter sich zurückzulehnen und zu einem längeren Vortrag auszuholen. »Die Aufgabe eines Richters hat große Ähnlichkeiten mit der eines Geschichtenerzählers.« So lautete einer seiner Lieblingssätze, welcher sich im übrigen als Einleitung für nahezu jedes beliebige Thema eignete. »Das heißt, er hat dafür Sorge zu tragen, daß die Geschichte in sich stimmig ist. Die Geschichte darf keine inneren Widersprüche aufweisen, und ihr Realitätsbezug muß allgemeiner Lebenserfahrung entsprechen, nicht dem Ausnahmefall.«

»Und die Wahrheit?« fragte da vielleicht irgendein Grünschnabel.

»Der Richter darf voraussetzen, daß das, wovon die Rede ist, in der Sache auch bekannt ist. Die Wahrheit ist ein Konstrukt, das praktisch nur im Gericht existiert, außerhalb des Gerichtssaals wird völlig nebensächlich, was die Wahrheit ist.«

»Aber der Richter, was ist mit dem?«

An dieser Stelle lächelte er immer (vermutlich war die Frage daran schuld), lächelte, beugte sich huldvoll nach vorne und klingelte mit dem Eis im leeren Glas. »Da das Recht kein Spiel ist, ist der Richter auch kein Schiedsrichter.« Hier kam dann meistens eine Kunstpause – Gelegenheit für den Grünschnabel, sich die Botschaft reinzuziehen, bevor der Richter fortfuhr. »Der Richter ist der Dirigent eines ganzen Orchesters, also weit mehr als ein bloßer Geschichtenerzähler. Was immer vor Gericht passiert, er verleiht dem ganzen Geschehen seine Form, bestimmt Rhythmus und Tempo.« Für gewöhnlich breitete sich dann das Lächeln über beide Zahnreihen aus. Schließlich lehnte er sich erneut zurück, fleischgewordene Unerschütterlichkeit der juristischen Prozedur und ihrer schnarrenden Logik, vor welcher der Grünschnabel die Flucht ergriff, nur um die Stimme des Richters nicht mehr hören zu müssen. »Der Richter bringt die verschiedenen Stimmen in Einklang. Seine Kenntnis, seine Entscheidungen, seine Einsicht prägen am Ende das Urteil.« Ich höre ihn heute noch.

Meine Schwester war in den frühen Jahren ihrer Karriere eine äußerst erfolgreiche Strafverteidigerin, lehrt jetzt aber nur noch Jura in Yale. Den Anwaltsberuf hat sie ganz an den Nagel gehängt. Sie hält lieber Vorträge vor ihren Studenten und tut so, als wären das ihre Geschworenen. Manchmal schlägt sogar die Stimme des Richters in ihr durch. Nach der High-School bin ich dann von zu Hause ausgezogen, denn ich hatte ein für allemal genug von diesem Dirigenten und seinen Orchesterspielen.

Doch selbst nach seinem Tod konnte ich mich nie richtig davon befreien. Ich war pleite und praktisch dauernd betrunken, während meine Schwester nach und nach jeden größeren Fall in Alaska übernahm. Sie stellte mich in der Folge als Privatdetektiv ein, aber alles was ich zu tun hatte, war, ihr die Aktentasche nachzutragen und ab und zu einen Zeugen ausfindig zu machen. Darüber hinaus erteilte sie mir wertvollen Nachhilfeunterricht in Sachen Strafprozeßordnung. Der Kreis hatte sich geschlossen.

Die Sauferei habe ich inzwischen aufgegeben, und die Erinnerungen an meinen Vater haben sich bis auf ein paar Anekdoten und sentimentale Reminiszenzen verflüchtigt. Ich weiß nicht, woran es liegt, aber seltsamerweise ist aus mir doch noch ein brauchbarer Privatdetektiv geworden, zumindest bei Mordfällen. Nur deshalb donnerte ich jetzt mit Dickie das Rollfeld hinab. Wir wußten, daß für uns bei der Sache vermutlich nichts raussprang, und es war uns, ehrlich gesagt, auch völlig egal, ob Priscilla Senator Wilfred Taylor ermordet hatte oder nicht. In gewisser Weise spielte das nämlich schon keine Rolle mehr. Kein Gericht der Welt, kein noch so verständnisvoller Richter würde Priscilla erlösen können. Was sie wirklich brauchte, war Hilfe. Oder wie mein Vater zu sagen pflegte, sie brauchte jemanden, dem sie ihre Geschichte erzählen konnte. Und wenn sie keine Geschichte hatte, dann brauchte sie jemanden, der zusammen mit ihr eine Geschichte erfand. Strenggenommen sahen die Fakten natürlich niemals gut aus, aber dafür gab es immer noch weitere Fakten, und mit Hilfe dieser Fakten würden wir eine Geschichte erfinden, die weder stimmig war noch ohne innere Widersprüche auskam, noch der allgemeinen Lebenserfahrung entsprach. Aber sie hätte unbestreitbar Musik, Musik ohne Dirigent, um genau zu sein, dafür jedoch den Klang der Ereignisse.

Ich spürte das Fahrwerk unter mir und wie es über die Startbahn rullerte, dann hob der Vogel die Nase in den Wind und zog, schwerelos plötzlich, hoch, hoch, hoch. Die Brücke, die Kirche, meine Stammkneipe, alles sah fremd aus von oben und so, als gehörten diese Gebäude nicht mehr zu meiner Stadt am Meer. Ich stellte mir die Beerensträucher vor, in denen der Rabe das Brötchen verzehrte, aber ich hatte keine Ahnung, wo das Gebüsch sein sollte oder ob es überhaupt existierte. Der Steigflug drückte mich in meinen Sitz, und obwohl ich hinter dem Fenster das grüne Band des Meeres erkannte, rätselte ich, was auf dieser Welt so grün sein konnte und wo. Auch der Berg hinter der Stadt erschien mir auf einmal wie eine neurologische Dysfunktion, Teufelswerk zwischen den Synapsen. Dann brachen wir durch die Regenwolken, und die Vision war weg.

Statt dessen bewegten sich jetzt die Stewardessen durch den Mittelgang, verteilten Orangensaft und Erdnüsse. Ihr Transportwägelchen rappelte, als wollte es sich selbständig machen und endlich aus eigener Kraft den Gang hinabtitschen. Die Stewardessen standen sich gegenüber, das Wägelchen in der Mitte, und ich sah ums Verrecken nicht ein, warum die eine dabei rückwärts ging. Sie lächelten, wobei ganz und gar unverständliches Zeug aus ihrem Mund quoll. Ich hatte das dumme Gefühl, ich sei irgendwo in einem exotischen Kino aufgewacht.

»Transitorisch-ischämische Attacke«, brachte ich hervor und lächelte zu Dickie hinüber.

»Klar«, sagte er, »versteh ich.«

Das Flugzeug stieß zur Sonne vor. Ich wandte mich zum Fenster und sah auf einmal weiße Gletscher und graue Granitbrocken durchs Wolkenmeer treiben. Dickie wühlte in seinem Aktenkoffer.

»Warte mal, Cecil. Verdammt noch mal – gerade du solltest dir auch auf kurzen Strecken immer was zu lesen nehmen. Das lenkt ab.« Er drückte mir ein paar Papiere in die Hand. Dinge waren darauf geschrieben, und die Blätter waren hübsch gefaltet.

Das Flugzeug legte sich in eine lange Kurve, und im selben Moment drehte auch er sich zu mir um: Die Sonne ging hinter seinem Rücken auf, ihre Strahlen blendeten mich. »Übrigens, wie heißt eigentlich der Arzt, der dich behandelt hat? Der Name müßte doch auf dem Fläschchen stehen, Cecil.« Er langte in meine Jackentasche und zog das Fläschchen heraus. Er besah sich den Aufkleber, griff dann nach dem Telefon, das in den Vordersitz eingebaut war, und wählte. Ein langgezogenes Rumpeln ging durch das Flugzeug, das mit vermindertem Schub beidrehte zum Landeanflug auf Juneau. Wir fielen durch alle Wolken zurück zur Erde. Ich hatte endlich keine Angst mehr. Flug, Flugzeug, Nieten und Aluminiumhaut, sämtliche Fakten, vor denen ich Angst gehabt hatte, das alles interessierte mich nicht mehr. Schlingernd sank das Flugzeug weiter, es knackte unter den Sitzen, und ich schloß die Augen, bis die Motoren erstarben.

Als das Flugzeug zum Stillstand gekommen war, war mir klar, daß ich nun würde von Bord gehen müssen, aber ich sah im Grunde nicht ein, warum, und auch das Wie blieb mir ein Rätsel. Dann sah ich den Therapeuten aus dem Krankenhaus, der anscheinend am Ausgang auf mich wartete. Aber eins nach dem anderen. Ich konzentrierte mich vorderhand allein aufs Gehen, denn plötzlich war überall Bewegung. Dieser Strom schien mich mitzureißen, und jede Stockung meinerseits führte zu kleinen Menschenwirbeln und lauter irritierendem Gewühle. Mein Therapeut trug eine offene Teerjacke, darunter ein graues Fischerhemd. Er klopfte mir auf die Schulter. »Hey, Mann, Sie sehen aus, als wären Sie total von der Rolle. Sie können von Glück sagen, daß ich hier auf meinen Flieger gewartet habe und sie mich vom Krankenhaus aus noch erwischt haben. Wie viele von den Pillen sind denn noch übrig? Lassen Sie mal sehen.« Dickie, der plötzlich hinter mir stand, reichte dem Doktor das Fläschchen. Kurz darauf war Dickie verschwunden, angesaugt und mitgerissen vom wimmelnden Strom der Menge. Mein Therapeut leerte den Inhalt des Fläschchens in seine Hand, ganze drei Pillen.

»Sie sind nicht verrückt, Cecil. Aber total behämmert. Die Tabletten sollten für zehn Tage reichen.Und jetzt schauen Sie sich das an. Sie sind einen Tag weg und haben sich mehr als eine Wochendosis reingezogen. Okay, Junge, jetzt ist Schluß.

Keine Pillen mehr ab heute, keine einzige.« Mein Therapeut ließ die Pillen in seiner Jackentasche verschwinden. »Es ist nur zu Ihrem Besten«, fügte er hinzu und packte mich an der Schulter. »Wenn die Wirkung nachläßt, sind Sie vielleicht etwas nervös und gereizt. Aber lassen Sie sich nicht verrückt machen und halten Sie sich aus größerem Ärger raus, denn die Sache ist noch längst nicht ausgestanden.« Ich mußte ihn wohl reichlich enttäuscht angesehen haben, aber das schien ihn kaum zu beeindrucken. Im Gegenteil, er meinte mit einer Fröhlichkeit, die mir unverständlich war: »Herzlich willkommen in der schönen neuen Welt – nur Sie müssen leider draußen bleiben.«

Dann drängte er mich auf eine Sitzbank in der Nähe der Gepäckausgabe. Dickie hatte eine Auseinandersetzung mit jemandem am Gepäckband. Gleichzeitig redete mein Therapeut auf Dickie ein. Ich betrachtete die Papiere, die Dickie mir im Flugzeug gegeben hatte. Zunächst fiel mir nur auf, wie sauber die Seiten eingerichtet waren, ein abstraktes Spiel von Schwarz und Weiß und absolut symmetrisch wie die Waben eines Bienenstocks. Aber je länger ich diese Seiten anstarrte, desto mehr Rhythmus bekamen sie – bis ich schließlich einzelne Phrasen ausmachen konnte und der Nebel aufriß. Wörter und Buchstaben standen mir mit einem Mal klar vor Augen.

Es handelte sich um eine sorgfältig gedruckte Broschüre mit der fetten Überschrift: SPIEL-ART: *Zeitschrift für empfehlenswerte Spiele rund um den Polarkreis und den ganzen Globus.* Die Broschüre enthielt einen Katalog und Beschreibungen der angebotenen Spiele: Brett-, Party-, Karten- und Wörterspiele. Das Impressum nannte Jane Marie DeAngelo als Initiatorin und Herausgeberin des Newsletters und eine oder einen V. A. Meegles als organisatorischen Mitarbeiter. Auf Seite zwei war eine Kolumne, betitelt:

Kuß-Spiele: Der Trend der neunziger Jahre. Das mußte ich lesen. *Wir von der* SPIEL-ART-*Redaktion sind der Auffassung – genauer gesagt, es gehört zu unseren grundlegenden Überzeugungen –, daß Kinder das Regelwerk eines Spiels prinzipiell akzeptieren, während sich Erwachsenenspiele primär darum drehen, die Spielregeln zu mißachten. Insofern nähern wir uns dem Gebiet von Kußspielen für Erwachsene mit größtmöglichem Vorbehalt.*

Dickie brach aus dem Gewühl hervor und ließ sich neben mir auf die Bank fallen. Anscheinend hatte mich mein Therapeut in Dickies Obhut übergeben, denn ich erblickte eine lange Wetterjacke mit wehenden Schößen, die auf den Ausgang zusegelte. Einen schwummerigen Augenblick lang glaubte ich zwar, ich hätte erneut eine Erscheinung gehabt, aber dann sortierten sich sämtliche Details der vermeintlichen Erscheinung: Die Jacke gehörte meinem Therapeuten. Und: Der Therapeut, dem die Jacke gehörte, verließ das Gebäude. Und Dickie schaute mir geradewegs ins Gesicht und legte los.

»Verdammt noch mal, Cecil, weißt du, was der Arzt mir gerade gesagt hat? Er hat gesagt, daß du an der ganzen Scheiße im Grunde selber schuld bist. Okay, du hast da ein paar Probleme, aber richtig schlimm geworden ist es erst durch die ewigen Tabletten. Er hat gemeint, bis du wieder fit bist, das könnte noch dauern. Herr im Himmel, das ist das letzte, was ich jetzt gebrauchen kann. Ich muß dringend mit Jane Marie sprechen, aber ich habe keinen Schimmer, wo sie sich aufhält. Ich habe kein Mandat von Priscilla, und dieser gottverdammte Pflichtverteidiger ist angeblich gerade joggen gegangen. Und um das Maß voll zu machen, hängst du hier in den Seilen wie ein geklopfter Hase, hörst im Geiste den Soundtrack zu Woodstock, und ich hab hier den ersten heißen Mordfall seit Jahren.«

Allerdings muß es mir in diesem Moment bereits wieder bessergegangen sein, ich verstand jedenfalls alles bis auf das mit Woodstock. »Hier...«, sagte ich und reichte ihm die Ausgabe von SPIEL-ART. »In dem Ding steht die Geschäftsadresse von Jane Marie. Muß irgendwo in der Innenstadt sein.«

Dickie riß mir das Blatt aus der Hand und starrte es mit einem Gesichtsausdruck zwischen Unglauben und schierer Panik an, gerade so, als hätte ich es soeben hinter seinem Ohr hervorgezaubert. Und ich konnte mir die Bemerkung nicht verkneifen: »Ich hänge vielleicht daneben, aber ich bin immer noch Detektiv.« Dickie stopfte die Broschüre in seine Tasche und marschierte zum Taxistand.

Vielleicht lag es an den Tabletten, aber Juneau kam mir vor wie die schimmernde Perle des Okzidents. Der Regen hatte die Stadt bislang nicht erreicht. Rings um die Parkplätze und dort, wo die Sonne nicht hingekommen war, lagen noch Reste von Schnee. Der Flughafen von Juneau befindet sich mitten auf einer Endmoräne, und als wir ins Taxi stiegen, sah ich das große Eisgesicht des Gletschers, das blauweißlich ins Tal hinabgrinste. Irgendwo da unten schlängelte sich der Mendenhall River über Schlamm und Geröll hinweg zum Meer, gesäumt von Viehweiden, Lagerhäusern, dazu einem sandigen Golfplatz, den man nur mit Gummistiefeln betreten konnte. Im Geäst der Erlen saßen an manchen Tagen ganze Schwärme von Adlern. Stachelschweine und Schwarzbären schnüffelten an den Abfallsäcken, die vor den Hintertreppen der Häuser aufgereiht waren. Die Fahrt in die Stadt führte vorbei an Hubschrauberlandeplätzen und den Filialen praktisch aller großen amerikanischen Ladenketten, danach kam eine gigantische Hühnerfarm und schließlich ein Fitneßcenter. Dies war Alaskas isolierte Hauptstadt. Hier trat der Senat zusammen, um sich einen hinter die Binde zu kippen und unverdrossen weiter an der Verwirklichung des amerikanischen Traums zu basteln, der auch der unsere war.

Ich hatte Glück, denn hinter dem Steuer des Taxis saß kein anderer als Henry. Er trug eine ausgebeulte Jogginghose, dazu ein Flanellhemd unter der zerrissenen Leinenweste. Der Kaffeebecher schaukelte in der Halterung, als das Taxi vom Bordstein ablegte, und sowohl am Handschuhfach als auch an der Wagendecke baumelten russisch-orthodoxe Heiligenmedaillons. Ich kannte Henry aus dem Gefängnis. Er hatte dort den Glauben entdeckt und mir einmal sogar seine Gespräche mit Gott vorgelesen. Er hatte sie alle aufgeschrieben.

»Hey, Cecil, schon gehört? Dem Senator haben sie die Rübe eingehauen.« Er drehte sich im Fahrersitz um, um mir die Hand zu geben.

Ich schüttelte den Kopf. Henrys Taxi roch wie ein voller Aschenbecher. Dickie saß vorne und verdrehte genervt die Augen. Dickie ist in der Stadt groß geworden und hat keinen Sinn für die enorme Bedeutung von Gerüchten. Doch als Strafverteidiger wußte er natürlich, daß gegen Mythen und Hörensagen auch eine lückenlose Beweisführung oft nicht ankam. Deshalb hörte er auch jetzt zu.

»Na ja, angeblich hatte Taylor… also, angeblich hatte er was Geschlechtliches mit so 'nem Mädchen. Die Versuchung des Fleisches, weißt du, Cecil, die war wohl zu groß für ihn. Ich kenne da ein paar Jungs aus seiner Kirche. Und dauernd kamen aus seinem Büro so Geräusche, als ob da gerade was runtergefallen wäre, verstehst du, was ich meine? Ich meine, er hat es schon mitten am Tag getrieben, in seinem Büro. Das sind Tatsachen, Cecil, das weißt du wahrscheinlich besser als ich. Es ist auch immer wieder dasselbe. Alle die Abgeordneten, die hier rumsitzen, ohne Frau und so, das ist die pure Versuchung. Seine Frau soll wahnsinnig sauer auf ihn gewesen sein. Aber wie gesagt, diesmal hat ihn wohl jemand dabei erwischt, aber der andere läuft noch immer frei rum. Das sagen jedenfalls alle. Wie gesagt, ich kenne da ein paar Leute, die seine Frau kennen, also von der Kirche her und so. Die wissen alles über ihn. Gibt's nichts dran zu rütteln.«

Und während er am Funkgerät fummelte, wandte sich Dickie wieder den Unterlagen in seiner Aktentasche zu. Was Henry über den Tod des Senators wußte, war nichts weiter als das übliche Gerede nach einem Promi-Drama. Er hatte zwar keine Ahnung von den Fakten, wohl aber von den Lehren, welche wir nach Mord und Totschlag so gerne herunterbeten, wahrscheinlich, weil sie uns nicht betreffen. Die Moral der Geschichte, wenn man so will. Sie lautete schlicht, daß sich Sex, Geldgier oder Irrsinn auf dieser Welt nicht auszahlten. Henry tippte in diesem Fall auf Sex. Wenn es nach ihm ginge, mußte ich da anfangen zu suchen.

»Wirf mich am Gefängnis raus«, sagte ich zu Dickie. »Wir treffen uns dann später bei diesem Anwalt.«

Dickie blickte nicht einmal auf, sondern wandte sich nur halb zu Henry und murmelte: »Fahren Sie ihn zum Lemon-Creek-Gefängnis, bitte.«

Der Rauhreif blühte auf der Stacheldrahtumzäunung und glitzerte in der Sonne. Stacheldraht, so scharf wie ein Rasiermesser und doch wunderschön. Eine kleine Krähe hockte oben auf dem Wachturm. Von dort hatte sie einen erstklassigen Blick auf die Gemüsegärten, das Basketballfeld und den Sicherheitsstreifen vor dem Zaun, wo Tag und Nacht Männer in blauen Uniformen patrouillierten, das großkalibrige Gewehr schußbereit. Vom Dach des Wachturms sah der Vogel vermutlich bis zur Mündung des Flüßchens, sah den schlammigen Kanal bis hin zur Schulter des Bergs mit seinen Fichten und Hemlocktannen und eisbedeckten Felsen. Als ich näher kam, warf sich der Rabe in die Luft und flog davon, hinweg über die Betonbunker, die grünen Häuser, über Mauern und Stacheldraht, und glitt auf einem Kissen Kaltluft hinab über die Wasseroberfläche des Flüßchens. Wachtposten, die ich nicht kannte, fragten mich vor jedem Tor nach meinem Namen. Anstandslos gelangte ich so bis in den Besprechungsraum für Anwälte.

Als sich auf der anderen Seite der Glasscheibe schließlich die Tür auftat, stand Priscilla vor mir. Sie hatte die Augen niedergeschlagen, der Wachmann tippte ihr auf den Arm, und sie sah mich an, als sei sie eben erst aus einem Alptraum aufgewacht. Ihr Haar war naß und hing strähnig auf ihren hellroten Overall herab. Ihre Hände steckten in Handschellen, die ihrerseits an einer Art Gürtel befestigt waren – eine Zwangsjacke hätte nicht viel unbequemer sein können. Sie schlurfte näher, setzte sich, aber sah mich nicht an. Sie zuckte nur zusammen, als hinter ihr die schwere Tür ins Schloß fiel. Dann herrschte Totenstille.

Sie blickte auf. Ihre Unterlippe zitterte, und sie hatte eine kleine, bläuliche Platzwunde über der Braue, die an den Rändern in ein häßliches Gelb überging. Ihre Unterlippe war aufgesprungen, und sie saugte daran, bevor sie anfing zu weinen.

»Alles in Ordnung, Cilla?«

Sie wollte die Hände zur Scheibe ausstrecken, aber die Fesseln hinderten sie daran. Die Ketten rasselten. Sie sank mit dem ganzen Körper nach vorne, preßte schluchzend die Stirn gegen das kühle Glas, das bei jedem Schluchzer beschlug. Ich sah ihr Gesicht, verzerrt und wie plattgedrückt hinter der Trennscheibe. Ihre Nase lief, und sie hatte die Augen geschlossen.

»Cecil, hol mich hier raus.«

Ich sah mein Spiegelbild in der Scheibe, eine unbewegte Maske vor dem Antlitz der Qual. Ich legte meine Hand auf die Scheibe, als könne ich so ihre Wange streicheln, und sie schmiegte ihr Gesicht noch fester an die Scheibe – die Verzweiflung im Moment ihrer höchsten Verdichtung, flach hinter Glas.

»Ich hatte den Beweis, Cecil. Aber er hat ihn vernichtet. Mit Sicherheit.«

»Hör mal einen Moment zu, Cilla. Sag mir nicht, was passiert ist. Erzähl es niemandem, hörst du? Niemandem. Egal, wie oft sie dir sagen, daß sie dir nur helfen wollen.«

Sie sank in ihren Stuhl zurück, zog heftig die Nase hoch. In ihren bebenden Mundwinkeln nistete bereits der nächste Weinkrampf. Sie saß zusammengesunken auf ihrem Stuhl und hatte sich so klein gemacht wie ein verängstigtes Kind. Nur die Handschellen paßten nicht ins Bild.

»Cecil... das ist nicht fair. Er hat alles zugegeben. Er hatte die Liste, sämtliche Aufzeichnungen... er...«

Dann auf einmal Radau auf der anderen Seite, dazu jede Menge Gebrüll und das blecherne Gequäke von Funkgeräten. Die Tür hinter Priscilla flog auf, und der Wachmensch brüllte: »Okay, Freunde, Schluß, aus, die Party ist zu Ende. Alles raus hier, raus, du auch, raus.«

Ich schlug mit der flachen Hand gegen die Scheibe. »Moment mal, ich bin Anwalt. Sie haben kein Recht dazu, machen Sie die Scheißtür wieder zu.« Doch etwa gleichzeitig sprang auch auf meiner Seite die Tür auf. Zwei Hände drehten mir die Arme auf den Rücken und zerrten mich aus dem Raum, während Priscilla auf ganz ähnliche Weise abgeführt wurde. Noch einmal verschmolzen unsere Spiegelbilder in der Scheibe, unsere Augen weit aufgerissen vor Panik. Erst schlug die eine Tür zu, dann die andere.

Das Gesicht der Sergeants kam mir näher, als mir lieb war. »Seit wann bist du Anwalt, Cecil? Du hältst uns wohl für total verblödet? Meinetwegen komm wieder, wenn du für ihren Verteidiger arbeitest, aber bis dahin hast du hier nichts verloren, hast du das kapiert?«

»Woher hat sie die Platzwunde am Kopf? Von euch?«

»Mach dir über Ms. DeAngelo keine Sorgen. Die kommt schon klar. Also, Sportsfreund, keine Fragen, keine Fotos und schon gar keine kleinen Schnüffler, die hier nichts zu suchen haben. Raus. Aber schnell.«

»Moment, so ist noch nie jemand mit mir umgegangen.«

»Irgendwann ist es immer das erste Mal. Zeig mir die Bestätigung vom Gericht, daß du für sie arbeitest, dann können wir noch mal darüber reden. Aber das hängt sehr davon ab, wie schnell du deinen Arsch hier rausbewegst.« Ein Nicken des Sergeants, und wiederum griffen die Hände zu und beförderten mich zur Tür.

Das war das erste Mal, daß man mich *aus* dem Gefängnis geworfen hatte. Wider meine ureigensten Instinkte rangelte ich sogar noch mit den Wachleuten, als sie mich durch das Tor im Stacheldrahtverhau schleppten. Einer kannte mich von früheren Besuchen. Er flüsterte mir zu: »Verdammte Scheiße, Cecil, hör endlich auf, hier den starken Mann zu markieren. Außerdem hab ich's mit der Bandscheibe. Ich hab keine Lust, mir wieder was zu verrenken, nur weil du den Ausgang nicht alleine findest. Übrigens, da draußen wartet jemand auf dich.«

Hinter dem letzten Tor ließen mich die Wachen los, aber ich tat so, als hätte ich sie endlich von mir abschütteln können. Ich sah, wie sich die breitschultrigen Uniformträger hinter ihren Schutzwall zurückzogen, und zog die Jacke zurecht, als wäre ich in dem ungleichen Kampf der Sieger geblieben. Erneut spürte ich eine fremde Hand auf meiner Schulter und drehte mich um.

»Sind Sie Cecil Younger?«

Ich starrte direkt in einen Vollbart und suchte infolgedessen weiter oben unter dem breitkrempigen Hut nach dem Sinn der Frage. Ich nickte, allerdings nicht übermäßig intelligent.

»Sehr erfreut, ich bin Harrison Teller«, sagte der Riese. »Aber warum steigen Sie nicht in meinen Wagen, hier passiert heute abend eh nichts mehr.«

Teller hatte mir seine Hand auf den Rücken gelegt und bugsierte mich mit der Unbeirrbarkeit einer Naturgewalt zum Auto.

3

Wie viele lebende Legenden war auch Harrison Teller eine symbiotische Beziehung mit seiner eigenen Berühmtheit eingegangen. Er nährte seinen Ruhm, und der Ruhm nährte ihn. Aufgewachsen in einem Kaff namens Jackson Hole, Wyoming, hatte er erst Jura in Harvard studiert, allerdings ohne Abschluß, dann Chemie in Stanford, bevor er wieder nach Harvard zurückkehrte, um dort sein Jurastudium zu beenden. Angeblich war er mit dabeigewesen, als in einem Versuchslabor in Stanford die ersten und ziemlich wirkungsvollen LSD-Verbindungen entwickelt wurden. Den Geschichten zufolge, die über Teller im Umlauf waren, hatte ihm erst eine Razzia in ebendiesem Labor die Augen geöffnet und sein Interesse am Strafrecht geweckt. Während des Pipeline-Booms zog er nach Fairbanks, eröffnete in einem Tipi seine erste Kanzlei und verkaufte nebenher Haschisch an die Bauarbeiter – zu Preisen, die seitdem nicht wieder gesunken sind. Später zog er in ein richtiges Haus, doch sein Büro war immer noch in einer Blockhütte, keine zwei Straßen vom Gericht entfernt. Zwar hatte es die Rauhbeine der Zunft schon immer an den Rand der Zivilisation verschlagen, schillernde Typen mit einer bewegten Vergangenheit, für die das Territorium von Alaska wie geschaffen war, doch Teller gehörte zu jener neuen Spezies von Anwälten, die gar nicht erst im bourgeoisen Dunstkreis des juristischen Klüngels groß geworden waren. Teller verfügte weder über eine lange Ahnenreihe von Anwälten, Abgeordneten und Richtern noch über die entsprechenden Verbindungen.

Fast alle Strafverteidiger brennen darauf, sich – wie David gegen Goliath – mit der Staatsmacht anzulegen. Aber mit Teller hatte es eine besondere Bewandtnis. Ganz egal, wie die Anklage lautete, er paukte seinen Mandanten raus mit Klauen und Zähnen und so viel Gift und Galle, daß sich allein seine Ordnungsstrafen wegen Mißachtung des Gerichts jedesmal auf mehrere tausend Dollar beliefen. Auch zahlte er grundsätzlich keine Beiträge an die Anwaltskammer. Er betrachtete seine vielen Geldstrafen als Beitrag genug. Daneben verlor er höchst ungern einen Fall und machte aus Prinzip keine Deals. Seine Einstellung war sowohl seinem Mandanten als auch dem Staatsanwalt gegenüber stets dieselbe: Entweder man ließ die Klage fallen und entschuldigte sich öffentlich und in aller Form, oder es kam zur Schlacht. Den Mandanten gefällt soviel Biß, besonders am Anfang. Aber dieses Maximalziel erreichte er nur ein einziges Mal – und auch das nur ohne die geforderte öffentliche Entschuldigung. Meistens puschte er seine Fälle so hoch, daß er am Ende jede Kontrolle über den Gang des Verfahrens verlor. Und mit schöner Regelmäßigkeit mußten ihn US-Marshals aus dem Gerichtssaal abführen. Einmal wurde er sicherheitshalber sogar mit den Füßen am Stuhl angekettet, eine Maßnahme, die man schamhaft und vermittels einer bodenlangen grünen Tischdecke vor den Geschworenen zu verbergen wußte.

So kam es, daß manche Mandanten einfach hinter seinem Rücken Deals schlossen, da sie sich lieber in ihr Knast-Schicksal fügten, statt am Tag der Urteilsverkündung vor einem cholerischen Richter antreten zu müssen. Aber alles in allem erwarb sich Teller eine toughe und äußerst treue Klientel. So war er beispielsweise ständiger Berater der Hell's Angels, und jeder Biker mit den Vereinsfarben der Rockergang hatte damals zumindest drei Dinge in seinem Notfallkoffer: eine Vierteldollarmünze, einen Bleistift und Tellers Visitenkarte. Teller verteidigte Eskimos, die im Suff die eigene Familie erschlagen hatten, und gleichzeitig weiße Rassisten, nachdem die Polizei einmal deren Hauptquartier nahe McLear hatte hochgehen lassen. Und nach einer Gefängnismeuterei vertrat er sogar Alaskas damals noch winzige Sekte der *Nation of Islam*. Er fuhr einen maßgeschneiderten, vierradgetriebenen Mercedes, der direkt aus Medellin/Kolumbien importiert war, und trug ungebügelte Zweitausenddollar-Anzüge, als wäre es nichts. Nach fünfzehnjährigem Rechtsstreit durfte er hinter seinem Büro endlich sein altes Tipi wieder aufschlagen, und zwar genau in der geometrischen Mitte zwischen dem Fußbecken, der Schaukel und der Pyramidenpappel. Das Zelt benutzte er als indianisches Dampfbad.

Teller hatte eine Yupik-Frau aus dem Mündungsgebiet des Kuskoquim geheiratet, und die beiden hatten einen Sohn namens Ky. Bereits eine Woche vor der Geburt hockte Teller fastend und meditierend in seinem Dampfzelt, um sich in Trance zu versetzen. Der ganze Clan seiner Frau war bei der Geburt zugegen, und als das Baby auf der Welt war, durchtrennte er eigenhändig die Nabelschnur mit seinem Schweizer Offiziersmesser und wälzte sich anschließend im Schnee. Vaterschaft gehörte zu den wenigen Dingen, die Teller fraglos akzeptierte. Er überschüttete Ky mit kleinen Geschenken und Amuletten, ging – das Baby auf den Rücken gebunden – mit ihm noch im selben Jahr auf die Elchjagd und las ihm den ganzen Winter über aus Mark Aurel vor. Weil er die Zeit lieber seinem Sohn widmete, verzichtete er in der Folge immer häufiger auf interessante Fälle. Er schaffte sich ein Wasserflugzeug an und eine Hütte am Fluß, etwa hundert Meilen nordöstlich von Fairbanks, wo er mit seiner Familie in Frieden jagen und Beeren sammeln konnte. Die endlosen Sommerabende, an denen es praktisch nicht dunkel wurde, verbrachte er singend am Lagerfeuer.

Das alles war in der Zeit, bevor die Morde geschahen. 1989 hatte Teller auf Drängen einer Familie einen schweren Fall übernommen. Es ging um einen jungen weißen Soldaten, der drei philippinische Mädchen erst erwürgt und anschließend ihre Leichen mit Schrotteilen von einem alten Schneemobil beschwert im Tanana River versenkt hatte. Die Militärpolizei hatte zwar ein Geständnis des Soldaten, aber das war ihnen sozusagen in den Schoß gefallen, beruhte es doch im wesentlichen auf wackligen Annahmen und unbewiesenen Hypothesen. Einen zwingenden Zusammenhang zwischen dem Jungen und der ihm zur Last gelegten Tat gab es nicht. Und als erst einmal das Geständnis vom Gericht als unzulässig verworfen wurde, fiel die komplette Anklage in sich zusammen. Im folgenden Akt lautete die Beschuldigung nur noch auf Körperverletzung mit Todesfolge, aber auch hier holte Teller einen Freispruch heraus. Teller verließ vor seinem Mandanten den Gerichtssaal, den Kopf abgewandt, um Kameras und Blitzlichtgewitter zu entgehen. Der junge Soldat machte das Peace-Zeichen und begoß den Sieg mit seinen Kumpeln von der Transportabteilung. Eine Woche später wurde er nach Deutschland versetzt.

Ein halbes Jahr danach allerdings brach jemand in Tellers Haus ein und ermordete seine Frau und das Baby. Der Obduktionsbefund ergab eine gewisse Systematik, denn in jeder Leiche steckten vier Kugeln Kaliber 22: jeweils zwei im Kopf und zwei im Herz. Das Baby war in eine Decke gewickelt, die aus den Hauben von siebenundzwanzig Seetauchern angefertigt war, und noch im Tod schmiegte Ky, den Daumen ganz nah am Mund, sein Köpfchen in diese Decke. Der Vater eines der ermordeten Mädchen, ein Mann namens Adolfo Camise, stellte sich kurz darauf der Polizei. Vor Gericht bekannte er sich des Totschlags in zwei Fällen für schuldig und erhielt dafür zweimal zweiundzwanzig Jahre Zuchthaus, die aber gleichzeitig verbüßt werden konnten – ein Deal, den nicht einmal ein Harrison Teller abgelehnt hätte.

Nach dem Tod von Frau und Kind zog Teller endgültig in seine Jagdhütte am Fluß, betrank sich, nahm Drogen und schoß von der Veranda aus auf alles, was sich bewegte. Eine Fahrt flußaufwärts an Tellers Hütte vorbei galt in jenen Tagen als riskant. Und wenn ihn das Pech nicht wie eine unaufhaltsame Lawine weiter mit sich fortgerissen hätte, wäre er dort eines schönen Tages auch gestorben.

Doch ein Jahr nach dem Urteil gegen Camise wurde dieser im Gefängnis von einem alten Motorradrocker namens Lucky Day erwürgt. Day war einst einer von Tellers Mandanten gewesen und stand zu diesem Zeitpunkt kurz vor der Entlassung – »kurz« hieß in diesem Fall vierzehn Monate. Tatort war angeblich die Wäscherei, die Tatwaffe ein Handtuch. Die belastende Aussage stammte von ein paar Typen, die sich auf diese Art Spitzeldienst spezialisiert hatten und sich in dieser Rolle auch wohl fühlten. Derart in die Enge getrieben, war Lucky Day das Hemd näher als die Jacke. Einziger Ausweg war ein Deal, der ihm auch zugestanden wurde. So ging es mit einem Mal auch um Tellers Kopf. Zwei Jahre, nachdem der junge Soldat vom Vorwurf des Mordes an drei jungen Mädchen freigesprochen worden war, stand Teller in Anchorage wegen Anstiftung zum Mord vor Gericht.

Die Verhandlung gegen Teller stieg im Januar und hatte von Anfang an etwas von Karneval. Der Fall machte eindeutig Schlagzeilen, und jeden Tag, den Gott werden ließ, kamen die Zeitungen mit neuen Hintergrundberichten. Teller ließ sich von einem Harvard-Absolventen vertreten, der gerade mal fünfzehn zu sein schien. Der junge Anwalt war auch sonst das genaue Gegenteil von Teller. Er argumentierte zurückhaltend, sprach leise und wirkte fast verlegen auf die Geschworenen. Aber er hatte die Angewohnheit, seine dicken Brillengläser genau zum richtigen Zeitpunkt abzunehmen und seine Zeugen im Kreuzverhör so lange anzustarren, bis diese die einstudierte Antwort vergessen hatten und anfingen zu stammeln. Lucky Day stand eine geschlagene Woche im Zeugenstand. Stumm verfolgte Teller den Prozeß. Er gab weder Interviews, noch wollte er fotografiert werden. Auf dem Weg zum oder vom Gericht trug er seinem Verteidiger die Aktentasche hinterher, aber er zupfte ihn während der Verhandlung nicht einmal am Ärmel. Nach anderthalbstündiger Beratung stand für die Geschworenen fest: Teller war unschuldig. Acht davon boten Teller sogar ihre Unterstützung an, falls er zivilrechtlich gegen den Staat Alaska vorgehen wollte.

Teller tat nichts dergleichen, sondern zog sich abermals in seine Hütte am Fluß zurück. Der Bezirksstaatsanwalt von Fairbanks, von Teller jahrelang gedemütigt, arbeitete Tag und Nacht an neuen Anklageschriften gegen ihn. Einige kamen sogar zur Verhandlung. Jedenfalls erreichte die Staatsanwaltschaft zumindest Tellers Ausschluß aus der Anwaltskammer – wegen angeblicher Unregelmäßigkeiten im Zusammenhang mit Tellers Treuhandkonto. Doch zu der Zeit öffnete Teller nicht einmal mehr seine Post. Er lebte in seiner Wildnis, hockte jeden Tag in seinem Dampfzelt und sang den Mond an – all die langen Nächte eines Winters, der nie mehr zu Ende ging.

Als ich einmal im Rahmen eines Auftrags in Fairbanks war, traf ich eine Frau, die während der ersten, harten Monate seine Geliebte gewesen war, ein glutäugiges, exotisch anmutendes Mormonenmädchen aus Utah. Aus irgendeinem Grund lief sie immer in großer Garderobe herum. Wirklich immer. Sie hatte wohl den Eindruck, daß sie sich dadurch von den anderen Frauen in Fairbanks abheben konnte, was sicherlich auch zutraf. Sie trug schwere goldene Ohrringe und pathetische Gewänder, die im Wind flappten wie die Fahne der Kavallerie. Tellers Schwiegereltern hatten sie gebeten, nach dem Einsiedler zu sehen, und im Spätsommer flogen wir hin. Düstere Wolken hingen über dem blauen Himmel im Inland. Schaukelnd setzte das Wasserflugzeug auf dem Fluß auf, unweit des flachen Sandstrands vor Tellers Hütte. Wir hatten zwei Tage praktisch nur getrunken, und sie trug ein Abendkleid, das hinten fast bis an den Po ausgeschnitten war. Das dunkelblaue Schultertuch flatternd im aufkommenden Sturm, so stakste sie über den weichen Sand. Ich konnte ihre gebräunten Beine sehen, während sie, bedachtsam wie ein Kranich, auf Tellers Hütte zuging. Mit der einen Hand hielt sie sich das Haar aus dem Gesicht, in der anderen hatte sie ihre sündhaft teuren Pumps. An der Uferböschung angekommen, ging sie ein Stück flußabwärts und verschwand schließlich im Dickicht der Trauerweiden, wo Teller einen Bootssteg gebaut hatte. Aus Angst vor der Feuerkraft des Tellerschen Waffenarsenals hatte der Pilot hier nicht anlegen wollen.

Uns blieb nichts weiter übrig als zu warten. Ich legte mich in den Sand und betrachtete die düstere Armada der Wolken, die an diesem ungeheuren Himmel aufgezogen war. Ein Eichelhäher schnellte aus dem Weidengebüsch empor, dicht vor dem regungslosen Propeller. Bis auf das leise Geplätscher der Wellen gegen die Schwimmkörper des Wasserflugzeugs war alles still. Dann kam das Mädchen zurück und setzte sich neben mich. Der Geruch der Pappeln vermischte sich mit ihrem Parfum. Sie küßte mich heftig, wobei sie mir ihre

Zunge in den Mund steckte und sich mit der Linken an meinen Hintern krallte. Sie lehnte sich zurück und sagte bloß: »Okay, verlassen wir diesen unseligen Ort.«

Bis Teller mir draußen vor dem Gefängnis die Tür seines Leihwagens öffnete und mir bedeutete einzusteigen, war ich ihm also noch nie persönlich begegnet. Seine Augen, eingerahmt von einem breitkrempigen Filzhut und einem wildwuchernden Vollbart, waren von durchdringendem Blau. Diese Augen schienen einen blitzartig zu fixieren und erst dann loszulassen, wenn man anfing zu sprechen – in der Wirkung kaum anders als der Anblick einer chromblitzenden Pistole unter einer Smokingjacke. Mit einem satten Geräusch von Metall auf Metall fiel hinter uns das Stahltor ins Schloß, und ich nahm auf dem Beifahrersitz Platz. Teller setzte sich hinters Steuer und drehte sich umständlich zu mir um, in der Hand eine Tüte Sonnenblumenkerne.

»Auch welche?«

»Nein danke. War das gerade Ihr Werk, daß ich nicht mit Priscilla sprechen konnte?«

»Scheißbürokraten. Man faßt es nicht. Hör zu, wenn es nach mir ginge, könntest du sie ganz für dich allein haben. Ich paß nur auf, daß nichts passiert. Muß mit ihr ein paar Dinge regeln. Ich konnte es nicht verantworten, daß du mit ihr sprichst. Ich hoffe, du verstehst das. Hat nichts mit dir zu tun.«

Er startete den Wagen, und wir holperten den Lemon Creek entlang Richtung Stadt.

»Sie wird immer noch von diesem Pflichtverteidiger vertreten, stimmt's?« fragte ich ihn.

»Stimmt. Bis jetzt jedenfalls.«

»Aber Sie sind nicht an dem Fall dran?«

»Ich bin an überhaupt keinem Fall dran.«

»Wo fahren wir eigentlich hin?«

»Zerbrich dir darüber nicht den Kopf, mein Sohn. Wirst am Ende schon ein paar Arbeitsstunden abrechnen können. Aber noch bist du nicht dran, also sei nicht so neugierig.«

Unmittelbar nach Auffahrt auf den einzigen vierspurigen Highway im südöstlichen Alaska gab Teller plötzlich derart Gas, daß es mich in den Sitz preßte. Ich stemmte mich mit der Schulter gegen die Beifahrertür, langte mit dem Bein quer auf die andere Seite und trat voll auf die Bremse. Mit blockierenden Reifen schlitterte der Wagen gegen die rechte Leitplanke. Teller, obschon angeschnallt, schlug mit der Stirn gegen den Rückspiegel, wobei er seinen Hut verlor. Ein wilder Schopf graumelierten Haars kam zum Vorschein. Seine Augen loderten wie zwei Schneidbrenner, als er mich mit einer Pranke am Kragen packte. Mit gebremster Gewalt stieß ich ihm meinen ausgestreckten Zeige- und Mittelfinger gegen seine Kehle. Die Todeskralle zeigte Wirkung, hustend rang er nach Luft und ließ mein Hemd los. Ich packte ihn beim Schopf und hämmerte seine Stirn mehrmals gegen das Lenkrad, gewissermaßen aus pädagogischen Gründen. Denn im selben Rhythmus, wie sein Kopf aufs Lenkrad schlug, teilte ich ihm leise folgendes mit, auf daß er es im Gedächtnis bewahre:

»Ich... bin... nicht... dein... Sohn!« Dann ließ ich ihn los.

Teller kauerte über dem Lenkrad, unverletzt, aber in ihm gärten bereits spürbar zahllose Rachephantasien. Ich schnallte mich los, öffnete die Tür.

»Sie kennen mich nicht, Mr. Teller, und ich entschuldige mich ausdrücklich für mein Verhalten. Aber die Liste der Leute, von denen ich mir alle mögliche Scheiße gefallen lassen muß, ist ziemlich lang. Nur: Ihr Name steht definitiv nicht darauf.«

Ich schnappte mir die Tüte mit Sonnenblumenkernen.

Da wir uns auf der einzigen Straße befanden, die auch nur

annähernd etwas Ähnlichkeit mit einem normalen Freeway besaß, war hier die Polizeipräsenz besonders groß. Hinter uns blitzte Blaulicht auf, und der Beamte hatte bereits seinen Notizblock gezückt, als ich auf ihn zuging.

»Ich hab ihm noch gesagt, er könnte in seinem Zustand nicht fahren, Officer. Seit er seinen Job verloren hat, ist er praktisch permanent betrunken. Aber ich konnte ihn nicht davon abhalten, sich hinters Steuer zu setzen.«

Ich reichte dem Polizisten meine Karte. Er nickte und näherte sich Teller, der immer noch über dem Lenkrad hing wie ein grollender Grizzly. Ich selbst fuhr kurzerhand per Anhalter weiter – ausgerechnet mit einem der Vollzugsbeamten von heute morgen. Der Mann war zufällig vorbeigekommen und hatte das Tempo verlangsamt, um sich das Schauspiel anzusehen. Im Rückspiegel bemerkte ich noch, wie der Polizist Teller aufforderte, auszusteigen zur Alkoholkontrolle. Und in Gedanken hörte ich die ganze Litanei der Ausflüchte, angefangen von dem unbestrittenen Klassiker: »Es war nicht meine Schuld, Officer, ich weiß gar nicht, warum Sie mich anhalten«, bis hin zu: »Ich bin gar nicht gefahren, und selbst wenn, ich hab nur ein paar Bier getrunken, mehr nicht, außerdem stimmt etwas mit Ihrem Gerät nicht, oder Sie machen da etwas falsch.« Für einen kurzen Moment drang die Sonne durch die Wolken. Teller führte den Zeigefinger an die Nase. Das alte Ritual. Wir scherten in den fließenden Verkehr ein.

»Hey, Cecil, was war denn da los?« fragte mich der Wachmann und konnte seine Augen immer noch nicht vom Rückspiegel lösen.

»Nichts wie Ärger mit diesen Scheißanwälten«, murmelte ich und beobachtete fasziniert, wie sich mein Atem auf der Seitenscheibe niederschlug. Der Wachmann verdrehte demonstrativ die Augen, als hätte ich ihm das Wort aus dem

Mund genommen. Erneut lugte die Sonne zwischen den Wolken hindurch, und er klappte die Sonnenblende herunter. Schemenhaft erkannte ich mein eigenes Gesicht in der beschlagenen Scheibe, und wie von weit her kamen die Worte, die ich irgendwann in meiner Schulzeit einmal auswendig gelernt hatte: »Und trüg er noch den alten Groll, / Frisch wie am ersten Tag, / So komme, was da kommen soll, / Und komme, was da mag.«

Der Wachmann sah mich leicht verwirrt von der Seite an, fand aber auch an diesem Satz letztlich nichts auszusetzen. Ich schaufelte mir eine Handvoll Sonnenblumenkerne in den Mund, malmte vor mich hin und verfluchte meinen Therapeuten. Statt auf den Öko-Trip wollte ich viel lieber geradewegs zurück ins Tal der Puppen.

Zwar kann ich mich bis heute nicht an den Namen dieses Pflichtverteidigers erinnern. Aber ich weiß, daß ich ihn allein wegen seines fettigen Haars am liebsten sofort unter die Dusche gestellt hätte. Ihm hingen die schmuddeligen Strähnen in die Stirn, als hätte er sich bereits einen vollen Tag im Gericht die Haare gerauft. Er trug ein Blackhawks-Hockeyshirt und übergroße schwarze Shorts. Seine Tennisschuhe waren offen. Er und Dickie standen sich direkt gegenüber, als ich eintrat. Ich war etwas außer Atem, weil mich der Wachmann unten in der Stadt abgesetzt hatte, in derselben Straße, wo sich Parlament und Justizgebäude gute Nacht sagten. Aber von dort bis zum Büro des Verteidigers waren es noch mal vierzig Minuten Fußmarsch gewesen – bergauf, um genau zu sein.

»Ich sage Ihnen, sie wünscht keinen weiteren Anwalt.« Der Pflichtverteidiger hatte sich vor Dickie aufgebaut wie vor einem Angeklagten. »Außerdem wird sie morgen früh gegen Kaution auf freien Fuß gesetzt.«

Ich konnte Dickie regelrecht ansehen, daß ihm das Gefühl,

zumindest besser angezogen zu sein als dieser Typ, eine gewisse Genugtuung verschaffte. Andererseits wußte Dickie genausowenig wie ich, was hier eigentlich gespielt wurde, und das vertrug er noch schlechter als ich. »Was zum Teufel meinen Sie damit, sie wird gegen Kaution entlassen? Dafür braucht sie zweihunderttausend Dollar. Das bedeutet, ihre Familie macht mal eben zweihunderttausend Dollar locker, aber für einen vernünftigen Anwalt ist kein Geld da?«

Der Pflichtverteidiger fuhr sich nervös durch die Haare und zwirbelte die Spitzen zu dünnen öligen Stacheln. »Moment mal, erstens war hier zu keinem Zeitpunkt die Rede davon, wer die Kaution stellt. Daß ihre Familie das Geld aufbringt, haben Sie gesagt, nicht ich. Zweitens werden bei der Frage, ob ihr ein Anwalt gestellt wird oder nicht, ausschließlich ihre eigenen Vermögensverhältnisse berücksichtigt. Sie wissen so gut wie ich, daß sie sich keinen Staranwalt leisten könnte, der sie mal eben in einem Mordfall vertritt.«

»Dann verraten Sie mir doch, wer für sie so tief in die Tasche greift. Zweihunderttausend sind kein Pappenstiel.«

»Tut mir leid, das geht nicht. Ich bin hier an meine Schweigepflicht gebunden.«

Ich setzte mich auf einen der plüschigen Sessel, die aussahen wie vom Flohmarkt und einen reizvollen Kontrast zu dem schlachtschiffgrauen Metallschreibtisch bildeten, welcher so oder so ähnlich in jeder Amtsstube zu finden war. Ich zog einen Jockstrap und eine nasse Badehose unter dem Kissen hervor. Der Pflichtverteidiger sah mich verdutzt an, nahm aber gleichwohl die Kleidungsstücke in Empfang. Ich hielt ihm auch die Tüte mit Sonnenblumenkernen hin, doch da schüttelte er den Kopf. »Welche Rolle spielt eigentlich Harrison Teller in dem Fall?« fragte ich.

»Paßt mal auf, Freunde...« Der Pflichtverteidiger setzte sich hinter seinen Schreibtisch, der in Akten zu versinken drohte, und plazierte mit aller Vorsicht einen turnbeschuhten Fuß auf einem der äußeren Gipfel des Aktengebirges. Wenn nicht alles täuschte, genoß er die Szene. Was auch nicht verwunderlich war, denn normalerweise ist der Alltag eines Pflichtverteidigers eine einzige Kette von Demütigungen und kleinen Gemeinheiten. So gesehen ein Feiertag für das arme Schwein, wenn, wie hier, die Karten einmal anders gemischt waren und er die kleinen Gemeinheiten selbst austeilen konnte. »Wenn Sie etwas über Mr. Harrison Teller wissen wollen, warum fragen sie ihn dann nicht selbst? Im übrigen wüßte ich nicht, was es mit Ihnen in der Sache zu besprechen gäbe. Zumindest nicht ohne ausdrückliche Genehmigung meiner Mandantin.«

»Was meinst du, Cecil?« fragte mich Dickie. »Du warst doch bei ihr im Gefängnis. Was will sie?«

»Sie will raus.«

»Verarschen kann ich mich selbst. Was hat sie *gesagt*?« zischte Dickie, was sich anhörte, als wollte er ein Ventil freipusten.

»Ich hatte den Eindruck, sie hätte gern mit mir gesprochen. Aber das war, bevor mich die Türsteher rausgeschmissen haben. Die hatten übrigens den gleichen Spruch drauf wie Sie«, sagte ich mit Blick auf den Pflichtverteidiger und versuchte, dabei möglichst cool auszusehen. »Ich hätte keine Genehmigung.«

Der Advokat spreizte in professioneller Unschuldsbeteuerung die Hände. »Moment, damit hab ich nichts zu tun, Cecil. Mein Ehrenwort. Wenn Ms. DeAngelo mit Ihnen sprechen will, bin ich der letzte, der das nicht respektiert. Und eins möchte ich hier klarstellen: Ich spiele mit offenen Karten. Wenn Ms. DeAngelo euch Jungs engagieren will – fein. Dann bekommt ihr Akteneinsicht und alles, was dazugehört. Aber bis dahin haltet ihr euch raus.«

Ich wandte mich Dickie zu, der wortlos, aber mit kurzen, gereizten Bewegungen seine Unterlagen zusammenpackte. »Teller hat mich vom Gefängnis ein Stück weit mitgenommen«, sagte ich, den Mund voller Sonnenblumenkerne.

Dickie fiel die Kinnlade herunter. »Teller? Du bist Teller begegnet? Wie war er? Bist du sicher, es war Teller?«

Mein Magen rotierte wie ein durchgedrehtes Kugellager. Ich griff in meine Tasche, aber die Xanax-Babys waren nicht da. »Natürlich bin ich sicher. Ich glaube sogar, ich habe bei ihm einen dauerhaften Eindruck hinterlassen.«

Dickie trat dicht vor mich hin. Er sah mir scharf in die Pupillen. »Cecil, seit der Arzt dir die Tabletten abgenommen hat, hast du nichts mehr genommen, oder?«

Ich präsentierte ihm eine exakte Kopie der pflichtanwaltlichen Unschuldsgeste, zeigte ihm gewissermaßen meine sauberen Hände und sah ihn dabei mit großen Augen an. »I wo. Großes Indianerehrenwort. Und wenn Teller eines Tages auf unseren kleinen Gedankenaustausch zurückblickt, wird er vermutlich selber darüber lachen.«

Dickie knallte seinen Aktenkoffer zu. »Na wunderbar. Ich habe keinen Mandanten. Aus unserem Schreibtischhengst hier ist kein vernünftiges Wort herauszukriegen...« Dazu eine wegwerfende Gest in Richtung des jungen Anwalts, der gequält lächelnd daneben stand und seinem Spiegelbild im Fenster das ölige Haar zupfte. »Aber dafür kann ich mich immerhin glücklich schätzen, mit einem Detektiv zusammenzuarbeiten, der nichts wie Scheiße im Kopf hat.« Er blitzte mich an, als sei ich ein großer Haufen Hundedreck direkt vor ihm auf dem Teppich – den er allerdings, soviel war klar, nicht auch noch wegmachen würde.

Ich faltete die Hände vor meinem Kinn und säuselte ihn mit Unschuldsmiene an: »Aber dein Job, Dickie, bedeutet er dir denn gar nichts?«

Dickie ergriff seinen Aktenkoffer und wirbelte herum, um den Typ hinter dem Schreibtisch aus seiner Lethargie zu reißen. »Wann, sagten Sie, wird über die Kaution entschieden?«

Doch der Pflichtverteidiger, versunken in Betrachtung seines eigenen Spiegelbildes, sagte nur: »Tja, äh, weiß ich auch nicht so genau. Aber ich glaube, gleich morgen früh.« Und ließ sich herab, in einem Aktenordner zu seinen Füßen nachzusehen. »Ja, richtig, morgen früh, acht Uhr dreißig.«

»Und bei wem?« Dickie war bereits halb durch die Tür. Ich verharrte weiterhin auf der plüschigen Sitzgelegenheit und malmte die Kerne – und die Schalen gleich mit. Eine der wichtigsten Aufgaben eines Privatdetektivs besteht darin, seinem Herrn und Meister den dramatischen Abgang möglichst nicht zu versauen.

»Richter Gaffney.« Der Junge sah Dickie mit derselben gespielten Ausdruckslosigkeit an wie ein Pokerspieler, der auf gar keinen Fall preisgeben will, was für ein super Blatt er gerade in Händen hält.

Dickie schlug die Tür zu, und wir saßen plötzlich allein in der muffigen Stille des Büros.

Der jugendliche Draufgänger hinterm Schreibtisch blickte unbeeindruckt auf sein Spiegelbild im Fenster, und auch ich sah jetzt hinaus, um festzustellen, daß das Wetter umgeschlagen war. Eine Frau mit einem Stapel loser Akten im Arm stemmte sich gegen den Wind und versuchte dabei, ihren Hut festzuhalten, ohne die Akten zu verlieren. Doch umsonst: Strauchelnd an der Bordsteinkante, ließ sie die ganze Ladung fallen, welche dann wie Herbstlaub den Bürgersteig hinabwirbelte. Auf dem Parkplatz gegenüber saß ein Rabe mit gesträubten Nackenfedern und krächzte aufgeregt.

Ich sah den Anwalt an, der zur Abwechslung damit beschäftigt war, sich die Haare fest an den Schädel zu klatschen, und sagte: »Jaja, das Leben. Glaub mir, erst wenn man älter wird, weiß man, was man daran hat.«

Er starrte mich an, als sei er eben erst aufgewacht. »Wie? ... Yeah, klar ...« Dann schien er mich zum erstenmal überhaupt wahrzunehmen, denn er beugte sich nach vorn und sagte: »Hey, Cecil, hast du mal Bodybuilding gemacht? Was drückst du so an der Langhantel?«

Die Frau auf der anderen Straßenseite rutschte nun auf allen vieren herum, um eines einzelnen Schriftstücks habhaft zu werden und gleichzeitig die bereits eingefangenen Papiere, die sie mit dem Fuß zu halten versuchte, nicht wieder zu verlieren. Ihr blauer Hut war die Straße entlanggerollt, und der Rabe hatte sich darauf niedergelassen. Ich stand auf und ging hinaus.

»Moment, ich helfe Ihnen«, rief ich ihr zu und arbeitete mich, den Wind im Gesicht, langsam voran, hob erst den Hut auf und sammelte Stück für Stück die Blätter ein, die mir entgegengeflattert kamen. Leise fluchend versuchte sie, den Stapel Papier beisammenzuhalten und zugleich das einzelne Blatt unter ihrem Fuß zu erwischen.

»Gottverdammte Scheiße«, murmelte sie verbissen. Dann blickte sie zu mir auf, verwirrt, aber auch sichtlich erleichtert. »Das kann auch nur mir passieren. Ich war schon fast an der Tür, aber dann bin ich über diesen blöden Bordstein gestolpert, und die ganze Bescherung fällt mir hin – und dann noch dieser Wind dazu. Dabei brauchen sie die Sachen dringend im anderen Büro ... ich ... ich ...« Ihr Ärger war verraucht, statt dessen schwang beginnende Panik in ihrer Stimme.

Ich setzte meinen Fuß auf das letzte Blatt Papier und ergriff ihren Arm, um ihr aufzuhelfen.

»Dankeschön.« Sie stand auf, und ich reichte ihr die verlorenen Schriftstücke. Der Wind fegte durch die Straßenschlucht zwischen Parlamentsgebäude und Gericht – das Tal der Bürokraten. Immer dichtere Wolken zogen vom Gastineau Channel landeinwärts nach Norden. Der Rabe hüpfte von der Bordsteinkante und flog dann die Fünfte Straße hinab in Richtung Hafen. Während die Frau sich aufrichtete, versuchte sie, den Straßenschmutz vom zerrissenen Knie ihrer Strumpfhose zu reiben. Ihre Haare waren zerzaust, die Augen rotgerändert und müde. Ich gab ihr den Hut zurück. Sie warf einen Blick auf ihre zerknitterten Akten und fing an zu weinen.

»O Gott, o Gott, sehen Sie sich das an. Jetzt sagen die garantiert, ich könnte nicht mal das richtig machen und sollte mal wieder ein paar Tage unbezahlten Urlaub nehmen, weil, das wäre doch nicht normal. Und wissen Sie was?« Sie hatte sich in Rage geredet und wischte sich mit ihrem Handschuh den Rotz von der Nase. »Das ist auch nicht normal. Ich sollte diesen Scheiß gar nicht machen, sondern irgendwie... ganz woanders sein. Aber... aber... wegen der Polizei und den vielen Reportern ist alles nur noch ein einziges Chaos...«

»Kann ich mir vorstellen.« Ich hielt ihr die Akten hin. Eine plötzliche Windbö blies uns Streusand in die Augen, und wir stießen gegeneinander. »Wir sollten uns hier vom Acker machen, ich helfe Ihnen dann, das Zeug zu sortieren.«

»Oh... ja, dankeschön... aber das geht schon. Sie haben nur gesagt, ich soll diese Unterlagen aus dem Büro des Senators rüberbringen.« Wir überquerten die Straße, aber vor der Treppe des Capitols fing sie wieder an zu weinen. »Sie haben bloß gesagt, ich soll die Sachen hier wegbringen. Aber ich schätze mal, das ist okay, wenn wir sie im Büro neu sortieren. Dauert am Ende zwar wieder mal doppelt so lange, aber schließlich mußte ich auch alles alleine machen.«

Sie hielt inne und schaute mich unsicher an, als sei ihr plötzlich klargeworden, daß ich soeben eins ihrer Selbstgespräche mitbekommen hatte. Jemand hielt uns die Tür zur

Wandelhalle auf, und wir traten in die große Windstille des Capitols.

Ich gab ihr die Akten zurück. »Sie heißen Rachel, stimmt's?«

Überrascht sah sie mich an, wischte sich abermals die Nase ab und tat, errötend, überhaupt ihr möglichstes, sich zusammenzureißen. Ihre Lippen wirkten voller, und sie selbst erschien auf einmal sehr viel jünger, als ich anfangs gedacht hatte. »Ja, wissen Sie, irgendwie kamen Sie mir gleich bekannt vor, aber... ich hab irgendwie vergessen... also, tut mir leid, ich...« Ihre Stimme verebbte.

»Schon gut, ich heiße Cecil. Wir sind uns mal auf einer Party begegnet. Aber keine Angst, ich bin nicht der Typ, den man sich unbedingt merken muß.«

Letzeres gilt auch für das Capitol in Juneau. Es macht insgesamt so wenig her, daß es in den meisten anderen amerikanischen Städten bestenfalls als öffentliche Bibliothek durchgegangen wäre. Rachel und ich erklommen die Marmortreppe. Auf dem Treppenabsatz des dritten Stockwerks schrak sie plötzlich zurück wie ein nervöses Pferd, das im Unterholz einen Schatten gesehen hatte. Sie zeigte auf den steinernen Pfosten an der Biegung der Treppe. Leise sagte sie: »Da ist es passiert.«

Der Treppenpfosten besaß die Anmutung einer klassizistischen Säule, mit einer kleinen Vertiefung oben auf dem halbkugelförmigen Kapitell. Das gute Stück war vermutlich gründlich gereinigt worden, nur auf dem Geländer befanden sich noch Reste des weißen Pulvers, mit dem die Spurensicherung nach Fingerabdrücken gesucht hatte. Und unmittelbar davor auf dem Boden, neben einer kurzen Bremsspur aus Gummi, die offenbar von einem Absatz herrührte, sah man die blassen Überbleibsel einer Kreidemarkierung. Ansonsten erinnerte wenig an einen Tatort. Erst als wir weitergingen, entdeckte ich unter dem Heizkörper in der Ecke noch einen rotbraunen Blutspritzer, der wahrscheinlich ebenfalls vom Senator stammte und bei der Reinigungsaktion übersehen worden war.

Vor dem Büro stand ein hünenhafter Kerl und hielt mit verschränkten Armen Wache. Er steckte in einem blauen Anzug, den ihm seine Mutter vor schätzungsweise dreißig Jahren zur Konfirmation gekauft hatte. An die Wand neben ihm hatte jemand mit Tesa den handschriftlichen Hinweis geklebt: *Aus Rücksicht auf die Familie bitte geschäftliche Anfragen nur im Nebengebäude. Für Presse kein Zutritt.* Rachel nickte dem lebenden Türpfosten zu und sagte: »Ist okay, Tom. Er hilft mir nur mit den Unterlagen.« Sie sprach auffällig langsam. Tom musterte mich, als sei ich ein Ersatzteil für den Kopierer, und nickte ebenfalls.

Drinnen blätterten junge Männer in weißen Hemden, die Krawatte gelockert, geschäftig in irgendwelchen Notizbüchern. In der Ecke stand ein Reißwolf. Das Ding war zwar gerade nicht in Betrieb, aber der Karton davor quoll über von geschredderten Schriftstücken. Auf der Fensterbank saß eine attraktive ältere Frau, die offenbar gedankenverloren auf den Kanal hinausschaute – und den Sturm, der sich dort zusammenbraute. Ihr graublondes Haar hatte sie streng nach hinten gekämmt. Sie trug ein dunkles Kostüm mit einer dunkelvioletten Bluse. Rachel ging zu einem kleinen Schreibtisch in der Ecke und lud dort ihre Papierfracht ab. Die Frau auf der Fensterbank wandte zwar den Blick von den Wolkengebilden über dem Kanal, aber ihr Interesse an den Vorgängen im Raum war gleich Null. Rachel dagegen wirkte aufs äußerste angespannt, als sie schließlich sagte: »Hallo, Barb. Mir sind draußen leider die ganzen Papiere hingefallen. Ich wollte sie hier nur wieder ordnen.« Ohne ein Wort zu sagen, drehte sich die blonde Frau wieder dem Fenster zu und griff wie geistesabwesend nach einer Zigarette, die in einem Aschenbecher neben ihrem Knie vor sich hin qualmte. Rachel hängte sich an mein Ohr und flüsterte: »Das ist Mrs. Taylor, die Frau des Senators ... ähm ... also die Witwe.«

Die Tür zum dahinterliegenden Raum, dem eigentlichen Büro von Senator Taylor, stand offen. Drei ältere Männer in schwarzen Anzügen steckten über einem Computerbildschirm die Köpfe zusammen. Harrison Teller saß in dem Stuhl vor dem ausladenden Mahagonischreibtisch. Er hatte seinen schweren Mantel an, und sein Hut baumelte an der Spitze seines Stiefels. Auch er blätterte durch etliche Papiere. Dann sah er auf, und durch die offene Tür trafen sich unsere Blicke. Da er zugleich auch die Papiere sinken ließ, bemerkte ich, daß es sich dabei um lange Listen handelte, möglicherweise mit Namen und Adressen. Teller sah zu der Frau auf der Fensterbank hinüber, die ihn ihrerseits beobachtete: Sie nickte kurz und schaute wieder aus dem Fenster. Mit dem Zeigefinger winkte Harrison Teller den jungen Assistenten zu sich heran, der die Tür geöffnet hatte, weil er irgendeine Frage hatte. Der junge Mann trat ein und schloß die Tür hinter sich.

Was jetzt kam, wußte ich. Der zweite Rausschmiß des Tages würde nicht lange auf sich warten lassen. Die Zeit drängte also, wenn ich nicht ganz mit leeren Händen abziehen wollte. Ich legte meine Hand auf Rachels Arm. »Warum müßt ihr denn das alles hier so schnell räumen, das will mir nicht in den Kopf. Ich meine, die Sache hat doch Zeit.«

Doch ihre ganze Aufmerksamkeit galt den vor ihr liegenden Schriftstücken. »Uns schmeißt natürlich keiner raus. Man will nur den Nachlaß des Senators abwickeln.«

»Schmeißt endlich diesen Schnüffler raus, verdammt noch mal.«

Die freundliche Stimme drang durch die geschlossene Tür

bis an mein Ohr. Außer der Witwe des Senators blickte jetzt die gesamte Belegschaft auf und fragte sich wahrscheinlich, was als nächstes passieren würde. Mir blieben nur noch wenige Sekunden.

»Das da drüben in der Ecke, ist das ein Reißwolf?« fragte ich Rachel. »Ich hab nämlich so ein Ding noch nie gesehen.«

Rachel versuchte derweil erfolglos, einem total zerknitterten Blatt Papier wieder die ursprüngliche Glätte zu verleihen, indem sie sich mit beiden Händen und vollem Gewicht darauf stemmte. »Yeah«, sagte sie im Schweiße ihres Angesichts. »Die Männer haben das Ding schon in der Nacht aufgestellt, wo der Senator... also, wo der Unfall war. Ich brauche ja so ein Gerät nicht, aber die.« Sie sah mich an und lächelte süß.

Die Tür ging auf, und einer der älteren Männer stand im Rahmen. »Rachel, kommen Sie doch mal bitte her«, befahl er mit einer Stimme, die keinen Widerspruch duldete. Er trat einen Schritt zur Seite, und einer der jungen Assistenten kam auf mich zu. Hinter ihnen bemerkte ich den wippenden Hut auf Harrison Tellers Stiefelspitze. Rachel verschwand im Büro des Senators. Teller würdigte sie keines Blickes, sondern fixierte mich mit den Augen, bis sich lautlos die Tür vor ihm schloß.

Der junge Mann trat auf mich zu. »Tut mir leid, aber wir sind hier zur Zeit sehr im Druck«, erklärte er. »Ich muß Sie bitten, jetzt zu gehen. Für den laufenden Geschäftsbetrieb steht Ihnen unser Büro im Nebengebäude zur Verfügung. Wir sind ab nächster Woche wieder für Sie da. Ich muß Sie deshalb bitten... leider... jetzt zu gehen.«

Der Junge wirkte selber ziemlich eingeschüchtert, das genaue Gegenteil eines Rausschmeißers – was mal was anderes war. Allem Anschein nach bekam er seinen Gehaltsscheck fürs Arschkriechen und nicht fürs Arschtreten. Ich ging zur Tür und grinste ihn auf meine gewinnende Art an: »Bitte sagen Sie Rachel auf Wiedersehen von mir.« Der Junge nickte und begleitete mich bis zur Tür. An der Treppe angekommen, drehte ich mich noch einmal um und bemerkte, wie er etwas zu Tom sagte. Tom war der Gorilla, welcher die Tür bewachte. Und als unsere Blicke sich trafen, spannte sich sein ohnehin viel zu enger Anzug bis zum Bersten. Eine Gelegenheit zur Machtdemonstration ließ man sich in dem hirnlosen Gewerbe ja nicht entgehen, auch wenn es in meinem Fall längst zu spät dafür war.

Draußen auf der windigen Straße gingen inzwischen die ersten Schauer nieder. Die Tropfen fielen in klar unterscheidbaren Salven auf das trockene Pflaster. Dann wurde der Regen stärker, die einzelnen Salven gingen allmählich ineinander über, bis sie ihren eigentlichen, dauerhaften Rhythmus gefunden hatten. Der Himmel war jetzt schwarz, und die Sintflut konnte losbrechen.

Woanders mag so ein Frühlingsregen ein erquickliches Erlebnis sein, hier in Alaska gleicht er eher dem Anbruch des Jüngsten Gerichts. Vorne an der Freitreppe holte ich tief Luft und stürzte mich ins Vergnügen. Glücklicherweise lag das Gerichtsgebäude direkt auf der anderen Straßenseite. Hinter der Glasfront des Foyers sah ich Jane Marie DeAngelo.

Jane Marie, in einem schwarzen Leinenhemd und groben braunen Arbeitshosen, las die Aushänge am Schwarzen Brett, in der Hand einen Schokoriegel. Was mich jedoch am meisten überraschte, war meine eigene Reaktion auf diese unerwartete Begegnung. Ich fühlte eigentlich gar nichts, aber ich zitterte, als ich die Treppe hinunterging. Und mein erster Impuls war: Flucht. Ich würde einfach so tun, als hätte ich sie nicht gesehen. Aber dann drehte ich mich doch um. Gedankenverloren kaute sie an ihrem Schokoriegel. Sie hatte mich nicht kommen sehen, während sie vor dem Schwarzen Brett stand und sich die amtlichen Bekanntmachungen antat, die im Wüstenwind aus dem Warmluftschacht sanft bewegt wurden. Sie nickte zwar, aber ihr ganzer Gesichtsausdruck verriet, daß das, was ihr gerade vor Augen stand, nicht diese Bekanntmachungen betraf, sondern die Hoffnung auf eine lichtere Zukunft, die Aussicht auf einen Silberstreif am Horizont. So jedenfalls wollte es mir vorkommen.

Sie hatte schwarzes, kurzgeschnittenes Haar mit einem kleinen Pony, der ihr in dunklen Strähnen bis über die Augen fiel. Diese Augen waren blau und leicht schräggestellt, was ihr das Aussehen eines traurigen Engels verlieh. Sie trug goldene Ohrringe mit einem blauen Stein in der Mitte. Allein dadurch, wie sie da stand, lächelnd und schokokauend, den Blick wie verzaubert in imaginäre Weiten gerichtet, erinnerte ich mich wieder, wie schön sie damals ausgesehen hatte, damals, an jenem Nachmittag vor vielen, vielen Jahren, als sie über meine Liebeserklärung gelacht hatte und einfach weggegangen war. Ich stand da im Regen und spürte, wie mir die ersten Rinnsale am Nacken hinabliefen.

Als junger Narziß, der ich seinerzeit war, hatte ich noch an die überwältigende, alles bezwingende Kraft der Liebe geglaubt. Ich vermochte damals in jede Rolle zu schlüpfen und beschwor dadurch stets aufs neue die trunkene Atmosphäre von Romantik und eines schier grenzenlosen sexuellen Versprechens. Abwechselnd war ich Clown, Rüpel, zarter Ästhet oder Supersportler, und möglicherweise war ich genau deswegen heute Detektiv. Nichts, was ich nicht sagen würde, niemand, in den ich mich nicht verwandeln könnte, um die Liebe dieser Frau zu erringen. Hier stand ich, über mir tobte der Sturm, aber ich wollte in diesem Moment komischerweise gar nichts anderes sein als Detektiv – das alte Klischee. Vielleicht hatte ich wirklich nichts aus der Erfahrung gelernt. War mir auch egal. Ich lief über die überflutete Straße auf die andere Seite zum Gerichtsgebäude. Dort klopfte ich an die Scheibe.

4

Mit triefnaß an den Kopf geklebten Haaren stand ich im Eingang. Aber sie sah mich nur fremd und verwundert an, bevor sie allmählich aus ihrem Tagtraum erwachte. Einen Moment lang hielt ich ihrem Blick stand, dann schlug ich die Augen nieder.

»Entschuldige, ich wollte dich nicht erschrecken«, sprach ich zu meinen Schuhen.

»Nein… nein, überhaupt nicht.« Sie schüttelte den Kopf und sah nun, weil ich es tat, ebenfalls nach unten. Sie wirkte leicht verstört, und mich packte die Angst, nur als Gespenst aus der Vergangenheit dazustehen, der böse Geist, vor dem die Träume der Gegenwart Reißaus nahmen. Doch dann drehte sie sich ganz zu mir um, und ihr Profil wandelte sich zum Gesicht.

»Hey, Mann! Du erinnerst mich an jemanden, mit dem ich früher mal befreundet war.« Ihre Verblüffung war echt. »Ich faß es nicht, bist du etwa…«

Ich wußte wirklich nicht, was ich darauf sagen sollte.

»Ja, sieht so aus«, sagte ich – und meinte das in dem Moment auch so.

»Cecil, mein Gott. Ich habe gerade noch an dich gedacht. Wie lange ist das jetzt her, fünfundzwanzig Jahre?«

»Keine Ahnung«, antwortete ich in einem weiteren Anfall von Scharfsinn.

Einmal, nach Lektüre eines Romans von John Updike, hatte mich meine Mutter gefragt, ob Männer wirklich dauernd nur an das Eine dächten. Sie war damals zweiundsechzig Jahre alt und vierzig davon mit meinem Vater verheiratet gewesen. Und ich war damals sechsundzwanzig und wahrscheinlich in Gedanken wieder mal bei Sex, deshalb wich ich der Frage aus, was bei uns zu Haus allerdings nicht schwer war. Die Frage als solche beschäftigt mich gleichwohl bis heute. Denn damals dachte ich tatsächlich die ganze Zeit an Sex und jetzt nicht mehr, worüber ich mir manchmal echte Sorgen mache. Irgend etwas hatte sich seit der Zeit unwiderruflich verändert. Damals bewegte ich mich tagein, tagaus durch einen Nebel sexueller Begierde, heute bin ich meistens froh, wenn ich alles so schnell wie möglich hinter mich bringen kann – nicht anders als bei einer Grippe. Und trotzdem gibt es immer noch Momente, etwa wenn ich jemand Besonderem begegne, meinetwegen sogar rein zufällig auf der Straße, Momente, in denen sich mein ganzes Denken und Fühlen in die äußeren Hautschichten zu verlagern scheint. Dann werden alle meine Gedanken federleicht und kitzeln mich ebenso zwischen den Beinen. Das Problem in diesen Fällen ist nur, daß ich dann meistens nicht mehr weiß, was ich sagen soll oder ob ich überhaupt etwas sagen will.

»Tja, ich weiß nicht, ich kam da gerade vorbei, und... und da dachte ich, die Frau kenne ich doch... obwohl, ich war mir nicht sicher... ich meine, jetzt, wo du es sagst, also jetzt schon, weil... du bist Jane Marie, nicht? Jane Marie DeAngelo. Ich meine, du wußtest wahrscheinlich sofort... wer du bist oder so, jedenfalls...« Die Worte gingen mir aus, und der Regen prasselte gegen die Glasfront.

Jane Marie kam einen Schritt auf mich zu und sagte: »Das ist wirklich verrückt. Ich hab oft an dich gedacht, aber irgendwie haben wir uns total verloren... ich meine, so aus den Augen verloren.«

Sie lächelte mich an. Absolute Funkstille. In meinem Kopf nichts als weißes Rauschen. Ich entdeckte die leichte Panik in ihren Augen, weil ich immer noch vor ihr stand, wort-, sprach- und gedankenlos wie ein geklopfter Hase, wie Dickie sich ausgedrückt hätte. Zunehmend verlegen auch, weil mich soviel Sex im Blut runterzog in einen teerigen Morast aus Gefühlen, aus dem ich mich aus eigener Kraft nicht mehr befreien konnte. Ich wußte nur, daß mir bei gehöriger Anstrengung bestimmt eine Bemerkung einfallen würde, die an ihre Gefühle appellierte und zugleich so witzig war, daß sich die wechselseitige Verlegenheit in pures Wohlgefallen auflöste. Tatsächlich sagte ich: »Deine Schwester sitzt wegen Mordes an einem Senator in Untersuchungshaft.«

Okay, ich bin wohl nicht die ultimative Stimmungskanone, erst recht nicht bei Jane Marie. Sie hob die Augenbrauen, gleichzeitig verengten sich ihre traurigen Elvis-Augen zu zwei schmalen Schlitzen, die offenbar eine Pointe suchten, wo keine war.

»Sie kommt heute abend raus«, sagte sie durch ein verwirrtes Lächeln hindurch.

»Heute abend schon. Bist du sicher?«

»Ich habe gerade mit einem Mann namens Harrison Teller gesprochen. Er sagte, sie wäre zum Abendessen bei mir. Deshalb wollte ich jetzt noch schnell einkaufen gehen. Du, ich muß langsam los, ich wollte mich mit Tante Edith treffen ... also, Edith wartet wahrscheinlich schon auf mich.« Der Rabe, der Rachel so zugesetzt hatte, war mit dem Stück Brot fertig und stolzierte nun nickend und mit unfreiwilliger Komik vor dem gläsernen Eingang auf und ab. Sein heiseres Glucksen war sogar im Innern des Gebäudes noch zu hören. Unentschlossen standen wir beide da und beobachteten den Vogel. Hier war das Tier, das die Welt erschaffen hatte – ein Dieb und gerissener Gauner. Und nicht anders als der Wahrsager von der Uferpromenade sagt er immer die Wahrheit, wenn auch nur auf seine Art. Mir war klar, welchen Rat mir der Rabe in dieser Situation gegeben hätte. Er hätte gesagt: Versuch es übers Essen. Und nicht lockerlassen. Halt dich an die schöne Frau.

»Prima«, sagte ich. »Ich helf dir beim Einkaufen.«

»Nein, wirklich, das ist nicht…«

Ich hielt ihr die Tür auf, wobei mir siedend heiß einfiel, daß man das heutzutage nicht mehr machte, wollte statt dessen selber vorangehen, aber auch das erwies sich letztlich als Fehler, denn so stießen wir in der Tür zusammen. Ich spürte ihren Atem auf meinem Gesicht. Sie lachte.

»O Mann… okay, komm mit, ist vielleicht ganz gut so«, meinte Jane Marie DeAngelo lachend. »Aber wir müssen uns beeilen. Ich möchte, daß alles schön vorbereitet ist, wenn Priscilla kommt.«

Tante Edith hatte das Kommando über den Einkaufswagen an sich gerissen. Jane Marie und ich nahmen unser Versorgungsschiff in die Mitte, ließen die Fleischtheke backbords liegen und steuerten auf das Gemüse zu. Und während Edith kritisch die grünen und gelben Paprikaschoten befingerte, versuchte Jane Marie, mir Einzelheiten von Priscillas Verhaftung zu erzählen.

»Also ehrlich, Preise sind das, kaum zu glauben. Weißt du, was sie für den Paprika verlangen?« empörte sich Tante Edith.

»Aber ich durfte sie im Gefängnis nicht einmal besuchen, Cecil. Auch sonst wollten sie mir nichts sagen. Im Gefängnis meinten sie nur, Besucher wären nicht zugelassen.«

»Wieviel Leute kommen eigentlich zum Abendessen?« rief Tante Edith, wobei sie mich mißtrauisch musterte.

»Ich weiß nicht, Edith, vielleicht fünf oder sechs, so um den Dreh, ich weiß auch nicht. Ich nehme an, du… du hast wahrscheinlich für heute abend schon was anderes vor.« Jane Marie sah mich fragend an, und ich schüttelte den Kopf, was mir in diesem Moment wie eine Ablehnung vorkam.

Da, wo ich herkam, stand die entscheidende Botschaft immer zwischen den Zeilen, und bereits als Kinder hatten wir gelernt, Sätze zu interpretieren – weit über den tatsächlichen Wortlaut hinaus. Bei den DeAngelos dagegen redete jeder – jeder für sich, zuweilen auch alle für alle oder alle gegen einen, je nachdem. In diesem endlosen Strom der Worte ging natürlich so manche Botschaft unter, aber das war nicht so tragisch. Jedenfalls hatte ich den Eindruck, die Verständigung funktionierte gerade *durch* das kommunikative Chaos.

»Sechs Personen, glaube ich«, sagte Jane Marie zu ihrer Tante, den Blick immer noch auf mich gerichtet.

»Also, der Paprika, das ist ja der reinste Wucher, da reicht eine Rente schon gar nicht mehr. Was ist mit diesen Rüben hier? Nein. Wie wär's mit Broccoli? Was hältst du von Broccoli?«

»Ja, gut.«

Ich wartete, bis Edith mit dem Einkaufswagen Kurs auf die Kohlköpfe und das Kleingemüse genommen hatte. Die Essensfrage war allem Anschein nach noch nicht entschieden. Beim Anblick des angegammelten Broccoli verzog Tante Edith das Gesicht. Dann fragte ich Jane Marie: »Hat die Polizei auch mit dir gesprochen?«

Mit zusammengekniffenen Augen blinzelte Jane Marie mich an, was so aussah, als müsse sie erst ihre Gedanken ordnen. »Ja, gestern abend ... gestern abend war das.«

»Also, diese Preise sind eine Frechheit!« Und Tante Edith fuhr Volldampf voraus. Sie hatte eine gelbe Paprika in der Kiste mit den Broccoli liegenlassen. Gedankenverloren nahm Jane Marie die Paprika in die Hand.

»Sie haben mir jede Menge Fragen gestellt. Ob ich wüßte, wie Priscilla zu dem Senator stand oder ob sie irgendwelche Andeutungen gemacht hätte. Aber ich hatte den Eindruck, was sie am meisten interessierte, war, was Priscilla über den Senator wußte.«

»Und?«

»Ich hab's«, erscholl es hinter uns an der Fischtheke, »was haltet ihr von frischem Heilbutt? Das heißt, wenn er wirklich so frisch ist, wie er aussieht.«

Jane Marie schaute mir direkt in die Augen. »Heilbutt geht in Ordnung. Im Ernst, ich wünschte, ich hätte ihnen etwas sagen können. Ehrlich, Cecil... ich weiß von nichts. Ich weiß nur, daß Priscilla mittlerweile der festen Überzeugung war, der Senator hätte irgendwie dafür gesorgt, daß man ihr Young Bob abgenommen hatte. Sie glaubte allen Ernstes, der Senator steckte mit in der Verschwörung gegen sie. Ich bin aus der Geschichte nie ganz schlau geworden, und um ehrlich zu sein, ich höre schon nicht mehr hin, wenn Priscilla wieder mit ihren Verschwörungstheorien anfängt.«

»Also gut. Fünf Pfund. Fünf Pfund von dem Heilbutt da, aber bitte wirklich nur von dem frischen.« Edith drückte sich die Nase an der gläsernen Theke platt. Jane Marie hielt drei Finger in die Höhe. Der Mann hinter der Theke nickte und nahm ein Stück vom Heilbutt wieder von der Waage.

»Ist dir dabei irgendwas aufgefallen, irgendeine Frage vielleicht, die du so nicht erwartet hättest?«

Jane Marie legte den Paprika zu seinen Artgenossen zurück. »Eine ganze Reihe von Fragen bezogen sich komischerweise auf ihren Mann... Robert. Sie wollten wissen, ob ich ihn in letzter Zeit gesehen hätte.«

»Und hast du?«

»Was höre ich da? Robert? Heißt das, Robert kommt auch zum Abendessen?« schaltete sich Edith ein und drängte sich zwischen uns.

Jane Marie wich zurück. »Natürlich nicht. Ich hab Robert nicht gesehen. Ich weiß auch gar nicht, was diese Frage...« Sprach's, enteilte durch den Gang zwischen den Regalen und verschwand hinter einem Bollwerk aus Salatdressing um die Ecke. Freie Bahn für die Neugier von Tante Edith.

»Sagen Sie mal, junger Mann, Sie waren doch früher dieser Freund von Jane Marie, der bei Tisch immer die beleidigte Leberwurst gespielt hat? Und dann den Clown gemacht hat, wenn Sie dachten, wir würden gerade nicht hinsehen? Mir war immer schleierhaft, was Sie eigentlich im Kopf haben. Wahrscheinlich bis heute lauter Unsinn.«

Tante Edith roch noch immer nach demselben Puder wie damals, und mir fiel auch der feuchte Geruch des Hauses wieder ein, der daher rührte, daß selbst an Regentagen die Fenster weit offenstanden. Ihr Kopf zitterte etwas; sie verkörperte zweifellos die ganze Autorität des Alters, aber das nicht ohne Humor.

»Sie lügt, wissen Sie?« sagte Edith knapp.

»Was?«

»Wie viele Leute kommen denn nun zum Abendessen?«

Jane Marie stieß wieder zu uns, und das im wahrsten Sinne des Wortes. Denn da sie es vermied, mich anzusehen, sondern statt dessen angestrengt auf den Boden starrte, hätte sie mich fast umgerannt. Dann trat sie an mich heran, die Augen noch immer gesenkt. Edith schwieg zur Abwechslung, lächelte uns beide nur an.

»Also, die Sache ist die: Da war dieser eine Polizist ...« Jane trat von einem Fuß auf den anderen. »Er hatte einen dunklen Anzug an und sah nicht so aus, als käme er von hier. Das sah man schon an seinem Haarschnitt. Er bestand darauf, daß unser Gespräch nicht auf Band aufgenommen wird, was den anderen Polizisten irgendwie nicht so gut gefiel. Meinst du, das hat etwas zu bedeuten?«

»Möglicherweise jemand vom FBI oder so. Die mögen keine Tonbänder. Wie ist es denn ausgegangen?«

»Wie ist *was* ausgegangen?« Edith stand wieder zwischen uns, und ihr Kopf drehte sich hin und her wie bei einem Tennisspiel.

»Existiert ein Band von dem Gespräch?«

»Ja.« Jane Marie wurde zunehmend nervös. Das allgemeine Hintergrundgeräusch des Supermarkts drang nur noch wie von ferne zu uns, und das Schweigen war unangenehm. Schließlich drehte sich Edith um: »Richtig, Zitronen! Hätte ich fast vergessen. Wenigstens können sie daran nichts verderben.« Gemessenen Schrittes verfügte sie sich außer Hörweite.

Jane Marie ließ kraftlos die Schultern hängen, als sei ihr plötzlich die Erinnerung an einen geheimen Schmerz wieder ins Bewußtsein gedrungen. Ich berührte ihre Fingerspitzen, und sie nahm meine Hand. Dann sah sie auf. Tränen standen in ihren Augen.

»Cecil, vielleicht solltest du wirklich besser gehen. Ich will dich damit nicht belasten. Bitte, ich komme schon klar.«

Sie umarmte mich, und ich spürte die Konturen ihres Rückens unter ihrem Pullover. Als ich den Gang zwischen den Regalen hinunterblickte, erkannte ich Young Bob, der auf Ediths Einkaufswagen zulief.

Priscillas Sohn hatte sich eine große Schachtel Cornflakes aus dem Regal genommen. »Darf ich das haben?« Er hielt die Schachtel hoch, aber Edith verzog das Gesicht, als hätte er ihr eine tote Katze präsentiert.

»Aber das ist doch nichts Vernünftiges, mein Engel. Du solltest dir doch etwas aussuchen, was man auch essen kann. Und wie ich deine Mutter kenne, glaube ich nicht, daß sie ...«

Dann bemerkte er mich. Zunächst war er etwas verwirrt, aber auf einmal fing er an zu lachen und zeigte mit dem Finger auf mich. »Hey, du bist doch der Typ, dem Daddy eine verpaßt hat!«

Jane Marie nahm mich am Arm und drängte mich Richtung Kasse. »Wir sollten jetzt wirklich gehen. Ach ... und saubermachen müssen wir ja auch noch, wenn wir zu Hause sind.«

Ich warf noch einen Blick zurück und sah, wie Young Bob die Schachtel mit den Cornflakes wie ein Basketballspieler im Korb des Einkaufswagens versenkte. Tante Edith murmelte etwas wie: »Also unter uns gesagt, ich weiß ja nicht…«

Das Haus von Jane Marie DeAngelo lag an einem Hang und war von vorne nur über eine lange Eisentreppe zugänglich, die den ganzen Berg hinaufführte. Es war das Haus ihrer Eltern und also auch der Schauplatz meiner ersten Liebe und so manch in gespannter Erwartung durchlittenen Abendessens. Es bildete das Schlußlicht von etwa einem halben Dutzend Häusern, die rechts und links von der Eisentreppe abgingen. Hinter dem Haus verlief noch eine schmale Straße, die, wenn nicht gerade Glatteis herrschte, ganzjährig befahrbar war. Nach dem Tod ihrer Mutter hatte Jane Marie das Haus in einzelne Apartments aufgeteilt. Die Gemächer im Obergeschoß hatte sie vermietet, unten war ihr Reich, einschließlich eines kleinen Büros. Der alte Wintergarten auf der Veranda diente inzwischen als Hauseingang. Doch den typischen DeAngelo-Geruch nach Kerzenwachs mit einem Hauch von Schimmel, den erkannte ich gleich wieder. Auch die Wände waren immer noch »BP-grün«. Durch die Magie der Erinnerung schien ich mich selber wieder in einen kleinen Jungen zu verwandeln. Deshalb hielt ich nach weiteren Veränderungen Ausschau. An den Wänden hingen jetzt Fotos von Buckelwalen, die Schwanzflossen erhoben in der selbsterzeugten Gischt. Draußen an der Tür war ein Schild mit der Aufschrift SPIEL-ART.

Jane Marie zog ihren Mantel aus und hängte ihn an den Haken. Ich folgte ihr die Treppe hinunter in ihre Wohnung. Von hier aus hatte man einen guten Blick auf den Kanal und die Berge auf Douglas Island. Sie hatte sich mit drei Zimmern zufriedengegeben: ein Wohnzimmer, das zugleich als Büro fungierte, eine Küche und ein Schlafzimmer, an das sich noch ein winziges Bad anschloß. Im hinteren Teil des Hauses, auf der Hangseite, befanden sich eine Abstellkammer und das abgesperrte Treppenhaus. Beim Betreten des Wohnzimmers überfiel mich ein Déjà-vu-Erlebnis ganz eigener Art. Natürlich, das war noch das Haus von Jane Maries Kindheit, aber es schien auf seltsame Weise geschrumpft zu sein. Und am hinteren Ende des kleinen Raums stülpte ein älterer Herr soeben eine Schutzhaube über einen Computerbildschirm. Er hielt inne, sobald er uns sah, und musterte mich halb verblüfft, halb mißtrauisch.

Jane Marie legte ihm die Hand auf die Schulter und sagte, an mich gerichtet: »Cecil Younger, darf ich vorstellen, das ist Mr. Meegles, gewissermaßen mein rechter Arm.«

Auf dem zerknitterten Gesicht von Mr. Meegles, wo das Leben mehr als nur die unvermeidlichen Spuren hinterlassen hatte, entwickelte sich, ausgehend von den tiefliegenden Augen, ein erstaunlich unkompliziertes Lächeln, das sich strahlenförmig ausbreitete. Ich bemerkte, daß er den oberen Teil seiner dritten Zähne herausgenommen hatte, und die Flecken auf seinem T-Shirt unter seinem Tweedjackett waren vermutlich Saucenflecken. Er streckte seine Hand aus und kam hinter dem Schreibtisch hervor.

»Sie meint natürlich ihre rechte *Hand*. Sie ist zu bescheiden und übertreibt deswegen gerne ein bißchen.«

»Nein, überhaupt nicht…«, sagte sie und fügte hinzu: »Sie sind einfach viel zu wichtig, um nur meine rechte Hand zu sein.«

Der alte Mann strich sich mit den Fingern durch das dünne graue Haar, schaute dann nervös, aber scheinbar hochinteressiert auf seine Hände. »Ach nee… ich weiß nicht. Übrigens, deine Schwester hat angerufen«, setzte er hinzu und sah Jane Marie an.

Sie warf mir einen Blick zu. »Priscilla hat angerufen?«

»Yeah, hat sie. Und es tut mir auch leid, daß ich nicht abgenommen habe, aber ... ich wollte die Ausgabe mit den Geburtstags-Spielen noch fertigbekommen. Und da bin ich einfach nicht ans Telefon gegangen. Ich meine, normalerweise gehe ich immer dran, aber ich habe einfach ihre Stimme nicht erkannt. Ich meine, die Stimme war auch ganz leise und irgendwie piepsig, ich wäre im Leben nicht darauf gekommen, daß das Priscilla ist. Na ja, und dann hat sie aufgelegt. Aber sie hat auf dem Anrufbeantworter eine Nachricht hinterlassen.«

»Verdammt.«

»Tut mir ja auch leid, Jane Marie.« Mr. Meegles fummelte an seinem Jackett. »Aber ich hab ihre Stimme einfach nicht erkannt.«

»Schon gut, das ist meine Schuld. Statt in der Gegend rumzurennen, hätte ich Ihnen lieber helfen sollen. Dann hätte ich auch ihren Anruf mitgekriegt.« Jane Marie sah auf die Uhr. »Okay, machen wir Schluß für heute. Wenn Sie sich beeilen, erwischen Sie Ihren Bus noch. Aber was ich Sie fragen wollte, Mr. Meegles: Hätten Sie Lust, heute abend mit uns zu Abend zu essen, Priscilla und mir? Wir haben ein paar Freunde eingeladen. Ganz ungezwungen, verstehen Sie?«

Mr. Meegles strahlte übers ganze Gesicht. »Das heißt ohne Krawatte?«

»Natürlich ohne Krawatte, wir bleiben unter uns, nur ein paar Freunde, eben ein ungezwungener Abend.«

Er schlüpfte in seine Regenjacke, und einen Moment lang ruhte sein Blick auf uns, wie wir da standen, so dicht nebeneinander. »Wunderbar. Ich komme gerne ... ähm ... aber ich muß vorher noch mal kurz weg. Muß noch die Katze füttern und hab sowieso noch was zu erledigen. Aber dann bin ich sofort wieder da. Ich bring auch was zum Nachtisch mit, was Süßes.« Er zwinkerte uns zu und war so schnell verschwunden, daß ich nicht einmal Zeit hatte, meine Hand aus der Hosentasche zu nehmen, um mich zu verabschieden.

»Ich habe Mr. Meegles vor ein paar Jahren an der Bushaltestelle aufgelesen. Er schlief da seinen Rausch aus. Er war einmal Buchhalter bei einer Holzfirma unten in Forks, Washington. Aber dann ging die Firma pleite, seine Frau verließ ihn, und die Bank krallte sich sein Haus. Solange er nüchtern ist, arbeitet er für mich – und das ist immer öfter.«

Sie langte nach unten und drückte auf den Wiedergabeknopf des Anrufbeantworters. Mr. Meegles hatte recht gehabt. Priscillas Stimme klang tatsächlich so dünn und zittrig, daß sie kaum wiederzuerkennen war. Sie hatte von einem Telefon im Hochsicherheitstrakt aus angerufen. Das unbestechliche Band hatte sogar noch das Echo von den nackten Betonwänden festgehalten.

»Jane Marie... bitte nimm ab, wenn du da bist. Jane Marie...« Dann eine lange Pause und mehrmaliges Stöhnen. Im Hintergrund hörte man eine Frau ununterbrochen husten, anschließend das Summen des elektrischen Türöffners und das Klicken im Schloß. »Ich hab ihnen gesagt, ich wollte meinen Anwalt anrufen. Ich hab ihnen deine Nummer gegeben. Sonst darf man hier niemanden anrufen. Mein Anwalt hat mir gesagt, es gäbe in meinem Fall bald irgendeine Art Anhörung. Genaueres wollte er mir auch nicht sagen. Wo steckt eigentlich Cecil? Und wo bist du, verdammt noch mal...« Dann eine erneute Pause und im Hintergrund ein schepperndes Geräusch. »Geh bitte dran, bitte, ich bin's, Priscilla«, sagte sie mit schwacher Stimme. Darauf folgte ein Geräusch, als wäre der Hörer irgendwo aufgeschlagen, dann nur noch ihr Atem, stoßweise und tränenerstickt, dann schwere Schritte und das Rasseln eines Schlüsselbunds, das schnell näher kam. Fast im selben Moment war die Leitung tot.

Jane Marie nahm das Band aus dem Anrufbeantworter. »Ich sollte wenigstens das aufbewahren«, sagte sie. »Was für eine Anhörung meint sie eigentlich?«

Ich setzte mich auf den ausgeleierten Regiestuhl vor dem Fenster. »Da ist etwas, was ich nicht verstehe. Ihr Pflichtanwalt sagt mir, die Entscheidung über eine Entlassung gegen Kaution fällt morgen früh. Aber Teller verspricht dir, sie wäre schon heute abend bei dir?«

»Wie hoch ist denn die Kaution?« fragte Jane Marie und zog unwillkürlich ihr Scheckbuch aus der Tasche, vermutlich, um nach ihrem Kontostand zu sehen.

»Im Fall deiner Schwester beträgt die Kaution gut und gern zweihunderttausend Dollar. Und zwar Cash.«

Ihr Lächeln bekam etwas Gequältes. »Das ist nicht dein Ernst.«

»Wo kommt eigentlich Young Bob so plötzlich her? Und wo ist sein Vater?«

Sie spreizte ihre Hände auf eine Art, die mich fatal an den Pflichtverteidiger erinnerte. »Ein Mann hat ihn gestern abend hier vorbeigebracht?«

»Was für ein Mann?«

»Er hat seinen Namen nicht gesagt. Aber Young Bob nannte ihn Gunk.«

»Gunk. Und wie hat er ausgesehen, dieser Gunk?«

Gedankenverloren strich Jane Marie mit der Fingerspitze über die Tischplatte. »War so ein Riesenkerl. Lederweste, Tattoos, das Portemonnaie mit einer Kette an den Gürtelschlaufen festgemacht, so ein Typ etwa, Zweizentnermann.«

»Motorradfreak vielleicht?«

»Wir haben uns nicht groß unterhalten, aber das könnte etwa hinkommen.« Sie bückte sich und hob neben dem Abfalleimer ein paar Papiere auf, legte sie wie beiläufig auf den Tisch. Ich war aufgestanden und wollte zur Tür. Sie kam hinter dem Schreibtisch hervor und stellte sich mir in den Weg. »Was soll das?«

»Ich gehe!«

»Wieso?«

»Ich bin sauer.«

»Aber weswegen?«

»Wegen meiner ausgesprochenen Sensibilität. Allerdings würdest du dann sagen, ich soll mich wieder einkriegen, deshalb.«

»Ein bißchen sensibel ist gar nicht so schlimm. Man darf es bloß nicht übertreiben.«

Ich versuchte, mich an ihr vorbeizudrängen. »Okay, ich helf dir, aber... für mich ist die Situation nicht so... deshalb ist es wohl besser, wenn ich jetzt gehe...«

Sie kam hinter mir her und legte ihre Hand auf meinen Mund. »Bleib hier«, sagte sie. »Es ist bloß so, daß ich jetzt nicht darüber sprechen möchte.«

Jane Marie drehte mich um wie eine Schaufensterpuppe und drückte mich an sich, so daß ihr Haar über meinen Mund strich und meine Lippen sich öffneten, willenlos vor dieser warmen Berührung.

Wir sahen aus dem Fenster auf die Berge von Douglas Island. Ein seltsames Licht schien von den schneebedeckten Gipfeln oberhalb der Baumgrenze auszugehen. Der Wind riß dort Milliarden winziger Eiskristalle von den firnigen Klüften, wirbelte sie als weithin sichtbare Fahne in die Luft. Eine plötzliche Windbö rüttelte an den Fenstern, daß das Glas im Rahmen klirrte. Wir hörten schwere Schritte auf der Außentreppe. Ich suchte nach den passenden Worten, aber die Schritte kamen schnell näher, polterten zusammen mit einem eisigen Windstoß oben in der Diele. Gerade als ich etwas sagen wollte, machte sie sich von mir los.

Edith und Young Bob kamen mit großem Getöse die

Treppe herunter. Young Bob hüpfte triumphierend voraus und balancierte eine große Schachtel Cornflakes auf dem Kopf – seine Beute. Edith setzte eine Baumwoll-Tragetasche auf dem Schreibtisch ab. Nach einem Seufzer der Erleichterung angesichts des vollbrachten Einkaufs wischte sie sich eine graue Haarsträhne aus dem Gesicht und sah uns eindringlich an, gerade so, als erwarte sie ein Geständnis.

»Na gut, dann mach ich erst mal den Wein auf«, meinte sie beleidigt, als von uns nichts Derartiges kam. »Und, Janie, leg doch bitte etwas Musik auf. Ich würde mal sagen, Bach wäre jetzt gerade richtig. Und Sie, Mr. Younger, Sie helfen mir beim Gemüseschneiden. Sie können doch Gemüse schneiden?«

Jane Marie ging durchs Wohnzimmer voraus in die Küche, nahm dabei die Einkaufstasche mit und stellte sie auf die Anrichte. In der Küche hingen Luftballons an der Wand wie für einen Geburtstag. Allerdings war dieser Geburtstag schon eine Weile her, und die abgeschlafften Ballons sahen aus wie vertrocknete Früchte; auf einigen lagerte bereits der Staub. Als sie das Licht anschaltete, bemerkte ich, daß sich hier ganze Generationen dieser Fest-Deko angesammelt hatten, immer eine Schicht über der anderen. An der Decke kamen sich Girlanden mit den Namen der Jubilare in die Quere, korkenzieherlockige Luftschlangen und schlappe Kreppschleifen bedeckten die Wände und trafen sich schließlich alle am Lichtanschluß in der Mitte, was auf dem Fußboden ein spinnennetzartiges Muster ergab.

Jane Maries Gesicht befand sich im Halbschatten. Mit einem Streichholz zündete sie jetzt den Herd an und nahm eine Packung Makkaroni mit Instant-Käsesauce vom Gewürzregal. »Sieht ein bißchen seltsam aus hier, aber ich finde es so deprimierend, wenn man nach einem Fest die Dekoration wieder abnehmen muß.«

Hinter mir kam Young Bob hereingestürzt, setzte sich direkt neben das Küchenbrett und trank Orangensaft aus einer Dino-Tasse. Seine dunklen Wimpern berührten fast seine Wangen, während er an dem gebogenen Plastikhalm sog. Edith langte über den Tisch und kniff ihm in die Bäckchen.

»Ach, guckt euch nur den Jungen an. Dieses Kind muß man einfach gern haben. Sieht er nicht aus wie ein Engel von Botticelli?«

Kichernd und mit roten Backen drehte sich Young Bob von seiner Tante fort. Ein solches Lächeln hätte selbst die mieseste Schlägertype verzaubert. Jane Marie legte ihre Arme um den Kleinen und küßte ihn aufs Ohr. »Iiiih! Nicht!« zappelte Young Bob und verzog das Gesicht. Und trotzdem hielt er sich an Jane Marie fest.

Leise sagte Jane Marie zu ihm: »Du kannst den Orangensaft mitnehmen und dir drüben ein Video ansehen. Du weißt doch noch, wie das geht, oder?«

Aber der Dreikäsehoch blieb mißtrauisch: »Wieder nur so Öko-Filme?«

Jane Marie tat beleidigt und streichelte ihm übers Haar. »Nein, natürlich nicht, wir haben auch richtig gute Filme – mit Ninjas und Robocop und so.«

»Au ja!« Der Junge ballte die Fäuste und hielt sie vors Gesicht wie ein Boxer. Er ließ die Dino-Tasse stehen, sprang vom Hocker und fegte ins Wohnzimmer, wobei die Küchentür gegen die Wand knallte.

»Nimm deinen Orangensaft mit!« rief Edith ihm nach.

Der Junge kam zurück und schnappte sich die Tasse. Dann stellte er sie auf die Anrichte. Heftig schlang er seine Arme um Jane Maries Hüften.

»Danke«, sagte er, was aber nur gedämpft herüberkam, weil er den Kopf gegen sie gepreßt hielt.

Jane Marie strich mit den Fingern durch seine schwarzen Locken. Der Junge sah zu ihr auf, auf dem kleinen Engelsgesicht nichts als Dankbarkeit. Dann schoß er aus der Tür.

»Aber nicht kleckern, ja?« rief ihm Edith hinterher. Das Weinglas in der Hand, sah sie Jane Marie vorwurfsvoll an, die immer noch in der Tür stand. »Ninjas und Robocop... also zu meiner Zeit hat es das nicht...«

»Er mag diese Filme eben. Warum soll ich ihm etwas holen, was er doch nicht sehen will.«

»Ja genau, und ich steh wieder da wie die verkalkte unverheiratete Tante, die von allem wieder nichts... rafft.«

»Was weißt du eigentlich über die Sullivans?« Ich hatte angefangen, die Möhren zu schneiden, und konzentrierte mich so sehr auf diese Arbeit, daß ich nur kurz den Kopf nach Jane Marie wandte, die gerade den Kohl putzte.

»Sie sind alte Freunde der Familie. Sie kommen ursprünglich aus dem Mittleren Westen und sind etwa zur gleichen Zeit hierhergezogen wie unsere Familie. Ich schätze, auch sie hatten irgendwann in grauer Vorzeit mal italienische Vorfahren. So was verbindet, und deshalb hing ihre Familie mit unserer Familie immer irgendwie zusammen. Priscilla und Robert beispielsweise – Robert ist der Vater von Young Bob – also die beiden kannten sich von klein auf. Und Priscilla war immer schon in ihn verknallt gewesen. Unsere Väter machten dauernd ihre Witze darüber, wie sie später ihre Kinder gegenseitig verheiraten würden. Auf diese Weise bliebe wenigstens zusammen, was zusammengehört. Und nach dem Tod meines Vaters hat sich Roberts Vater sehr um uns gekümmert und meiner Mutter immer wieder mit Geld geholfen.«

»Könnte es sein, daß er auch die Kaution gestellt hat?« fragte ich.

Jane Marie legte den Kohlkopf auf ein sauberes Geschirrtuch. »Möglich, aber... nach der Scheidung und dem ganzen

Theater um Young Bob sind die Sullivans nicht unbedingt gut auf Priscilla zu sprechen.«

Die Klänge einer Partita von Bach stoben durch den Raum wie lockere Schneeflöckchen und vermischten sich mit dem stampfenden Soundtrack des Ninja-Streifens von nebenan.

»Priscilla war der festen Überzeugung, die Sullivans hätten das Kind nur durch ihre Beziehungen gekriegt. Ist da was dran?«

Jane Marie zuckte die Achseln. »Mr. Sullivan, also Old Bob, war so eine Art Gewerkschaftsvertreter. Keine Ahnung, wie er an den Job gekommen ist. Jedenfalls, als die Pipeline gebaut wurde, war er plötzlich ein mächtiger Mann. Er kannte sämtliche Politiker. Mein Vater hat immer gesagt, Mr. Sullivan wäre entweder der cleverste Mann im ganzen Staat oder er hätte das meiste Glück gehabt. Ich glaube übrigens, daß Priscilla recht hat, wenn sie da gewisse Verbindungen sieht zwischen Sullivan und dem Senator. Andererseits, wie hätte der Senator ihr Young Bob wegnehmen können? Priscilla steigert sich gern in solche Verschwörungstheorien hinein, auf diese Weise erspart sie sich nämlich, über ihre eigenen Fehler nachzudenken. Und sie sieht schon gar nicht ein, daß sowohl das Gericht als auch das Jugendamt gute Gründe dafür hatten, Robert das Kind zuzusprechen und nicht ihr. Anstatt sich damit auseinanderzusetzen – und dazu gab es reichlich Gelegenheit –, wittert sie hinter allem gleich das nächste Komplott.«

»Haben die Sullivans auch dafür gesorgt, daß dir Young Bob praktisch frei Haus geliefert wurde?« fragte ich. Jane Marie schnitt ungerührt ihren Kohl weiter. Nur Edith mit ihrem Heilbutt hielt inne und sah Jane Marie fragend an.

»Das weiß ich auch nicht so genau«, sagte Jane Marie, ohne aufzublicken.

»Okay, aber was weißt du über den Senator?« Ich griff in

meine Tasche, stieß dort auf die Tüte mit Sonnenblumenkernen und bot Edith welche an. Sie schaute zurück mit jenem abgrundtiefen Unverständnis, als hätte ich sie in Brand stecken wollen, und schnaubte bloß: »Nein.«

»Über den Senator? Eigentlich überhaupt nichts«, sagte Jane Marie. »Außer dem üblichen Gerede natürlich. Angeblich ein Frauenheld – trotz seiner dicken Position in der Kirche. Und daß er nie für das Gouverneursamt kandidiert hat, soll an irgendwelchen dunklen Punkten in seiner Vergangenheit liegen. Aber was heißt das schon in Alaska? Guck dich doch um in dieser Stadt, das ist absolut nichts Besonderes.«

Über anmutsvollen Bach-Partituren vernahm ich das Scheppern der Eingangstür und dann die Stimme von Priscilla.

»Hallo, mein Kleiner!«

Wir verließen die Küche und sahen Priscilla, die sich vor Young Bob hingekniet hatte und ihn heftig umarmte. Mit geschlossenen Augen wiegte sie den Jungen hin und her und murmelte: »Mein Kleiner, mein süßer Engel.«

Doch Young Bob löste sich bald aus der Umklammerung und grinste: »Hi, Mum, guck mal, Janie hat mir ein Ninja-Video mitgebracht.« Tränen in den Augen, strich Priscilla über sein Haar. Ihre Stimme überschlug sich fast, als sie sagte: »Ach, das sehen wir uns aber jetzt nicht an. Ich will jetzt nur dich anschauen.«

Der Junge ließ die Schultern hängen und verzog schmollend den Mund. Abermals umarmte ihn Priscilla und warf dabei ihrer Schwester einen giftigen Blick zu. Und mit zusammengebissenen Zähnen brachte sie so etwas wie ein Lächeln zustande.

»Also gut«, sagte sie dann.

Young Bob schlang die Arme um seine Mutter und strahlte

sie an: »Danke.« Priscilla strich weiter durch sein Haar, während er sich wieder vor den Fernseher setzte. Dann ging sie blicklos an uns vorbei in die Küche, wo sie sich plötzlich umdrehte und mit dem Finger auf Jane Marie wies – die personifizierte Anklage.

»Das hast du extra gemacht, stimmt's? Du hast mir mit Absicht das Wiedersehen verdorben, und du willst meine Schwester sein? Daß ich nicht lache…«, zischte sie, und der anklagend ausgestreckte Finger zitterte.

»Ach, Cilla, nein, ich wollte bestimmt nicht… tut mir leid. Ich wußte ja nicht, daß der Junge diese Videos ausgerechnet…«

Hinter mir bemerkte ich, wie Edith offenbar versuchte, die Cornflakes verschwinden zu lassen.

»Und jetzt zu dir…«, sagte sie und schleuderte mir ihren Medusenblick zu. »Wo warst du, als ich dich brauchte? Wenn Mr. Teller nicht gewesen wäre, säße ich immer noch im Knast.«

»Teller hat für dich die Kaution bezahlt?« Ich drückte mich weiter in die Küche zurück, damit Priscilla nicht mitbekam, wie Edith die Cornflakes versteckte. Edith richtete sich auf und sah mich mit stummer Dankbarkeit an.

»Man hat mir gesagt, ich dürfe mit dir nicht darüber sprechen«, sagte Priscilla mit steinerner Miene.

»Wer hat das gesagt? Etwa Teller?«

»Ich denke, es ist besser, wir wechseln jetzt das Thema, Cecil. Und nimm bitte zur Kenntnis, daß ich auf deine Dienste keinen Wert mehr lege.«

Wir steckten nun endgültig in einer Sackgasse. Wie ich Priscilla kannte – ihr Gesichtsausdruck sprach Bände –, würde sie in dieser Frage freiwillig keinen Millimeter zurückweichen. Ihre Entscheidung war so unverrückbar wie die Pyramiden im Tal der Könige, und die standen nun auch schon seit ein paar tausend Jahren da. Schlechte Aussichten, in diesem Leben daran groß was zu ändern.

Mit ein paar Weingläsern in der Rechten und einer Flasche französischem Weißwein in der Linken zwängte sich Edith an mir vorbei.

»Kinder, wir sollten auf Priscillas Freiheit anstoßen!« flötete sie unerschütterlich und verteilte die Gläser.

Ich ergriff Young Bobs Dino-Tasse und prostete Priscilla mit dem Rest Orangensaft zu. Sie blitzte mich aus schmalen Reptilienaugen vernichtend an, während die anderen vermeintlich unbeschwert ihr Glas erhoben. Bach hatte aufgehört, und das Schweigen lag schwer wie nasser Schnee über der ganzen Szene.

Glücklicherweise machte kurz darauf Mr. Meegles seine Aufwartung, in der Hand eine Tüte zuckriger Doughnuts, die er in dem Schnapsladen in der Nähe der Bushaltestelle gekauft hatte. Dabei hatte er sich selbst keineswegs vergessen, denn ein Flachmann steckte in seiner Gesäßtasche, und sein Atem roch süßlich nach billigem Whiskey. Jane Marie sah ihn vorwurfsvoll an, ließ sich ansonsten aber nichts anmerken und setzte ihn für den Rest des Abends auf Tee.

Den Zeichentisch im Büro stellte sie niedriger und schleppte ihn in den Wohnbereich. Danach breitete sie ein hellgelbes Tischtuch darüber, und Edith trug auf. Die anschließende Unterhaltung drehte sich hauptsächlich um Oper und Theater und den schädlichen Einfluß des Fernsehens auf Kinder. Young Bob verzehrte zunächst brav seine Makkaroni, fing dann aber an, mit dem Besteck zu spielen und mit dem Löffel kleine Möhrenstücke über den Tisch zu katapultieren. Priscilla fauchte ihn an. Mit Essen spielte man nicht. Aber dann konstruierte Mr. Meegles, der den beiden genau gegenübersaß, aus Messer und Gabel eine Art Footballtor und wettete mit Young Bob, wieviel Schüsse er –

»volle Möhre« – verwandeln könne. Jane Marie war der Schiedsrichter. Derweil schimpfte Priscilla mit zunehmender Erbitterung über das Fernsehen. Alles in allem also ein gelungener Abend.

Zu guter Letzt wollte Young Bob noch wissen: »Warum küssen sich die Leute in den Filmen denn immer?«

»Weil sie sich lieben, mein Herzchen.« Und Jane Marie langte hinüber und legte eine Möhrenscheibe wieder zu seinem Munitionsvorrat zurück.

Das war Priscilla natürlich zuviel. »Liebe!« schnaubte sie und sah die versammelte Tischgesellschaft herausfordernd an. »Diese Art Liebe ist ein Konstrukt der Fernsehmacher, es ist die Währung, in der sie uns für unsere Aufmerksamkeit entschädigen wollen, obwohl sie durch inflationären Gebrauch so gut wie nichts mehr wert ist, diese sogenannte Liebe.«

»Tristan und Isolde!« kündigte Edith an, schloß die Augen und lehnte sich zurück. Sie hatte eine Oper aufgelegt, und eine Sopranstimme schwang sich in dem engen Raum in ungeahnte Höhen empor. Und die alte Frau, die Augen geschlossen, streckte ihre Hand aus, als könne sie die Musik mit den Fingern berühren.

»Aber warum lieben sich denn die Leute im Fernsehen, Mum?« Und Young Bob sah an Priscilla hoch, die sich von ihm weggedreht hatte.

»Sie lieben sich doch gar nicht, mein Kleiner. Sie tun nur so. Alles erfunden. Komm, reden wir von etwas anderem.«

Mir war aufgefallen, daß Mr. Meegles immer mal wieder seine Tasse unter den Tisch hielt und sich heimlich aus dem Flachmann bediente. Doch jetzt lehnte er sich zufrieden zurück und sagte zu Young Bob:

»Junger Mann, laß dir eins gesagt sein: Die Leute lieben sich zunächst mal, weil es einfach viel leichter ist – leichter jedenfalls als sich gegenseitig zu hassen.«

Young Bob lachte und legte wie von selbst seine kleine Hand auf die meine.

Priscilla, offenbar angewidert von soviel whiskeytrunkener Abgeklärtheit, schob ihren Stuhl zurück und stand auf. Jane Marie neigte sich zu Young Bob hinüber, faßte ihm unters Kinn.

»Weißt du, wir hatten mal einen Bruder«, sagte sie zu dem Jungen, und Priscilla setzte sich wieder. Das Thema war schmerzvoll und zog sie gerade deswegen in seinen Bann. »Also unser Bruder, das wäre heute dein Onkel. Er sah genauso aus wie die Leute im Fernsehen.« Jane Marie sah zu Priscilla hinüber. Priscillas Augen glitzerten feucht. »Auf jeden Fall war er genauso hübsch wie die Leute im Fernsehen, und so hübsch, wie du eines Tages sein wirst, mein Schatz. Und mit den Mädchen erst, mein Gott, wenn ich daran denke, er liebte Mädchen.« Young Bob rümpfte vorsichtshalber jetzt schon die Nase bei dem Gedanken, einmal womöglich voll auf Mädchen zu stehen, aber Jane Marie fuhr unbeirrbar fort: »Aber genau das hat deinen Onkel auch in Schwierigkeiten gebracht, die Art, wie er die Mädchen geliebt hat. Paß auf, es geht noch weiter. Vielleicht war nicht immer alles richtig, was er gemacht hat...« Priscilla rannen inzwichen die Tränen über die Wangen, und Edith faßte ihre Hand. »Trotzdem war er kein schlechter Mensch. Er konnte ja nichts dafür, daß er so hübsch war und diese Mädchen geliebt hat. Das wirst du später auch mal tun.«

Soweit ich erkennen konnte, blieb Young Bob da skeptisch. »Hast du mal jemand geliebt, Janie?«

Jane Marie trocknete sich die Augen. »Weißt du, junger Mann, für die Liebe braucht man Mut, Mut und auch viel Geduld. Ich war da etwas anders als dein Onkel. Ich hatte immer jede Menge Geduld, aber vielleicht nicht genug Mut.«

»Und hat dich mal jemand geliebt?«

»Ja, ich glaube, es gab da mal einen Jungen, der mich geliebt hat.« Sie sah mich kurz an, richtete dann aber den Blick gleich wieder auf den kleinen Jungen mit den dunklen Augen. »Und bei ihm war es genau umgekehrt. Er hatte Mut, aber keine Geduld.«

»Wer war es?«

Doch da war es Jane Marie, welche die Tafel aufhob. »Schluß jetzt, reden wir von etwas anderem«, sagte sie zu Young Bob. Der Spruch hatte irgendwie Konjunktur.

Wir hörten uns noch die komplette Oper an. Spätestens beim Liebestod mußte Mr. Meegles auf der Couch eingeschlafen sein, einen dünnen Schnurrbart aus Zucker auf der Oberlippe. Irgendeine gute Seele hatte ihn dann zugedeckt. Edith war nach Hause gefahren, und auch Priscilla und Young Bob schliefen längst in Jane Maries Schlafzimmer.

Wütend rüttelte der Sturm an dem alten Haus, es knackte überall im Gebälk. Jane Marie und ich lagen in jenem winzigen Kabäuschen unter der mittlerweile abgesperrten Treppe, wo sie sich als kleines Mädchen immer versteckt hatte. Sie streckte ihren Arm nach oben, schlank und weiß wie ein Birkenast, und tastete oben nach den Stufen, auf die, neben zerknitterten Fotos, einzelne Namen gekritzelt waren. Wie sie so dalag auf dieser Steppdecke, neben sich Kerze und Taschenlampe, und mit der Hand die schmalen Stufen aus Tannenholz entlangstrich, hätte man meinen können, sie wolle das ganze Inventar ihrer Kindheit noch einmal aufnehmen: ihre Mädchenschrift mit Herzchen und Kringeln um verschiedene Jungennamen, wieder und wieder ab- und neugeschrieben, Bilder der Beatles, wissenschaftliche Illustrationen von Lachsen und Seevögeln, Einladungen, Klassenbilder aus der Schule, Liebesgedichte, Zeichnungen von Fischkuttern, eine Landkarte der Arktis und in der Ecke, direkt an der Tür, das vergilbte Foto von ihrem Vater und Ricky, daneben eins mit Young Bob als Baby. Der enge Verschlag bot kaum Platz für uns beide, und die Luft war schwer vom Wachsgeruch der zerlaufenden Kerze.

Dann stieß ich auf meinen Namen. In runder Teenie-Schrift stand da: *Cecil Younger ist doof. Er sieht mich nicht mal.* Darunter las ich den Satz: *Priscilla ist eine blöde fette Petze.*

Jane Marie drehte ihr Gesicht zu mir, daß ich es fast mit den Lippen hätte berühren können. »Warum bist du nach dem letzten Mal nicht wiedergekommen?«

»Kunststück. Warum hast du mich behandelt wie den letzten Dreck?« Ich merkte, wie mein Selbstmitleid langsam die Oberhand gewann. »Ich habe dir meine Liebe gestanden, und du hast gesagt, ich soll mich verpissen.«

»Aber woher sollte ich denn wissen, daß du es ernst meinst. Du hast doch immer den Pausenclown gespielt. Die Sache mit dem Strohhalm und den Rosinen, weißt du noch?« Sie sprach mit dem Gesicht zur Decke.

»Das war doch nur ein Witz«, wandte ich ein.

»Was, einen Witz nennst du das? Das läßt aber tief blicken. Du pustest diese Rosinen aus der Nase und findest das noch komisch?«

»Na ja, irgendwie schon ... manchmal«, sagte ich. Mir war wirklich nicht zu helfen.

Sie wandte sich zu mir um und lächelte, und irgend etwas in ihrem Gesicht sagte mir, daß sie mir längst vergeben hatte, weil sie über mich besser Bescheid wußte als ich selbst. Ich berührte ihre Wange und verspürte Herzklopfen, drehte mich jedoch gleich wieder weg, aus Angst, sie könne ihr Urteil wieder rückgängig machen.

»Wie kommt eigentlich Young Bob hierher? Ich denke, er lebt bei seinem Vater?« fragte ich und war wieder der coole Privatdetektiv, nur noch besser.

Sie streckte die Hand aus und berührte das Foto von Young Bob. »Ich habe dir die Wahrheit gesagt, Cecil. Dieser Mann hat ihn hier abgeliefert, ich war selber ziemlich überrascht... so ganz ohne Vorwarnung. Das war, bevor ich von der Sache mit dem Senator hörte und daß man Priscilla verhaftet hätte. Der Typ kam hier einfach vorbei und hat mir Young Bob gegeben.«

Ich versuchte, meinen Arm um sie zu legen, aber sogar dafür war es zu eng. Also legte ich meinen Arm neben sie und ergriff ihre Hand, welche eingekeilt zwischen unseren Hüftknochen ruhte. Ich sah, wie sich eine einzelne Träne ihren Weg über ihre Schläfe bahnte und dann bis an ihr Ohr kullerte.

»Ich wollte Priscilla doch nur helfen, jemand mußte sich doch um den Jungen kümmern.« Mit ausgestrecktem Arm berührte sie die Stelle, wo Priscillas Name stand. »Wenn ihm etwas zustößt, weiß ich auch nicht mehr weiter. Begreifst du das?«

Ich begriff es nicht. Zumindest damals nicht. Alles, was ich tun konnte, war, ihr, die mit einem Finger Priscillas Namen nachzeichnete, mit meinem Finger zu folgen, in der Hoffnung, daß sich das unvermittelte Schweigen dadurch in eine Frage verwandelte. Sie zitterte plötzlich und blies die Kerze aus. »Okay, jetzt hast du wenigstens mal mein kleines Versteck gesehen«, sagte sie leise und stemmte sich seitlich von mir ab, um sich rückwärts nach draußen zu robben. Unmittelbar an der Tür, etwa in Höhe meiner Füße, hielt sie plötzlich inne.

»Ich war immer total verknallt in dich, Cecil. Immer.«

»Yeah, also...« Und der coole Privatdetektiv zerkrümelte mehr und mehr.

»Und es war auch ganz schön komisch. Ich meine das mit den Rosinen und so, wirklich komisch, total.«

»Yeah, also... in Alaska zählt so was schon zu den höheren Formen der Komik.« Mir brach der Schweiß aus.

»Nein, ich meine, es war eigentlich ziemlich bescheuert, aber das sollte es wohl auch sein. Ich meine, wenn ich dich richtig verstanden habe, wolltest du mich aus meiner Muschel rausholen.«

»Oh yeah... genau, jetzt, wo du es sagst, also...« In mir drehte sich alles. Ich mußte dringend an die frische Luft. Jane Marie kniff mich in den Zeh und war im nächsten Moment verschwunden.

»Dachte ich mir.« Und ich hörte sie kichern.

Ich kroch aus dem Verschlag. Wir gingen in die Küche und vertilgten die Reste der Makkaroni mit Käsesauce. Jane Marie gab mir einen Schlafsack und eine Isomatte und meinte, neben dem Couchtisch sei noch etwas Platz. Sie selbst würde auf einem Feldbett in der Küche schlafen. Als ich mit meinem Bettzeug an Jane Maries Schlafzimmer vorbeikam, hörte ich, wie Young Bob sagte: »Bitte bitte, nur noch die Stelle mit Templeton auf dem Jahrmarkt, wo er die ganzen Sachen aufißt. Bitte!«

Ich warf einen heimlichen Blick in das Zimmer. Priscilla hatte die Decke bis zur Brust hochgezogen, aber Young Bob hatte sich aufgedeckt und strampelte ungeduldig mit den Füßen. Seine Schlafanzughose war hochgerutscht. Das Buch lag geschlossen auf Priscillas Brust, und sie streichelte das Haar des Jungen. »Sei nicht so ungeduldig, eins nach dem anderen. Charlotte und Wilbur sind ja noch nicht einmal auf dem Jahrmarkt. Aber keine Angst, wir kommen noch dahin. Ich will nur nichts überschlagen.« Dann fiel ihr Blick auf mich, der immer noch im Türspalt stand. Dies war eines der wenigen Male, wo ich sie entspannt und zufrieden gesehen hatte. Sie verzog nicht einmal den Mund, sondern winkte mir sogar zu, gedankenverloren und mit einem verträumten

Lächeln auf den Lippen, und ich sah zu, daß ich in die Falle kam.

Ich legte mich auf den Schlafsack und horchte in die Dunkelheit. Draußen tobte der Sturm, und Jane Marie rollte sich auf ihrem Feldbett zusammen. Der Wind peitschte die Erlen und Fichten auf der Nordseite des Hauses. Ich hörte das Regenwasser durch das eiserne Kanalisationsrohr rauschen, das neben der langen Freitreppe verlief, und manchmal auch einen Felsbrocken, der dort zu Tal polterte. Ich wartete den Moment ab, wo das Geräusch plötzlich verstummte, und zählte die Sekunden, bis der Stein mit einem gedämpften Klicken im Flußbett aufschlug. Der Regen prasselte gegen die Fensterscheiben, und ab und zu flackerte die Kerze im eisigen Zug vom Fenster her.

Ich starrte auf die tanzenden Schatten an der Zimmerdecke und begriff immer noch nicht, wie Priscilla freigekommen war. Selbst in Alaska mit seiner vergleichsweise liberalen Rechtsprechung war es nicht so einfach, nach einem Mord an einem Politiker aus dem Gefängnis entlassen zu werden, aber genau das war hier passiert. Das Kerzenlicht malte zuckende Figuren auf die Deckenpaneele, und ich fertigte in Gedanken eine Liste all der Leute an, die für Priscilla die Kaution hätten stellen können.

Auf einmal hörte ich ein dumpfes Geräusch ganz in der Nähe. Ich sprang auf und stieß prompt mit dem Schienbein gegen den Couchtisch. Ich hörte jemanden stöhnen. Ich nahm die Kerze und ging damit zur Couch in Jane Maries winzigem Bürobereich. Ich hielt die Kerze über eine formlose Masse auf der Couch, bis ich darin Mr. Meegles erkannte, der sich auf den Rücken gedreht hatte, wobei offenbar ein Buch und zwei Videokassetten zu Boden gefallen waren. Er schnarchte leise vor sich hin, ich deckte ihn mit seinem Jackett zu und ging ins Badezimmer, um ein Glas Wasser zu trinken.

Die Tür zu Jane Maries Schlafzimmer stand noch immer offen, sogar das Licht brannte noch. Ich sah hinein. Young Bob lag ausgestreckt auf dem Bett und schlief, den Kopf auf das Kissen gebettet. Ich hörte seinen gleichmäßigen Atem. Ab und zu zuckten seine Augenlider, und er lächelte im Schlaf. Priscilla saß im Bett, mit dem Rücken an der Wand und das Buch im Schoß. Sie streichelte dem Jungen über die Wange und murmelte etwas, das ich erst verstand, als ich es von ihren Lippen ablas. Mir kam es vor wie: »So schön … engelsgleich … engelsgleich …« Ich zog mich zurück, trank ein Glas Wasser und kroch in meinen Schlafsack.

Ohne Tabletten geraten mir meine Träume eher flach. Entweder kann ich mich gar nicht mehr erinnern, oder aber sie sind das reine Klischee und so langweilig wie tausendmal wiederholte Werbespots in Schwarzweiß. In der besagten Nacht allerdings träumte ich von grünen Walen, die am Himmel trieben wie die Aurora Borealis. Irgendwie muß dabei der Geruch der verlöschenden Kerze bis in mein Unterbewußtsein gedrungen sein, denn die Wale waren auf einmal alle bei einer Geburtstagsparty, hatten bunte Papierhüte auf und waren überhaupt ziemlich gut drauf, verfingen sich jedoch immer mehr in den staubigen Luftschlangen, die ihnen ins Fleisch schnitten wie stählerne Kabel. Ganz besonders erinnere ich mich an einen Wal. Er lag auf dem Tisch, die Fluke rettungslos verheddert in einem Gewirr rostiger Kabel. Immer wieder bäumte er sich auf, peitschte mit aller Macht auf den Fußboden, zusehends zersäbelt von den messerscharfen Stahltauen. Die Geburtstagskerzen waren längst ausgegangen. Alle Wale hatten sich ins Wasser retten können und sanken tiefer und tiefer, nur das gestrandete Exemplar auf dem Tisch schlug hilflos um sich.

Als ich erwachte, erblickte ich über mir einen Mann mit

einer Unterziehmütze, wie sie Skifahrer tragen. Vielleicht sah es deshalb auch so aus, als stünden seine Augen ungewöhnlich weit auseinander. Außerdem leuchtete er mir mit einer Taschenlampe direkt ins Gesicht. Sein Kommentar hätte knapper nicht ausfallen können, bestand er doch gerade mal in einem einzigen Wort.

»Scheiße.«

Ich richtete mich abrupt auf und sah weiter hinten im Zimmer noch einen zweiten Mann. Dieser trug an einer Art Stirnband zwei kleine Taschenlampen, die links und rechts an seinen Schläfen leuchteten wie die Stielaugen eines Tiefseefischs, und durchwühlte die Papiere auf Jane Maries Schreibtisch. Zuvor hatte er es schon an den abgeschlossenen Schreibtischschubladen versucht. Mr. Meegles auf der Couch rührte sich nicht.

»Komm schon! Komm schon! Komm schon, verdammte Scheiße!« fluchte der Mann am Schreibtisch. Nun erst sah ich, daß auch der Mann über mir diese Art Grubenlampe trug, die es unmöglich machte, sein Gesicht zu erkennen. Aber der Gegenstand, den er jetzt drohend über den Kopf hob, hatte verdammte Ähnlichkeit mit einem Brecheisen. Und die undeutliche Gestalt über mir sagte eiskalt: »Immer schön ruhig bleiben, Freundchen. Sonst bist du ein toter Mann.« Ich ließ mich zurücksinken.

Der Mann, der über mir gestanden hatte, steckte das Brecheisen in seinen Gürtel und brach krachend durch die Tür von Jane Maries Schlafzimmer. Ich rappelte mich hoch und stürzte in Richtung Eingangstür. Doch der Typ am Schreibtisch fuhr herum und erwischte mich mit seiner Brechstange. Die scharfe Klaue riß ein klaffendes Loch in mein T-Shirt. Ich taumelte gegen die Couch, und meine Hände griffen in etwas Feuchtes.

Die Dunkelheit ringsum explodierte in einem Chaos aus

Schreien und berstendem Glas. Die bärenhafte Gestalt des ersten Mannes kam aus dem Schlafzimmer heraus, in den Armen Young Bob. Ich hörte die kreischende Stimme von Priscilla. Im trüben Licht erkannte ich meine blutverschmierte Hand. Der Mann mit Young Bob auf dem Arm rempelte mich nieder wie ein Footballspieler. Ich packte sein Knie, aber er riß sich los. In diesem Moment allerdings schoß Jane Marie splitternackt aus der Küche hervor, einer rasenden Furie gleich, den Arm ausgeholt zum Schlag. Sie hatte irgend etwas in der Hand, was ich nicht genau identifizieren konnte. Der Mann, der immer noch ihren Schreibtisch durchwühlte, wirbelte herum, aber so schnell, daß er dabei sein Brecheisen verlor. Klirrend durchschlug das Werkzeug die Fensterscheibe. Die Hände schützend über den Kopf gehalten, versuchte er zu fliehen. Ich hörte, wie Jane Marie auf den Mann einprügelte – das Geräusch von Holz auf Knochen. Derweil fegte der Orkan in den Raum, blähte die knatternden Jalousien wie zerfetzte Segel und wirbelte durch die Papiere, die in alle Richtungen davonstoben. Der Sturm war da. Es gab kein Zurück mehr.

»Hau ab! Raus hier! Hau ab, und zwar sofort, du mieses Arschloch!« Jane Maries Stimme übertönte sogar das Heulen des Sturms und die klirrenden Geräusche vom Fenster her, wo immer neue Teile herausbrachen.

Die Grubenlampen zuckten in panischer Flucht durch den Raum. Ich sah Schatten, die in der Tür übereinanderstolperten, Papiere, die wie welkes Laub durch den Raum flatterten. Ich sah ihre weiße Haut, ihre Brüste, ihren angespannten Po und ihren Arm, der stets aufs neue ausholte und zuschlug mit jenem Ding, das aussah wie ein etwas zu klein geratener Baseballschläger – und traf: Arme, Ellenbogen, Schenkel, immer wieder. Und ich hörte, wie sie den Mann anschrie, jedes Wort begleitet von einem wütenden Schlag: »Gebt... den... Jungen… raus!« Ich war vor der Couch hingestürzt und merkte erst da, daß mir die Hosen bis auf die Knie herabgerutscht waren. Ich zog mir die Hose nach oben, arbeitete mich an der Couch hoch. Doch da war sie wieder, diese Feuchtigkeit, und ich starrte in Mr. Meegles' offenen Mund, dann auf sein blutüberströmtes Gesicht. Schleim und Blut rannen in Bläschen aus seiner gebrochenen Nase. Wenigstens atmete er. Die beiden Männer hatten Young Bob gepackt und schleppten ihn die Treppe hoch. Ich rannte hinterher, immer dem Gepolter nach. Oben am Hauseingang blieb ich stehen und spähte in die Dunkelheit. Im Lichtschein der einzigen Straßenlaterne entdeckte ich Jane Marie. Das Ding in ihrer Hand war ein Fischschlegel, nichts weiter. Die Dunkelmänner mit den Unterziehmützen sprangen die Treppe hinab, ihre Grubenlampen hatten sie entweder in die Tasche gesteckt oder weggeworfen. Und über einer Schulter erkannte ich das Gesichtchen von Young Bob, verzerrt zu einem einzigen langen Schrei wie bei einem Ertrinkenden. Die Bäume zu beiden Seiten der Treppe ächzten im Wind. Ich hörte die hektischen Schritte der Männer auf der Eisentreppe, bis sie am Fuß des Berges angelangt waren und nur noch das Heulen des Sturms oben am Kamm des Berges übrigblieb. Irgendwo regte sich Hundegebell, in einigen Nachbarhäusern ging Licht an. Jane Marie ließ den Kopf hängen, wandte sich zum Haus, drehte sich allerdings noch einmal um und schleuderte den Fischschlegel die Treppe hinab, den Entführern hinterher. Sogar im milchigen Licht der Laterne sah ich die Kraft in ihren Armen, ihre klar definierte Schultermuskulatur, während das Wurfgeschoß in die Dunkelheit eintauchte und später irgendwo weiter unten über die eisernen Stufen schepperte. Erstaunlich behende trotz ihrer blutenden Füße lief sie zum Haus zurück, stand dann neben mir im Eingang. Auf dem eisernen Profil des Treppenabsatzes hatten ihre Füße eine Blutspur hinterlassen.

»Gehen wir wieder rein«, sagte sie.

Unten im Wohnzimmer befestigte ich mit Klebestreifen notdürftig ein Stück Pappe an der geborstenen Scheibe, während sie sich ihren Bademantel anzog und sich die Glasscherben aus den Fußsohlen entfernte. Dann kümmerte sie sich um Mr. Meegles. Geschickt tupfte sie ihm mit einem Papiertaschentuch das Gesicht ab. Er stöhnte zwar, konnte aber auf ihre Aufforderung hin eine Faust machen. Priscilla hatte sich in eine Bettdecke gewickelt und hockte in der Ecke, das Gesicht in den Händen vergraben.

Ich ging zum Schreibtisch und sah mir die abgeschlossene Schublade an, deren vordere Blende zwar verbogen war, aber der Brechstange standgehalten hatte.

»Was ist da drin?«

»Nichts Besonderes, eigentlich gar nichts...« Jane Marie kniete neben der Couch, tupfte vorsichtig um Mr. Meegles' zerschmetterte Nase herum. Ihr Bademantel stand offen, enthüllte ein Bein, was mir ihre Nacktheit deutlicher ins Bewußtsein rückte, als es kurz zuvor auf der Treppe der Fall gewesen war.

»Scheint so, sie hätten hier nach irgendwas gesucht.«

»In der Schublade sind aber nur ein paar Bankunterlagen, sonst nichts. Vermutlich wollten sie das Ding auch nur deswegen aufbrechen, weil es verschlossen war, es hat sie einfach gereizt, das ist alles.«

Ich griff nach dem Telefon und wählte.

»Wen willst du anrufen?« Jane Marie richtete sich auf und machte ihren Bademantel zu.

»Die Polizei.«

Sie stand auf und kam zu mir herüber. Sie nahm mir den Hörer aus der Hand und legte ihn wieder auf die Gabel. Dann beugte sie sich über mich und schlang die Arme um meinen Kopf. Ihr Bademantel war wieder offen, und meine Wange schmiegte sich direkt an ihren Bauch. Ich roch ihre Seife im Frottee des Bademantels und den Frühlingssturm auf ihrer Haut. Sie zitterte.

»Wenn wir jetzt die Polizei rufen, kommen wir heute nacht nicht mehr ins Bett. Sie werden uns ein Loch in den Bauch fragen, aber wir sind am Ende auch nicht schlauer als jetzt. Bitte, Cecil, wir sollten jetzt versuchen, uns gegenseitig zu helfen. Die Polizei kann warten bis morgen.«

Ich sah sie verständnislos an. Ich strich von hinten über ihr Kreuz und spürte die Anspannung unter dem Stoff. Sie fuhr mit den Fingern durch mein Haar und bog meinen Kopf nach oben.

»Bitte, Cecil, jetzt keine Polizei.«

Dann wandte sie sich von mir ab und schritt durch den verwüsteten Raum, wobei sie auf den umherliegenden Papieren immer noch kleine Blutflecken hinterließ.

Ich schaute zu Priscilla hinüber. Sie saß, gegen die Wand gelehnt, in der Ecke, die Arme auf den Knien, den Kopf unter der Decke. Ausdruckslos starrte sie vor sich hin, aber sogar unter der dicken Decke bemerkte ich, daß sie am ganzen Leib zitterte. So sah normalerweise jemand aus, der tagelang in einem Straßengraben ausgeharrt hatte. Der Anblick weckte in mir Erinnerungen, die das, was hier geschehen war, paradoxerweise zugleich erhellten und verdunkelten.

5

Nach dem Mord an ihrem Bruder Ricky, nach den vielen schmerzvollen Erlebnissen im Gefolge der Beerdigung und der polizeilichen Ermittlungen begann für Priscilla der lange Rückzug aus der Welt. Nicht einmal diejenigen, die das

Mädchen gut kannten, wußten damals, wohin es genau verschwunden war. Die Mutter weinte nur, haderte mit ihrem Schicksal und sprach ansonsten nächtelang mit den Fotografien ihres einzigen Sohnes, während der Vater im hinteren Teil des Hauses die Netze flickte. Jane Marie kümmerte sich um alles, kochte, wusch, während Priscilla wie ein Gespenst durchs Leben wandelte. Priscilla sprach nie über das, was geschehen war, sie rührte die Vergangenheit überhaupt nicht an.

Ungefähr ein Jahr nach Rickys Tod und nur wenige Monate, bevor Mr. DeAngelo sein Seemannsgrab fand, kam Priscilla einmal nicht von der Probe des Schulorchesters nach Hause, und da Jane Marie ihre Eltern nicht unnötig beunruhigen wollte, erzählte sie ihnen, Priscilla übernachte bei einer Freundin. Mich aber bat sie, ihr bei der Suche nach der Vermißten zu helfen. Wir waren damals siebzehn, und in meiner nahezu unbeschränkten Beschränktheit fühlte ich mich geradezu geschmeichelt, hielt das Ganze sogar für eine Art Date. So weiß ich zum Beispiel noch, daß ich mir tatsächlich den Kopf darüber zerbrach, was ich bei dieser heldenhaften Rettungsaktion anziehen sollte.

Jedenfalls hatte keiner von den Lehrern oder jemand aus Priscillas Freundeskreis das Mädchen gesehen. Nur ein Kumpel von mir, der in einem kleinen Restaurant als Tellerwäscher jobbte, wollte beobachtet haben, wie sie vor dem Schnapsladen Leute angesprochen hatte. Angeblich hatte sie zu dem Zeitpunkt auch ihre Posaune dabeigehabt. Was danach passiert war, wußte er auch nicht. Zumindest hatte er sie nicht in den Laden gehen sehen. Aber gegen Abend sei es ihm so vorgekommen, als hätte er in der kleinen Stichstraße hinter dem Restaurant ihre Stimme gehört. Wir drei sahen später dort nach und entdeckten ein gutes halbes Dutzend Zigarettenstummel und eine zerbrochene Flasche Apfelwein. Jane Marie berührte die Scherbe mit der Spitze ihres Schuhs, zog ihre warmen Handschuhe an und sagte: »Ich glaube, ich weiß, wo sie ist.«

Rings um Juneau gibt es jede Menge stillgelegter Bergwerke, und viele davon sind eher schlecht als recht gegen unbefugten Zutritt gesichert. Der ganze Berg ist durchlöchert wie ein Schweizer Käse – ein meilenlanges unterirdisches Labyrinth. Wenn etwa im Ort ein Hund verschwunden war, stand für die Leute meistens fest, daß er zerschmettert am Grund eines verlassenen Schachtes lag. Und als Kinder stellten wir uns mit Grausen vor, wie diese Schächte sich allmählich mit den Knochen von Tieren und Kindern füllten, die von zu Hause weggelaufen waren.

An der Öffnung eines der Schächte, unmittelbar unter einem drohenden Felsvorsprung, befand sich eine kleine Kaue. Ich war schon vorher ein paarmal da gewesen. Auf dem Boden lagen Matratzen, und einen Kanonenofen gab es auch, ansonsten jede Menge leerer Flaschen, Zeugnis so manchen Besäufnisses, und sogar ein paar schmuddelige Decken für den Fall, daß man nicht mit einer Alkoholfahne nach Hause gehen, sondern lieber an Ort und Stelle übernachten wollte. Aus der Garage der DeAngelos nahmen wir zwei Taschenlampen mit und machten uns auf den Weg zu der besagten Schachtanlage, die jedoch relativ weit oben auf dem Berg lag. Das letzte Stück der Strecke bestand nur noch aus einem schmalen Fußpfad. Hier kamen uns zwei betrunkene Typen entgegen. Der eine davon hatte eine Schnittwunde auf der Stirn, und alles, was er dazu sagen wollte, war: »Geh da bloß nicht hoch, Mann. Die hätte mich fast umgebracht.« Dann drehte er sich um und stolperte weiter zu Tal. In der Nähe der Kaue hörten wir das Geräusch von zersplitterndem Glas.

Es war eine stille Nacht, und über allen Gipfeln war Ruh. Aber schon gleich hinter der Tür der Hütte traten wir auf Glas. Ich weiß noch, wie froh ich war, daß ich die Schuhe mit den dicken Sohlen angezogen hatte. In jeder Ecke der Hütte stank es nach Urin, und die Matratzen atmeten den Pesthauch von billigem süßlichen Wein. Doch in dem Kanonenofen loderte ein solches Höllenfeuer, daß bereits das Ofenrohr glühte. Das war auch nötig, denn die Fensterscheiben waren samt und sonders zerschlagen, und die spitzen Zacken, die noch im Fensterrahmen steckten, sahen aus wie Reißzähne. Dem wenigen Mobiliar, einem Tisch und etlichen Stühlen, war es kaum besser ergangen. Und mitten in diesem Trümmerhaufen hockte Priscilla mit einer Decke über der Schulter und einem Gesicht, wie ich es noch nie an ihr gesehen hatte – eine einzige, grotesk verheulte Maske. Sie hatte sich die Hände aufgeschnitten, und ihre Bluse war von Erbrochenem gelblich besudelt. Ihre Posaune hing verbogen am Fensterkreuz, die Zugvorrichtung war bis hinab auf den Boden ausgefahren, und der Schalltrichter ragte in den Raum wie eine blecherne Lilie. Priscilla sah uns nicht einmal an, als wir näher kamen, sondern wiederholte nur stumpf ein und denselben Satz: »Das hab ich nicht gewollt. Das hab ich nicht gewollt. Das hab ich nicht gewollt.« Dabei schlug sie immer wieder mit der blutigen Hand auf die Dielen.

Selbst in all den Jahren danach ist Priscilla nie wieder auf diesen Vorfall zurückgekommen. Wir brachten sie schließlich zu einer Freundin, wo sie ihren Rausch ausschlafen konnte. Mit meinen siebzehn Jahren begriff ich nicht annähernd, was an diesem Abend passiert war. Ich steckte in meinem Kokon und war mir noch nicht klar, was ich draußen in der Welt sollte, die einerseits so feindlich war, andererseits aber auch wieder so faszinierend. Am wahrscheinlichsten ist, daß ich die Sache damals überhaupt nicht ernst nahm und schnell wieder vergaß. Nur als ich Priscilla in jener Nacht sah, als der Sturm an den notdürftig geflickten Fenstern rüttelte und sie tränenüberströmt auf dem Boden saß, weil man ihr abermals ihren Sohn weggenommen hatte, da wünschte ich mir, ich hätte sie seinerzeit gefragt, hätte sie gefragt, was es war, das sie nicht gewollt hatte und wofür sie um Vergebung gebettelt hatte.

Ich ging zu Priscilla, wollte ihr aufhelfen, aber sie schlug meine Hand fort. Jane Marie hatte Mr. Meegles fürs erste versorgt, er hielt sich jetzt eine Kompresse vor die Nase. Sie wandte sich Priscilla zu, und gemeinsam gingen sie ins Schlafzimmer, wo sie sich schlafen legten, ohne noch ein einziges Wort mit mir zu wechseln.

Am nächsten Morgen strahlte blauer Himmel über den vorgelagerten Inseln. Dichter Nebel hing über dem Meer, so daß die Schneegrenze auf den Inseln, welche quer durch den grünen Wald verlief, bestenfalls zu erahnen war. An solchen Tagen schienen die Inseln nur aus Eis und Granit zu bestehen. Jane Marie war bereits fort. Sie hatte ein bißchen aufgeräumt, einige der Papiere lagen inzwischen in einer Pappschachtel auf dem Schreibtisch. Ein Zettel klebte an ihrem Computerbildschirm: *Bin mit Meegles beim Arzt. Die Polizei kommt auch hin. Bald zurück ... J.M.*

Ich sah mir den Schreibtisch genauer an, probierte auch die ehedem verschlossene Schublade. Sie war offen – und leer. Ich zog mich an, nahm meinen Rucksack und trat hinaus in den Nebel, um unten in der Stadt einen Kaffee zu trinken.

Im Coffeeshop auf der South Franklin saßen ein paar Stammgäste über der Morgenzeitung. Ich bestellte und verzog mich in den hinteren Teil des Etablissements. Einige Jogger in Lycra- und Fleeceklamotten belohnten sich für ihre Disziplin mit *decaf lattés*, dem einheimischen Milchkaffee. Zwei ältere Typen ohne Mantel, dafür aber mit mehreren Hemden übereinander, versuchten, sich auszunüchtern. Sie sahen aus wie die klassischen Kunden des klassischen Pflichtverteidigers. Im Augenblick bestand ihr Problem jedoch eher darin, daß man bei der Heilsarmee nur im geistesklaren Zustand ein Frühstück erhielt. Und an einem Tisch am Fenster saß Rachel mit frisch verweinten Augen.

Ich trat zu ihr hin, und sie blickte erschrocken von der Zeitung auf. Gleich auf der Titelseite war ein schwarzumrahmtes Foto von Senator Taylor. Rachels rote Augen verengten sich zu zwei schmalen Schlitzen, und sie schrak hoch.

»Sie haben mich gefeuert, weißt du?«

»Oh, das tut mir leid.«

»Sie haben gesagt, du würdest... du würdest für sie arbeiten. Die Frau, die...« Sie senkte ihren Kopf über die Kaffeetasse und fuhr mit den Fingern leicht über den Tassenrand. Sie biß sich auf die Unterlippe, und ihre Mundwinkel zuckten, als sei der nächste Weinkrampf nicht fern. Aber sie sprach ganz normal weiter.

»Zwei Jahre hab ich im Büro des Senators gearbeitet, hab alles gemacht, Überstunden kein Problem, selbst wenn alle anderen schon gegangen waren. Hab die ganzen Gesetzentwürfe geschrieben, und er hat mich nach meiner Meinung gefragt. Aber all das zählt auf einmal nicht mehr. Ich war bloß ein nützlicher Idiot, weißt du, das Mädchen für alles, das man dann ohne viel Federlesens auf die Straße setzen kann.« Sie sah mich an. Ich schüttelte ungläubig den Kopf, denn das war mir tatsächlich neu.

»Hast du jemals einen guten Job gehabt?« fragte sie, ohne auf meine Antwort zu warten. »Ich zumindest hatte einen. Und jetzt hab ich ihn nicht mehr.«

Der Kellner mit dem Ring in der Nase und einem rasierten Dreieck im kurzen Stoppelhaar über dem Ohr kam mit meinem doppelten Espresso. Unaufgefordert setzte ich mich zu ihr, und sie nahm ihre Handschuhe vom Tisch zum Zeichen, daß sie keine Einwände hatte.

Ich sagte: »Das war nun wirklich nicht meine Absicht, ich

konnte ja nicht wissen, daß du deswegen gleich gefeuert wirst. Und was meinen Klienten angeht, da herrschen offensichtlich verschiedene Meinungen darüber, ob ich überhaupt noch für Priscilla arbeite. Ich bin nämlich auch gefeuert, sozusagen.«

»Aber warum hast du mich dann benutzt, um im Büro rumzuschnüffeln?«

Ich nippte an dem bitteren Kaffee. »Hab ich ja gar nicht. Ich war im Büro des Pflichtverteidigers und hab gesehen, wie dir diese Akten hingefallen sind. Ich wollte dir nur behilflich sein. Und erst im Capitol fiel mir auf, daß wir uns von früher her kennen. Und daß du die Sekretärin vom Senator warst, ist wirklich reiner Zufall, glaub mir. Mir liegen solche geplanten Begegnungen ohnehin nicht. Ich vertraue eher auf den Zufall. Zufälle klappen einfach häufiger.«

Ich hob meine Hände in der bekannten Unschuldsmanier. Als Hund hätte ich mich jetzt auf den Rücken gelegt und ihr meinen Bauch präsentiert. Nach meiner Erfahrung hat jede Zeugenaussage ihren Preis, das heißt, den Betreffenden liegt in aller Regel etwas auf der Seele, das sie unbedingt loswerden müssen, bevor sie zum eigentlichen Punkt kommen. Und meine Aufgabe besteht eben darin, ihnen dazu die Gelegenheit zu verschaffen.

»Du bist schuld, daß ich meinen Job nicht mehr habe«, sagte Rachel und nickte mehrmals wie zur Bekräftigung.

»Ich weiß, das alles wäre nicht passiert, wenn er noch am Leben wäre.«

»Stimmt. Wilfred Taylor war immer… ein anständiger Mann. Ich meine, er hatte viele Kritiker, aber das lag nur daran, daß er so strenge Prinzipien vertrat. Das haben die Leute nicht begriffen. Er hätte mich zum Beispiel auch nie gefeuert, das hätte er einfach nicht gekonnt.« Ihr versagte die Stimme.

»Nach dem, was ich gehört habe, war seine ganze Art nicht so leicht zu verstehen, ziemlich komplexe Persönlichkeit, könnte man sagen. Ich meine, er war freundlich, aber nicht immer ganz leicht zu verstehen. Er wollte wahrscheinlich nur alle glücklich machen – und nichts für sich selbst.«

Sie nickte, und auf einmal rannen ihr die Tränen über die Backen.

»Rachel... hör mir mal zu. Jetzt, wo er tot ist, wird es wahrscheinlich eine Menge Gerede geben, und du kannst ihm nicht mal helfen. Aber immerhin hast du den Senator besser gekannt als die meisten anderen Leute, das stimmt doch?«

Sie nickte, ich hatte ihr aus der Seele gesprochen. Ich legte eine Pause ein, überließ sie ihren Seufzern und wartete darauf, daß sie quasi von selbst darauf kam, ihr Schweigen zu brechen. Dafür war es da, das Schweigen.

Schließlich hielt ich ihr den Köder direkt vor die Nase. »Erzähl mir von Wilfred Taylor. Wie war er so? Ich meine, wie war er wirklich?«

»Ich habe ihn geliebt«, sagte sie fast mit Erleichterung. »Ich weiß, was die Leute über ihn sagen. Aber so war er überhaupt nicht. Er hat sich immer um mich gekümmert – und mich gleichzeitig respektiert. Manchmal glaube ich, er war der einzige Mensch auf Erden, der überhaupt etwas für mich übrig hatte.« Ihr Mascara hatte sich aufgelöst und rann an ihren zarten Wangen hinab, gleichzeitig lief auch ihre Nase, und sie wischte sie sich mit einer zerknüllten Papierserviette ab.

Ich schätze, hier irgendwo lag der ganze Sinn meiner Detektivarbeit. Ich kann kein Auto mehr fahren. Ich trage nie eine Waffe und bin auch noch nie in meinem Leben in eine fremde Wohnung eingedrungen. Aber ich bringe die Leute zum Reden. Und als ich Rachel vor mir sah, wünschte ich nur, die Geschichte, so wie sie sie mir erzählt hatte, sei wahr, wünschte, der Senator hätte sie wirklich geliebt und sie hätten die langen Abende damit verbracht, an einer gerechteren Gesellschaft zu arbeiten. Ich stellte mir vor, wie sie sich am Eingang zur Bibliothek geküßt hätten, stellte mir vor, wie sie dabei ihre Bücher hätten fallen lassen und wie die Leute im Lesesaal bei diesem Anblick gelächelt hätten. Und dann wieder fand ich meinen Job zum Kotzen, weil ich kein Wort von dem glaubte, was die Leute mir erzählten. Denn das professionelle Mißtrauen – das spürte ich – färbte allmählich auf mein Leben ab. Die vielen Lügen, die ich mir tagein, tagaus anhören mußte, laugten mich aus.

Sie wischte sich die Augen ab und verschmierte das Mascara nur noch mehr. »Arbeitest du nun für die Frau, die ihn ermordet hat, oder nicht?«

»Ehrlich, da bin ich selbst im Zweifel – und das gleich in doppelter Hinsicht. Ich weiß nicht, ob sie ihn ermordet hat, und ich weiß nicht, ob ich noch für sie arbeite. Was meinst du? Glaubst du, sie hat ihn umgebracht?« Zeugen lieben solche Fragen. Jeder möchte gern mal einen Mordfall lösen. Selbst notorisch unkommunikativen Leuten, Angehörigen eines Opfers zumal, löst es richtig die Zunge, wenn man sie nach ihrer Meinung über den eigenen Klienten fragt.

»Also, sie war schon relativ heftig und hat uns allen so ziemlich den letzten Nerv gekostet.« In diesem Moment hätte sie beinahe gelächelt. Aber noch rang sie mit der zerknüllten Papierserviette in der Hand. »Aber ich weiß nicht, ob sie deswegen den Senator wirklich die Treppe hinabgestoßen hat. Ich meine, sie konnte wohl gemein sein und war wohl auch komplett neben der Kappe. Sie hat tatsächlich gedacht, wir würden ihr das Baby vorenthalten. Als hätten wir nichts anderes zu tun, als uns um ihre blöde Scheidung zu kümmern. Aber sie hat uns mit ihren ewigen Anrufen regelrecht zur Verzweiflung getrieben.«

»In der Mordnacht, warst du da im Büro?«

»Als es passiert ist? Nein. Ich war zwar etwas länger da, aber um halb neun bin ich dann gegangen. Der Senator ist noch geblieben. Er hat sich echt Sorgen gemacht wegen der Anfragen, mit denen sie uns bombardiert hat. Dauernd war sie dran mit ihrem verfassungsmäßigen Recht auf vollständige Akteneinsicht. Der Senator hat sogar bei der Generalstaatsanwaltschaft nachgefragt, ob das tatsächlich so in der Verfassung steht, und die haben ihm gesagt, sie hätte ein Recht auf sämtliche Unterlagen, die sie verlangt. Aber der Senator hatte irgendwie den Verdacht, das alles sei nur ein Teil einer großangelegten Schmutzkampagne, und fragte deshalb noch einen Anwalt, und der meinte dann, einen Teil der Unterlagen müsse er schon rausrücken, für den Rest würde man aber irgendeine Ausnahmeregelung finden. Den Senator hat das ziemlich fertiggemacht. Diese Frau verlangte sämtliches Material, das seine Person betraf. Und das wollte er ihr nun unter gar keinen Umständen geben. Er meinte, das Ganze sei ein total idiotisches Spiel, aber er würde vor dieser Verrückten nicht auch noch in die Knie gehen.«

Ich sah auf die Uhr, winkte dem Kellner mit der kubistisch anmutenden Frisur und bestellte noch zwei Kaffee.

»Was hatte er denn zu verbergen?«

»Der Senator? Nichts... nichts, eigentlich. Ich glaube eher, er wollte andere vor einer Schlammschlacht schützen, weißt du? Leute, die ihn in all den Jahren unterstützt haben, wichtige Leute zum Teil, aus der Ölindustrie, den Gewerkschaften und so weiter. Er wollte nicht, daß sie von dieser Verrückten terrorisiert würden, ich meine, das ist doch logisch, oder?«

Das fand ich auch, wie ich überhaupt immer alles logisch fand, was mir die Leute erzählten. Cecil Younger, der ewige Jasager. »Wann kam denn Teller nach Juneau?«

»Mr. Teller kam, das war, warte mal, das war ein paar Tage bevor... bevor es passierte.«

»Davor? Bist du sicher?«

»Bestimmt.«

»Und warum?«

Rachel lächelte unsicher. Aber ich durfte sie nicht verunsichern, sonst zog sie sich zurück. »Tut mir leid, aber das weiß ich auch nicht so genau. Mr. Teller war irgendwie mit den Taylors befreundet. Vor ewigen Zeiten war Taylor mal Staatsanwalt in Anchorage gewesen, und er hat mir selbst schon mehrmals gesagt, daß, wenn er selbst einmal in Schwierigkeiten stecken würde, also richtigen Schwierigkeiten, daß Teller dann genau der richtige Mann dafür wäre.«

»War der Senator denn in richtigen Schwierigkeiten?«

Sie lehnte sich zurück, strich mit der flachen Hand über das schwarzumrahmte Foto in der Zeitung. Ihre Serviette fiel zu Boden. »Also echt, ich finde, ich hab dir jetzt genug gesagt. Das wird ja langsam ein richtiges Verhör.«

Ich hatte sie unter Druck gesetzt, nun mußte ich ihr die Freiheit wiedergeben. Das kam davon. »Entschuldige, so war das nicht gemeint«, murmelte ich und überlegte, wie ich meine Ungeduld wiedergutmachen konnte. Vertrauen ist die Seele des Geschäfts. Es ist tatsächlich ein Geschäft. Man sollte nie etwas verlangen, ohne selbst dafür etwas zu geben. Zum Glück kam jetzt unser Kaffee. So blieben mir mindestens noch zehn Minuten. Gute Zeugen lassen nichts verkommen.

»Rachel, also das ist ein Mißverständnis. Du brauchst überhaupt nicht mit mir zu reden, wenn du nicht willst. Ich will nur die Wahrheit wissen, egal wie sie ausfällt. Also nur das, was du auch der Polizei sagen würdest. Und wenn es ungünstig ist für Priscilla, nun gut, dann kommt es auch in der Verhandlung zur Sprache. Aber dazu brauche ich die ganze Wahrheit: das Gute und das weniger Gute. Wie gesagt, niemand zwingt dich, mit mir zu sprechen, aber ich muß einfach wissen, wie der Senator umgekommen ist.«

Sie blinzelte in ihre Kaffeetasse. »Das weiß ich doch auch nicht.«

»Dann bleibt mir nur das Gerede der Leute, die ihn überhaupt nicht gekannt haben«, fügte ich hinzu.

»Na und?« stieß Rachel hervor und versuchte, cool dabei auszusehen, was ihr nicht ganz gelang mit ihrem verschmierten Make-up und der laufenden Nase.

»Wahrscheinlich bist du auch hinter diesen Dokumenten her, die sie durch den Reißwolf gejagt haben«, sagte sie fast anklagend. Mein Zeuge machte sich.

»Das mit den Dokumenten höre ich jetzt zum erstenmal. Was für Dokumente denn?«

Sie versank wieder in ihrem Stuhl. »Weiß ich doch auch nicht so genau. Ich weiß nur, daß an dem Morgen nach seinem Tod, daß da...« Draußen auf der nebligen Straße standen ein paar Jugendliche und ließen eine Zigarette herumgehen. Rachel musterte sie einen Moment lang, drehte sich dann jedoch wieder zu mir. »Also, an dem einen Morgen, bevor die eigentliche Untersuchung losging, da kamen die Männer, von denen ich dir schon erzählt habe, und haben das Büro des Senators versiegelt. Als dann die Polizei anrückte, mußte sie unverrichteter Dinge wieder abziehen, denn die Männer in den dunklen Anzügen haben ihnen einfach den Zutritt verwehrt. Ich selbst hab mit der Polizei gesprochen Ich hatte irgendwie den Eindruck, die Männer in den dunklen Anzügen kamen aus Washington. Jedenfalls taten sie so, als hätten sie hier das Kommando. Am nächsten Morgen durften wir überhaupt nicht mehr in das Büro, statt dessen schleppten sie diesen Reißwolf an. Uns wurde erklärt, persönliche Korrespondenz und unwichtige Sachen würden nicht mehr eigens archiviert, andererseits wollten sie die ganzen Unterlagen auch nicht einfach in den Müllcontainer schmeißen wegen der Reporter und so.« Unsere Blicke begegneten sich, ohne daß sie die Augen niederschlug, was irgendwie neu war. »Wegen der Reporter und wegen irgendwelchen Privatdetektiven.«

»Was wollte denn Teller gestern in dem Büro?«

»Weiß ich nicht genau. Mr. Teller spricht normalerweise nicht mit... kleinen Angestellten.« Hier lächelte sie. »Ich schätze mal, er wollte mit dem Bürochef sprechen, wegen der einen Sache, die er für den Senator machen sollte. Aber frag mich was Leichteres. Keine Ahnung, was das gewesen sein könnte. Teller spricht nur mit dem Bürochef und mit Barb... also der Frau vom Senator... der Witwe.«

»Aber du glaubst, es geht um etwas Juristisches?«

»Nehm ich mal an, aber wie gesagt...«

»Die Sache ist die, Teller hat keine Zulassung mehr. Er ist von der Kammer ausgeschlossen worden«, sagte ich – mehr zu mir als zu Rachel.

»Na ja, der Senator hat immer gesagt, Teller zu haben, das allein sei schon wie eine Waffe. Eine Waffe, die man gar nicht einsetzen darf und die trotzdem jeder für sich haben will.«

»Aber genauer hat er das nicht erklärt?«

»Er hatte ja nicht mehr die Gelegenheit dazu.«

Allmählich füllte sich der Coffeeshop mit einer anderen Klientel, Männer mit Burberry-Mänteln und Designerbrillen, Frauen, ganz in Kaschmir gekleidet und mit teuren Handtaschen am Arm. Von der Frühschicht blieben nur ein paar Studenten in löchrigen Jeans und eben die Kunden des Pflichtverteidigers, die auch gut die meinen hätten sein können und von Tisch zu Tisch zogen, um sich über die Reste herzumachen. Es war jetzt sieben Uhr dreißig. In einer halben Stunde begann ein neuer glorreicher Tag für den größten Staat der US of A und seine Diener.

Rachel trank ihre Tasse aus, stand auf und zog ihre abgewetzte Strickjacke an. Sie trug eine Jogginghose dazu und

Turnschuhe. Zum letztenmal wischte sie sich über Augen und Nase. »Ich weiß gar nicht, warum ich heute überhaupt Make-up aufgelegt habe. Irgendwie hab ich immer noch nicht begriffen, daß ich ja gar nicht zur Arbeit muß.«

Ich faltete die Zeitung zusammen, allerdings mit dem Foto nach innen, und reichte sie ihr. »Vermißt du deinen Job denn wirklich?« wollte ich noch wissen.

Einen Moment sah sie unschlüssig vor sich hin, dann schüttelte sie langsam den Kopf. »Nein. Nein, eigentlich nicht.« Sie trat unwiderruflich ihren Rückzug an.

»Wahrscheinlich geht man überhaupt nur deshalb zur Arbeit, weil man dann weiß, was man mit dem Tag anfangen soll, und Leute sieht, mit denen man sprechen kann.«

Ich stand ebenfalls auf, doch als ich auf sie zuging, drehte sie sich um, quetschte sich zwischen zwei Männern durch, die mit der Zeitung unter dem Arm vor der Kuchentheke standen, und war im nächsten Moment aus der Tür.

Hinter der Bushaltestelle bog ich um die Ecke und gelangte so in eine Straße mit einer Reihe von Bars, in denen vermutlich nur die kleinen Verbrechen von Juneau ausgeheckt wurden. Eine der Bartüren stand offen, und das Barmädchen wuchtete einen Mülleimer voller Flaschen auf den Bürgersteig. Durch das Drehmoment eierte der Mülleimer sogar noch, als ich daran vorbeiging. Mit einem Schrubber bewaffnet, begab sich die Frau an die routinemäßige, wiewohl oberflächliche Reinigung des Bürgersteigs vor dem Lokal. Ich blieb stehen und wollte mir den Laden ansehen. Drinnen war es so dunkel, daß man an der gegenüberliegenden Wand nicht einmal die ausgestopften Jagdtrophäen und Vereinspokale erkennen konnte. Hier auf der Straße lag noch der Geruch des Sturms in der Luft, der von den Bergen her die Stadt heimgesucht hatte: der Geruch von Eis und Felsen, Moos und Flechte. Doch drinnen im submarinen Halbdunkel der Bar hingen die üblichen Stammgäste wie auf Grund gelaufene Buckelwale über ihren Drinks, Holzfäller und Matrosen zumeist, die nur saisonweise arbeiteten. Und zur Zeit war keine Saison. Ich erkannte den Geruch der kunststoffbezogenen Barhocker, den seltsam beruhigenden Dunst von abgestandenem Bier und Zigarettenrauch, der mir schon an der Tür entgegenschlug. Dort im submarinen Halbdunkel fürchtete man das erste Licht des Tages, das allmählich in die Tiefe des Raums kroch, und dagegen half eigentlich nur die nächste Zigarette, der nächste Drink. Erst nach zwei, drei Runden war den Gästen dann wieder klar, daß es mit dem primären Glaubenssatz ihrer Existenz schon seine Richtigkeit hatte, nämlich, daß sie die eigentlich Glücklichen waren und nicht zu den Arschlöchern und Bürokraten zählten, die den Winter über arbeiten mußten. So saßen sie denn in ihrer Schattenwelt und schütteten sich einen Drink nach dem anderen in den Kopf, denn sie wußten: Alles hat seine Zeit, die Arbeit hat ihre Zeit und der Alkohol auch. Wenigstens herrschte auf diese Weise in ihrer Welt eine gewisse Ordnung, und das war schon viel wert.

Ich dachte an Jane Marie, dachte an die beiden Männer, die in der letzten Nacht in das Haus eingebrochen waren, und diese ominösen Unterlagen in der Schublade. Ich dachte auch an Young Bob, ich dachte an Rachel mit ihrem gebrochenen Herzen. Und dann dachte ich: »Fuck it!« Doch ausgerechnet in dem Moment, wo ich die Tür zur Bar aufstoßen wollte, packte mich Dickie Stein am Arm. Schön, wenn man solche Freunde hat.

»Gottverdammt, Cecil, wo willst du hin?«

»Hey, Mann, das ist mein Job.«

Dickie warf einen Blick in die Kaschemme und grinste mich biestig an. »Aber nicht heute, mein Freund. Hör zu, es gibt Neuigkeiten, echte Neuigkeiten.«

»Okay«, sagte ich, ernst und bedächtig, als hätte ich soeben ein schwieriges Problem gelöst.

»Ich hab die halbe Nacht mit der Ostküste telefoniert. Und es ist mir gelungen, einen alten Kumpel von der Uni ausfindig zu machen. Er arbeitet mittlerweile für den Staat.«

»Tun wir das nicht alle – oder welche Schlüsse ziehst du aus deiner Steuererklärung«, sagte ich, während mich Dickie die Säufermeile entlangschleppte, ohne Blick für die Schönheiten submariner Existenz.

»Wie witzig«, sagte Dickie. »Mein Kumpel arbeitet im Justizministerium. Er hat sich ein bißchen umgehört, und du kommst nie drauf, was er herausgefunden hat.«

»Los, schnell, sag's mir, bevor ich in Ohnmacht falle.«

»Priscillas Schwiegervater, Old Bob Sullivan, ist im Zeugenschutzprogramm.«

»Und das hat dein Freund dir einfach so gesagt?«

»Nicht so direkt natürlich.«

»Wie direkt dann?«

»Ich hab ihm die Namen der Hauptbeteiligten in unserem Fall gegeben und gefragt, ob bei einem davon irgend etwas Außergewöhnliches anliegt. Zwanzig Minuten später rief er zurück und meinte, wir sollten die Finger von der Sache lassen. Alles, was er mir sagen wollte, war, daß Bob Sullivan tatsächlich eine kriminelle Vergangenheit hatte, allerdings unter einem anderen Namen, und der Rest wäre eben *top secret*. Als ich ihn dann fragte, ob das auch der Grund sei für das Zeugenschutzprogramm für Sullivan, sagte er wörtlich, hier hab ich's, Zitat: ›Selbst wenn mir so etwas bekannt wäre, könnte ich es dir nicht bestätigen. Im Klartext, Dickie, im Klartext heißt das: Sullivan ist definitiv *nicht* in irgendeinem Zeugenschutzprogramm.‹«

»Das ist der Beweis für deine These?«

»Mein Gott, Cecil. Mach die Klüsen auf. Das war der Klartext, nur andersrum. Wenn Sullivan *kein* Zeugenschutz zugebilligt worden wäre, hätte mein Kumpel sich doch unmißverständlich ausgedrückt.«

»Aber er hat sich doch unmißverständlich ausgedrückt.«

»Also noch mal ganz langsam zum Mitschreiben. Das ist Washington, Mann. Da haben sie ihre eigene Sprachregelung, niemand äußert sich da direkt, das ist es ja gerade. Ich sag dir nur eins: Sullivan ist in einem Zeugenschutzprogramm. Es paßt alles zusammen. Deswegen auch die ganze Geheimniskrämerei. Ich für meinen Teil bleib an dem Fall dran. Was ist mit dir?«

»Ich geh erst mal ins Krankenhaus. Bei Jane Marie wurde gestern nacht eingebrochen und...«

Dickie packte mich an den Schultern, als hätte ich soeben um seine Hand angehalten. »Was sagst du da? Das ist ja wunderbar! Jetzt haben wir den Beweis. Ich sag dir eins, der Typ ist ein Gangster. Das war das Beste, was uns passieren konnte. Was haben sie denn mitgenommen?«

»Young Bob.«

Er starrte mich fassungslos an, und ich sah, wie es in ihm arbeitete. Fehlte nur noch, daß über seinem Kopf eine Glühbirne anging wie in einem Comic. »Das ist ja wunderbar, einfach wunderbar... ich meine, tut mir leid für den Jungen, aber...« Dickie grinste übers ganze Gesicht und ballte vor lauter Tatendrang die Fäuste. Bei Strafverteidigern erlebt man solche Reaktionen gar nicht so selten. Wenn sie glauben, sie seien der Staatsanwaltschaft zur Abwechslung einmal einen Schritt voraus, wirkt dieser Glaube fast wie eine halluzinogene Droge. Deshalb erzählte ich ihm auch nichts von meinem Gespräch mit Rachel. Das hätte er einfach nicht mehr verkraftet und womöglich umgehend Oliver Stone angerufen, mit Schaum vor dem Mund.

Ich versuchte statt dessen, ihn so unverfänglich wie möglich zur Bar zurückzulotsen. Wir standen bereits so gut wie davor. Jetzt nur keinen Fehler machen. »Übrigens, deine Mandantin befindet sich bereits auf freiem Fuß. Sieht aber ganz so aus, als würde Teller sie vertreten.«

»Unmöglich. Das kann sie nicht machen. Sie gehört mir.« Er zerrte mich aus der Kneipentür zurück. »Ich hab natürlich noch nicht mit ihr sprechen können.« Wir standen auf dem Bürgersteig. Morgengraues Volk trieb an uns vorbei wie Baumstämme in einem Fluß. Eine Minute später stand er immer noch da, kaute nachdenklich an seinem Daumennagel.

Ich tippte zum Abschied an eine imaginäre Schirmmütze und machte mich am Kanal entlang auf den Weg zum Krankenhaus. »Ich muß Priscilla finden. Und Teller. Teller weiß Bescheid«, war das letzte, was ich hörte.

Als ich mich noch einmal umdrehte, sah ich, daß sich ein zu allem entschlossener Dickie bereits Richtung Capitol in Bewegung gesetzt hatte. Nach wenigen Metern hatte ihn der Nebel verschluckt.

Ich folgte dem Highway neben dem Kanal, bis ich mich am Dock der Coast Guard, etwa in Höhe der Marina, nach Norden wandte. Der Wind blies mir um die Ohren und trug den Geruch von gebratenem Speck an mich heran, dazu das helle Geklingel von irischer Folkmusik. Ich schloß die Augen, denn das alles war fast zu schön, um wahr zu sein.

Ich ertappte mich dabei, wie ich anfing zu träumen. Ich träumte davon, nach Hause zu gehen und diese ganze Scheiße zu vergessen. Priscilla wollte mich sowieso nicht. Was sollte ich also hier? Abermals sah ich das Gesicht von Young Bob vor mir, wie es über die Eisentreppe in die Tiefe fortgerissen wurde. Mir wurde ganz schlecht bei dem Gedanken, daß ich nicht die mindeste Ahnung hatte, wo ich nach dem Kleinen suchen sollte. Der Therapeut hatte mir geraten, mich aus größerem Ärger rauszuhalten. Da war die Bar genau der richtige Ort. Ich erinnerte mich an wunderschöne Besäufnisse in Juneau. Vor allem im Sommer war Juneau direkt zu empfehlen, die Luft sanft und pusteblumig von den Pappelsamen, die überall herumflogen. Und morgens erwachte man auf einer Ölplane irgendwo im Wald hinter der Franklin Street, schlug die Augen auf zwischen lauter Digitalis, die einem nickend von ihren Herzensdingen erzählten. Ich hätte mich besaufen und dann den Blumen lauschen sollen. Das war immer noch besser, als sich um einen Fall zu kümmern, der sich mir mehr und mehr entzog.

In meiner Träumerei wäre ich fast über den Raben gestolpert, der im Rinnstein eine zerrissene Packung mit Salzbrezeln plünderte. Der Rabe hüpfte auf ein Straßenschild wenige Meter links neben mir. Einen Augenblick lang war alles still, dann begann er lautstark über soviel Blödheit zu zetern. Er hörte gar nicht mehr auf. Den Schnabel weit aufgerissen, die Nackenfedern gesträubt, überschüttete er mich mit seinen krächzenden Anklagen. »Okay, okay, tut mir leid«, sagte ich und machte einen großen Bogen um das Tier. Er hüpfte wieder zu seiner Brezelpackung, aber das Gemecker ging weiter.

»Kümmer dich um die wesentlichen Dinge, Doofi«, sprach der Rabe.

»Können vor Lachen. Was sind denn die wesentlichen Dinge?« fragte ich zurück.

Der Rabe schnappte sich eine Brezel und schüttelte sie wütend in meine Richtung, dann zerlegte er sie auf dem Bürgersteig und verdrückte die einzelnen Teile.

»Okay, okay, schon gut.« Ich zog die Schultern hoch und sah zum Hafen hinüber. Dort am Öldock lag ein alter Holzkutter namens *Winning Hand*. Die Tür vom Ruderhaus zum Achterdeck stand offen. Im Türrahmen machte ich eine Gestalt aus, und Diskomusik lärmte aus einem Lautsprecher auf dem Achterdeck. Jane Marie DeAngelo stand auf der Brücke, die Hand am Gashebel, und Harrison Teller war auf den Landeponton gesprungen und eben im Begriff, die Heckleine loszumachen.

Ich sprintete los, um auf das Boot zu springen, bevor es endgültig abgelegt hatte. Ich hörte, wie der Rabe, immer noch schimpfend, die Brezeln zerknackte. Und ehe ich noch die Rampe erreichte, traf mich sein heiserer Schrei im Rücken – hart und gemein wie der Stein aus einer Schleuder.

6

Ich setzte gerade an zum Sprung aufs Achterdeck der *Winning Hand*, da hörte ich das wütende Röhren des Dieselmotors. Jane Marie gab mehr Schub. Einen winzigen Moment lang hing mein Körper fast schwerelos in der Luft, unter mir der zusehends breiter klaffende Abgrund zwischen Kaimauer und Deck. Dann knallte ich mit der Brust gegen die Spundwand. Nachdem ich mich mühsam an Deck gerettet hatte, sah ich direkt in Harrison Tellers Gesicht. Beide standen wir auf. In seinen Augen, fast verborgen im Gestrüpp der Haare, flackerte die blanke Wut. Ich weiß nicht genau, warum mich diese eisblauen Augen immer wieder überraschten, aber mir kamen sie so vor wie zwei Opale, wo man normalerweise nur Geröll vermutet hätte. Ich wollte ihm noch hallo sagen, als er mir mit einem schweren Gegenstand auf den Schädel schlug. Ich stürzte ins aufgewühlte Kielwasser, und die Turbulenzen der Schraube sogen mich abwärts in mein nasses Grab.

Vor vielen, vielen Jahren – damals noch im Dienst meiner Schwester – arbeitete ich einmal an einem Mordfall. Unser Mandant hatte Frau und Kind erschossen und ihre Leichen anschließend auf hoher See versenkt. Dann hatte er die Coast Guard gerufen und den Beamten erklärt: »Sie müssen mir helfen, ich habe gerade mein Leben beendet.« Die Leichen wurden übrigens nie gefunden, und unser Mann ist inzwischen im Zuchthaus gestorben. Aber im Verlauf der Verhandlung kommentierte der Staatsanwalt die Ergebnisse meiner Recherche mit den Worten: »Ihr Privatdetektive findet eigentlich nie irgend etwas Konkretes heraus, könnte das zutreffen?« Wie ich mich kenne, habe ich ihn damals nur verständnisheischend und leicht dämlich angegrinst. Seitdem denke ich über eine coolere Antwort nach. Aber die Wahrheit ist nun mal: Ich finde tatsächlich höchst selten etwas Konkretes heraus. Mir geht es im Grunde nicht anders als dem Atomphysiker, der sich am Ende nur noch mit äußerster Vorsicht auf dieser Erde fortbewegt, aus Angst, er könne eines Tages durch die Lücke zwischen Elektron und Neutron ins Bodenlose stürzen. Kurz gesagt, bei meinen Untersuchungen kommen meist erheblich mehr Fragen als Antworten raus. Dummerweise bin ich auch nie derjenige, der zufällig den rauchenden Colt findet oder jenen berühmten stumpfen Gegenstand, vorzugsweise versehen mit blutigen Fingerabdrücken. Aber das liegt hauptsächlich daran, daß alle anderen ebenfalls danach suchen. Ich dagegen finde alles mögliche: Zum Beispiel alles, was in dem durchwühlten Zimmer noch da ist. Oder die Stelle, die *nicht* blutbespritzt ist. Ich entdecke den Staub auf dem Nippes, den Staub auf alten Familienalben, und dann vermisse ich ihn auf der ungewöhnlich blanken Ehrennadel, wie man sie hierzulande bei der Entlassung aus der Army bekommt. Ich mache mir Gedanken über den eingestellten Radiosender in einer leeren Wohnung, deren

Bewohner bereits entweder im Knast sind – oder im Leichenschauhaus. Ich tue das, weil sich überall auch Indizien für die Unschuld des Angeklagten befinden können. Anzeichen für die Unschuld werden leicht übersehen. Selbst der verzweifelte Familienvater, der, das Weinen seines Kindes im Ohr, seine Schrotflinte ölt, bevor wenig später seine ganze Familie bei einem Massaker ums Leben kommt, muß ebendarum noch nicht schuldig sein.

Das waren so die Sachen, die mir im Kopf herumgingen, während ich unter den Kiel der *Winning Hand* gedrückt wurde. Ich wollte mir dieses Glaubensbekenntnis noch einmal vorbeten, weil ich wußte, daß ich gleich sterben würde, und ziemlich sauer darüber war. Die Untersuchung meines eigenen Todesfalls würde noch schlimm genug. Ich sah sie schon vor mir, die freiwilligen Helfer von der Lebensrettungsgesellschaft, denen die Tatsache, daß sie mich in einen grünen Gummisack stecken konnten, den Thrill des Jahres verschaffte. Ich sah sie vor mir, die gelangweilten Kripobeamten, die ihre zynischen Sprüche abließen, während ich aus dem Hafenwasser gezogen wurde. Vielleicht würde ja einem von ihnen, jemandem, der mich kannte, der Kaffee nicht mehr schmecken, aber die anderen würden den Pappbecher beiseite stellen – für später, wenn alles vorbei war und das Leben weiterging.

Anfangs kämpfte ich noch gegen das Wasser an, aber dann sah ich die Luftbläschen aus meiner Lunge sprudeln wie Perlen an einer endlosen Kette und fühlte mich plötzlich getröstet. Zumindest dieses eine Mal wäre ich als erster am Tatort und wüßte mehr als die Polizei. Selbst wenn ich dann tot war – das war es mir wert.

Ein Bootshaken packte mich hinten am Kragen und hievte mich an Deck. Und wie von ferne bekam ich mit, wie Jane Marie mit der Faust auf meiner Brust herumtrommelte und immerzu brüllte: »Warum hast du ihn geschlagen? Das war nicht nötig. Wir haben keine Zeit mehr, ihn ins Krankenhaus zu bringen. Wir müssen in sieben Stunden in der Bucht sein!« schrie sie Teller an, der sich vor mir aufgebaut hatte. Priscilla stand am Ruder und raufte sich immer wieder nervös die Haare.

Harrison Teller blickte auf mich herab, in der Hand einen Leinenbeutel, gefüllt mit Eisenmuttern und Dichtungsringen und ähnlichen Kleinteilen, wie es schien. Er nahm den Beutel in die andere Hand, beugte sich dicht über mich, als wolle er mir ein Geheimnis anvertrauen.

»Du bist wirklich eine Pest, Younger. Normalerweise gefällt mir diese Eigenschaft, aber ich kann dich in diesem Falle einfach nicht gebrauchen, geht das nicht in deinen Kopf rein?« Mit einem leisen Ächzen stand er auf und blickte auf die glatte Wasserfläche des Kanals. »Du kannst übrigens noch mal von Glück reden. Dich ersaufen zu lassen war uns einfach zu kompliziert. Aber du wirst verstehen, daß wir dich nach allem, was passiert ist, nicht einfach so an Land absetzen können, wo du erst recht die Klappe nicht halten kannst. Na, wie auch immer: Willkommen an Bord, aber bild dir nichts darauf ein. Wir wollen an sich keine Pest an Bord.« Ein ätzendes Grinsen, und er ließ mich allein.

»Danke, Sir«, war alles, was mir dazu einfiel. Unter mir spürte ich das Stampfen des Boots, und als wir unter einer Brücke hindurchfuhren, fiel mein Blick auf den Raben. In seinem schwarzglänzenden Gefieder marschierte er das Geländer auf und ab wie ein O-beiniger Admiral. Jane Marie hockte sich neben mir aufs Deck. Sie legte mir eine Hand auf den Kopf.

»Das hätte er nicht tun dürfen. Tut mir leid, daß das passiert ist, Cecil«, sagte sie sanft zu mir.

»Das geht schon in Ordnung.« Ich blickte nach oben, und

es kam mir so vor, als sähe ich den Raben in ihren dunklen Augen. Der Wind klappte ihr den Kragen der Öljacke nach oben. Ich fing vor Kälte an zu zittern.

»Komm, wir bringen dich erst mal unter Deck. Ich glaube, ich hab da ein paar trockene Sachen für dich, wenigstens warme Unterwäsche und Regenzeug.« Sie zog mich an der Hand nach oben, und ich wankte Richtung Ruderhaus.

Ich schätze, die *Winning Hand* maß alles in allem etwa fünfzehn Meter. Auf dem Ruderhaus befand sich eine kleine Brücke, die man über eine Leiter vom Achterdeck erreichte. Bei gutem Wetter konnte der Skipper sein Boot von der Brücke aus steuern. Früher, in ihren vorwissenschaftlichen Tagen, war die *Winning Hand* einmal mit einem Schleppnetz ausgerüstet gewesen, ein Baum und eine Winsch auf dem Achterdeck zeugten noch davon. Dort war auch das Beiboot vertäut, ein knapp vier Meter langes, sogenanntes Panga mit einem Außenbordmotor (Made in Japan) und einer mit einem Stück Plastikrohr verlängerten Ruderpinne, damit man auch dann, wenn man einhändig fuhr, vorne über den Bug sehen konnte. Unter dem Panga befanden sich noch zwei kleine gelbe Kajaks. An den Booten vorbei gingen wir in die Kajüte.

Das Innere eines Kutters darf man sich wie einen kleinen Raum auf zwei Ebenen vorstellen. Unten befanden sich die Kombüse und zweimal zwei Kojen. Über die Kombüse gelangte man in den Maschinenraum und – zumindest bei diesem Schiff – auch in den Laderaum, der zu einem Seewasserlaboratorium umgebaut worden war. Darüber, etwa auf der Höhe des Decks, lag das Ruderhaus mit einem Tisch, auf dem, wenn nicht gerade gegessen wurde, die Seekarten lagen. Das Ruder selbst war backbords angebracht, Radar und Funkgeräte befanden sich oberhalb der Frontscheibe, durch die der Rudergänger den Bug im Blick hatte. Viel Raum war auch da oben nicht, denn unmittelbar hinter dem Ruder standen schon der Tisch und die gepolsterte Sitzbank, die L-förmig an Backbordwand und Heckseite verlief – die Messe für die Crew. Sogar für diesen relativ großen Kahn war das Platzangebot minimal. Man stelle sich vor, man schippert mit einem Einfamilienhaus durch die See, und das ganze Leben spielt sich nur auf diesen wenigen Quadratmetern ab.

Ich mußte mich ducken, um ins Ruderhaus zu gelangen. Der mit Schiffsdiesel befeuerte Ofen in der Kombüse wärmte die ganze Kajüte, und der Ölgeruch mischte sich anheimelnd mit dem Duft von Chlorbleiche, Kaffee und Schimmel. Verschiedene Seekarten lagen auf dem Tisch im Ruderhaus. Ich wollte wissen, wohin die Reise ging, aber Jane Marie schob sich dazwischen, rollte die Karten zusammen und warf sie ins Netz unter der Decke. Dann sagte sie: »Zieh deine nassen Sachen aus.«

»Wie lange dauert denn unsere Reise?«

»Ich weiß nicht«, sagte sie, griff unter die Sitzbank und zog einen kleinen Sportbeutel hervor. Nach einigem Gekrame hatte sie, was sie suchte: eine Garnitur lange Unterwäsche im Großvaterstil, rot.

»Zieh das erst mal an, und dazu das alte Ölzeug. Vielleicht hat Teller ja noch andere Klamotten für dich.«

»Wo fahren wir hin?« Meine Zähne klapperten vor Kälte, als ich das nasse Hemd auszog.

Sie reichte mir ein kleines Handtuch. »Darüber sprechen wir später.« Sie schaute weg.

»Was ist das eigentlich hier, eine Entführung?« fragte ich frohgemut.

»Paß auf, Cecil – willst du hierbleiben, oder sollen wir dich an Land bringen?«

»Natürlich nicht«, sagte ich, während ich mir das Haar abtrocknete, »ich wollte nur einen ungefähren Überblick über meine Lage an Bord. Ich meine, das wäre irgendwie gut zu wissen, ob das eine Entführung ist oder nicht.«

»Warum zum Teufel sollten wir ausgerechnet dich entführen?« Sie warf mir ein Paar Gummistiefel zu, die ich mit dem Handtuch auffing.

»Nicht mich, dich. Ich hab dich heute morgen vermißt. Außerdem war die Schublade deines Schreibtischs leer. Sieht mir ganz nach einem weiteren Einbruch aus?« Jetzt nur immer fröhlich bleiben, dachte ich.

Ich merkte, wie es in ihr arbeitete. »Also mittlerweile bereue ich es, dich überhaupt eingeladen zu haben, Cecil. Ich muß total verrückt gewesen sein. Aber das ist leider nicht mehr zu ändern.« Jane Marie rang sich ein gequältes Lächeln ab. Ich beobachtete sie. Ich beobachtete sie nämlich gerne. Sie trug ihre heruntergerollten Gummistiefel, die aussahen wie bei Robin Hood, dazu ihre braune Arbeitshose und ein dunkelblaues Flanellhemd. Und als sie eine Baseballkappe aus der Hosentasche zog und sich auf den Kopf setzte, funkelte etwas in ihren Augen, über das sie sich vermutlich selber nicht im klaren war. Ich hörte Tellers schwere Schritte auf der Brücke über uns. Ich zog meine nasse Unterwäsche aus, und sie zwängte sich an mir vorbei.

»Zieh dich erst mal um. Vielleicht können wir später darüber reden, aber ...« Sie blieb direkt vor mir stehen und tippte mir mit dem Zeigefinger mehrmals auf die nackte Brust. »Aber ich beantworte keine Fragen, ist das klar?« Dann ließ sie mich stehen wie ich war, und trotzdem kam es mir vor, als hätte sie eben »Wegtreten!« befohlen. Sie war der Skipper.

Ich zog die großväterlichen Unterhosen an und darüber die voluminöse Latzhose aus Ölzeug. Dann ging ich über die schmale Treppe hinunter in die Kombüse. Dort stieß ich auf einen Aktenordner und ein Notizbuch. In dem Ordner befand sich eine Korrekturfahne von *Spiel-Art*, aber es war nicht dieselbe Ausgabe, die ich auf dem Flughafen gesehen hatte. Ich schlug die Seite mit den Leserbriefen auf und las:

Liebe Jane Marie,
vielen lieben Dank für das tolle Würfelspiel. Du hattest sicher recht, was Glücksspiele angeht. Und ich hatte auch wirklich gehofft, so ein Glücksspiel wäre mit weniger Streß verbunden, besonders wenn man es mit dem Mann spielt, den man haben will. Anfangs ging auch alles gut. Er tat so, als wäre so ein Spiel gar nicht sein Ding, von Ehrgeiz keine Spur. Aber dann!!! Schon nach kurzer Zeit kam der alte Macho wieder zum Vorschein. Total. Daß er am Ende nicht in den Knobelbecher gepißt hat, war auch alles.

Jetzt bin ich im Zweifel, Jane Marie. Einerseits ist er wirklich nett, aber wenn er schon bei diesem blöden Würfelspiel ausrastet, was ohnehin hauptsächlich Glückssache ist, wie kann frau dann mit so einem zusammenleben? Ich denke ernsthaft daran, den Typ wieder abzuschießen. Soll ich? Was meinst du?

Willa aus McGrath

Die Antwort hatte folgenden Wortlaut:

Liebe Willa,
tja, da ist guter Rat teuer. Wir haben ja nun bereits etliche Spiele mit ihm ausprobiert, aber offenbar will er dich beizeiten an die Tatsache gewöhnen, daß du bei ihm gefälligst zu verlieren hast. Wie es aussieht, kann er es nicht ertragen, wenn du gewinnst. (Oder wenn, dann nur zu seinen Bedingungen, was aber mehr oder weniger auf dasselbe hinausläuft.) Wir haben dieses Problem ja auf diesen Seiten schon des öfteren diskutiert, aber halten wir nochmals fest: Man muß verlieren können, aber niemand (am wenigsten

du, Willa) sollte sich daran gewöhnen. Das verdirbt den Charakter. Wenn ich mich recht erinnere, bist du in dem Buchstabenspiel (bis maximal fünf Buchstaben) und bei Trivial Pursuit (die Variante mit den Hollywood-Stars) besonders gut. Deshalb mein Vorschlag: Spiel mit ihm bei seinem nächsten Besuch ruhig eins davon. Tritt ihm ordentlich in den Hintern. (Bildlich gesprochen natürlich!) Falls er dann noch wiederkommt, hast du eine reelle Chance, ihn nach und nach hinzubiegen. Falls nicht, schieß ihn ab. Es gibt wirklich Männer genug, und etwas Besseres als den wirst du allemal finden.

Deine Jane Marie

Der Rest des Newsletters bestand aus einem Katalog für verschiedene Brettspiele, jeweils versehen mit einer kurzen Anleitung und Hinweisen auf die Sozialverträglichkeit des Spiels. Es war eine interessante Lektüre, aber dafür eine Schublade aufzubrechen lohnte sich auch wieder nicht. Ich stellte den Ordner auf den Tisch zurück und sah in den Vorratsschränken nach. Dort stieß ich auf eine Packung Makkaroni, eine angestaubte Büchse mit Backpulver und eine Dose Kakao, das war alles. Ich machte die Tür wieder zu. Aber über der Spüle war ein weiteres Schiebeschränkchen, und als ich das aufmachte, purzelte mir eine Einkaufstüte entgegen. In der Tüte waren zwei Packungen Cornflakes, aber nicht dieses Ökofutter, sondern süßes buntes Zeug wie für Kinder. Die Einkaufstüte war neu und unzerknittert. Und auch die Cornflakes lagen noch nicht lange hier. Zwischen den Packungen entdeckte ich noch eine Schachtel Süßigkeiten mit einer Ninja-Figur (gratis). Ich stopfte alles wieder zurück in das Schränkchen.

»Hungrig?«

Ich sah nach oben. Harrison Teller war im Durchgang zum

Ruderhaus aufgetaucht, einen Fuß bereits auf der Treppe, den Hut tief in die Stirn gezogen. Sein langes Haar fiel ihm bis auf die Schultern, und er strich sich den Bart. Immer noch war dieses Flackern in seinen Augen.

»Waren Sie schon einmal seekrank, Mr. Younger?«

»Nein, bisher nicht.«

»Haben Sie denn gefrühstückt?«

»Nein«, sagte ich, wobei mir einfiel, daß ich tatsächlich sehr hungrig war.

»Wollen mal sehen, was wir für Sie tun können.« Er stieg die Treppe herunter. »Nicht besonders angenehm, wenn man auf nüchternen Magen kotzen muß. Ich mach uns mal was.« Er zog seinen Mantel aus und legte ihn auf die Bank an der Längsseite. Dann bemerkte er die Papiere auf dem Tisch, aber er räumte sie nur beiläufig in einen der Vorratsschränke. Ich drückte mich an ihm vorbei, um zur Leiter und von dort aus auf die Brücke zu gelangen.

Die *Winning Hand* hatte Kurs auf die Südspitze von Douglas Island genommen. Ich überlegte, wohin die Fahrt eigentlich ging, aber im Augenblick ließ sich das schwer abschätzen, denn solange wir den Kanal nicht verlassen hatten, war diese Route die einzig mögliche, um überhaupt irgendwohin zu kommen. Alle Schiffe mit Kurs nach Süden waren gezwungen, diese natürliche Wasserstraße zu benutzen, die sich hinter der Meerenge bei Juneau allmählich verbreiterte. Auch der Seegang wurde hier stärker, man spürte den nahen Pazifik. Nach wenigen Meilen kam Nebel auf, und der Horizont verschwand im dunstigen Grau. Ich trat vom Ruderhaus aufs Achterdeck, erklomm die Leiter zur Brücke. Vermummt gegen den Wind, standen dort Jane Marie und Priscilla und blickten auf die graue Salzflut.

»Guck mal da!« Jane Marie zeigte nach Osten. Möwen kreisten über den silbrig schäumenden Wellen. Eine Möwe schoß aufs Wasser nieder, hatte im nächsten Moment einen zappelnden Fisch im Schnabel, doch lautlos näherte sich von Westen ein Adler und entriß der Möwe die Beute.

»Hey, der Hering ist schon da. Angeblich soll es in Sitka jeden Tag losgehen. Die Leute können sich freuen«, erklärte Jane Marie.

Aber Priscilla schwieg. Vielleicht dachte sie ja auch nur über die entgangene Chance nach, auf einem der Kutter anzuheuern. Der Heringsrogen war für den japanischen Markt bestimmt. Schon der Anteil für jeweils einen halben Tag auf See summierte sich unter Umständen zu einem erklecklichen Betrag. Zwanzig- bis dreißigtausend Dollar waren in der Vergangenheit keine Seltenheit gewesen – viel Geld, wenn man einen vernünftigen Verteidiger brauchte.

Alle drei schauten wir jetzt aufs Wasser und sahen den Möwen zu. Gemächlich schlingerte der Kahn durch die Wellen. Und obwohl uns der Wind noch erbarmungslos kalt um die Ohren pfiff, war gelegentlich schon der warme Hauch des Frühlings zu spüren.

»Warum sorgst du nicht einfach dafür, daß sie den Jungen wieder zurückbringen?« fragte ich aufs Geratewohl in den Wind.

Priscilla warf Jane Marie einen bitteren Blick zu, die sich auf die Lippen biß, aber unbeirrt weiter auf ihren Kurs starrte.

Jane Marie räusperte sich und sagte: »Das ist längst nicht so einfach, wie du denkst. Außerdem hatten wir doch vereinbart: keine Fragen.«

Priscilla sah mich mit halb zusammengekniffenen Augen an. »Und überhaupt kann man so einen billigen Willi wie dich ja jederzeit am Arsch kriegen«, schnarrte sie und sah mich mit tiefer Selbstzufriedenheit an, als hätte ich nicht verstanden, daß ich mich im Zweifelsfall, anders als ein Anwalt, nicht auf meine Schweigepflicht berufen konnte.

Schließlich schwang sich auch noch Teller auf die Brücke. Er hatte sich umgezogen und trug jetzt einen Pullover und eine alte Wachstuchjacke. Er hatte eine Thermoskanne mitgebracht und drei Plastikbecher.

»Ich mach uns für heute abend was Warmes. Aber vielleicht will einer von euch ja einen Tee.« Er hielt uns die Becher hin. Die *Winning Hand* pflügte stampfend durch die Wellen, bebend vor Kraft. Jane Marie nahm die Thermoskanne und die Becher in Empfang, während Teller sich an der Heckseite der Brücke postierte. Nicht einmal für uns drei war ausreichend Platz an der vorderen Reling, deshalb stellte ich mich jetzt hinter Jane Marie. Teller holte einen rotwangigen Apfel aus der Tasche.

»Hier, nimm«, war alles, was er zu mir sagte. Er streckte die Hand mit dem Apfel aus und fragte: »Wie geht's deinem Kopf?«

»Noch dran«, sagte ich und nahm den Apfel.

Teller beobachtete den Adler, der sich auf einen Baumstumpf am nahen Ufer zurückgezogen hatte und dort den geraubten Fisch verzehrte. »Nun guck dir diesen Bastard an.« Er grinste mich an. »Die Möwen sollten sich organisieren.«

Jane Marie führte den Becher mit Tee an den Mund, sog den aufsteigenden Dampf ein, behielt dabei aber ihren Kurs im Auge. Ich sah ihr fasziniert zu, denn sie schien sich jeder Situation perfekt anzupassen. Dann betrachtete ich die beiden Schwestern, wie sie da nebeneinander an der Reling standen. Ich hatte sie seit einer Ewigkeit nicht mehr zusammen gesehen. Jane Maries Haar war inzwischen kurz, das von Priscilla fiel bis auf die Schultern hinab, steckte aber an diesem Morgen hochgebunden unter einem Südwester. Sie kniff die Augen zusammen, wodurch die Falten hervortraten, die sie der Arbeit an Deck verdankte. Trotzdem war die Familienähnlichkeit unverkennbar: dieselbe schmale Nase, dieselben vollen Lippen. Und obschon Jane Marie älter war und Wind und Wetter weit mehr ausgesetzt gewesen war als ihre Schwester, schien ihr Gesicht längst nicht so ausgezehrt wie Priscillas.

Wenn man schon entführt wird, dann ist ein alter Dieselkutter unbedingt zu empfehlen. Allein das Geräusch der Maschine ist eine Beruhigung. Juneau versank irgendwo backbords im Nebel, auch die Küstenstraße, die uns bisher begleitet hatte, war irgendwo in der Wildnis aufgegangen. Obwohl mir tausend nagende Fragen im Kopf herumgingen, verspürte ich doch den wundervollen Frieden über den Wassern. Das dumpfe Stampfen aus dem Bauch des alten Holzkahns kam mir beinahe so vor wie das Schnaufen eines lebendigen Organismus. Überhaupt bieten Seereisen dem menschlichen Geist die beste Gelegenheit, es mal mit einer anderen Perspektive zu versuchen – Zeit für den Blick zurück. Oder voraus. Oder, wenn man Glück hat, sogar nach innen.

Sogar auf Harrison Teller blieb das Meer nicht ohne Wirkung, jedenfalls schien die monomanische Anspannung, die ich bisher bei ihm bemerkt hatte, allmählich von ihm abzufallen. »Schon mal diesen Trip gemacht, Cecil?« fragte er mich, und es war das erste Mal, daß seine Augen mich nicht durchbohrten.

»Yeah«, platzte Jane Marie dazwischen, »damals mit mir und meinem Bruder, weißt du noch?«

Mir war zunächst zwar rätselhaft, worauf sie anspielte, aber dann erinnerte ich mich doch, erinnerte mich an irgend etwas mit einem Kartenspiel, Hotdogs und einem Lagerfeuer.

»Es war gleich da vorne…« Jane Marie wies auf die Küste. »Du warst mit auf unserem kleinen Ausflug. Und es war das erste Mal, daß ich ein Full House hatte. Ich hab damals die

Karten in die Luft geworfen vor Freude. Und du warst echt süß, Cecil.« Teller grinste wie ein Bullterrier, und Priscilla verschanzte sich hinter Teller, weil sie offenbar meine Gegenwart nicht ertrug. Sie kochte vor Wut, was sich beinahe physisch bemerkbar machte, doch Jane Marie ließ sich davon nicht beeindrucken. »Die ganze Zeit hast du so getan, als würde dir das nichts ausmachen, aber geschmollt hast du trotzdem, die ganze Rückfahrt lang.«

»Ich war der Gast. Du hättest mich ruhig gewinnen lassen können«, erklärte ich lahm.

»Ja, klar.« Und sie schüttelte ihren Kopf.

»Habt ihr denn um Geld gespielt?« fragte Teller.

»Nein. Bei uns zu Hause wurde zwar um Geld gespielt; aber ich tu es bis heute nicht. Im Grunde wollte ich nur mit ihm füßeln. Wenn ich dann auch noch um Geld gespielt hätte, hätte er mir wahrscheinlich nie verziehen.«

Teller grinste uns an. »Yeah, Geld versaut jedes gute Spiel. Ich hatte mal eine Jagdhütte am Fluß. Wir haben immer um Knöpfe gespielt. Und der, der am Ende die meisten Knöpfe beisammen hatte, durfte...« Er beendete den Satz nicht mehr, sondern beobachtete die Möwe, die unbeweglich über dem Schiff zu schweben schien. Die Möwe ließ sich zurückfallen, glitt landeinwärts und war kurz darauf hinter einem Felsvorsprung verschwunden. Teller konzentrierte sich auf irgend etwas in der dunstigen Ferne und sagte nichts mehr.

Wir tranken unseren Tee zu Ende. Teller nahm die Thermoskanne mit nach unten. Mit der Hand am Ruder drehte sich Jane Marie zu ihrer Schwester um. »Guck mal«, sagte sie leise, »da ist die Stelle, wo ich das Full House hatte. Und da hinten hab ich Daddy die Haare geschnitten. Warst du eigentlich mit dabei, Cilla? Wir waren beim Fischen gewesen und sind dann da vorne vor Anker gegangen.« Sie und Priscilla starrten auf die schäumende Bugwelle. Priscilla legte ihre

Hand auf Jane Maries Schulter, wobei nicht klar, war ob aus einem Bedürfnis nach Nähe oder Abstand.

Plötzlich zeigte Priscilla auf eine Nebelbank, die sich wie massiv ein Kreidefelsen vor uns erhob. »Hier wollte er hin, nicht wahr? Damals, als er nicht mehr zurückkam... Hier wollte er hin mit seinem Kutter, aber er ist nie angekommen.« In ihrer Stimme zitterte die Verbitterung. Ein halbes Dutzend Enten verschwand flügelschlagend im Nebel.

Jane Marie stand am Ruder und schloß für einen kurzen Moment die Augen. Als sie die Augen wieder aufschlug, tippte ich ihr an die Schulter. »Wenn Young Bob wirklich entführt wurde, kannst du zur Polizei gehen. Sie werden euch helfen«, sagte ich, diesmal zu allen beiden. Dann wandte ich mich direkt an Priscilla und fügte hinzu: »Egal, was passiert ist.«

Priscilla löste sich von uns und ging zu jener Leiter, die aufs Achterdeck führte. Sie starrte Jane Marie durchdringend an und schüttelte ihren Kopf. Dann stieg sie hinunter.

Wortlos standen Jane Marie und ich auf der Brücke. Sie wollte mir mit der Hand übers Gesicht streicheln, besann sich im letzten Moment aber anders und fuhr sich statt dessen durch ihr Haar. Ihre Augen schimmerten, aber diesmal vor Schwermut und Müdigkeit. Ich stand dicht neben ihr, und plötzlich bemerkte ich: Das, was ich vergangene Nacht für den Geruch des Regens auf ihrer Haut gehalten hatte, kam in Wahrheit von ihr selbst, war der Geruch ihrer Haut.

»Okay. Du kannst uns helfen. Wenn es soweit ist«, sagte sie, obschon davon gar nicht die Rede gewesen war.

Ich streckte meine Hand nach ihr aus, aber sie entzog sich mir und kümmerte sich wieder ausschließlich um den Kurs der *Winning Hand*. Mir schien, wir hatten das Ende unserer Unterhaltung erreicht. Ich hatte immer noch den Apfel in der Hand und biß jetzt hinein. Dann kletterte auch ich hinunter aufs Achterdeck.

Priscilla saß auf dem Heckluk. Ich stakste um die Haltetaue herum, mit denen das Beiboot festgemacht war, und stellte mich vor sie hin. Kreischend hing ein Schwarm Möwen über dem Kielwasser. Trotz des Dieselgedröhns hörte ich das Zischen der Gischt unmittelbar hinter der Schraube. Ich schlug die Zähne in meinen Apfel und blickte kauend auf Priscilla hinab, die ihre Hände in den Schoß gelegt hatte und auf ihre rissigen, abgebissenen Fingernägel starrte. Der Apfel war nicht schlecht, süß und knackig, eben so, wie ein Apfel sein mußte, und ich hielt ihr den Apfel hin, denn jede Information hat ihren Preis – das alte Spiel. Aber sie schüttelte nur den Kopf.

»Weißt du, wo Young Bob gerade ist?« fragte ich.

»Nein«, sagte sie, ohne den Blick vom schäumenden Wasser zu nehmen.

»Willst du ihn wirklich zurückhaben?«

Sie sah mich an, als hätte ich sie mit Benzin übergießen wollen, hinter ihren Augen nichts als der bekannte Endlos-Streifen von Haß und Anklage. Aber nichts davon drang jetzt nach außen. Sie riß mir nur den Apfel aus der Hand und warf ihn über Bord.

»Ja, stell dir vor, ich will ihn tatsächlich zurück.«

Der Apfel entschwand im Schaum der Schraube, tauchte etwas später wieder auf, schaukelnd auf den Wellen. Eine Möwe schoß auf den Apfel herab, aber er war viel zu schwer für das Tier, und so driftete er davon. Ich erkannte noch die hellen Bißspuren – winzige Pünktchen im graugrünen Wasser. Trotz des scharfen Winds roch ich die Dieselschwaden aus dem Auspuff. Mir war plötzlich kalt, und ich fühlte mich schutzlos dem Wetter preisgegeben. Wie zu einer unhörbaren Musik schlug Priscilla mit den Handflächen auf das Luk und verfolgte den kleinen Apfel auf seiner langen Reise über die Weltmeere – willenloses Spielzeug mächtiger Gezeiten. Beide sahen wir ihm nach, bis er so klein war wie der Planet Mars in einer klaren Sommernacht. Dann war er auf einmal verschwunden. Wortlos stand Priscilla auf und ging in die Kajüte. Die *Winning Hand* tauchte ein in jene Nebelbank, die gewissermaßen schon den ganzen Morgen auf uns gewartet hatte.

Bereits an der Tür der Kajüte empfing mich der Duft von köchelnden Tomaten und Knoblauch. Ich ging ins Ruderhaus und schaute in die Kombüse hinunter. Teller war dabei, die Spaghettisauce zu machen. Er trug nur ein T-Shirt und hatte ein kleines Transistorradio aufgestellt. Mit dem hölzernen Löffel klopfte er auf dem gußeisernen Topf den Takt zu Charlie Parkers »Ornithology«. Als er mich sah, sagte er: »Hey, das muß jetzt erst mal 'ne ganze Weile kochen. Ich hoffe, du verhungerst nicht bis dahin.«

»Alles klar«, sagte ich und drehte mich nach vorne um, weil ich immer noch wissen wollte, wohin wir eigentlich fuhren. Teller summte Charlie Parker vor sich hin, und Jane Marie am Ruder schaltete das Radargerät ein. Ohne Sicht war dies die einzige Methode der Positionsbestimmung.

Das Boot, so schien es mir, beschrieb einen großen Bogen, denn die Kompaßnadel zeigte schon kurze Zeit später wieder auf Norden. Am späten Nachmittag dann ging es erneut ein kleines Stück nach Süden. Mit halber Kraft tastete sich das Schiff durch enge Kanäle, vorbei an den tückischen Felsen vor immer neuen Buchten. Jane Marie stand ununterbrochen am Ruder und blickte angestrengt auf das Wasser. Teller fummelte derweil unten an seinem Radio, und Priscilla hatte sich auf einer der unteren Kojen langgemacht. Die Hände auf der Brust verschränkt, lag sie mit offenen Augen da und starrte auf die Planken über ihr.

Etwa eine Stunde vor Einbruch der Dunkelheit gingen wir in der schmalen Durchfahrt zwischen zwei kleinen Inseln vor

Anker. Teller hatte seine Wolljacke wieder angezogen und machte schon mal den Wein auf. Währenddessen ging ich aufs Vorderdeck und ließ die Ankerkette los. Jane Marie setzte das Boot zurück, bis der Anker griff. Dann stoppte sie die Maschine. Auf einmal umgab uns eine gewaltige Stille. Ein Blaureiher landete auf dem nur wenige Meter breiten Strand und faltete mit marionettenhafter Umständlichkeit seine Flügel zusammen. Und im dunklen Wald dahinter gab ein Rabe jenes seltsame Geräusch von sich, das sich anhörte wie eine gedämpft gezupfte Klaviersaite. Wir saßen um den Tisch im Ruderhaus, ich Schulter an Schulter mit Jane Marie. Priscilla kam nun ebenfalls hoch, setzte sich an die äußerste Ecke und vermied jeden Augenkontakt mit mir. Mehrmals sah es so aus, als wolle sie etwas sagen, aber dann fiel ihr Blick auf mich, und sie schwieg. Von Zeit zu Zeit sprang sie hoch und fummelte am UKW-Sprechfunk. Und Jane Marie verzog jedesmal genervt das Gesicht und bedeutete ihrer Schwester, sich wieder hinzusetzen.

Ich spürte ein leichtes Ziehen hinter den Schläfen, als sei mir dort ein Glassplitter in mein armes Hirn gedrungen. Jane Marie sah, was los war, und zeigte auf eine Schublade links neben dem Ruder. »Wir haben Aspirin dabei, wenn du was brauchst.« Ich rührte mich nicht. Mein Kopf fühlte sich an wie ein alter Wecker mit ein paar losen Teilen darin, wahrscheinlich rührte auch mein wieder mal beschränkter Gesichtsausdruck daher. Trotzdem entging mir keineswegs, wie Teller und Priscilla mich beobachteten, vermutlich in der Hoffnung, eine Hirnblutung würde mir jeden Moment den Rest geben. Die Minuten schleppten sich hin, und ich war immer noch nicht tot. Teller trommelte mit den Fingern auf dem Tisch, und auch Jane Marie beobachtete mich jetzt. Priscilla sprang abermals auf, um am Frequenzknopf zu drehen. Das Fiepen hörte auf, aber das war auch alles. Absolute

Funkstille. Sie starrte auf die Ziffern der Skala. Schließlich stieß sie hervor: »Ich hab ja gleich gesagt, daß wir ihnen nicht trauen können, verdammt noch mal.«

Sichtlich um Beherrschung bemüht, sagte Jane Marie: »Egal. Jetzt sind wir einmal hier. Wir haben auch gar keine andere Wahl. Wir müssen eben abwarten, bis sich auf dem Funkkanal was tut, auf dem sie sich melden wollten. Wenn das nichts bringt, müssen wir... eben unsere Pläne ändern.«

»Okay, Freunde, Themawechsel, ihr macht euch noch alle gegenseitig verrückt«, sagte Teller und förderte unter der Sitzbank eine Flasche Whiskey zutage. Er schenkte ein, schob Jane Marie einen der drei Becher zu, mir den zweiten, aber ich lehnte dankend ab, worauf er den für mich bestimmten Whiskey in seinen Becher schüttete.

Jane Marie nippte und holte tief Luft. Sie setzte den Becher ab und kniete sich unter den Autopiloten, wo sich ein kleiner Safe befand. Sie drehte den Kombinationsknopf mehrmals hin und her, öffnete den Safe, stand auf.

»Übrigens danke für den Drink.« Ihre Höflichkeit war bemerkenswert. »Aber mir ist vorhin aufgefallen, daß du eine Waffe bei dir trägst...«

»Yeah, das stimmt. Aber keine Angst, ich kann damit umgehen.« Teller versuchte sich an einem gewinnenden Lächeln, aber Jane Marie blieb unbeeindruckt.

Im selben höflichen Ton fuhr sie fort: »Tut mir leid, aber wenn hier der Whiskey offen rumsteht, schließe ich grundsätzlich jede Waffe weg, ausnahmslos.«

Mit einem schuldbewußten Lächeln drückte sich Teller tiefer in das Polster der Bank und schüttelte seine Löwenmähne. »Das geht schon. Es wird keinen Ärger geben. Ich fasse das Ding nicht mal an.«

Mit einem Schritt war Jane Marie an mir vorbei, langte blitzschnell über den schmalen Tisch und griff unter Tellers

Wolljacke. Und bevor er noch begriffen hatte, was geschehen war, hatte sie seine Pistole in der Hand – eine halbautomatische Neunmillimeterkanone mit einem Kunststoffgriff. Priscilla kreischte auf: »Janie, was soll das? Wir brauchen die Pistole. Schließ doch den Whiskey weg, wenn's unbedingt sein muß, verdammt noch mal.«

Und irgendwie machte Teller jetzt eine plötzliche Bewegung. Ich sprang auf, doch er sah mich nur eiskalt an. Erst später wurde mir klar, daß er das bereits als halben Angriff aufgefaßt haben mußte, obwohl ich eigentlich nur in Deckung gehen wollte. Jane Marie hielt ihm die Waffe ins Gesicht. Sie ließ das Magazin aus dem Griff gleiten und lud durch. Die Patrone kullerte die Treppe hinab.

»Kein Whiskey und gleichzeitig Waffen an Bord. Wenn du ohne deine Pistole nicht leben kannst, mußt du draußen am Strand schlafen. Keine Ausnahme.«

Tellers Blick wanderte zwischen uns hin und her. Dann grinste er und holte erneut die Flasche hervor. »Du bist der Kapitän.« Er goß sich einen weiteren Whiskey ein.

Priscilla wies mit dem Kopf in Richtung Funkgerät. »Vielleicht brauchen wir die Pistole noch, Janie.« Ihr Gesichtsausdruck verriet zunehmende Panik.

»Nein, kommt nicht in Frage«, sagte Jane Marie knapp. Dann drehte sie sich um und reichte mir die Waffe einschließlich des Magazins. »Schließ das bitte weg, Cecil. Leg das Ding einfach in den Safe und dreh den Knopf um.«

Ich bückte mich, legte Pistole und Magazin auf eine braune Dokumentenmappe, drückte vorsichtig die Safetür zu. Als ich mich wieder erhob, zuckte ein grellweißer Blitz durch meinen Kopf – ein Gefühl, als wäre soeben ein Eispickel in meinen Kopf gedrungen und hätte dort eine Schneise funkenschlagender Kurzschlüsse hinterlassen. Mit weichen Knien setzte ich mich wieder an den Tisch.

Teller sah mir ins Gesicht. »Alles in Ordnung?«

Ich nickte, was vielleicht ein Fehler war. »Nur diese Kopfschmerzen.«

»Ich hab Tabletten dabei. Willst du?«

Möglicherweise hatte er die Gier in meinen Augen erkannt. Mir fielen die Luftbläschen wieder ein, die, aufgereiht wie Perlen an einer langen, langen Kette, über mir an die Wasseroberfläche gestiegen waren. Die Schmerzen würden vergehen ... oder auch nicht, aber die Pillen machten alles nur noch schlimmer. Ich wußte zwar nicht, was als nächstes passieren würde, wollte aber dabeisein, wenn mein Kopf explodierte.

»Nein ... trotzdem vielen Dank.«

»Na dann. Ladies und Gentlemen, Hohes Gericht, Sie haben die Botschaft vernommen: Es wird heute abend keine Schießerei mehr geben. Aus diesem Grund zieht sich die Verteidigung zur Beratung zurück.« Er griff in seine Jackentasche und holte drei Fläschchen mit verschreibungspflichtigen Pillen heraus. Ein paar davon schüttete er in seine lederartig gegerbte Handfläche und hielt sie mir hin – wie Peanuts: »Das Beste, was für Geld zu haben ist – Schmerzmittel plus Antidepressiva. Ich krieg das Zeug kistenweise.«

Ich mußte mich zwingen, eine solche Einladung auszuschlagen, aber am Ende schüttelte ich den Kopf. Teller besah sich die Pillen in seiner Hand und zuckte mit den Achseln. »Dann eben nicht, ist ja auch egal«, murmelte er und spülte die Babys mit Whiskey herunter. Ich roch den fuseligen Hauch des Whiskeys und stellte mir vor, wie sich die Pillen darin zersetzten und als chemische Woge durch seinen Körper fluteten. Ich saß auf dem Stuhl des Rudergängers in der Steuerbordecke und war wieder in Versuchung. Was war an Drogen eigentlich so verkehrt?

Teller und Jane Marie gingen nach unten in die Kombüse, um das Abendessen herzurichten. Priscilla fummelte auch weiterhin an dem Funkgerät und hielt Ausschau nach dem Boot, das sich hier mit uns treffen wollte.

Insgesamt gab es im Ruderhaus drei Funkanlagen: ein Zweimeterband-Gerät für Wechselsprechbetrieb, das aber abgeschaltet war, ein CB-Funkgerät, das leise vor sich hin quäkte, und ein UKW-Gerät mit voll aufgedrehter Lautstärke, das jedoch nicht auf die übliche Seefunk-Frequenz eingestellt war. Unten hatte Teller seinen Weltempfänger eingeschaltet und hörte Musik, während er das Gemüse schnitt. Priscilla im Ruderhaus sprang immer wieder hoch, um auf andere Kanäle umzuschalten. Der normale Seefunk fand auf UKW statt, Fischer und Schlepperkapitäne sprachen sich hier kurz an und wechselten dann gemeinsam auf einen anderen Kanal. Schiffsnamen schwirrten durch den Raum. Da war die *Janice Lee*, die *Ocean Cape* oder die *Westerly*. Ich blickte aufs Ufer hinaus. Ein Eisvogel schwebte über den elefantengrauen Felsen im Tidegebiet, ließ von oben eine Muschel fallen und pickte anschließend aus den aufgeplatzten Schalen das Weiche heraus. Unten ertönte die perlende Klage eines Nocturne von Chopin, dann Knistern und die Coverversion eines Stücks von Grand Funk Railroad, dann Billie Holiday, dann ein Bericht über ein Massaker in Bosnien. Jane Marie bat Teller, den Sender nicht dauernd zu verstellen, aber Teller meinte nur, ob sie jetzt das Radio auch noch einschließen wolle – wo er sich schon nicht betrinken und in der Gegend rumballern dürfe. Das Radio besaß eine Art Suchlauf und stellte sich automatisch auf den stärksten Sender ein, aber offenbar waren die Signale alle so schwach, daß das Ding irritiert hin und her schaltete.

Die Sonne ging unter und mit ihr die ersten zaghaften Anzeichen von Frühling. Mit seinem grotesken Fortbewegungsapparat stakste ein Blaureiher an der Wasserlinie entlang und bediente sich aus dem flachen Wasser. Richard Thompson mit seiner abgefahrenen Leadgitarre sang von Verbrechen und Liebe. Mit zunehmender Dunkelheit wurde auch der Empfang besser, und die Songs kamen immer klarer rüber. Bill Monroe, U2, Billy Strayhorn, dann Reklame für Autoreifen, Cher, Ali Farka Toure, die Moving Hearts, Garth Brooks, dazwischen ein kleiner Sketch, der sich als Werbespot einer Reparaturwerft entpuppte, dann die Beach Boys und Roy Acuff. Eine Zeitlang verharrte der Suchlauf auf einem Klavierkonzert von Brahms. Ich sah, wie sich eine Otter schlängelnd auf die Muschelschalen zubewegte. Der Blaureiher schoß auf die Otter herab, die sich blitzartig auf den Rücken drehte und giftend zur Wehr setzte – der ganze Körper eine lebende Peitsche. Die melancholische Zigeunerweise aus dem Brahms versank im Geknister, tauchte wieder auf, verwandelt zu Al Green, später Elvis Costello. Dann gab es Talk-radio, wo die Leute ihre Meinung zur Schließung einer Fabrik in Sitka kundtun durften. Inzwischen war es draußen fast vollständig dunkel geworden, und ich erblickte mein Spiegelbild in der Fensterscheibe. Teller hatte auf Kurzwelle umgestellt, Russisch wechselte ab mit sonoren spanischen Stimmen, dann erneutes Geknister, das langsam in ein rhythmisches, hochfrequentes Jaulen überging. Teller war auf die Stimme eines italienischen Operntenors gestoßen. Ich hatte keine Ahnung, was da gesungen wurde, aber die Musik wirkte befremdlich auf unserem kleinen Schiff am Ende der Welt: Musik, Tausende von Meilen entfernt produziert, und diese Musik folgte Harrison Teller mit Spaghetti und Rotwein aus der Kombüse bis ins Steuerhaus und erhob sich dort triumphierend über den Kartentisch. Der Blaureiher startete kreischend vom Strand, und ich konnte seine Form im letzten Licht des Tages nur noch erahnen. Mit langen Flügelschlägen, an denen jeder Muskel seines Körpers beteiligt zu sein schien, verschwand er in der Dunkelheit.

»Was machen deine Kopfschmerzen?« Er reichte mir mein Abendessen.

»Schon besser.« Ich lehnte dankend ab, als er mir Wein anbot. »Aber die Musikauswahl ist Klasse.«

Priscilla mußte beiseite treten, als Jane Marie aus der Kombüse mit einer Schüssel voller Kopfsalat erschien. Schweigend aßen wir. Teller sprach dem Rotwein zu. Und ab und zu mischte sich der Seefunk in die Opernklänge.

Jane Marie schob ihren Teller zurück. Sie sagte: »Hat jemand nach dem Abwasch Lust auf ein Spiel?« Aber Priscilla schnaubte nur gereizt die Luft aus der Nase, vermutlich weil sie bereits die Frage als Zumutung empfand.

Tellers alkoholisierter Blick wanderte ziellos im Steuerhaus umher. »Sorry, ich steh nicht so auf Spiele.«

»Wirklich nicht? Wie kommt's? Ich meine, du bist doch Anwalt«, sagte Jane Marie mit gespielter Verwunderung.

Er grinste. »Ich kann die Scheißregeln nicht ausstehen.« Ihm hing ein Klecks Tomatensauce im Bart.

»Dann denken wir uns ein Spiel aus, wo wir selber die Regeln machen.«

»Das heißt mit so 'ner Art Gewinngarantie?«

»Möglich.«

»Aber Spaß macht es dann keinen mehr, oder?«

Jane Marie spießte eine Möhrenscheibe auf, die auf ihrem Teller übriggeblieben war. »Priscilla und ich könnten beispielsweise darum spielen, wie wir dich am besten gewinnen lassen.«

»Nein.« Teller wischte sich den Bart ab und starrte sie an. »Ich kann auch diese Geheimniskrämerei nicht leiden, ist was für kleine Mädchen.« Dann fiel sein Blick auf mich, und seine Miene erhellte sich. »Wer einmal einen Mordprozeß durchgezogen hat, gibt nicht mehr viel um diese Art Spiele«, sagte er mit einer wegwerfenden Geste.

»Ein Mordprozeß ist kein Spiel«, fauchte Priscilla und sah zum erstenmal nicht auf das Funkgerät.

»Kein Spiel, aber das übliche Konkurrenzding unter Männern.« Jane Marie stieß ihre Schwester mit dem Ellenbogen in die Seite. Beifallheischend blickte sie auch mich an, aber ich hatte nur Ohren für die Oper.

Die Weinflasche war leer. Teller machte mit Whiskey weiter. Ich mußte grinsen, denn auf einmal hörte ich gleichzeitig einen Raben und die Oper.

»Eine Frage«, sagte Teller und versuchte, Jane Marie halbwegs fest im Blick zu behalten, »was würdest du in Priscillas Fall vorziehen: die Wahrheit oder einen Freispruch?«

Sie beugte sich nach vorne. »Beides auf einmal.«

»Aber was, wenn sie für den Rest ihres Lebens hinter Gitter wandert? Wenn du dich also entscheiden müßtest zwischen der Wahrheit und dem Leben deiner Schwester?«

Jane Marie wandte sich abrupt ab und fummelte an der Feineinstellung des Funkgeräts. »Ich möchte, daß du dich an die Regeln hältst und die Wahrheit einsetzt für ihre Freiheit.«

Es bereitete ihm sichtliche Mühe, seinen Kopf geradezuhalten, trotzdem schien eine wütende Entschlossenheit von ihm Besitz zu ergreifen. »Das Problem liegt darin, daß Regel Nummer eins lautet, daß die Regeln sich ändern können. Ich für meinen Teil baue die Verteidigung immer auf der Wahrheit auf, und trotzdem gibt es keine Garantie dafür, daß die Wahrheit... oder anders ausgedrückt...« Er lehnte sich vor, und in seinen Augen loderten wieder jene Schneidbrenner, die selbst Whiskey und Pillen nicht hatten ersticken können. »Die Bullen haben sie verhaftet, und sie würden sie am liebsten hängen sehen, weil sie...«, und er schlug mit dem Knöchel auf den Tisch, »weil sie Senator Taylor den Schädel eingeschlagen hat.«

»Okay, das ist die eine Version. Was könnte sie denn entlasten? Wir brauchen eine Geschichte, die ihre Unschuld beweist«, sagte ich aus meiner Ecke. Priscilla vergrub den Kopf in ihren Händen. Das Funkgerät schwieg.

»Die habe ich mir noch nicht ausgedacht. Aber wenn ich soweit bin, wird es auf jeden Fall eine wahre Geschichte sein«, murmelte Teller.

In dem Moment endete die Arie aus dem Radio. Das Geknister weit entfernter Radiostationen setzte wieder ein, dann Stimmen aus dem ehemaligen Ostblock und Liedgut aus dem Balkan.

Teller beugte sich nach vorne. Er nahm Jane Maries Hand und streichelte sie. »Vor mir brauchst du keine Angst zu haben.«

Wie elektrisiert zog sie ihre Hand zurück und führte ihren Becher an die Lippen. Sie sah mich an, als suche sie einen Zeugen für das Geschehene. Über Seefunk meldete sich auf einmal ein Schiff namens *Rose*. Priscilla, kaum hatte sie die Durchsage gehört, ging wortlos aufs Achterdeck. Jane Marie starrte erst auf das Funkgerät, dann auf Teller, wobei die Glut in ihren Augen Tellers Schneidbrennern standhielt. Sie nahm einen großen Schluck und knallte den Becher auf den Tisch. »Glaubst du etwa, ich hab Angst vor dir? Ich finde dich nur zum Kotzen, das ist alles.«

Teller schüttelte den Kopf.

Das Funkgerät knisterte, die *Rose* war auf Kanal 68. Der Funker auf der *Rose* sprach offenbar kein bestimmtes Schiff an, sondern wiederholte immer nur: »Hier spricht die *Rose*, die *Rose*, die *Rose*, Kanal 68.« Dann herrschte Funkstille. Die Ost-Folklore unten aus der Kombüse war verklungen, und in einer unbekannten Sprache verlas ein Sprecher die Nachrichten.

Jane Marie drehte sich zu mir. »Du bleibst hier und ruhst dich etwas aus, Cecil. Wir kümmern uns schon um den Abwasch. Und bitte tu einmal, was ich dir sage. Ich möchte nicht, daß du irgendwo rumläufst.«

Ich schaute sie so harmlos an wie eben möglich und nickte. Jane Marie stieg hinunter in die Kombüse.

Teller und ich waren nun allein. Er blickte in seinen leeren Becher, die Augen verengt zu zwei schmalen Schlitzen wie bei einem Pokerspieler mit zwei Assen auf der Hand, die er noch nicht spielen darf. Schließlich stand er auf und ging wortlos nach unten. Ich schien gar nicht zu existieren.

Auf dem Achterdeck machte Priscilla eins der Kajaks klar, die unter dem Beiboot vertäut waren. Sie nahm sich ein Paddel aus dem Panga und hob das Kajak über das Dollbord der *Winning Hand*. Sie blickte noch einmal zurück und sah mich. Eine abweisende Kopfbewegung, die unter anderen Umständen auch gut ein Abschiedszeichen hätte werden können, teilte mir unmißverständlich mit, ich solle mich um meinen eigenen Scheiß kümmern. Dann senkte sie das Kajak hinab auf die dunkle Wasserfläche.

Ich schaute hinunter in die Kombüse. Teller lauschte über Kopfhörer der knisternden Welt des Radios, während er das Geschirr spülte. Ich sah die hellblauen Socken von Jane Marie – sie hatte sich auf einer der Kojen ausgestreckt – und erkannte auch die untere Ecke der Seekarte, die sie dabei studierte. Der Zeitpunkt war günstig. Mit etwas Vorsicht konnte ich mich endlich um meinen Scheiß kümmern.

Denn entgegen ihrer Anweisung hatte ich den Safe nicht abgeschlossen. Während des ganzen Abendessens war mir der Gedanke nicht aus dem Kopf gegangen, was wohl passieren würde, wenn plötzlich durch das Geschaukel der Wellen die Panzertür wieder aufging. Und sicherheitshalber hatte ich mich immer in der Nähe aufgehalten, um notfalls meinen Fuß dagegen zu stellen. Ich bückte mich und nahm die Neunmillimeterkanone an mich, schob das Magazin in den Griff und steckte die Pistole in den Gürtel. Dann nahm ich eine der Taschenlampen, die neben dem Ruder an der Wand hingen, und sah mir den Inhalt der Dokumentenmappe an, die ebenfalls in dem Safe lag.

Da waren zunächst einige Immobilienverträge für ein Haus in Sitka. Jane Marie hatte offenbar Priscillas Haus gekauft. Daneben Auszüge eines Treuhandkontos für Young Bob und mehrere Briefe von einem Indianer, der Jane Marie die teilweise Nutzung einer kleinen Insel überließ, welche er langfristig von der Regierung gepachtet hatte – möglicherweise Jane Maries künftige Walforschungsstation. Fieberhaft ging ich die Papiere durch, immer darauf gefaßt, daß sich unten etwas tat – Schritte oder das Geräusch einer zusammengefalteten Karte. Aber alles, was ich fand, waren weitere Bankunterlagen und eine Adressenliste, unter anderem mit den Telefonnummern von Dickie und meiner Wenigkeit. Ich wollte die Mappe schon in den Safe zurücklegen, da stieß ich auf einen braunen Schnellhefter mit der Aufschrift »Adoption«. Ich nahm die Taschenlampe zwischen die Zähne und hatte die Hände frei, um mir die Sache bei Licht zu besehen.

Der Schnellhefter enthielt die gesamte Korrespondenz der Sullivans mit Jane Marie. Im hinteren Teil befanden sich mehrere Schreiben mit Harrison Tellers Briefkopf. Ich traute meinen Augen kaum, aber es ging um die Übertragung des Sorgerechts für Young Bob auf Jane Marie. Die Unterschriften von Robert Sullivan II und Jane Marie standen bereits da und waren auch, wie wohl unter verschiedenem Datum und in unterschiedlichen Bundesstaaten, notariell beglaubigt worden. Nur die gepunktete Linie, wo Priscilla unterschreiben sollte, war noch frei. An die Rückseite des letzten Schriftstücks war eine handschriftliche Notiz geheftet – eine Notiz von Senator Taylor. Es hieß da: »*Jane Marie, wir kennen uns jetzt schon viel zu lange und viel zu gut, als daß wir uns ge-*

genseitig etwas vormachen könnten. Bitte, die Sache mit Deiner Schwester muß aufhören. Kannst Du sie nicht dazu bewegen, die anliegende Vereinbarung zu unterschreiben? Dann könnten wir alle in Frieden weiterleben. Du wirfst mir zwar dauernd vor, die Situation unnötig zu komplizieren, aber bitte glaub mir, ich möchte nur alles ein für allemal geregelt wissen und das auf möglichst unkomplizierte Weise. W.T.

Ich schob den Schnellhefter so ordentlich wie möglich in die Dokumentenmappe zurück. Dann schloß ich den Safe und drehte an der Kombination. Ich ging hinaus auf Deck, machte das zweite Kajak los und ließ es zu Wasser. Daß man mich an Bord vermissen könnte, war jetzt meine geringste Sorge. Niemand würde in diesen Untiefen bei Nacht den Anker lichten, und bis das Panga startklar war, verging viel zuviel Zeit.

Viel schwerer war es, in dem leichten Kajak die Balance zu halten, außerdem bohrte sich, als ich mich endlich in die Öffnung gezwängt hatte, der Griff von Tellers Pistole in die Hüfte. Ich wäre fast gekentert, konnte es aber im letzten Moment noch verhindern und legte die Pistole auf meinen Schoß.

Es war eine außergewöhnlich klare Nacht. Auf dem Wasser keine Spur von Nebel. Ich hörte das leichte Rauschen der Wellen am Ufer. Die dunklen Umrisse der Inseln wirkten wie die Silhouetten urzeitlicher Tiere. Je weiter ich mich aus dem Lichtschein der *Winning Hand* entfernte, desto mehr hatte ich das Gefühl, von der Dunkelheit verschluckt zu werden wie von einem großen schwarzen Rachen. Ich hörte das Wasser unter mir. Ich hörte das Plätschern eines nahe gelegenen, aber unsichtbaren Flüßchens und ab und zu ein Geraschel aus dem Unterholz. Dann machte ich das Brummen eines Schiffsgenerators aus. Das Geräusch kam von der Rückseite einer Landzunge, die weiter nördlich zu einer kleinen Insel gehörte. Ich sah, wie die Paddel beim Eintauchen ins Wasser ein phosphoreszierendes Schimmern hinterließen. Ein großer Vogel strich so nah an mir vorbei, daß ich sogar den Flügelschlag hören konnte. Der Wind raschelte in den Pappeln an Land. Das Kajak schaukelte leicht in den Wellen, und auf einmal bemerkte ich auch den schwachen Lichtschein eines zweiten Boots, der aus einiger Entfernung als weißliches Band auf dem Wasser glitzerte. Den Felsen unmittelbar vor mir hatte ich dabei glatt übersehen. Ratschend lief das Kajak auf, und diesmal wäre ich um ein Haar wirklich gekentert. Ich fing mich gerade noch rechtzeitig und drehte bei – Richtung Ufer, wo ich mich durch das flache Wasser vorsichtig an den Kabinenkreuzer heranarbeitete, der dort dümpelte.

Es war die *Rose,* eine Achtmeteryacht aus Fiberglas mit einem Gestänge auf dem Achterdeck, das aussah wie ein hoher Gepäckträger und auf dem ein Schlauchboot festgemacht war. Darunter funzelte eine einzelne Laterne. Priscilla in ihrem Kajak hielt sich hinten am Heck fest und blickte zu einer Gestalt auf, die direkt unter der Laterne stand. Die Beleuchtung der Yacht bestand allein aus jenem fahlen Gaslicht, das erst auf dem Wasser und durch vielfache Brechung an Farbe gewann.

Neben der Gestalt stand Young Bob und weinte in einem fort. Über einem blauen Sweatshirt trug er eine alte Schwimmweste, viel zu groß für ihn, und hatte die Hände ausgestreckt, als wolle er in den Arm genommen werden. Priscilla im Kajak beugte sich nach vorn, das Paddel hatte sie quer auf den Bootskörper gelegt. Priscilla sprach beruhigend auf Young Bob ein, aber er hörte gar nicht auf zu schluchzen. Sein Weinen klang wie eine verlorene Sirene durch die friedliche Nacht.

Ein Mann mit einer gestrickten Unterziehmütze, wie ich sie auch bei der Entführung gesehen hatte, erschien auf dem Achterdeck der *Rose* und legte seine Hand auf Young Bobs Schulter. Über Priscilla hinweg zeigte er auf mich. Dann duckte er sich und verzog sich erneut in die Kajüte. Mit einem dumpfen Grollen sprangen kurz darauf die Motoren an. Ich hörte noch Young Bobs Weinen und Priscillas verzweifelten Aufschrei: »Wartet… wartet…«

Mit schäumender Bugwelle fegte die *Rose* an mir vorbei. Kurz vor der Landzunge sah ich, wie der Mann Young Bob in die Kajüte zurückzerrte. Binnen Sekunden war die *Rose* verschwunden. Die plötzliche Stille sank wie Eiseskälte auf die Szenerie. Ich mußte mich an einem Felsen festhalten und das Kajak sogar mit dem Paddel am flachen Grund abstützen, damit ich nicht erneut umschlug, während die eisigen Wellen über meinen Schoß ins Boot schwappten.

Es dauerte einen Moment, bis sich meine Augen an die neue Dunkelheit gewöhnt hatten. Klar und kalt spiegelten sich die Sterne auf dem dunklen Wasser. Priscilla verharrte regungslos in ihrem schaukelnden Kajak. Ich stieß mich mit dem Paddel im seichten Wasser ab und ließ mich zu ihr treiben. Sie hob den Kopf, und ich sah, daß sie weinte. Tränen glitzerten auf ihrem Gesicht.

»Sie hätten ihn mir sowieso nicht gegeben«, sagte sie. »Sie wollen Geld, und ich habe doch kein Geld.«

Ich nickte und sah sie an. So saßen wir da, allein auf dem Wasser. Sie weinte, die Nachtvögel raschelten im Geäst, und in der Ferne klang das vergehende Motorengeräusch der *Rose*. Dann hob Priscilla den Blick und sagte: »Eine alte Frau hat mir früher mal von dieser Bucht erzählt.« Sie holte tief Luft und wischte sich die Nase ab. »Jedesmal, wenn Menschen hier ihr Lager aufgeschlagen hatten, kam ein Biber und hat ihnen etwas zu essen gebracht. Der Biber bescherte ihnen alles, was sie brauchten: Fisch, Beeren, Wild, alles, sogar Heilbutt. Dieser Ort war so gut, daß der Biber dort sein Junges zur Welt bringen wollte. Eines Tages, als der Biber auf der Jagd war, kam ein Jäger, tötete das Junge und zog ihm das Fell ab. Er wollte nur das Fell, nicht das Fleisch. Der Biber war darüber so zornig, daß er den Fluß auf den Kopf stellte.«

Mit der Taschenlampe leuchtete Priscilla in Richtung Ufer. Dort an der Wasserlinie war eine Höhle, aus der ein kleiner Fluß entsprang. »Ich glaube kein Wort von dem, was mir die Anwälte sagen. Und Harrison Teller traue ich keine zwei Schritte weit. Aber die alte Frau damals, die alte Frau hat die Wahrheit gesagt.«

Ich folgte mit den Augen dem Strahl der Taschenlampe bis ins schwarze Maul der Höhle, wo das Flüßchen ins Meer rann. Priscillas Stimme hatte jetzt direkt etwas Beschwörendes.

»Ich bin in dieser Höhle gewesen, Cecil. Überall in der Decke stecken noch Äste und Kieselsteine, alles aus der Zeit, bevor der Biber den Fluß umgedreht hat.«

Der Strahl der Taschenlampe traf den Uferbereich, aber alles, was ich erkennen konnte, waren die unklaren Konturen alter Baumstümpfe.

»Und wenn ich meinen Jungen nicht wiederbekomme, stelle ich die ganze Welt auf den Kopf. Ich weiß, du glaubst mir nicht, Cecil, aber ich schwöre bei Gott, es ist wahr, so wahr, wie ich unschuldig bin.« Sie machte die Taschenlampe aus und verstaute sie in ihrem Kajak.

»Glaubst *du* eigentlich, daß ich unschuldig bin?«

»Mein Gott, Cilla, ich glaube, jeder ist unschuldig.«

»Irrtum. Nicht jeder«, sagte sie und paddelte an mir vorbei, im Kielwasser jenes phosphoreszierende Schimmern von Abermilliarden mikroskopisch kleiner Bakterien und dem Widerschein unerreichbarer Sterne.

7

Am nächsten Morgen weckten mich die Vibrationen des anspringenden Schiffsmotors, dann hörte ich auf Deck das Rasseln der Ankerkette. Der vertraute Geruch von Dieselöl, Mehltau und Kaffee stieg mir in die Nase. Musik schepperte aus Tellers Radio, ein stampfender Rap-Song über Waffen und Cops. Während ich mir die immer noch nasse Hose anzog, spürte ich, wie sich das Schiff langsam in Bewegung setzte und die Wellen gegen den Bug schlugen.

Teller war in der Kombüse, bewegte rhythmisch den Kopf zur Musik und löffelte Haferflocken in einen Kaffeebecher.

»Hey, wie geht's deinem Kopf?«

»Könnte schlimmer sein.« Ich trank einen Schluck Kaffee. »Wo fahren wir eigentlich hin?«

Er nickte in Richtung Ruderhaus. »Da mußt du den Käpt'n fragen. Mit mir redet sie ja nicht mehr.« Er reichte mir einen Becher mit Haferflocken. »Das ist dann der Dank dafür, daß man zu so einer Wissenschaftlerin einfach mal ein bißchen nett sein will. Hier, das kannst du ihr mitbringen.«

Ich stieg die Treppe zum Ruderhaus hinauf. Sie sah mich nicht an, als ich näher trat, sondern behielt den Eingang der Bucht im Auge.

»Da sind Felsen mitten in der Fahrrinne, die Karten stimmen nicht. Ich muß mich jetzt etwas konzentrieren.«

Sie bedeutete mir mit der Hand, den Becher irgendwo hinzustellen, und ich setzte ihn auf die Karte. Sie sah mich genervt an, bevor sie den Becher auf das Bord hinter dem Ruder schob. Der Himmel strahlte azurblau, der Nebel hatte sich endgültig verzogen. Auf den Berghängen des Festlands, etwa in Höhe der Baumgrenze, leuchtete der Neuschnee. Selbst die granitgrauen Gipfel glänzten wie neu im funkelnden Licht der Morgensonne. Die See war glatt bis auf die weiße Schraffur des Nordwinds. Auf den mächtigen Felsplatten am Ufer einer nahen Insel dösten sechs Seelöwen in der Sonne und glitten ins Wasser, als die *Winning Hand* vorübertuckerte. Kurz darauf tauchten sie wieder auf und schnauften vernehmlich, um uns mit ihren glatten, hocherhobenen Köpfen hinterherzublicken. Ich sah ihren geschmeidigen Körper durchs Wasser schießen, sah die glänzende Haut, auf der sich die Sonne spiegelte. Dann waren sie verschwunden.

Mit dem Fernglas suchte Jane Marie auf der Wasseroberfläche nach Anzeichen für drohende Untiefen.

»Ich hab mir gedacht, du gehst am besten in Tenakee von Bord. Die Sache hier ist ohnehin nicht mehr dein Problem.«

»Stimmt.« Ich nippte an meinem Kaffee. Die Maschinen dröhnten und füllten so unser Schweigen. Vorsichtig setzte ich meinen Becher neben der Karte ab. »Trotzdem würde ich gerne bleiben. Ich meine, wenn du nichts dagegen hast.«

Sie hielt die Augen auf ihren Kurs gerichtet, beobachtete, die Hand am Ruder, das vor ihr liegende Stück Wasser, stets bereit zu kleinen Korrekturen. Und weil alles darauf hindeutete, daß sie jetzt ohnehin nichts sagen würde, fuhr ich fort: »Das Problem ist nämlich: Wenn du weißt, wer die Entführer sind, ist der Junge in höchster Gefahr. Willst du das?«

Sie wandte sich zu mir um. »Nein«, sagte sie. Jede Ironie war aus ihrer Stimme verschwunden, sie klang einfach nur noch müde. Das Boot krängte leicht nach Steuerbord, als wir um die Landzunge herumfuhren. Im Norden warteten bereits wieder die ersten Wolken. Wie ein kaputtes Mobile kreisten einige Möwen über den Wellen.

»Wo fährst du hin?« fragte ich ins Dröhnen der Maschinen.

»Jetzt? Zur Forschungsstation.«

»Du brauchst mir gar nichts zu sagen, wenn du nicht willst.«

»Nein, im Ernst, Cecil. Etwas weiter nördlich möchte ich eine kleine Forschungsstation errichten. Auf einem alten Minengelände. Es ist sozusagen mein Basislager, wenn ich die Buckelwale in der Icy Strait oder der Chatham Strait beobachten will. Ich muß mich da mit einem Ingenieur treffen. Er hilft mir bei den Aufräumarbeiten. Vor allem die Gebäude auf dem Berg sind in einem ziemlich üblen Zustand. Das Forstamt hat das Gelände im Augenblick noch gesperrt.« Sie warf einen Blick auf den Kompaß und stellte den Autopiloten an. Dann trat sie vom Ruder zurück.

»Was? Zum Aufräumen brauchst du einen Ingenieur?« fragte ich.

»Ja, im vergangenen Sommer haben wir in der Kaue noch jede Menge Dynamit entdeckt. Die Ummantelung der Dynamitstangen war total verrottet, und das Nitro siffte sogar schon durch die Pappe nach außen. Das Zeug ist unberechenbar. Das Forstamt meinte, ich sollte ein Gutachten anfertigen lassen, dann wollen sie einen Sprengmeister einfliegen, der das Zeug unschädlich macht. Meine Anwesenheit da oben ist zwar nicht unbedingt erforderlich, aber ich wollte mich trotzdem kurz mit dem Mann treffen.«

»Und bei der Gelegenheit treffen wir auch rein zufällig auf die *Rose*, was?«

Sie nickte, sagte aber nichts. Dann berührte sie kurz meine Hand. »Cecil, ich glaube wirklich, es ist das beste, wenn du in Tenakee von Bord gehst. Da kannst du in aller Ruhe ein heißes Bad nehmen, bevor du mit der Fähre nach Sitka zurückfährst. Tut mir leid, daß ich dich überhaupt in diese Sache reingezogen habe.«

»Aber ich will gar nicht in Tenakee von Bord.«

Ihr entfuhr ein langer Seufzer, und sie starrte mit dem Fernglas weiter aufs Wasser. Mehrere Minuten lang herrschte eisiges Schweigen. Hinter uns lugten die Seelöwen aus den

Wellen. Beiläufig klopfte Jane Marie gegen den Kompaß. »Es ist alles so ein Chaos«, sagte sie.

Ich nickte, denn da konnte ich ihr nicht widersprechen. Aber mir war nicht klar, ob sie meine Reaktion überhaupt bemerkt hatte, denn sie fuhr fort: »Cecil, im Ernst, es gibt nichts, was du noch tun könntest. Von dem, was hier tatsächlich vorgeht, verstehe ich selber bestenfalls mal die Hälfte. Alles andere ist mir ein absolutes Rätsel.«

»Das ist im richtigen Leben nicht anders«, sagte ich.

Sie grinste und programmierte den Autopiloten neu. »Weißt du, was ich mal erleben möchte, Cecil?« Sie starrte wieder geradeaus. »Ich möchte einmal frei sein von dieser ganzen Scheiße. Ich möchte einfach nur in Ruhe meine Arbeit machen.« Endlich redete sie sich warm. »Und ich möchte mich mal mit dir unterhalten – einfach so und ohne dieses dauernde Chaos im Hintergrund. Ich kann langsam selber nicht mehr... klar denken.« Sie nahm den Gashebel zurück, das Maschinengeräusch wurde leiser, das ganze Boot schien sich zu beruhigen.

»Ich wollte im Grunde immer nur Wissenschaftlerin sein, Cecil. Der Wissenschaft traute ich alle Antworten zu. Ich dachte, die Wissenschaft wäre der ideale Begleiter des Menschen, weil sich begangene Fehler praktisch wie von selbst korrigieren.« Abermals tippte sie einen neuen Kurs in den Autopiloten, die Zahlenfolge leise wiederholend. »Aber das eigentliche Problem kann die Wissenschaft auch nicht lösen.«

»Welches Problem denn?« fragte ich, nur um keine neue Pause eintreten zu lassen.

Sie lächelte in sich hinein. Die *Winning Hand* näherte sich den kreisenden Möwen. Jane Marie ergriff das Fernglas und sagte wie zu sich selbst: »Das Problem, wo in dem ganzen Durcheinander noch ein Sinn stecken soll. Ich meine, wie soll ich die Regeln begreifen, wenn ich nicht einmal weiß, wie dieses Spiel hier heißt.« Sie nahm das Fernglas von den Augen, biß sich auf die Unterlippe und griff entschlossen ins Ruder. »Mein eigentliches Handicap ...«, sagte sie fast unhörbar, »das heißt, das große Handicap meiner Familie ... ist ihre geringe Toleranz persönlichem Unglück gegenüber.«

Ich dachte über das Problem der Familie DeAngelo nach, und mir schien es schon eher wie ein Fluch. Aus Tellers Radio in der Kombüse wummerte auf einmal schwarze Dance-Musik. Ich hörte seine Stimme durch den kombinierten Lärm von Radio und Dieselmotor. Ich verstand zwar kein Wort von dem, was er sagte, aber anscheinend hielt er Priscilla einen längeren Strategie-Vortrag.

Mir brannte eine weitere Frage auf der Zunge, aber ich hielt vorsichtshalber den Mund. Jane Marie aß ihre Haferflocken, ließ jedoch die Stelle, wo die Möwen kreisten, nicht aus den Augen. Plötzlich schien sie der Kurs der *Winning Hand* nicht mehr zu interessieren. Sie konzentrierte sich statt dessen ausschließlich auf die Möwen, gerade so, als markierten die Vögel ihr eigentliches Ziel. »Ich wünschte, ich könnte dir das besser erklären, aber ...« Sie hielt inne. Mit weit ausgestrecktem Arm zeigte sie auf die Wellen.

»Da!«

Steuerbord voraus hing eine Art Nebelsäule über dem Wasser. In Nordost suchten drei Wale nach Nahrung, ein vierter schwamm ganz in unserer Nähe und ruhte sich offenbar aus. Jane Marie schaute auf ihre Uhr, drosselte die Maschinen. Sie schaltete den Autopiloten ab und lenkte das Boot von dem schlafenden Riesen weg.

Regungslos trieb in einer Entfernung von sechzig bis siebzig Metern ein weiterer Buckelwal im Wasser, während sich seine aktiveren Artgenossen mit langsamen, regelmäßigen Atemzügen durch die grauen Wellen wälzten. Aber alles, was beim Auftauchen von ihren mächtigen Leibern zu sehen war, waren ihre dreieckigen Rückenflossen, von denen das Wasser über ihre gummiartige Haut troff. Auf einmal tauchte einer der Wale unter und hob dabei die gewaltige Fluke aus dem Wasser. Nur Sekunden später, und Tonnen von Wasser schlugen über der Stelle zusammen.

Jane Marie packte meine Hand. In ihren Augen glitzerte es. »Los, das mußt du sehen.« Aus irgendeinem Grund gefiel mir ihr Ton nicht, aber gleichzeitig lag etwas in ihrem Gesicht, das mich vorwärtstrieb und alle Bedenken beiseite schob.

Vielleicht weiß ich deshalb auch nicht mehr, wie wir schließlich ins Wasser und ganz in die Nähe der Wale gelangten. Der Anblick dieser riesigen Tiere hat jede andere Erinnerung verdrängt. Es hatte auch zuvor schon Gelegenheiten gegeben, in denen ich mir entsetzlich klein vorgekommen war, beispielsweise wenn ich mir zusammen mit meinem Vater den Rumpf eines Kriegsschiffs im Trockendock ansah. Umgekehrt fühlte ich mich auf unangenehme Weise vergrößert, als ich später einmal meine ehemalige Vorschule wieder besuchte und mich in eine der kleinen Bänke zu zwängen versuchte. Aber niemals zuvor in meinem Leben schienen mir die normalen Größenverhältnisse so auf den Kopf gestellt wie in jenem Moment, da Jane Marie mir aus dem Beiboot ins Wasser half und ich plötzlich diese riesenhaften Warmblüter unter mir spürte, die mit einem Maul wie ein aufgesperrtes Schleppnetz durch silbrige Fischschwärme fuhren. Niemals zuvor war ich einem Lebewesen auf den Leib gerückt, das so groß war wie ein Fünf-Sterne-Reisebus, und auch diesmal hätte ich mich um nichts auf der Welt einem solchen Leviathan genähert, wäre da nicht hinter der Angst auch diese absolut verrückte Lust an der Gefahr gewesen. Alles was ich zunächst von dem schlafenden Riesen zu Gesicht bekam, war die Finne, die dem eines Hais zum Verwechseln ähnlich sah. Aber ich wußte aus vielen Dokumentarfilmen im

Fernsehen: Da war noch mehr, viel mehr. Ich konnte mir die gewaltigen Brustflossen vorstellen, die zu diesem Burschen gehörten, und den Kopf, diesen gigantischen Kopf, der zum größten Teil aus Maul bestand. Ich hatte mir im Fernsehen fast alles über Wale angesehen, was es überhaupt gab. Ich wußte, wie sie ihre Beute einkreisten und sie quasi mit Preßluft an die Wasseroberfläche trieben und nur noch abzuschöpfen brauchten, lebenden Trawlern gleich. Aber das hier war kein Fernsehen. Ich steckte in einem real existierenden Tauchanzug und hielt mich an der Bordwand des Beiboots fest. Mir schien, als verspürte ich den Pulsschlag des Giganten noch durch den Rumpf des Panga, das dagegen wie die sprichwörtliche Nußschale wirkte. Das eiskalte Wasser schwappte über den Kragen des Tauchanzugs und rann mir den Rücken hinunter. Wir waren gut und gerne noch zehn Meter von dem Wal entfernt, aber mir kam es so vor, als stünde ich direkt auf seinem Rücken.

»Hast du kein Vertrauen zu mir?« Ich höre noch, wie Jane Marie mir diese Frage stellte.

»Nein.«

Sie lächelte. »Okay, aber was ist mit ihr, hast du wenigstens Vertrauen zu ihr?« Sie zeigte auf den Wal, der uns am nächsten war.

»Nein, nicht im geringsten. Ich meine, um die Wahrheit zu sagen, sie sieht auch nicht so aus, als würde sie viel Federlesens machen. Was ist, wenn sie plötzlich aufwacht und uns… einfach überrollt oder so? Ich meine, vielleicht ist sie ja ein friedliches Tier, aber das ist ein Golden Retriever auch… trotzdem würde ich einem vierzig Tonnen schweren Golden Retriever nicht zu nahe kommen, selbst wenn er schläft.«

»Ach Mann, stell dich nicht so an.«

Damit war die Diskussion beendet. Sie brauchte nur zu sagen: »Stell dich nicht so an«, und ich riskierte plötzlich mein Leben, indem ich, mit nichts als einem leichten Beiboot im Schlepp, auf den größten Säuger zuschwamm, den Gott je geschaffen hatte – ein Tier, größer und stärker als ein Bulldozer.

Jane Marie schnallte sich den Tauchgürtel um, hangelte sich an der Bordwand zu mir hin und zog mir die Gummihaube vom Kopf. Sie flüsterte: »Beweg dich gaaanz, gaaanz langsam, wenn du auf sie zuschwimmst. Weck sie nicht.« Ich wollte gerade vorschlagen, mir das Tier doch lieber vom Boot aus anzusehen, aber sie schnitt mir das Wort ab: »Und guck einfach nur hin, guck einfach nur hin, auch wenn du keine Erklärung dafür hast, was du siehst. Sonst taugt am Ende nicht einmal deine Beobachtung was.« Dann stopfte sie mir den Schnorchel in den Mund und stieß sich ab. Ich sah, wie sie losschwamm, aber sie machte plötzlich wieder kehrt, und ihr Gesicht tauchte direkt vor mir auf. Sie spuckte den Schnorchel aus.

»Übrigens, was ich noch sagen wollte. Du hättest diese Papiere in meinem Safe nicht lesen sollen.« Erneut stieß sie sich ab und schwamm davon.

Das eisige Wasser sickerte an meinen Schultern hinab – ein taubes Gefühl wie von roten Ameisen. Ich wünschte, ich hätte mehr Kaffee getrunken. Dann hätte ich in den Tauchanzug pinkeln und es mir wenigstens auf diese Weise etwas wärmer machen können. Die Taucherbrille vor dem Gesicht, ließ ich mich unter Wasser sinken. Doch wo ich auch hinsah, überall war dieser mattgrüne Vorhang aus Algen und Plankton mit einem einsam-verschwommenen Sonnenstrahl ab und zu. Und plötzlich war auch sie wieder da, meine Angst vorm Fliegen, und das in ihrer schlimmsten Form. Denn hier hing ich, mehrere hundert Meter über dem schlammigen Meeresgrund, schutzlos wie ein menschlicher Köder in einer See voller Gefahren. Ich tauchte wieder auf und versuchte, mich zu orientieren. Die Bordwand des Panga schien in der Zwischenzeit auf verrückte Weise höher geworden zu sein. Und die *Winning Hand* befand sich mindestens sechzig Meter entfernt – unerreichbar wie ein tropisches Eiland. Außerhalb der Taucherbrille wurde mein Gesicht fühllos, und ich hatte nur noch einen Wunsch, nämlich mich an Bord der *Winning Hand* vor dem Ofen zu wärmen. Aber Jane Marie war verschwunden, und auch das Panga trieb allmählich von mir fort. Ich schwebte allein über der entsetzlichen Tiefe, und mir wurde fast schlecht vor Angst. Und als ich mich umdrehte, sah ich den Wal. Panik brannte in meiner Brust – knisternd wie eine Wunderkerze.

Denn aus meiner Perspektive erweckte der Wal den Eindruck eines Berges, eines atmenden, warmblütigen Berges, der den gesamten Horizont einnahm. Ich tauchte den Kopf unter Wasser, konnte aber nichts erkennen. Nur dieses endlose Grün. Ich schwamm in die Richtung, in der ich Jane Marie zuletzt gesehen hatte, bis ich ihre Gummiflossen ausmachen konnte. Abermals hob ich den Kopf aus dem Wasser. Ich war dem schlafenden Wal inzwischen so nah, daß ich ihn als Ganzes schon nicht mehr überschauen konnte. Den Kopf über Wasser, trafen mich die Atemgeräusche des Tiers wie eine Druckwelle auf dem Körper. Abermals versuchte ich, unter Wasser etwas zu erkennen, doch abermals sah ich nur diesen flaschengrünen, sonnentrüben Vorhang.

Plötzlich ein tiefes Grunzen, das mich beinahe aus dem Wasser katapultiert hätte. Dann ein andauerndes hohes Knacken, das allmählich zu einer Art Geschnatter wurde und mich an Affengeräusche erinnerte – hier allerdings von King Kong. Die drei Exemplare, die sich zunächst nach Nordosten gewandt hatten, waren zurückgekehrt und kamen direkt auf uns zu. Ich konnte sie nicht sehen, aber ich hörte ihre Laute unter Wasser, eine Kommunikation im Infraschallbereich mit einem gigantischen Nachhall in diesem ungeheuren Wasser-Raum. Ich fühlte mich wie ein Spatz, der sich in eine Kathedrale verflogen hatte.

Erneutes Grunzen des schlafenden Wals. Ich spürte Bewegung unter mir, hörte das Rauschen des Wassers wie unter einer Eisdecke im Winter. Vor mir brachen die gummiartig weißen Finnen aus dem Wasser. Dann der Schatten von etwas, das eine Girlande von Luftblasen hinter sich herzog – Luftblasen so groß wie Melonen. Der Schatten bewegte sich langsam, aber mit unerbittlicher Gewalt, ähnlich einem Schulbus, der in Zeitlupe eine Klippe hinabstürzte. Dabei sah ich den Leviathan im trüben Wasser nicht einmal in voller Länge, sondern immer nur partieweise. Gleichwohl erschauerte ich bereits beim Gedanken an die Masse, die hier unterwegs war.

Dann erreichten mich die Fluken. Sie waren so breit wie die Schaufel eines Bulldozers und allem Anschein nach in der Lage, mich anstandslos unterzurühren. Allein die enorme Wasserverdrängung spülte mich aus der Gefahrenzone, daß das Wasser in meinen Schnorchel schwappte. Eine eisiges Brennen drang in meine Nase und weiter bis in die Nebenhöhlen. »Ich will nicht. Ich will hier raus!« schrie eine innere Stimme wie ein verzogenes Kind – die Stimme der Vernunft.

Dicht unter dem Flaschengrün der Wasseroberfläche begann es silbrig zu schimmern. Das war der Hering. Hering, wohin man sah, gleich der Aurora Borealis. Ich wußte aus dem Fernsehen: Die Wale trieben den Hering zu dichten Wolken zusammen. Diese Konsolidierung der Beute war der letzte Schritt vor ihrer Vernichtung. Das Wasser kochte vor Hering, und irgendwo unter dem panischen Gewimmel hatte sich bereits das Maul geöffnet, das sich den ganzen Pulk in einem Zug einverleiben würde, egal, was sonst noch dazwischen war. Das Grunzen kam rasend schnell näher, gleichzeitig wuchs seine Lautstärke mit exponentieller Geschwindigkeit – das Echo aus den gigantischen Lungen. Ein erneuter Schub aus den Preßluftkanonen, und die See verwandelte sich in einen tödlichen Whirlpool von zappelndem Hering.

Ich riß meinen Kopf aus dem Wasser, spuckte den Schnorchel aus und rang nach Luft. Jane Marie war direkt neben mir. Sie packte meine Schulter und rief keuchend, aber überdeutlich, als sei dies die letzte Botschaft, die sie mir noch geben konnte: »Los. Schwimm. Schwimm zum Boot und mach soviel Krach, wie du kannst. Schwimm!«

Unter uns sprudelte jetzt der Fisch an die Wasseroberfläche, ein submariner Blizzard aus Billionen glänzender Leiber: Augen, Flossen, weit aufgerissene Mäuler, sie tauchten vor mir auf und waren im nächsten Moment wieder verschwunden. Ich strampelte um mein Leben, warf die Arme weit vor mir ins Wasser, zog sie unter mir durch, tief durch den Hering und wieder nach vorne. Die Schotten waren gebrochen, die geschützten Energiereserven fluteten durch meinen Körper, trieben ihn, diesen armen geschundenen Körper, der sich ein Leben lang am aufrechten Gang abgemüht hatte, wie einen Pfeil durch diesen Hexenkessel – so hoffte ich jedenfalls. Doch das Grunzen kam immer näher. Weiße Finnen schnitten durchs Wasser.

Plötzlich tauchte unmittelbar vor mir ein Seelöwe auf, eine fünf Zentner schwere Kreatur, zum Greifen nah und so deutlich wie ein Traumgesicht. Der Seelöwe stutzte und sah mich an, das dunkle Auge wohlwollend und auf beunruhigende Weise menschlich. Dann verschwand er wieder in seinem Schattenreich. Ich kraulte weiter durch eine See von Hering, spürte die glitschigen Leiber an meinem Tauchanzug entlanggleiten. Das Panga schaukelte nur wenige Meter vor mir auf den Wellen. Hinter mir erhoben sich die Wale wie monströse Gebäude aus den Wogen: die Trawler der Unterwelt, stromlinienförmige Freßmaschinen. Ich sah das Panga und mobilisierte die letzten Kräfte.

Wir erreichten das Beiboot genau in dem Augenblick, als – nicht einmal zehn Meter hinter uns – alle vier Wale durch die Wellen brachen. Über uns das Geflatter der Möwen, die immer wieder in das kochende Inferno hinabstießen. Und dazwischen die Seelöwen, auch sie mittendrin in jenem Schlachtfest mit Tonnen von Hering auf engstem Raum. Aber all das spielte sich noch vor den bleigrauen Giganten ab, die, das faltige Maul aufgeklappt, den Fang in großem Stil betrieben und mit gewaltigem Schub und dicht an dicht die Ernte einfuhren, bevor die Heringe überhaupt merkten, wie ihnen geschah. Und immer wieder die Möwen und die Seelöwen, die sich holten, was den Herren der Meere entging. In der Luft hallte das Geschrei, doch die Stille unter Wasser hatte ich so nicht erwartet. Die Vernichtung der Heringe vollzog sich beinahe lautlos.

Ich hielt mich an der Heckleine des Panga fest. Jane Marie löste ihren Tauchgürtel und klinkte ihn an die Leine, bevor sie auch mich von dem Ding erlöste. Die Wale waren weitergeschwommen und mittlerweile etwa fünfzig Meter entfernt. Die Schlacht war geschlagen, und alles war ruhig. Nur die Möwen kreisten noch mit heiserem Gekreisch über der Walstatt.

Ich rollte über die Bordwand ins Boot, sah Jane Marie über mir. Sie zog sich die Taucherbrille vom Gesicht.

»Was zum Teufel … was war das?« fragte ich und rang nach Luft.

»Wale. So fressen sie.« Sie setzte sich auf die Ruderbank, drehte sich nach hinten, um den Motor anzuwerfen. »Ich wollte nur, daß du das mal siehst. Damit du begreifst, womit ich mich die ganze Zeit beschäftige.« Sie blickte mir fest in die Augen.

»Was? Willst du als Walfutter enden?«

»Ach was... stell dich nicht so an. Aber von Zeit zu Zeit brauche ich das einfach. Der Kontakt zu den Tieren macht den Kopf frei«, sagte sie und riß am Starterseil.

»Du wolltest mich nicht zufällig dabei umbringen, oder?« brüllte ich über denLärm des Außenbordmotors hinweg.

»Blödsinn.« Sie zog sich mit den Zähnen die Tauchhandschuhe von den Händen und warf sie auf den Boden des Boots. »Ich dachte nur, daß du das vielleicht noch gerne gesehen hättest, bevor du in Tenakee an Land gehst. So was erlebt man nicht alle Tage.«

Dann zog sie sich die Haube vom Kopf, schüttelte sich das Wasser aus den Haaren und nahm Kurs auf die *Winning Hand*.

Bis kurz vor Tenakee stand Teller am Ruder. Priscilla schickte wiederholt Funksprüche an die *Rose*, ohne je eine Antwort zu erhalten. In dem Seewasserlaboratorium, ehedem der Laderaum der *Winning Hand*, kümmerten sich Jane Marie und ich um die Ausrüstung. Wir spülten und trockneten die Tauchanzüge, und sie wischte ihre Unterwasserkamera ab. Dabei entdeckte ich ein Ringbuch mit Hunderten von Schwarzweißfotos, jeweils kaum größer als eine Spielkarte. Die Fotos zeigten alle mehr oder weniger dasselbe: nämlich die Schwanzflossen von Walen.

»Hör zu, Cecil...«, stammelte sie, »ich wünschte, ich könnte dir sagen, was hier vorgeht, aber...« Sie brach ab und sah mich herausfordernd an. Ich war klug genug, jetzt nicht gleich die nächste Frage hinterherzuschieben.

Sie wandte sich von mir ab und blätterte durch das Ringbuch mit den Schwanzflossen. »Die schwarzweiße Zeichnung auf der Fluke ist übrigens so individuell wie ein Fingerabdruck. Auf jedem Foto hab ich Datum und Position vermerkt, so daß ich meine Beobachtungen mit denen anderer abgleichen kann. Auf diese Weise lassen sich Wanderrouten der Wale rekonstruieren und sogar Verwandtschaftsverhältnisse klären.«

Die Schiffsmaschine war dermaßen laut, daß wir brüllen mußten. Jane Marie drängte sich so dicht an mich, daß ich ihre Lippen an meinem Ohr spürte, wenn sie sprach, und die Berührung ihrer Hüfte an meiner, während wir durch ihr Flossenalbum blätterten.

»Mit der Geburt von Young Bob«, sagte sie gedämpft, »hat sich irgend etwas in Priscilla verändert. Sie würde gerne ihre Liebe zeigen... aber alles, was sie bei sich findet, ist Wut.«

»Ist das auch der Grund, warum du das Sorgerecht für Young Bob haben willst? Willst du ihn so vor Priscillas Wutausbrüchen bewahren?«

Sie hielt die Augen auf die Bilder gerichtet, während sie sprach. »Ich habe mich schon vor einigen Jahren entschlossen, keine Kinder zu bekommen. Ich meine, schau dich doch um. In meinem Leben ist einfach kein Platz für ein Kind. Und überhaupt: Ich will mich nicht eines Tages als Mutti wiederfinden. Ich müßte... ach, ich weiß selber nicht... ich bräuchte ein eigenes Auto und so.«

Sie rückte etwas von mir ab und blätterte weiter durch die Seiten mit lauter Flossen. Ihre Stimme gewann ihre eiserne Förmlichkeit wieder. »Die Weibchen bekommen etwa alle zwei bis drei Jahre Nachwuchs. Ich weiß nicht, ob sie nur zum Gebären die Brutgründe aufsuchen, denn man sieht sie relativ häufig dort, meistens sogar mit einem Jungen im Schlepptau. Die Männchen halten sich mit Vorliebe in den Paarungsgebieten auf, wo sie die Rangordnung ausfechten können. Die typischen Walgesänge dienen dabei allein dem Zweck, die Weibchen anzulocken.«

»Haben Sie auch einen Text, diese Gesänge?« fragte ich, den Blick unverwandt auf die Flossen gerichtet.

»Keine Ahnung. Du hast es vorhin ja selber erlebt. Einige Laute entstehen wahrscheinlich unwillkürlich bei bestimmten Aktivitäten, dieses Schnaufen zum Beispiel, das du gehört hast. Andere dagegen scheinen tatsächlich eine Botschaft zu enthalten, meinst du nicht?«

Ich nickte dümmlich.

»Na ja, normalerweise denken die Leute, Wissenschaft hätte ausschließlich mit Logik zu tun, aber meiner Ansicht nach beruht jede neue Entdeckung zunächst auf Phantasie. Ich weiß genausowenig wie du, wie ein Wal denkt oder was er in einer bestimmten Situation wirklich beabsichtigt, aber wenn ich ihn lang genug und genau genug beobachte, fällt mir vielleicht eine Geschichte ein, warum er sich so verhält und nicht anders. Diese Geschichte schreibe ich nieder und versuche dann, sie mit den Mitteln der Wissenschaft zu überprüfen. Das heißt, ich muß meine Geschichte veröffentlichen und mich der Kritik meiner Kollegen stellen. Mit etwas Glück habe ich dann einen kleinen Seitenaspekt eines riesigen Rätsels gelöst. Aber das verdanke ich nicht der Logik, sondern mehr der Erfahrung, endloser Geduld bei der Beobachtung und eben der Phantasie.«

Sie nahm zwei abgeschirmte Kopfhörer von der Wand und steckte sie in die Buchsen eines Tonbandgerätes. Sie stellte das Band an, und ich hörte ein ganzes Konzert unterschiedlicher Laute, von einzelnen Jaulern über seltsame Knackgeräusche bis hin zu breiten Seufzern. »Diese Musik stammt aus dem Sitka Sound, ich habe sie vergangenen Herbst aufgenommen«, erklärte Jane Marie. »Manche Biologen halten das für Paarungsgesänge. Andere glauben, es seien lediglich mehr oder weniger sinnlose Geräusche. Was meinst du?«

Ich schüttelte den Kopf. »Ich weiß nicht. Es klingt irgendwie unheimlich, aber trotzdem auch wieder schön. Ich weiß wirklich nicht.«

»Ich übrigens auch nicht. Aber bei den Buckelwalen gibt es stets wiederkehrende Lautmuster, und zwar von Hawaii bis Alaska. Dieser Frage möchte ich mit meiner Arbeit nachgehen. Deshalb habe ich die Hypothek auf mein Haus aufgenommen, deshalb auch der Spielevertrieb. Allein die laufenden Kosten für das Boot sind ziemlich happig. Vielleicht verfügen Wale ja tatsächlich über eine hochentwickelte Sprache, vielleicht können sie Gefühle und Absichten direkt über bestimmte Klangfolgen weitergeben. Vielleicht besteht ihre Sprache aber auch aus einer Kombination von Laut und Bewegung, keine Ahnung.«

Sie wiegte ihren Kopf hin und her und fuhr fort: »Was ich an den Walen so mag, ist, daß alles andere daneben sehr klein wird.« Und das Dröhnen der Maschine füllte die Pause danach.

»Es ist ja nicht so, daß ich ihr das Kind wegnehmen will«, stieß sie unvermittelt hervor. »Sie ist meine Schwester, verdammt noch mal.« Ihre Hand über den Fotos zitterte plötzlich. »Ich will ihn ja nicht für immer, nur eine Zeitlang. Nur bis diese … diese Sache mit den Anwälten … bis diese Sache zu Ende ist und sich die beiden, also Priscilla und Robert, also bis ein wenig Ruhe eingekehrt ist.«

Sie klappte das Ringbuch zu. »Ich brauche diesen kleinen Kerl nur anzusehen. Wenn er lächelt, vor allem, wenn er lächelt, sieht er fast aus wie Ricky. Und diesmal gebe ich ihn nicht wieder her. Ich lasse nicht zu, daß sie ihm noch mal etwas tun. Ich weiß, das klingt jetzt alles etwas konfus.« Sie lehnte sich an mich und faßte meine Hand. Ihre Hand war rauh, die Haut spröde und schwielig, mit tiefen, roten Falten über den Knöcheln. Sie drückte sich noch enger an mich.

»Fast meine ganze Familie ist tot. Daran läßt sich nichts ändern.« Ihre Hand schloß sich fester um meine, und ich spürte ihren Atem auf meinem Gesicht. »Auch so ein Problem, wo man mit Logik nicht weiterkommt.« Sie preßte ihre zitternde Schulter gegen mich. »Ich möchte ein bißchen mehr Zeit. Ich will ihm zeigen, daß es für die DeAngelos auch noch etwas anderes gibt als ...«, und sie wischte mit der Hand durch die Luft, als wolle sie eine Fliege verscheuchen, »als immer nur Leid.«

Sie hatte meine Schulter gepackt. Ich schlang meine Arme um sie und schloß die Augen. Ihre Umklammerung war erbarmungslos, erinnerte eher an totale Vereinnahme als an eine Umarmung. »Hilf mir dabei«, sagte sie.

Ich dachte an die schier unglaublichen Wassermassen hinter der dünnen Bordwand, an die Wale, die diese submarinen Weiten durchstreiften, und an ihre Gesänge. Ich streichelte ihr glänzendes Haar, ihr blasses Gesicht. Ich suchte noch krampfhaft nach einer passenden Antwort, als der Maschinenlärm auf einmal abfiel zu einem leisen Tuckern und Teller in den Laderaum rief, daß der Hafen in Sicht sei.

8

Die *Rose* hatte am äußersten Ende des Landepontons festgemacht. Mit dem Feldstecher beobachtete Jane Marie das Dock und den hölzernen Ufersteg, der in die Stadt führte. Sie wirkte nervös, als sie über die Leiter auf die Brücke kletterte und von Teller das Ruder übernahm.

Jane Marie manövrierte die *Winning Hand* an einen Liegeplatz direkt neben der *Rose*. An Bord des Kabinenkreuzers war niemand zu sehen. Die *Winning Hand* hatte noch nicht ganz angelegt, als Priscilla bereits von Bord und die Gangway hinauflief. Teller sprang mit der Leine vom Heck aus auf den Ponton, ich vom Bug. Wir machten – jeder für sich – das Boot fest und standen uns dann wortlos gegenüber.

Ohne sich weiter um mich zu kümmern, drehte sich Teller um und sagte zu Jane Marie: »Sieht ganz so aus, als wollten sie diesmal etwas mehr Publikum. Kann ich ihnen nicht mal verdenken.« Er schaute umher, bis er Priscilla entdeckte, die soeben den Ufersteg erreichte. »Schätze mal, wir finden sie in der Bar. Viel Auswahl ist hier ja nicht.« Mich schien er überhaupt nicht mehr zur Kenntnis zu nehmen.

Er beklopfte die Brust seiner Jacke, um sich zu vergewissern, daß er seine Brieftasche dabeihatte. Dann passierte etwas, das ich so nicht erwartet hatte, denn plötzlich grinste er mich an und meinte: »Okay, wo du schon mal hier bist, kannst du auch mitkommen.« Sprach's und stieg über die Gangway an Land.

»Robert Sullivan wird hier sein, zusammen mit seinem Kumpel«, sagte Jane Marie. »Aber wahrscheinlich hast du dir das schon gedacht.«

Doch dann war sie es, die mich nicht mehr haben wollte. »Paß auf, Cecil, du bist hier nicht unbedingt erwünscht. Robert hat keine Ahnung, inwieweit du in die Sache involviert bist«, sagte sie und kam von der Brücke herunter.

»Das frage ich mich tatsächlich auch«, sagte ich, während ich zurück aufs Vorderdeck trat und mir eine braune Leinenjacke anzog.

»Robert Sullivan kennt dich von dem Zwischenfall auf dem Parkplatz in Seattle, aber das ist auch alles.« Sie stand mir auf dem Deck gegenüber.

»Auf wessen Seite steht eigentlich Teller?« fragte ich sie.

Jane Marie zog ihre Baseballkappe über ihr kurzgeschnittenes Haar und trat auf den Ponton. »Teller arbeitet für mich.« Sie überprüfte die Haltetaue und fügte dann hinzu: »Zumindest wird er von mir bezahlt.«

»Laß mich kurz mein Zeug holen, und ich begleite dich in die Bar.«

»Ich glaube nicht, daß das eine gute Idee wäre.«

Noch in der Kajüte hörte ich, wie sie versuchte, mich umzustimmen, verstand aber kein einziges Wort, was mir letztlich auch egal war.

Ich nahm meine Brieftasche und mein kleines Tonbandgerät. Beides war zwar naß geworden, aber das Tonbandgerät schien noch zu funktionieren, und ich steckte es in die Innentasche meiner Leinenjacke. Kurz bevor ich die Kajüte wieder verließ, faßte ich unter die Matratze in meiner Koje und schnappte mir die Neunmillimeterpistole. Ich schob das Magazin in den Griff, vergewisserte mich aber, daß die Waffe gesichert war, und ließ sie in die Tasche gleiten. Dazu sollte ich vielleicht anmerken: Ich bin eigentlich nicht der Typ, der bei der ersten Gelegenheit gleich mit einer Kanone rumfuchtelt. Im Notfall gehe ich lieber in Deckung und sehe zu, wie ich heil aus der Sache herauskomme. Aber sicher ist sicher.

Tenakee ist ein kleines Dorf rund um eine heiße Quelle. Die sogenannte Hauptstraße ist eine Schotterpiste und gerade mal breit genug für einen einzelnen Jeep, aber bis auf einen alten Tankwagen, der die Bungalows entlang der halben Meile mit Öl versorgt, gibt es keine Autos in Tenakee.

Beerensträucher säumten den Weg vom Hafen zur Ortsmitte. Jane Marie hatte es aufgegeben, auf mich einzureden. Schweigend gingen wir den Pfad entlang zu jener Bar, wo Robert Sullivan angeblich auf uns wartete. Auch ich verspürte wenig Lust zum Reden, sondern sah mir statt dessen die Gegend an. Im kahlen Geäst der Sträucher hingen die ersten klebrigen Knospen, und die Erlen waren schon weiter gediehen als zu Hause in Sitka. Dennoch schien auch hier die Natur noch die klirrenden Kälteeinbrüche zu fürchten und raschelte vorerst nur dürr in der Frühlingsluft. Ich hörte, wie eine Drossel vor unseren Schritten ins Dickicht des Nadelwaldes floh. Ein Fink flatterte um die nackten Äste der Beerensträucher. Im Sommer war dieser Weg fast überwuchert von Beeren, und vom Fluß her wehte der Laichdunst der Lachse.

Einige Bungalows befanden sich in unmittelbarer Nähe der Quellen. Sie stammten zumeist noch aus den zwanziger und dreißiger Jahren, das Moos wuchs auf den Dächern, und die Holzwände waren schwarz vom vielen Regen. Die neueren Behausungen waren fast durchweg Pfahlbauten und standen pittoresk im Tidegebiet, manche davon mit großen Panoramafenstern und Satellitenschüsseln auf dem Dach. Auffällig aber waren die vielen Blumenkästen, obschon sie wegen der andauernden Frostgefahr noch alle mit Plastikfolien abgedeckt waren.

Wir ließen den zweistöckigen Supermarkt und die Anlegestelle für die Fähre links liegen und betraten die Bar. Der Laden verströmte genau die richtige Gammelatmosphäre, die man brauchte, um sich ungestört zu betrinken: niedrige Decke, trübes Licht und schiefe Bodendielen bestimmten das Ambiente. Die Tür hing bestenfalls noch halb in den Angeln, dazu der durchdringende Geruch von Sägemehl und saurem Bier: Was will man mehr?

Harrison Teller lümmelte stilecht an einem kleinen runden Tisch am Fenster. Priscilla saß auf einem Stuhl in der Ecke, auf ihrem Schoß Young Bob, der mit einer Plastikfigur spielte – irgendein Superheld, den ich nicht kannte. Der Junge ließ die Figur durchs Sonnenlicht tanzen, das vom Fenster her in den Raum drang, und hantierte dann damit vor Priscillas Nase herum.

Harrison Teller direkt gegenüber saß Robert Sullivan, angetan mit einer Leinenhose und einem Pullover, letzterer eine Neuerwerbung, wie mir schien. Das schwarze Haar ordentlich gekämmt, trug er einen ebenso angespannten wie abwesenden Ausdruck zur Schau, was irgendwie mit dem Typ zu seiner Rechten zusammenhing, der Harrison Teller gerade drohend den Zeigefinger gegen die Brust rammte.

Hätte der Typ mit dem Zeigefinger sich lang auf den Boden gelegt, hätte er auch gut das neue Familiensofa abgeben können, groß genug dafür war er und vermutlich auch schön weich – das heißt, bis man den stählernen Rahmen zu spüren bekam. Er trug eine schwarze Lederweste mit schmuddeligen Aufnähern vorne und hinten. Sein entblößter rechter Arm war dicker als ein Telegraphenmast und präsentierte dem Betrachter das mit viel Liebe zum Detail ausgeführte Tattoo eines nackten Mädchens auf einem Wolf. Sein fettiges braunes Haar hatte er straff nach hinten gekämmt. Er sprach leise, akzentuierte aber jedes einzelne Wort mit einem Vorstoß seines hammerharten Zeigefingers.

»Hey, Mann, hier hört der Spaß auf, das war nicht ausgemacht«, zischte er. »Und dann gleich ein verdammter *Mord*, Scheiße, Mann, was soll das?« Die letzten drei Silben nagelte er förmlich auf den Tisch, daß die überquellenden Aschenbecher das Zittern bekamen.

Das Barmädchen kam hinter der Bar hervor und brachte die Getränke, zwei Dosen Bier, ein Glas Brandy, ein Glas Limonade mit drei kandierten Kirschen, aufgespießt auf einem Minischwert aus Plastik. Teller klopfte mit der flachen Hand auf den Tisch, ergriff das Glas Limo und reichte es Young Bob.

»Los, runter damit, junger Mann. Es gibt noch mehr«, sagte er aufmunternd. Dann erst schien er mich zu bemerken. »Cecil!« Er breitete seine Pranken aus. »Ich glaube, du und Robert Sullivan, ihr habt euch schon bekannt gemacht.« Er wies auf Sullivan, worauf dieser nickte und nach seinem Bier griff.

»Und das hier ist Gunk.« Teller vollführte dazu eine Geste, als eröffne er die große Herbst-Winter-Modenschau.

Gunk war der Typ mit der Lederweste und dem Tattoo. Er sah mich mit unverhohlener Schadenfreude an, so, als sei ich von der Steuerfahndung und soeben voll in die Scheiße gefallen. Er sagte nichts, und wir schüttelten uns auch nicht die Hand. Ich setzte mich der Einfachheit halber neben Teller.

Teller drehte sich zu mir um und rekapitulierte für mich freundlicherweise den ersten Teil des Films, den ich nicht mitgekriegt hatte. »Ich habe Mr. Gunk vor ein paar Wochen den Auftrag gegeben, Mr. Sullivan hier zu bitten…«, und er sah dabei auf Sullivan, der wortlos das Geschehen verfolgte, »ich betone, Mr. Sullivan zu *bitten*, mit Young Bob nach Juneau zu kommen, um dort zusammen mit allen anderen Beteiligten das weitere Vorgehen abzusprechen. Mr. Sullivan war einverstanden, aber auf dem Weg nach Juneau hat er es tatsächlich fertiggebracht, Mr. Gunk jenen Floh ins Ohr zu setzen, diese unsere einvernehmliche Lösung sei in Wahrheit Teil einer Erpressung einschließlich Kidnapping und Schlimmerem. Alles Blödsinn natürlich, aber Mr. Gunk will diese zusätzliche Leistung natürlich bezahlt haben, gewissermaßen als Gefahrenzulage.«

Jane Marie nahm sich einen Stuhl von einem anderen Tisch, wogegen niemand etwas einzuwenden hatte, weil wir die einzigen Gäste waren – neben einem Holzfäller, der aber an der Bar saß, Kaffee trank und mit dem Barmädchen Cribbage spielte. Mit dem Stuhl setzte sich Jane Marie in der Ecke zu Priscilla und Young Bob. Young Bob zog die kandierten Kirschen von dem Minischwert in seiner Limonade.

»Hallo«, sagte Jane Marie leise und küßte den Jungen auf den Kopf. »Irgendwie hatte ich gehofft, dich hier wiederzufinden.«

Young Bob blickte sie kurz an und hielt ihr die kandierten Kirschen hin. »Guck mal, das sind meine Rubine.«

Gunk rückte mir näher auf die Pelle, als mir lieb war, und fing an, mich ebenso mit dem Zeigefinger zu bearbeiten wie vordem Teller. Er roch nach Spiegelei in Motoröl und unterstrich seine Botschaft hammerhart.

»Ich hab euch dieses Scheißkind und diese Flasche von Vater nach Juneau gebracht. Da wollten wir uns treffen, da sollte ich auch mein Geld bekommen.« Er deutete auf Priscilla in der Ecke. »Aber dann legt diese durchgedrehte Schnepfe diesen Scheißpolitiker um. Und das kurz bevor wir uns treffen wollten. Und ich bin auch noch in demselben Scheißgebäude.« Er lehnte sich zurück mit einem Ausdruck im Gesicht, als teilten wir von jetzt an ein brennendes Geheimnis. »Weißt du, was das heißt, Mann? Wenn ich Pech habe, fahre ich für den Rest meines Lebens in den Bau. Kein Scheiß-Pflichtverteidiger in diesem Scheißstaat wird auch nur den Finger für mich rühren.«

Mit der Spitze des kleinen Plastikschwertes schoß Young Bob eine Kirsche auf den mit Sägemehl bedeckten Boden. »Scheiße sagt man nicht«, sagte er leise und schoß die zweite Kirsche los.

»Sorry«, murmelte Gunk.

Jetzt meldete sich Jane Marie zu Wort und hielt dabei dem Jungen die Ohren zu. »Warum zum Teufel seid ihr in mein Haus eingebrochen? Und warum mußtet ihr auch noch Mr. Meegles zusammenschlagen?« Wütend schleuderte Jane Marie ihm die Worte ins Gesicht.

Gunk breitete seine Arme aus – die klassische Unschuldsgeste, über die offenbar jeder in dieser Gegend verfügte – und lehnte sich erneut zurück. »Hey, Lady, langsam, langsam. Das war seine Idee.« Er zeigte auf Robert Sullivan, der unruhig auf seinem Stuhl herumrutschte. »Aber davon abgesehen«, fuhr Gunk fort, »den alten Mann hab ich nicht mal angefaßt. Das war nämlich ebenfalls unser Superman hier.«

Sullivan drehte die Papierserviette zwischen den Fingern und vermied es, Jane Marie anzusehen.

Dann richtete er sich auf, zog sich den neuen Pullover glatt und sagte in schleppendem Tonfall zu Teller: »Okay, auch wenn meine Methoden vielleicht nicht jedermanns Sache sind...« und warf einen flüchtigen Blick auf Gunks Pranke, die sich eben um eine Bierdose geschlossen hatte, »unsere ursprüngliche Abmachung ist sowieso hinfällig. Ich wollte das Sorgerecht für Young Bob eigentlich befristet an Jane Marie abtreten, aber davon kann natürlich jetzt keine Rede mehr sein. Nicht nach einem Mord und dem ganzen Theater mit der Presse. Ich komme selber aus Juneau, der Junge hätte in Zukunft keine ruhige Minute mehr. Kurz und gut, ich will Young Bob zurück, und ich will, daß unser Vertrag rückgängig gemacht wird, ganz gleich, was darin steht.«

Young Bob wollte unter den Tisch kriechen, um seine Kirschen einzusammeln, aber Jane Marie setzte ihn wieder auf seinen Stuhl und drückte ihm das Glas Limonade in die Hand. Priscilla schob ihren Stuhl zurück und stand auf.

»Das könnte dir so passen!«

Jane Marie hielt Young Bob abermals die Ohren zu und küßte sein Haar. »Beruhige dich, Cilla. Morgen ist auch noch ein Tag. Ich bin sicher, wir finden einen Kompromiß. Hört endlich auf zu streiten. So kommen wir nicht weiter.«

Aber Robert Sullivan sagte nur knapp: »Du hältst dich raus, Jane. Du hast hier nämlich gar nichts mehr zu bestimmen.«

Priscilla wandte sich zu Jane Marie, das Gesicht zu einer erbitterten Grimasse verzerrt, vor der sogar Young Bob zurückwich.

»Das stimmt. Du hast hier gar nichts mehr zu bestimmen«, fauchte sie. »Du willst den Jungen ausschließlich für dich. Aber es ist allein mein Sohn. Mit der nächsten Fähre nehme ich ihn mit. Ihr kotzt mich alle an mit euren Kompromissen, und eure Scheißverträge könnt ihr euch sonstwohin stecken. Und dir sage ich nur eines, Robert...«, und sie stach mit dem Zeigefinger in den Luftraum vor Sullivans Gesicht. »Wenn du noch ein einziges Mal dazwischenfunkst, unterschreibe ich den Vertrag. Dann kannst du Young Bob endgültig vergessen. Eher geb ich ihn Janie als dir.«

Gunks Pranke krachte auf den Tisch, worauf das Brandyglas umfiel und auf dem Fußboden zerschmetterte. Young Bob hob in stiller Verwunderung den Blick, als sei gerade irgendwo eine Kanone losgegangen. Gunks Stimme war absolut ruhig. »Also, Herrschaften, alle mal herhören. Niemand bekommt hier irgendeinen Jungen, bevor ich nicht mein Scheißgeld habe, ist das klar? Ihr schuldet mir zehntausend Dollar und ein Flugticket. Und bis das nicht passiert ist, bleibt das Kind beim lieben Onkel Gunk.«

Und auf einmal fing Young Bob an, »Hänschen klein« zu singen. Er sang laut, aber wie zu sich selbst und mit sichtlicher Verstörung auf dem kleinen Gesicht. Seine Augen blickten verloren in die Ferne, als wünschte er sich weg von den Erwachsenen am Tisch.

»Hänschen klein / ging allein / in die weite Welt hinein...«

Jane Marie versuchte, den Jungen in den Arm zu nehmen, aber er wand sich los, kroch unter den Tisch und steuerte dort seinen Superhelden durch das Sägemehl.

»Los, setz dich anständig hin!« befahl Sullivan.

»Stock und Hut / stehn ihm gut / ist gar wohlgemut...« Young Bob krabbelte über den Fußboden und hob die Kirsche auf, an der jetzt Sägespäne und Zigarettenasche klebten. Er pustete auf die Kirsche, um sie von dem Schmutz zu befreien.

»Hör auf, mit dem Kind rumzuschimpfen!« giftete Priscilla. Dann beugte sie sich unter den Tisch. »Setz dich bitte hin.« Aber Young Bob kauerte sich noch weiter zusammen. »Du setzt dich jetzt auf der Stelle hin, ich sag's nicht zweimal.« Zögernd kam Young Bob unter dem Tisch hervor. Seine Hand griff nach oben und stieß dabei das Limonadenglas um, dessen Inhalt sich über den gesamten Tisch ergoß.

»Aber Mutter weinet sehr / ...«

Sullivan langte über den Tisch und versetzte dem Jungen einen Schlag auf die Schulter. »Du benimmst dich jetzt anständig, oder wir bringen dich zurück zum Boot!«

Priscilla hatte ausgeholt, um ihrem Exmann ins Gesicht zu schlagen. Young Bob zog ängstlich die Schultern hoch und verdrückte sich wieder unter den Tisch. Er biß sich auf die Unterlippe und suchte Deckung hinter Jane Maries Knien.

In diesem Moment fiel bereits Priscilla über Sullivan her. Sullivan wollte aufspringen, hielt aber, überrumpelt von der Wucht des Angriffs, nur noch schützend die Hände vors Gesicht. Nun erhob sich Gunk, der Fleischberg, packte Priscilla am Kragen und entfernte sie mit unerschütterlicher Gelassenheit vom Tisch. Sie kreischte wie ein Wiesel in der Falle. Der Holzfäller und das Barmädchen sahen neugierig von ihrem Kartenspiel auf, während Harrison Teller nervöse Blicke durch den Raum warf. Jane Marie nahm Young Bob in den Arm. Auch ich hielt es mittlerweile für das beste, ein paar Schritte vor die Tür zu gehen.

Onkel Gunk stellte Priscilla wie einen alten Kleiderständer in die Ecke. Und diesmal hatte Priscilla einen Finger vor ihrer Nase. »Halt endlich dein beschissenes Maul.«

Priscilla starrte den sprechenden Gorilla an, wollte auch etwas sagen, richtete aber ihre ganze Wut erneut gegen Sullivan. »Du wirst nie sein richtiger Vater sein.«

Robert Sullivan wurde kreidebleich. »Der Junge gehört mir, daß du's nur weißt. Ich bin sein Scheißvater, niemand sonst.«

»Scheiße sagt man nicht«, sagte Young Bob, wiederum fast zu sich selbst, und lugte unter dem Tisch hervor. Robert hatte die Hand zum Schlag erhoben. Young Bob schloß die Augen und duckte sich tiefer unter den Tisch.

Irgendwie hatte ich plötzlich Robert Sullivans Hand gepackt, ich spürte das goldene Armband seiner Uhr. Sullivan sprang hoch und stieß dabei seinen Stuhl um. Mit einem genervten Seufzer marschierte Gunk auf uns zu.

Entgegen der herrschenden Auffassung sind die meisten Kneipenschlägereien bereits nach dem ersten Schlag entschieden, der Rest ist lediglich Gerangel und großmäuliges Geschrei und bringt nichts Neues mehr. Dabei ist eigentlich nicht der Schlag das Entscheidende, denn jemandem über den Tisch hinweg in die Schnauze zu hauen stellt technisch keine besondere Schwierigkeit dar, wohl aber die Entschlossenheit, es auch zu tun. Und da ich mich von uns beiden als denjenigen einschätzte, der die Lage (wie eigentlich immer) eher vom rationalen Gesichtspunkt aus betrachtete, stand der Gewaltverzicht von vorneherein fest. Sullivan mußte das wohl ebenso schnell klar gewesen ein. Andererseits wollte ich verhindern, daß Sullivan den Jungen schlug – und wenn ich notfalls die Knochen hinhalten mußte.

Er rempelte mich an, ich wich einen Schritt zurück. Auf einmal hatte ich sein Gesicht vor der Nase, das mir verbissen mitteilte: »Du mieser kleiner Bastard. Wenn du dich noch einmal in meine Angelegenheiten einmischst, schlage ich *dir* den Schädel ein.« Er rempelte mich erneut an, und dabei mußte sein Bauch wohl gegen die hartkantigen Konturen der französischen Pistole gestoßen sein, die unter meiner Jacke steckte. Schlagartig änderte sich sein Gesichtsausdruck, denn damit hatte er überhaupt nicht gerechnet.

»Was zum Teufel hast du da?« Er faßte nach und hatte plötzlich die Pistole in der Hand, zog sie heraus. Priscilla und

Jane Marie standen da wie versteinert. Sogar Gunk blieb abrupt stehen und war gezwungen, die Situation neu zu bedenken.

Langsam erhob sich Teller von seinem Stuhl und trat zwischen uns. Teller war mindestens einen Kopf größer als dieser leidgeprüfte Daddy, eine Tatsache, die Sullivan wohl oder übel würdigen mußte, vor allem, weil ihm Teller einfach den massigen Rücken zudrehte und seine Schneidbrenner zunächst ausschließlich auf mich richtete.

»Ich faß es nicht, Younger, du hast meine Kanone. Wie kommst du an diese Pistole?« Dann wandte er sich um und meinte mit erbarmungsloser Heiterkeit: »Ist das zu glauben? Der Typ hat meine Pistole. Das wird ja immer besser, er geht einem nicht nur auf den Wecker, er ist auch ein verdammter Dieb.« Dann streckte er die Hand aus und lockte Richtung Sullivan mit dem Finger. »Komm schon, gib her.« Seine lächelnde Freundlichkeit war ebenso unberechenbar wie unzerstörbar. »Sieht ganz so aus, als müßten wir uns mal in Ruhe unterhalten. Einen Moment bitte.«

Teller drehte sich um und richtete das Wort an die beiden Frauen in der Ecke: »Jane Marie, warum holst du dem Kleinen nicht noch was zu trinken und gehst mit ihm vor die Tür.« Dann sagte er grinsend zu Young Bob: »Ich bring dir später noch ein paar Rubine nach draußen, okay?«

Young Bob schoß mit seinem Superhelden unter dem Tisch hervor und hinaus in den Sonnenschein. Jane Marie nahm ihre Jacke und folgte ihm, während Priscilla zunächst noch sitzen blieb. Vermutlich kalkulierte sie ihre Chancen, Sullivan die Waffe zu entreißen. Doch Tellers Kopfbewegung war unmißverständlich.

»Priscilla, wir haben auch so schon genug Ärger. Geh mit raus, bitte. Wir sprechen später darüber.«

Einen Moment lang stand Priscilla regungslos da, dann

verließ sie das Lokal. Durch die offene Tür hörte ich Young Bob.

»... aber Mutter weinet sehr / hat ja nun kein Hänschen mehr ...«

Sullivan gab Teller die Pistole. Teller richtete den Lauf gegen den Boden, lud durch und entsicherte. Auf einmal packte er Sullivan am Pullover und hielt ihm die Pistole vor die Nase. Wie ich erwartet hatte: Seine Freundlichkeit war schlagartig erloschen, die Show war zu Ende, und in seiner Stimme lag eine tödliche Entschlossenheit.

»So, mein Freund, jetzt sperr mal die Ohren auf, denn was ich jetzt sage, sage ich nur ein einziges Mal. Erstens: Du läßt deine Hände von dem Jungen. Zweitens: Du verfügst dich umgehend auf dein Boot und verschwindest von hier. Ich brauche wohl nicht zu erwähnen, daß unser Vertrag nach wie vor gültig ist. Wenn du einverstanden bist, bitte ich um ein kurzes Kopfnicken. Andernfalls kannst du dein Spatzenhirn hinten von der Wand abkratzen, und das wollen wir doch nicht.«

Das Barmädchen und der Holzfäller, die gerade die Karten neu verteilten, hielten inne, riskierten aber keinen Blick auf Teller oder die gezückte Waffe, sondern starrten vorsichtshalber auf den Boden. Bisher hatte niemand etwas gesehen. Und auch Sullivan erwies sich als lernfähig, was seine wahre Lage anging. Denn selbst der Dümmste hätte nach einem Blick in Tellers Augen begriffen, daß dieser trotz der unvermeidlichen Konsequenzen keine Sekunde gezögert hätte, abzudrücken. Sullivan nickte, und er tat es langsam und gefaßt.

Teller ließ seinen Pullover los und trat einen Schritt zurück. Dann steckte er die Pistole in die Tasche, atmete tief durch und war abermals die Zuvorkommenheit selbst.

»Na, das ist doch ein Wort. Und jetzt, Gentlemen, wünsche ich Ihnen eine gute Reise.« Seine Pranke nahm Sullivan in eine Art Zwangsumarmung. Der stand immer noch unter dem Eindruck der Pistolenmündung vor seiner Nase, während er, knallrot im Gesicht, das Feld räumte. Teller warf einen Blick auf Gunk.

»Und was dich betrifft, Gunk, keine Sorge, ich kümmere mich um dein Geld, okay? Und diese Entführungs-Scheiße vergessen wir am besten. Das ist nie passiert, okay? Und selbst wenn es hart auf hart kommt: Wir lassen dich auf keinen Fall hängen. Ein Pflichtverteidiger kommt nicht in Frage, mein Wort drauf.«

Gunk breitete die Arme aus. »Hör mal, Mann, ich will nur mein Geld, und dann will ich mit dieser Scheiße nichts mehr zu tun haben. Ich bin doch kein beschissener Babysitter. Außerdem geht mir das ewige Hin und Her auf die Eier, können diese Affen sich nicht mal entscheiden, wem das Kind eigentlich gehört. Ich meine, muß die Rotznase nicht in die Schule oder so was?«

Teller lächelte, ging einen Schritt auf Gunk zu und schlug ihm freundlich auf die Schulter. »Ich verstehe, was du meinst. Aber die Situation ist, wie sie ist, und du bist ein anständiger Kerl. Ich rechne hier mit deinem Verständnis. Wir treffen uns später am Boot, wenn du unseren Freund verabschiedet hast.«

»Ich will nur mein Geld, Mann.« Gunk zuckte mit den massigen Schultern. »Du weißt, ich kann Bullen nicht ausstehen, aber selbst die Bullen sind besser als diese Scheiße hier.« Länger als nötig fixierte er Teller dabei, und Teller nickte zum Zeichen, daß er verstanden hatte. Seine Gestalt im Türrahmen verdunkelte die Sonne, die von draußen in den niedrigen Raum sickerte.

Teller seufzte. Er knallte eine Hundertdollarnote auf den Tresen und sah den Spielern kurz in die Karten. »Hey, tut mir leid, was gerade passiert ist. Kleiner Familienstreit. Aber es sieht so aus, als wäre allmählich eine Lösung in Sicht. Wie das eben so ist: Pack schlägt sich, und Pack verträgt sich.« Er griff hinter die Bar, holte sich eine Handvoll feuerroter Kirschen, die ihre Farbe niemals vom lieben Gott hatten, und packte sie in eine Papierserviette.

»Okay dann. Schönen Tag noch.« Er winkte ihnen über die Schulter zu. Das Barmädchen nickte und sog an ihrer Zigarette, die sie zitternd an den Mund geführt hatte.

Draußen vor der Bar blinzelte ich in die Frühlingssonne. Teller und ich lehnten an der feuchten Holzwand der Kaschemme. Während Young Bob und Jane Marie Figuren in die feuchte Erde ritzten, sahen wir, wie Gunk in seiner Lederkluft langsam den Weg zum Hafen hinabmarschierte. Priscilla war in den Supermarkt gegangen. Durch die große Schaufensterscheibe bemerkte ich, wie sie mit dramatischen Gesten irgend etwas zu schildern versuchte. Teller zog ein Pillenfläschchen aus seiner Wolljacke, schraubte es auf und schüttete sich einige der Babys in die Hand und gab mir zwei ab. Er beklopfte seine Brust und fand seinen silbernen Flachmann, spülte damit die Pillen hinunter. Dann reichte er mir den Brandy. »Der Typ hat meinen Drink verschüttet«, murmelte er. Ich schloß die Hand um die Pillen, lehnte aber den Brandy ab.

»Eltern«, raunzte Teller vor sich hin, »Väter und Mütter sind so ziemlich das Schlimmste, das es gibt. Am besten, man macht einen großen Bogen um solche Kandidaten. An sich vernünftige Leute, intelligente, verantwortungsbewußte Staatsbürger – aber als Eltern drehen sie vollkommen durch. Man sollte kaum für möglich halten, was Kinder an Ärger verursachen. Ich meine, wenn man sie so im Krankenhaus sieht und man hält sie im Arm am Tag nach ihrer Geburt. Als könnten sie niemals etwas anderes sein als eine beständige Quelle von Liebe, Freude und was weiß ich noch alles. Sehen aus wie das Leben selbst...«

Tellers fanatische blaue Augen blickten in die eigene Vergangenheit. Tränen rannen ihm in den Bart hinunter. Young Bob kam angerannt und faßte ihn bei der Hand. Teller holte die durchweichte Serviette mit den kandierten Kirschen aus der Tasche und gab sie dem Jungen. Young Bobs Augen leuchteten, und er flüsterte: »Cool, Mann. Danke.« Dann hüpfte er zu Jane Marie hinüber, blieb aber nochmals stehen und blickte zurück zu Teller. Mit ernstem Gesicht fragte er: »Und wer kriegt mich jetzt?«

»Das weiß ich leider auch nicht, junger Mann. Aber heute bleibst du erst mal auf unserem Boot, und dann sehen wir mal, wo es dir am besten gefällt.«

Young Bob schien einen Augenblick über dieses salomonische Urteil nachzudenken, bevor er wiederum die Kirschen in seiner Hand betrachtete. »Darf ich die alle auf einmal essen?«

»Die kannst du aufessen oder dir ein Krönchen davon machen, ganz wie du willst, mein Junge.« Teller genehmigte sich noch einen Schluck aus der Pulle. Mit tränennassen Augen blickte er auf den Jungen, der sich jetzt in Jane Maries Arme warf. »Mittlerweile glaube ich nicht mehr, daß Kinder wirklich die Quelle der Liebe sind. Sie sind in erster Linie der Hauptgrund für die schlimmsten Arten der Dummheit, die man auf Erden überhaupt begehen kann.«

Die Sonne kam hinter den Bäumen hervor und erwärmte die feuchte Holzwand der Bar. Irgend jemand hatte in der Jukebox Willie Nelson aufgelegt. Teller lehnte den Kopf zurück und lächelte in die Sonne.

»Mann, diese Pillen sind wirklich nicht verkehrt.« Seine Augen waren traurig, ihr stählernes Blau aber ungetrübt. Auf einmal krallte sich seine Pranke in mein Hemd. »Wo wir gerade von Dummheiten sprechen, wie kommst du an meine Kanone? Hat Jane Marie dir das Ding gegeben? Ich meine, was zum Teufel hast du dir dabei gedacht?«

Ich drückte ihm die beiden Pillen in seine freie Hand und stieß mich von ihm ab. »Ich wollte sie dir geben für den Fall, daß du jemanden erschießen willst.«

»Was hast du hier überhaupt noch zu suchen, Younger? Gibt's hier eigentlich keine Fähre nach Sitka? Warum zum Teufel verschwindest du nicht einfach von hier?«

»Weil ich gerne behilflich bin.«

»Scheiße, Younger, mir sind schon zuviele Leute behilflich. Erst mal müssen wir dieses Arschloch von Gunk bezahlen.«

»Tja, du hast ihn angeheuert, Teller. Er sollte Sullivan unter Druck setzen, damit der den Jungen rausrückt. Stimmt doch, oder?« Ich stopfte mir das Hemd in die Hose.

»Okay, das ist aber auch alles. Nichts Verwerfliches dabei. Die Sache ist bloß, wir hatten einen kleinen Unfall vor dem eigentlichen Meeting, einen kleinen Unfall im Treppenhaus vor dem Büro des Senators. Der Senator sollte nämlich unser Schiedsrichter sein. Ich schätze, er schuldete Jane Marie noch einen Gefallen. Jetzt geht Gunk der Arsch auf Grundeis. Er und Sullivan wollen die Sache plötzlich übers Knie brechen, inszenieren diesen nächtlichen Überfall und schnappen sich das Kind. Dann arrangieren sie ein weiteres Meeting, das bereits gestern abend hätte stattfinden sollen, aber dann kamst du dazwischen. Ich schätze, deswegen haben sie auch die Aktion wieder abgeblasen.«

»Und was ist mit Priscilla? Laß mich wenigstens bei diesem Fall mitmachen.«

»Über Priscilla brauchst du dir nicht den Kopf zu zerbrechen, Younger, das kriegen wir schon hin. Ich sitze direkt neben diesem Grünschnabel von Pflichtverteidiger, wie hieß er noch gleich? Na, ist ja auch egal, der Typ macht sich fast ins Hemd vor soviel Ehre. Außerdem haben sie bisher nicht mal die Geschworenen benannt. Priscilla hat keinen Grund, sich Sorgen zu machen.«

Ein Rabe landete auf einer Bank gegenüber. Er hatte die Eingeweide eines Fischs im Schnabel. Der Rabe vertilgte seine Beute, neigte anschließend den Kopf erst zur einen, dann zur anderen Seite, als läge ihm eine Frage auf der Zunge.

»Wenn alles so schön geregelt ist, warum kann dann Priscilla nicht einfach in Juneau bleiben?«

»Mein Gott, Younger, dir muß man aber auch alles zweimal erklären. Wodurch reitet sich ein Angeklagter immer wieder in die Scheiße?«

»Durch seine eigenen Aussagen.«

»Exakt. Diese Idioten glauben nämlich, sie könnten ihren Arsch retten, indem sie der Polizei alle Fragen beantworten. Sie kapieren gar nicht, daß es in diesem Spiel gar keine richtigen Antworten gibt, schon gar keine, die ihren Arsch retten. Und Priscilla ist genau der Typ, der genau so etwas tun würde. Ich mußte sie also zu ihrem eigenen Schutz aus Juneau fortschaffen. Auf diese Weise kommt sie vielleicht auch wieder zu sich.« Teller nickte überlegen und starrte vor sich auf den Weg und hinunter zum Hafen. Der Rabe hüpfte von der Bank und stolzierte vor unseren Füßen herum. »Sie darf während dieser Zeit mit überhaupt niemandem sprechen. Laß sie also in Ruhe. Damit hilfst du ihr am meisten, Younger.«

Priscilla kam aus dem Supermarkt. Sie hatte einen Fahrplan für die Fähre in der Hand.

»Für wen arbeiten Sie eigentlich, Mr. Teller?« fragte ich meine Schuhe, vor denen der Rabe seinen Tanz aufführte.

Teller verzog das Gesicht. »Das ist ziemlich kompliziert.« Dann fügte er hinzu: »Ich will mal so sagen, ich bin gewissermaßen der Anwalt für die ganze Familie.«

Der Rabe pickte an meinem Schuh. »Und was ist mit Jane Marie?« Ich deutete mit dem Kopf in die Richtung, wo Jane Marie und Young Bob gerade mit einem Gummiball und einer Handvoll Kronkorken eine Art Boccia spielten.

»Sie will das Kind.«

»Kriegt sie es denn?«

Teller malte mit der Stiefelspitze eine Linie in den Matsch zu seinen Füßen. Der Rabe pickte in die so entstandene Furche, hüpfte einen halben Schritt zurück und flog zum Geländer an der Fähranlegestelle.

»Das ist noch nicht raus«, sagte er.

Dann ließ er mich stehen, hob Young Bob hoch in die Luft und setzte ihn auf seine Schulter. Der Junge kreischte vor Vergnügen.

Das Abendessen für uns vier bestand aus Hotdogs mit einem roten sogenannten Fruchtsaft, dessen Bestandteile wohl nie die Sonne gesehen hatten. Priscilla schmollte oben im Ruderhaus, denn die nächste Fähre ging erst in zwei Tagen. Sie hatte Young Bob von uns fernhalten wollen, aber unten in der Kombüse lief Tellers Radio, und Young Bob hatte so lange gequengelt, bis er mit nach unten durfte, wo die Musik spielte.

Teller kippte immer wieder Brandy in seinen Chemiesaft und tanzte zu der Musik aus dem Radio. Unbeschwert verschlang er die Hotdogs, und die Krümel hingen in seinem Bart. Einmal, genau zwischen Al Greens »Take Me To The River« und »Walk Like An Egyptian« von den Bangles drückte mich Jane Marie in die Ecke hinter dem Herd, weil sie in diesem Moment Platz machen mußte für Young Bob, der mit Teller Stierkampf spielte.

»Ich kann immer noch nicht glauben, daß du meinen Safe aufgebrochen hast.«

»Von Aufbrechen kann strenggenommen keine Rede sein.«

»Ja, aber was nützt mir ein Safe, wenn meine eigenen Freunde in meinen Geheimnissen herumschnüffeln.«

Ich legte ihr den Arm um die Hüfte: »Dann bleibt immer

noch die Frage, wozu du überhaupt Geheimnisse hast. Ich zum Beispiel habe keine Geheimnisse.«

Sie sah zu Teller hinüber, der gerade in hieroglyphischer Verrenkung eine Art ägyptischen Tanz aufs Parkett legte, während Young Bob versuchte, ihn mit einer Rolle Klopapier einzuwickeln wie eine Mumie. Jane Marie lehnte sich an mich und flüsterte mir ins Ohr: »Ich möchte jetzt nicht darüber sprechen. Aber warum gehen wir nicht nachher ins Badehaus? Ich wollte Young Bob am Ende vom Damenbaden sowieso in die Wanne stecken. Mary vom Hotel meinte, heute abend wäre ohnehin nicht viel los wegen des Basketball-Turniers in Juneau. Der halbe Ort ist heute abend in Juneau. Komm einfach mit, und vielleicht können wir uns ja mal in Ruhe über alles unterhalten.«

Sie wandte sich von mir ab und nahm Young Bob das Klopapier ab. Young Bob sah sie enttäuscht an, bis sie ihm zeigte, wie man eine richtige Mumie machte – nämlich indem man oben am Kopf anfing.

Das Badehaus von Tenakee liegt direkt gegenüber dem Supermarkt am hinteren Ende des Hafens: ein Betonbunker mit einem Oberlicht aus Plexiglas und einer holzverkleideten Umkleidekabine mit Bänken und Haken an den Wänden. Wie die meisten alten Gebäude in Tenakee sah auch das Badehaus leicht baufällig aus. Die Türen hingen schief in den Angeln, und der schlichte Steinfußboden war ausgetreten von Tausenden von Arbeitsstiefeln. Holzfäller aus weit entfernten Camps und Fischer, die in Tenakee für die Nacht festgemacht hatten, kamen hierhin zum Baden, nicht anders als die normale Bevölkerung, welche zum großen Teil gerade wegen der heißen Quellen in den winzigen Ort gezogen war. Der Badebunker selbst war insgesamt kaum größer als fünfzehn mal zwanzig Meter und genau über einer Quelle errichtet, die in der Mitte des Raums aus dem Betonboden sprudelte. Das Licht war trübe, und an den Wänden hatten sich bereits mineralische Schlieren niedergeschlagen. Touristen, die sich hierher verirrten, weil sie ein Spaßbad mit Whirlpool und allem Drum und Dran erwarteten, erlebten jedesmal eine herbe Enttäuschung, wenn sie sich statt dessen in dieser düsteren Höhle wiederfanden mit ihrem käsigen Mief und womöglich zwei alten Fischern, die sich den Hintern wuschen und über Rush Limbaugh schwadronierten.

Später am Abend stand ich selber in der muffigen Umkleide. Vier Paar Schuhe und ebenso viele kleine T-Shirts lagen in sauberen Häufchen auf dem Boden. Das Gejuchze aus dem Bad klang mir verdächtig hell. Ich klopfte vorsichtshalber an, doch Jane Marie beruhigte mich durch Lärm und Geplansche hindurch, ich könne ruhig hereinkommen.

Von einem Absatz aus führten mehrere Stufen in den eigentlichen Badebereich hinab. Ich sah eine nackte Jane Marie, die Young Bob Wasser über den Kopf goß.

»Und nicht wieder mit der Seife ins Becken, hörst du. Waschen und abduschen mußt du dich hier, okay?« erklärte sie. Prustend ließ Young Bob die Prozedur über sich ergehen und hüpfte dabei von einem Bein aufs andere, dann fegte er davon zu den anderen Kindern im Becken. Jane Marie sah mich von oben bis unten an, wie ich vollständig angezogen und sogar noch in meinen roten Gummistiefeln vor ihr stand.

»Young Bob hat irgendwie noch ein paar andere Kinder mitgebracht«, sagte sie entschuldigend. »Wir haben sie auf dem Weg getroffen, aber es dauert nicht mehr lange. Komm doch rein, du kannst uns Gesellschaft leisten, Cecil. Ich glaube, heute abend hat niemand etwas dagegen.«

Ich ging bis zu den Stufen, drehte einen Plastikeimer um und setzte mich. Die Mädchen im Becken waren im Vorschulalter. Das Becken maß vielleicht drei mal vier Meter und war so tief, daß selbst Erwachsene darin nicht mehr stehen konnten. Aber es gab einen flacheren Rand, auf dem die Kinder im Kreis liefen, in irgendein Spiel vertieft, dessen Regeln ich nicht verstand. Von Zeit zu Zeit sprang eins der Kinder ins Wasser und kletterte sofort wieder heraus, prustend und puterrot, und die anderen sangen dazu: »Fischlein, Fischlein, komm auf unser Tischlein!« Danach ging alles von vorne los.

Young Bob kam aus dem Wasser und stellte sich vor mich hin. Das Wasser perlte ihm aus dem dunklen Haar auf die zarten Schultern hinab. Ernst sah er mich an. »Muß ich jetzt gehen?«

»Nein, von mir aus kannst du ruhig bleiben.« Ich präsentierte ihm meine unschuldigen Hände.

»Cool!« sagte er und rannte wieder zum Becken.

Die anderen Kids hatten mittlerweile das Fischlein-Spiel eingestellt. Young Bob ließ sich vorsichtig ins Wasser gleiten. Er zog eine Grimasse.

»Wow! Mein Penis fühlt sich total komisch an!«

Die beiden Mädchen kreischten auf vor Vergnügen, und eins sagte: »Du hast ja gar keinen Penis. Das ist bloß ein Wiener Würstchen.« Erneut der hysterische Heiterkeitsschub. Young Bob hielt sich die Hände vor die Genitalien, leicht verwirrt, aber immer noch Herr der Lage. »Meine Mami sagt, es ist ein Penis. Ihr habt keinen Penis, weil ihr Mädchen seid.«

Die Mädchen standen im heißen Wasser und sahen kurz an sich hinunter. Doch eine der Gören stemmte kurz entschlossen die Hände in die Hüften und stellte – auch im Namen ihrer Geschlechtsgenossinnen – klar: »Na und? Das liegt aber nur daran, daß wir eine Vagina haben, Mister Schniedelwutz.«

Young Bob tat daraufhin das einzig Richtige. Er sprang vom Beckenrand ab, rollte sich in der Luft zusammen und ließ sich als kompakte Kugel ins Wasser plumpsen.

Eine schwarzhaarige Frau steckte ihren Kopf durch die Tür. »Okay, Kinder, kommt langsam zum Ende.« Allgemeine Bauchplatscher waren die Antwort.

Die Frau verdrehte resigniert die Augen gen Decke. »Und bedankt euch bei Jane Marie und Bob.« Die jungen Badegäste hoben an zu einem lautstarken »Danke, liebe Jane Marie, danke lieber Bob.« Ihre Haut war rot vor Hitze, während sie zum Beckenrand schwommen und nacheinander aus dem Wasser kletterten. Eines der Mädchen robbte sich wie spielerisch die Stufen hoch, lag dann ein paar Augenblicke auf dem nassen Boden, was dann tatsächlich so aussah wie eine Robbe, die sich auf einem Felsen sonnte.

»Los, ihr Wasserratten, macht schon. Und vielen Dank noch, Jane Marie. Soll ich vielleicht Young Bob zum Boot bringen? Kein Problem für mich, du brauchst es nur zu sagen.«

»Das wäre klasse, Nora. Seine Mutter ist auf dem Boot und bringt ihn dann ins Bett.« Jane Marie saß noch immer in der Ecke. Sie wies mit dem Kinn in Richtung Umkleide. »Sind da noch Leute draußen?«

»Nein. Ziemlich tote Hose heute abend. Ihr habt das Bad für euch.« Nora lächelte und strich den Kindern über den Kopf, während die sich an Nora vorbei nach draußen drängten.

Die Tür fiel zu, und das Schweigen legte sich über uns wie der mineralische Niederschlag an den Wänden. Jane Marie stand auf und ließ ihren Körper ins Wasser gleiten.

»Cecil, worauf wartest du noch, komm ins Wasser. Ich verspreche auch, daß ich nicht über dein Wiener Würstchen lache.« Sie sah mich an, den schlanken Hals weit aus dem Wasser gereckt. Jeder Quadratzentimeter ihrer Haut straffte sich, als sie sich vom Beckenrand abstieß.

»Hey, was weißt du über mein Wiener Würstchen? Hier

liegt übrigens mein Problem. Ich werde mich garantiert nicht vor dir ausziehen.«

Mit einer einzigen Bewegung zog sie sich aus dem Wasser. Ich stand auf, während ihre nassen Brustwarzen mein Hemd benetzten. Sie begann mir das Hemd aufzuknöpfen.

»Los, Younger, keine Widerrede. Was ist schon dabei? Wir nehmen ja nur ein Bad zusammen. Entspann dich, dann ist alles halb so schlimm.«

Sie zog mir das Hemd aus, und ich registrierte hilflos, wie sie sich an meinen Stiefeln zu schaffen machte.

»Magst du deinen Körper nicht? Warum?«

»Hör zu, ich weiß nicht. Wahrscheinlich gefällt mir nicht, wie er inzwischen aussieht.«

»Wie sieht er denn aus?«

Ich zog mir noch die Hose aus, hängte dann meine Sachen übers Treppengeländer. Mutig wie ein Held stieg ich ins Becken und senkte mich vorsichtig in das heiße Wasser. Jane Marie hockte in der Ecke und musterte mich. Ihre Hüfte, ihre Schenkel, alles an ihr war weich und rund, und trotzdem ahnte man die harten Muskeln unter der Haut. Wasser troff an ihrem Schamhaar hinunter. Mir war klar, daß ich etwas sagen mußte, sonst fiel womöglich noch auf, wie ich sie anstarrte – was man heutzutage tunlichst vermeiden sollte, weil es definitiv gegen das allgemeine Lockerheitsgebot verstieß.

»Also, um es kurz zu machen: In meinem Alter sollte man noch richtig tough aussehen, nach Arbeit an der frischen Luft und so, Typ Marlboro-Mann, mindestens.« Ich tauchte meinen Kopf in die wallende Brühe. »Aber die Wirklichkeit ist leider anders, die Wirklichkeit kannst du an meinem Körper ablesen: Er gehört nämlich einem Typ, der tagelang in der Bar rumhängt und als einziges Erfolgserlebnis ab und zu eine Runde schmeißt.«

»Wie ist denn das passiert?« fragte sie und fuhr mit der Fingerspitze über eine tiefe Narbe an der Schulter.

»Durch eine Kugel, Schußverletzung.«

»Eine Kugel? Ich dachte, du wärst nicht so der Superfighter?«

»Stimmt. Dafür bin ich aber ein erstklassiges Ziel.«

Sie glitt wieder ins Wasser. Ihre Brüste wogten, als sie auf mich zuschwamm und mir die Arme um den Hals legte.

»Und hier? Was war das?« Eine Hand auf meiner Schulter, strich sie die halbmondförmige Narbe über meiner Braue entlang.

»Ach das? Ist in der siebten Klasse passiert, hab mich am Trinkbrunnen gestoßen. Ich sag ja, mein Körper gibt in dieser Hinsicht nicht viel her.«

»Würde ich so nicht sagen.« Sie schwamm um mich herum. Ich fühlte mich schwach in dem heißen Wasser, während sie meine Brust und meinen Bauch streichelte. Ich hielt mich am Beckenrand fest, und sie küßte mein Ohr. Ihre Wange ruhte an meinem Nacken. Dann faßte sie um mich herum und fing an, heftig an meinem Penis zu reiben.

Ich drehte mich um und blickte sie an. »Hör mal«, zwang ich mich zu sagen, während ich ihr die spitzen Haarsträhnen aus den Augen wischte, »normalerweise fände ich das jetzt ganz toll, aber...« Sie hatte von mir abgelassen, und zwischen uns im Wasser bildeten sich kleine Strudel. »Aber ich wüßte endlich gerne die Wahrheit über dich und Young Bob. Und das möglichst ohne Drumherumgerede und tausend andere Manöver, nur um nichts sagen zu müssen. Was wird hier eigentlich gespielt?«

Ihre Augen wurden schmal in der dampfenden Hitze. Dahinter nisteten Bitterkeit und Mißtrauen. »Warum hast du Priscilla angelogen? Alle deine Berichte waren erfunden, was sollte das?«

»Priscilla wollte die Wahrheit ja gar nicht hören. Der einzige, der sie hören will, bin ich. Zum Beispiel von dir.« Ich stemmte mich aus dem Wasser und setzte mich auf den Beckenrand. »Und daneben würde ich auch gern mit dir schlafen. Ich würde auf dir nur so dahinschmelzen ...«

Jane Marie biß sich auf die Unterlippe, verschränkte dann jedoch die Arme vor der Brust. Aber ich sprach einfach weiter.

»... aber das Problem ist, mein Penis fühlt sich total komisch an, und wenn ich ihn ließe, wie er wollte«, – hier lächelte sie – »dann wäre es um die Wahrheit wieder mal geschehen. Wir hätten zwar miteinander geschlafen, aber nur, damit du weitermachen kannst wie zuvor ...« Ihre schmalen Augen fixierten mich. Beleidigt fing sie an, mich mit Wasser zu bespritzen. Ich streckte die Arme aus und nahm ihr Gesicht in meine Hände.

»Und dann würde ich endgültig durchdrehen. Weißt du, daß ich dich seit der vierten Klasse küssen will, genauer gesagt seit der Warren-Kommission und der ersten Mondlandung. Man muß sich mal vorstellen, was alles passiert ist, seit ich dich zum erstenmal küssen wollte – sämtliche großen Ereignisse des ausgehenden zwanzigsten Jahrhunderts. Deswegen könnte ich es nicht ertragen, wenn du nur mit mir bumst, weil du einen Verbündeten brauchst gegen Teller. Das wäre für mich nämlich das Ende, ich hätte keine Lust mehr auf den Rest.« Ich wischte ihr den Schweiß von der Stirn. »Ich wollte dir das schon damals nach unserer Abschlußfeier sagen, aber du hast mich ja abblitzen lassen.« Als ich sie küßte, lachte sie und blies mir ihren Atem in den Mund. Wir küßten uns noch dreimal und jedesmal begleitet von dieser Art Mund-zu-Mund-Beatmung.

Dann wandte sie sich von mir ab, ließ aber ihren Arm auf meiner zernarbten Schulter ruhen. »Tja, so kann man sich täuschen. Ich dachte wirklich, ich bräuchte dir nur zwischen die Beine zu fassen und du würdest alles tun, was ich will.«

»Normalerweise könnte das sogar stimmen. Aber Young Bob hat recht, das Wasser ist tatsächlich zu heiß.«

Sie lachte und fing wieder an zu spritzen. Dann zog sie sich aus dem Wasser, ernüchtert, wie mir schien.

»Okay«, seufzte sie, »ich war es, die Teller angeheuert hat, um zwischen den Parteien zu vermitteln. Und zwar mit dem klaren Ziel, daß mir als Unbeteiligter das Sorgerecht für Young Bob zugesprochen wird.«

»Bist du sicher, daß er ausschließlich für dich arbeitet?«

»Keine Ahnung«, sagte sie und goß sich heißes Wasser über den Körper. Das Wasser plätscherte an ihr hinab auf den Betonboden. »Das heißt, der Vorschlag mit Teller kam ursprünglich von Old Bob Sullivan. Ich konnte ja nicht wissen, worauf ich mich bei ihm einlasse.«

Ich saß immer noch am Beckenrand, hörte nur zu. Jane Marie fuhr mit einem Finger über meine Schulter. Aber jetzt wollte ich auch alles wissen. »Und weiter?« fragte ich.

Seufzend fuhr sie fort: »Teller setzte also einen Vertrag auf, den ich auch unterschrieb. Gunks Job war es offensichtlich, dafür zu sorgen, daß Sullivan ebenfalls unterschrieb, egal wie. Am Ende sollten wir uns alle bei Senator Taylor treffen. Taylor kam dabei die Aufgabe zu, der ganzen Sache einen möglichst seriösen Anstrich zu geben und vor allem Sullivan von der Notwendigkeit einer solchen Vereinbarung zu überzeugen. Nur so hatten wir eine Chance, auch Priscilla zur Unterschrift zu bewegen.«

»Warum gerade Senator Taylor?« fragte ich.

Sie holte tief Luft. »Wilfred Taylor war ein alter Freund der Sullivans. Old Bob, also Young Bobs Großvater, hatte jahrelang geschäftlich mit ihm zu tun. Wir dachten alle, er wäre hier der ideale Schiedsrichter.«

Ihre Finger trommelten nervös auf meinem Nacken.

»Old Bob war nämlich zu dem Schluß gekommen, daß die Affäre Priscilla allmählich völlig außer Kontrolle geriet. Er hat mir in dieser Sorgerechtssache seine volle Unterstützung zugesagt. Will, also der Senator, hatte gleichfalls die Nase voll von Priscillas ewigem Terror. Wochenlang hat sie sein ganzes Büro in Atem gehalten. Er hat mich gebeten, irgendwie auf Priscilla einzuwirken, damit das Theater aufhört.«

»Woher kennst du eigentlich Senator Taylor?«

»Ich kenne ihn eben.« Sie starrte auf mich herunter. »Aber nicht, was du denkst, ich habe nie zu seinen Eroberungen gehört. Obwohl, weil wir gerade davon sprechen, ich hätte ihn mühelos kriegen können. Ob du es glaubst oder nicht, wir haben zusammen Bridge gespielt, manchmal auch Domino. Ihm lagen besonders die großen Zahlen. Natürlich hat er mich immer wieder betatscht, aber das hat mich bei ihm nicht gestört. Es war irgendwie Teil des Spiels.«

»Was weißt du über seinen Tod?«

Jane Marie verlagerte ihr Gewicht, ließ aber meine Schulter nicht los. »An dem Tag kam Gunk in aller Frühe vorbei und lieferte Young Bob bei mir ab – als eine Art Vertrauensbeweis. Ich sollte auf Young Bob aufpassen, bis das Treffen bei Senator Taylor vorbei war. Aber unerwartet stand plötzlich auch Priscilla vor der Tür. Sie sagte mir, der Senator hätte wichtige Dokumente unterschlagen, Dokumente, die angeblich zweifelsfrei bewiesen, daß der Richter beim Familiengericht seinerzeit bestochen worden war. Sie erklärte mir, sie wolle zum Senator, um diese Unterlagen zu holen. Zu guter Letzt wollte sie auch noch Young Bob mitnehmen.«

»Hat sie irgendwas gesagt, was sie mit dem Senator machen wollte? Irgendwas, das darauf hindeutet, daß sie sich rächen wollte oder daß sie notfalls Gewalt anwenden würde, um an die Papiere zu kommen?«

»Sie war fuchsteufelswild, Cecil, du kennst sie ja. Sie wäre in der Lage gewesen, einfach das Büro des Senators zu stürmen und alles einzusacken, was sie irgendwie hätte brauchen können.«

»War Gunk mit von der Partie?«

»Ich glaube schon. Sie wollte über die Bedingungen einer befristeten Sorgerechtsänderung sprechen. Und wir wußten ja, daß Sullivan sich jederzeit dagegen sperren konnte. Gunk sollte für Ruhe sorgen – so halb als Kindermädchen und halb als Bodyguard.«

»Hast du Priscilla nichts davon erzählt?«

»Wie denn? Für sie war unsere Vereinbarung wieder nur ein neues Komplott. Ich meine, du kennst sie doch. Sie kann einfach nicht zuhören. Beispielsweise, als ich ihr sagte, die Sullivans wären einverstanden, daß ich für eine Weile das Sorgerecht für Young Bob bekomme, da ist sie vollkommen ausgerastet. Sie hielt mir vor, ich wäre mit in der Verschwörung gegen sie und das würde sie niemals mitmachen und wir würden schon sehen, was wir davon hätten und so weiter.«

»Und Harrison Teller, sollte er auch dabeisein?«

»Glaube ich nicht. Teller sagte, er könne den Senator nicht ausstehen. Ich hatte ohnehin den Eindruck, daß Teller die Sache eher... ich weiß nicht... irgendwie als unter seiner Würde ansah.«

»Dickies Theorie zufolge ist Bob Sullivan ein ehemaliger Gangster, der im Rahmen des Zeugenschutzprogramms eine neue Identität bekommen hat. Könnte da was dran sein?«

Sie schüttelte den Kopf. »Das klingt mir eher wie eine von Priscillas Verschwörungstheorien. Es ist schon verrückt. Ich meine, Old Bob ist schon vor ewigen Zeiten aus dem Mittleren Westen nach Alaska gezogen. Er hat immer behauptet, seine Vorfahren wären Iren italienischer Abstammung, aber ansonsten weiß ich nichts über seine Vergangenheit. Natürlich hat es über seine vielfältigen Geschäfte auch Gerede gegeben. Aber so läuft das nun mal bei der Gewerkschaft. Und Gerüchte, was besagen schon Gerüchte?«

Ich kratzte mich am Kopf, um die Verarbeitung des soeben Gehörten zu beschleunigen. »Aber sag mir doch noch mal, warum Young Bob von Sullivan und Gunk gekidnappt wurde. Kommt mir nicht gerade logisch vor.«

Sie schmiegte sich an mich, und ich spürte ihre glatte Haut. »Als Priscilla den Senator ermordet... oder vielmehr... ach, ich weiß auch nicht... jedenfalls, nach dem Tod des Senators wollte Sullivan plötzlich aus dem Vertrag aussteigen. Er rief mich gleich am Morgen nach Priscillas Verhaftung an und versuchte, mir den Jungen abzuschwatzen, aber ich ließ mich nicht darauf ein. Die Folge war der Überfall in der Nacht, in der du bei mir warst.«

Nachdenklich planschte ich mit den Füßen im Wasser. So ganz klar waren mir die Zusammenhänge immer noch nicht. Jane Marie legte von hinten die Arme um mich, ihren glatten Körper fest an mich gepreßt.

»Warum nehmen *wir* ihn nicht einfach, Cecil?«

»Nehmen wen?«

»Young Bob. Warum bringen wir den Jungen nicht einfach in mein Camp. Alles Weitere können wir von da aus regeln.« Ihrer Stimme war die wachsende Erregung anzumerken. Ich spürte ihre Arme um meinen Hals, die harten Muskeln unter der seidigen Haut und den schneller gewordenen Atem an meinem Ohr.

»Es gibt da ein paar Punkte, die du übersehen hast.« Ich gab mir alle Mühe, mich frei zu machen.

»Zum Beispiel?« Ich fühlte ihre heiße Hand an meinem Gesicht.

An den Fingern zählte ich ihr die Probleme vor.

»Na ja... einmal deine Schwester. Dann Sullivan und Teller, macht zusammen drei. Nicht zu vergessen Gunk. Gunk ist möglicherweise sogar der Gefährlichste von allen.«

Sie drehte meinen Kopf herum, hielt mich auf diese Weise fest und wischte mir das nasse Haar aus dem Gesicht. Ihre glänzenden Augen waren starr auf mich gerichtet, und sie bewegte sich mit der verhaltenen Kraft eines Raubtiers in Lauerstellung.

»Wenn wir erst mal in meinem Camp sind«, sagte sie, »kann ich mich in Ruhe um alles kümmern.«

Sie zog mich nach vorn, küßte mich mit ihrem feuchten Mund.

Ein alter Mann steckte den Kopf durch die Tür, sah aber sofort weg.

»Damenbaden ist seit ein paar Minuten zu Ende. Weißt du, wie lange die Lady noch braucht?« rief er durch den Türspalt.

Wir verließen das Bad und zogen uns eilig an. Der alte Mann trug Gummilatschen und eine schwere Wollhose mit entsprechenden Hosenträgern, dazu ein gestreiftes Arbeitshemd. Er lächelte uns an, als wir herauskamen.

»Sorry, Kinder, ich wollte euch nicht vertreiben. Wenn ihr mich fragt, die Nacht draußen ist gar nicht so übel. Aber ich brauche jetzt einfach mein Bad. Meine Frau zu Hause hört sich nämlich diese verdammte Radioshow an mit diesem Kerl aus Sitka. Der ist die ganze Zeit nur am Quasseln, wirklich immer nur am Quasseln, und das hält auf Dauer kein Schwein aus. Hab mich immer gefragt, wo zum Teufel sie solche Schwätzer auflesen, nicht zufrieden, wenn sie nicht zu allem und jedem ihren Senf dazugeben können.« Sprach's und verschwand im Badehaus.

Während wir in der Umkleidekabine unsere nassen Handtücher zusammenrollten, schien mir, als hörte ich den alten Mann in dem Becken, das er jetzt ganz für sich allein hatte, immer weiterreden.

Auf dem dunklen Pfad gingen wir zurück zum Boot. Über uns am Nachthimmel funkelten die Sterne, und Jane Marie versuchte, mir die einzelnen Sternbilder zu erklären, indem sie mit dem Finger auf bestimmte Lichtpunkte am Firmament zeigte, die angeblich zusammengehörten. Mir hingegen wollte nicht aus dem Kopf, was sie mir kurz zuvor im Bad vorgeschlagen hatte, und ihre Erläuterungen brachten erst recht keine Ordnung in jenes ursprüngliche Chaos am Himmel.

Es wehte eine leichte Brise aus Südost. Aus etlichen Bungalows entlang des Wegs drang Musik. Milchiges Licht aus den verhangenen Fenstern schimmerte über den Strand und weiter hinaus ins Tidegebiet. Jane Marie hatte ihr Handtuch auf exakt dieselbe Weise zusammengerollt wie damals in der sechsten Klasse, und sie klemmte es sich abwechselnd einmal unter den linken, dann unter den rechten Arm, während sie mir die Schönheiten des Sternenhimmels nahebrachte. Ihrem ausgestreckten Arm folgend, starrte ich hinaus in die unendlichen Weiten des Alls und hätte doch lieber erst einmal die Ereignisse dieses einen Tages verstanden.

Schließlich gab sie es auf mit den Sternen und sagte statt dessen: »Cecil, was ich eben im Bad gesagt habe... vergiß es am besten. Du hast recht, die Idee ist verrückt. Ich sollte wohl besser mit meiner Schwester sprechen. Und von jetzt an werde ich auch nicht mehr versuchen, dich zu verführen, Ehrenwort.«

»Langsam, langsam. Nur nichts überstürzen. Die Sache ist noch lange nicht ausgestanden...«

Draußen in der Bucht hörten wir ein Geräusch und starrten gebannt auf die Dunkelheit. Etwa eine Viertelmeile vom Ufer entfernt blies ein Buckelwal. Die Fontäne hing wie ein Schlier über dem sternenbeglänzten Wasser. In den Beerensträuchern raschelten die Finken, und die Wellen gluckten im Watt. Hinter der Bucht, auf offener See erkannten wir die Positionslichter eines Schnellboots mit Kurs nach Süden. Ich legte meinen Arm um ihre Schulter, und wir gingen schweigend weiter, bis wir in der Nähe der Anlegestelle Priscillas Schreie vernahmen. Mir kam es sogar so vor, als würde dort jemand geschlagen. Die Geräusche aus dem Boot jedenfalls waren charakteristisch.

Die Tür zum Ruderhaus der *Winning Hand* stand offen. Wir hörten den blechernen Sound von Tellers Radio, als wir noch nicht einmal auf der Gangway waren. Sämtliche Lichter brannten, und ein Tau, das zuvor noch zusammengerollt am Mast gehangen hatte, lag nun auf dem Beiboot. Sullivan hielt Priscilla am Haar fest und schlug ihr systematisch ins Gesicht. Priscilla ihrerseits drosch mit den Fäusten auf ihn ein und schrie wie am Spieß. Jane Marie löste sich von mir und rannte auf das Boot zu.

Ich war immer noch so schlapp von dem heißen Wasser, daß es einen Moment dauerte, bis mein Körper auf Touren kam. Außerdem gehöre ich nicht zu denjenigen, die sich unbedingt vordrängen, wenn die Fäuste fliegen. Jane Marie sprang jetzt aufs Achterdeck der *Winning Hand*. Sullivan ließ von Priscilla ab und stürmte hoch ins Ruderhaus. Priscilla stand auf dem Luk, während ich näher kam.

»Er ist weg!« schrie sie, bebend vor Wut.

Ich ging an ihr vorbei ins Ruderhaus. Die Seekarten, die unter dem Tisch verstaut gewesen waren, lagen zerfleddert am Boden. Irgend jemand hatte den Werkzeugkasten ausgekippt, auf der Suche nach – was? Die Kabel der Radaranlage quollen unter der abgerissenen Holzverkleidung hervor wie Seegras aus einer alten Matratze. Hier hatte jemand ganze Arbeit geleistet. Das Schott neben dem Safe war blutbespritzt, und immer noch plärrte das Radio von unten. Sullivan war vollkommen außer sich, schlug wie besessen mit einem Hammer auf den Kombinationsmechanismus des Safes ein und brüllte: »Ich will diesen verdammten Vertrag wieder, oder ich stopf ihm seine verlogene Schnauze mit einem Hammer ...«

»Jetzt reicht's!« rief Jane Marie und entriß ihm den Hammer, bevor er erneut ausholen konnte. Dann winkte sie mich zu sich in die Kombüse.

Als ich die Treppe hinabging, stolperte ich über Tellers Schuh.

Teller selbst lag neben dem Herd in einer Blutlache, die Hände am Herd angekettet. Seine Augen waren geschlossen, das Gesicht aschfahl.

Im Radio quasselte ein DJ in Sitka über ein besseres Leben, im Hintergrund eine Melodie von Miles Davis. Durch das Bullauge sah ich die Fontäne eines Wals – gleich einem Gespenst, das den Lichtern eines in der Ferne davonrasenden Bootes folgte.

9

Gunk, Young Bob und die *Rose* waren verschwunden. Jane Marie fand einen Bolzenschneider im Maschinenraum. Sie drehte Teller zur Seite und dirigierte das Maul der Zange an die Kette zwischen den stählernen Manschetten, während ich mit dem Fuß den Griff niederdrückte. Als wir ihn schließlich auf den Rücken legten, spuckte er eine Mischung aus Schleim und Blut, die als dünnes Rinnsal in seinen Bart rann. Er hustete, und ein Zahn fiel ihm aus dem Mund – und schlug klingelnd wie ein Zehncentstück aufs Deck.

Anschließend betteten wir ihn auf eine Koje, kontrollierten seine Atmung und tasteten Gelenke und Gliedmaßen nach Frakturen ab. Dann wuschen wir das Blut von seinem Gesicht. Eine mächtige Beule auf seiner Stirn störte die Symmetrie seines Gesichts. Jane Marie holte eine Kältekompresse aus der Bordapotheke und legte sie ihm auf die Stirn, wobei seine Augenlider zuckten. Nach zehn weiteren Minuten, zwei Aspirin und zwei Pillen aus seinem persönlichen Vorrat war er in der Lage zu sprechen.

Zunächst war ihm zwar nur ein Stöhnen zu entlocken, dann aber kamen die ersten Silben. Ich hatte mich über ihn gebeugt, und er hatte mich wohl wiedererkannt. Jedenfalls lächelte er – ein seltsam verklärtes Lächeln, das mich an den Dalai Lama erinnerte. Schließlich sagte er: »Gunk ist offenbar doch ziemlich sauer.«

Er tätschelte meine Hand und fuhr fort: »Ich hatte den Jungen gerade ins Bett gebracht, da hörte ich, wie die beiden anfingen zu streiten. Nun ist das ja für sich genommen nichts Neues, aber dann hörte ich, wie sich noch jemand irgendwo an Bord zu schaffen machte. Erst dachte ich, ihr wärt das. Aber als ich nachsehen wollte, schlug er mir ohne Vorwarnung in die Fresse. Ich wollte noch nach oben, aber dann wurde mir schwarz vor den Augen. Von da an hab ich nichts mehr mitgekriegt.« Er hielt seine Handschellen hoch, an denen jeweils ein Ende der durchtrennten Kette baumelte. Als er die Handschellen sah, mußte er grinsen. »Ach ja, richtig. Er hat mich hier unten angekettet!« sagte er wie ein Vorschullehrer, der einen kleinen Streich der ihm anbefohlenen Kids nicht weiter krummnimmt. Er ließ die Hände sinken, als seien sie zu schwer für seine schwachen Kräfte. »Ich weiß nur noch eins: Gunk wollte sein Geld. Er sagte, er will sich mit uns im Camp treffen. Er sagte, er bräuchte nun mal das Geld und auch das Flugticket.« Teller lächelte erst in Richtung Jane Marie, dann zu mir. Sein Kopf über dem blutverschmierten Hemd wackelte wie bei einer Marionette. Ein neuer Schwall Blut kam aus seinem Mund, und er sagte: »Ich glaube aber nicht, daß er dem Jungen wirklich etwas tun würde. Das paßt nicht zu Gunk. Er hat nicht mal eine richtige Harley, sondern nur so eine japanische Plastikschüssel.« Teller spuckte noch mehr Blut. »Lieber Gott, das nimmt ja gar kein Ende. Ich sollte bei der Wahl meiner Freunde wirklich vorsichtiger sein.«

Jane Marie schaltete das Radio ab. Teller schloß die Augen und sondierte mit dem Zeigefinger den Schaden an seinem Gebiß. Er schluckte mühsam und bat um ein Glas Wasser, das ihm von Jane Marie bereits hingehalten wurde.

»Meine einzige Sorge war, daß er den Herd umschmeißen könnte. Oder daß ich selber dieses Ding umkippen würde, wenn ich zu stark an den Handschellen riß. Denn wenn dabei die Ölleitung bricht, steht in Null Komma nichts der ganze Kahn in Flammen. Und das wollte ich nun auch wieder nicht. Selbst als Gunk auf mich einprügelte, dachte ich mir, also ich dachte, immer noch besser, als wenn man in der Feuerhölle sitzt und nicht mehr rauskommt.«

»Wo ist eigentlich deine Pistole?«

Teller lächelte milde und hob die Augenbrauen über seinem verquollenen Gesicht. »Liegt oben auf dem Safe, wo ich sie hingetan habe. Ich meine, so lautet nun mal die Regel – keine Ausnahme. Ich wollte, daß du sie wegschließt, wenn du zurückkommst.«

Jane Marie klopfte ihm sanft auf den Schenkel, stellte das Glas Wasser aufs Sideboard, bevor sie nach oben ging und den Motor anließ.

Als ich später nachkam, wühlte sie gerade durch die Seekarten und schimpfte halblaut vor sich hin.

»Er hat die verdammte Pistole mitgehen lassen und sämtliche Karten, die ich jetzt dringend gebraucht hätte. Und wenn er nicht total verblödet ist, dann weiß er jetzt auch, wo sich mein Camp befindet.«

Ich zeigte auf das zerstörte Radargerät und die herausgerissenen Kabelstränge im Ruderhaus. »Schätze mal, das wird eine Weile dauern, bis wir alles wieder klargemacht haben. Wir haben kein Radar, nicht mal die richtigen Karten. Willst du wirklich heute nacht schon los?«

Verbissen räumte sie das verstreute Werkzeug und die umherliegenden Karten zusammen, und als sie mit mir sprach, würdigte sie mich keines Blickes: »Geh runter und mach die Leinen los, mach schon.«

»Aber wie willst du bei Nacht navigieren?«

»Wird schon gehen, Cecil. Mach erst mal die Leinen los, und dann räumen wir hier ein bißchen auf.«

Ihr Ton ließ keinen Zweifel aufkommen, daß jede weitere Diskussion unweigerlich dazu führen würde, daß ich schließlich am Dock zurückbleiben würde, Taschentuch in der Hand – good bye, *Winning Hand*. Auch Priscilla und Sullivan kamen schließlich an Deck. Sullivan war offenbar zu der Überzeugung gelangt, der Augenblick sei günstig, das Problem ein für allemal aus der Welt zu schaffen: »Ich will meinen Vertrag zurück. Das ist ja der glatte Wahnsinn. Ich...«

Jane Marie zeigte auf den verschlossenen Safe und meinte mit Reißnägeln in der Stimme: »Du blödes Arschloch, du hast den Safe kaputtgemacht. Ich krieg das Ding nicht mal mehr auf. Jetzt kannst du auf deinen Vertrag lange warten.«

Sullivan wollte noch etwas sagen, aber Jane Marie stieß ihm den gestreckten Zeigefinger vor die Brust und sagte mit Nachdruck: »Wir finden den Jungen, verlaß dich drauf.«

Dann griff sie in ihre Tasche und drückte Sullivan einen Schwung Münzen in die Hand. »Unten am Dock ist eine Telefonzelle. Mir ist egal, wen du anrufst, aber besorg uns das Geld und das Ticket.«

Sullivan stand wie erstarrt, Schweiß rann ihm an der Nase hinunter. Er zitterte vor Wut, wollte eben seinem Ärger Luft machen, als Jane Marie ihm erneut über den Mund fuhr: »Keine weitere Diskussion. Und wenn ihr euch unbedingt schlagen wollt, dann bleibt ihr an Land. Hab ich mich jetzt klar genug ausgedrückt?«

Sowohl Sullivan als auch Priscilla traten unwillkürlich einen Schritt zurück, dann nickten sie beide ihr stilles Einverständnis. Aber Jane Marie war noch nicht fertig: »Während der Fahrt bleibt ihr unten im Labor, und zwar alle beide. Ich will euch weder hier oben sehen noch unten in der Kombüse, ist das klar? Gunk holen wir sowieso nicht mehr ein, aber wir treffen ihn in spätestens sieben, acht Stunden in meinem Camp. Das wäre soweit alles. Und jetzt Schluß der Debatte. Wem das nicht paßt, der muß sehen, wo er bleibt.«

Ein letzter Versuch des Widerstands, dann verstummten sie endgültig. Priscilla drehte sich auf dem Absatz um und verzog sich beleidigt aufs Achterdeck. Sullivan wollte ihr nach, kam dann jedoch noch einmal zurück. Jane Marie war oben im Ruderhaus geblieben – Siegerin auf einem verwüsteten Schiff.

»Wirklich zehntausend Dollar?« fragte er unsicher.

Jane Marie sah zu Teller hinunter, der zwar in seiner Koje lag, aber das Gespräch verfolgt hatte. Teller nickte: Zehntausend Dollar. Jane Marie wandte sich wieder an Sullivan: »Zehntausend Dollar und einen einfachen Flug von Juneau nach Seattle.«

Sullivan spielte nervös mit den Münzen in seiner Hand. »Wen soll ich denn anrufen?« fragte er.

Lautstark meldete sich Teller aus seiner Koje. »Ruf diesen kleinen Pisser von Anwalt an. Der kann ruhig auch mal was tun.«

Robert hatte Teller verstanden, trotzdem verzog er das Gesicht und fragte: »Welchen kleinen Pisser von Anwalt?«

»Wen du willst.« Eine kleine Taschenlampe zwischen den

Zähnen, schob Jane Marie den Kopf in die Wartungsklappe hinter dem Ruder und besah sich den Kabelsalat. Gereizt winkte sie Sullivan fort. Und dann ein seltenes Bild: Gemeinsam gingen Priscilla und Sullivan von Bord, um von der Telefonzelle aus mit der Außenwelt Kontakt aufzunehmen.

Eine Viertelstunde später waren sie wieder da. Ich machte die Leinen los, und wir verließen die Bucht und nahmen Kurs gen Süden.

Jane Marie stand am Ruder, sah kurz auf ihre Uhr und dann wieder auf die glatte Wasseroberfläche unmittelbar vor dem Bug der *Winning Hand.* »Okay, Cecil. Sieht so aus, als bräuchte ich jetzt wirklich deine Hilfe. Vielleicht können wir uns am Ruder ablösen. In einer Viertelstunde geht der Mond auf, zwar kein Vollmond, aber es müßte hell genug sein, um sich zu orientieren. Außerdem ist die Rinne, abgesehen vom letzten Stück, mit Leuchtbojen markiert. Von da an, hoffe ich, haben wir wieder genügend Tageslicht.«

»Aber ich habe von so was überhaupt keine Ahnung.« Ich fand, es war an der Zeit, ihr das wahre Ausmaß meiner Inkompetenz darzulegen.

Im Licht, das von der Kombüse nach oben drang, sah ich nur ihre Silhouette, denn die Fenster im Ruderhaus wirkten wie schwarze Spiegel. Sie sagte: »Okay. Um ein Schiff von A nach B zu bringen, braucht man eigentlich nur drei Dinge zu wissen: wo man ist, wo man hin will und welche Hindernisse sich auf dem Kurs befinden. Ziel ist es, das Schiff an jenen Punkt B zu manövrieren, ohne mit etwas zusammenzustoßen, das größer ist als man selber und/oder nicht ebenfalls schwimmen kann.«

»Ach so, warum hast du das nicht gleich gesagt. Ich dachte, es wäre irgendwie kompliziert.«

Den Rest der Nacht wechselten wir uns am Ruder ab. Hauptsächlich erinnere ich mich an das unausgesetzte Gedröhn der Maschinen. Ich starrte in die Dunkelheit hinaus, trank literweise Kaffee und versuchte, das Boot genau zwischen den roten und grünen Leuchtbojen zu halten, während Priscilla mit dem beweglichen Scheinwerfer auf dem Kabinendach die Wasserfläche nach Gefahren absuchte. An Schlaf war nicht zu denken. Jane Marie kramte unter alten Geländekarten des Forstamts diejenigen heraus, auf denen unsere Route wenigstens teilweise verzeichnet war. Dann saß sie mit einem winzigen Leselicht über die Landkarten gebeugt und zeichnete mit einem Bleistift jedes Leuchtfeuer, jede Gefahrenstelle ein, die wir hinter uns gelassen hatten. Ich weiß noch, wie ich sie dabei beobachtete. Immer wieder dieselbe Prozedur: Mit dem Scheinwerfer riß sie ein Loch in die Dunkelheit und verglich dann murmelnd das Gesehene mit ihrer Erinnerung über mögliche Untiefen in dem betreffenden Abschnitt. Tatsächlich glich die Fahrrinne eher einem Hinderniskurs. Überall lauerten gefährliche Riffe, die sie jedoch anhand von bestimmten Namen und Ereignissen auseinanderzuhalten suchte – welche auf diese Weise zu raunend beschworenen Wegmarken durch die Finsternis wurden.

»Tenakee... Kadashan... Saltery Bay, Seal Bay, Long Bay, Freshwater. Vor Freshwater hatte ich diesen Fischer und seine Freundin im Schlepp, als ihnen die Kühlwasserpumpe verreckt ist. Point Augusta, das war, als Cilla die Killerwale gesehen hat. Spasski, The Sisters, Point Adolphus.« Sie markierte die Stelle und murmelte vor sich hin. Ab und zu trat sie hinter mich ans Ruder und korrigierte wortlos den Kurs. Dann warf sie einen Blick aufs Echolot, das als einziges noch funktionierte, und wiederholte den Kurs. Ich schaute auf den Kompaß, versuchte, Kurs zu halten.

Als wir die Bucht hinter uns gelassen hatten und die Chatham Strait hinauffuhren, öffnete Jane Marie das Fenster und horchte auf das Rauschen unter dem Bug. Eine mächtige

Dünung drückte sich von Süden her durch den Kanal, aber die See blieb weitgehend ruhig, und das Boot pflügte ohne Mühe durch das Wasser. Im trüben Licht vernahm ich ihre Stimme: »Wenn Gunk dem Jungen etwas getan hat, möchte ich, daß du ihn dir vornimmst.«

Das war in der Tat ein völlig neuer Gesichtspunkt, und ich sah sie konsterniert an. »Ich soll mir Gunk vornehmen? Das ist nicht dein Ernst.«

Sie wandte sich von mir ab. »Yeah, ganz recht. Obwohl ich nicht glaube, daß es nötig sein wird«, sagte sie ohne Überzeugung.

Alles, was ich vor dem Bug erkennen konnte, war ein winziges Lichtpünktchen in einem schwarzen Nichts. Erneut sah ich auf den Kompaß: Ich war um fünf Grad vom Kurs abgewichen und drehte am Ruder, bis die Richtung wieder stimmte.

»Nach allem, was ich gesehen habe, mag er den Jungen irgendwie. Er wird ihm schon nichts tun«, sagte ich, wobei ich hoffte, daß ich recht behielt.

Zuerst schien die Sonne direkt aus dem Wasser zu steigen. Die Konturen der Berge traten hervor, dann das Grün der Kliffs, die sich zu beiden Seiten der Meerenge erhoben. Dann ein silbriges Gleißen entlang der zerklüfteten Bergrücken, und nur wenige Minuten später schoß das Licht auf uns herab, laserartig materialisiert im Morgennebel. Schaumkronen glitzerten, während die Küstenlinie im Schatten versank. Jane Marie riß eins der seitlichen Bullaugen auf, und wir rochen den Morgen, den Tang am Ufer, die Fichten und Pappeln auf den Hängen und den eisigen Hauch aus den Tälern. Möwen durchschnitten den Himmel über dem Bug. Teller kam von unten herauf, in der Hand einen Becher Kaffee, und grinste durch sein verquollenes Gesicht. Er trat aufs Vorderdeck und führte den Becher an die Lippen. Er zuckte vor

Schmerz zusammen, trank aber tapfer weiter. Die *Winning Hand* rollte nun in der Dünung der Icy Strait, und die sonnengetränkte Gischt spritzte ihm ins Gesicht. Er schüttelte sich und rieb sich die Augen.

Teller trank seinen Kaffee aus und kam zu uns ins Ruderhaus. »Schöner Morgen«, meinte er zu mir.

Gleichwohl hatten wir für die Fahrt viel länger gebraucht, als Jane Marie ursprünglich veranschlagt hatte, was vor allem daran lag, daß sie unsere Geschwindigkeit immer wieder gedrosselt hatte, sobald sie ihr Gedächtnis im Stich ließ. Erst am späten Nachmittag kam unser Ziel in Sicht. Hoch am Himmel waren Wolken aufgezogen und glühten rötlich in der untergehenden Sonne, als wir endlich in der Bucht anlangten, wo sich die ehemalige Mine befand. Als Anlegestelle dienten zwei uralte im Wasser verankerte Fichtenstämme, darauf verblichene Planken. Von dort aus führte eine wacklige Gangway an Land. Die *Rose* hatte bereits an der behelfsmäßigen Konstruktion festgemacht. An Bord schien niemand zu sein. Halb versteckt in den Erlen am Ufer eine kleine Hütte. Spärlicher Rauch kam aus dem dünnen Ofenrohr an der Rückseite. Vorne stand eine grobgezimmerte Bank, und an der Tür daneben hing ein Zettel. Während wir mit halber Kraft auf die Anlegestelle zuhielten, erschienen Sullivan und Priscilla auf dem Achterdeck. Ich ging zum Bug und nahm mir die Leine, Teller ging nach hinten. Vorsichtig bugsierte Jane Marie den Kutter an die Fichtenstämme. Ich sprang von Bord und machte die *Winning Hand* an einer Kette am äußersten Ende des schwankenden Stegs fest, Teller kümmerte sich um das Heck. Ohne Blick für irgend etwas anderes, stürmte Priscilla bereits an Land. Ich hatte das Tau noch nicht ganz verknotet, da sah ich, wie sie bereits auf die Hütte und den Zettel an ihrer Tür zulief. Sullivan hielt sich dicht hinter ihr.

Jane Marie schaltete die Maschine ab und die akkubetriebenen Lenzpumpen ein. Als sie sich über die Bordwand schwang, hörten wir über uns das Brummen eines kleinen Wasserflugzeugs, das über der Bucht kreiste. Teller war zurück an Bord gegangen und beobachtete vom Achterdeck aus, wie der Flieger nach einer weiteren Schleife zur Landung ansetzte. Er rief uns zu: »Du gehst wohl besser allein. Mich kannst du hier sowieso nicht brauchen. Das Verhältnis zwischen Gunk und mir hat in jüngster Zeit etwas gelitten.« Er winkte ihr zu, und Jane Marie wandte sich ab, um den anderen auf ihrer Schnitzeljagd zu folgen.

Das Wasserflugzeug war mittlerweile gelandet. Der Motor war verstummt. Der Pilot, auf dem Schwimmkörper balancierend, paddelte seine Maschine auf die Anlegestelle zu, wo Jane Marie und ich gewartet hatten. Kurze Zeit später stand Dickie Stein vor uns. Er trug einen langen Regenmantel, die unvermeidlichen Shorts und Turnschuhe mit offenen Senkeln. Der Pilot machte derweil seine Maschine fest. In dem Rucksack, den Dickie dabeihatte, vermutete ich das Geld für Gunk. Der Pilot hatte sich wieder ins Cockpit gesetzt und den Sitz zurückgestellt, um ein Nickerchen zu machen. Dickie winkte dem Piloten zu, der versprochen hatte zu warten.

Daraufhin wandte sich Dickie an mich. »Ist Teller an Bord?« fragte er. Ich nickte, und Dickie starrte angestrengt durch die Bullaugen der *Winning Hand*, vermutlich in der Absicht, der lebenden Legende Teller ansichtig zu werden oder, noch besser, dessen Aufmerksamkeit zu erregen.

»Na, was gibt's Neues?« fragte ich ihn beiläufig, während Jane Marie zum Strand vorauseilte, wo Priscilla und Sullivan den Zettel studierten, den sie von der Tür abgerissen hatten.

»Was soll das heißen: Was gibt's Neues? Mein Gott, Cecil, ich hatte eigentlich gehofft, du könntest mir das sagen. Immerhin warst du hier vor Ort.«

»Vor Ort schon, aber das ist schwankender Grund«, meinte ich philosophisch, während ich über den schaukelnden Steg auf die Gangway zuging.

Die fragliche Notiz enthielt übrigens auch nicht viel Neues, denn es hieß da lediglich: *Alles, was ich will, ist mein Geld und ein Flugticket. Dann bekommt ihr den Jungen sofort zurück. Obwohl ich denke, daß er es bei mir besser hätte, so bekloppt, wie ihr seid. Wir sind jedenfalls oben in der Hütte, um uns das alte Dynamit und den ganzen anderen Scheiß anzusehen. Ich hab dem Kleinen gesagt, er soll ja vorsichtig sein, denn das Zeug ist wirklich äußerst gefährlich. Sobald ich das Geld habe, gehört er euch.*

Robert Sullivan stand allein in einer Ecke der Hütte, die Hände tief in den Jackentaschen vergraben. Als er bemerkte, daß Dickie über meine Schulter den Zettel las, kam er sofort auf ihn zu.

»Hat mein Vater Sie erreicht?«

Dickie nickte und hielt ihm den Rucksack hin. »Ja, hat er. Und irgend jemand hat das hier dann in meinem Hotel abgegeben. Er hat sogar das Flugzeug für mich gechartert. Aber ansonsten hat er nicht viel gesagt.«

Sullivan riß ihm den Rucksack aus der Hand und rannte nach draußen, wo gleich hinter den Bäumen ein schmaler Pfad den Berg hinaufführte. Priscilla, die mitbekommen hatte, daß sich Sullivan mit dem Geld auf den Weg machen wollte, heftete sich sofort an seine Fersen.

»War mir eine Ehre«, rief Dickie hinter den beiden her und fing an zu kichern. »Mein Gott, daß ich das noch erleben darf.« Er blickte mich an und kratzte sich sein zerzaustes fettiges Haar.

»Wieso?«

»Mensch, Cecil, das *alles*. Die ganze Action, das ist endlich mal was anderes, mit richtigen Gangstern und so. Nicht diese sterbenslangweiligen Scheidungssachen oder Nullachtfünfzehn-Betrügereien. Ich meine, wann hat man schon die Gelegenheit, mit einem Sack voller Mafiageld in der Gegend rumzufliegen?«

Jane Marie sah Dickie mißtrauisch an, während dieser seiner Begeisterung freien Lauf ließ. »Sind Sie der Anwalt?« wollte sie wissen.

»Oh, yeah. Tag übrigens.« Er streckte die Hand aus zur Begrüßung. »Richard Stein mein Name. Ich bin Priscillas Anwalt. Ich kenne dich. Du bist Jane Marie, richtig? Wie geht's?« Aufgekratzt hampelte er vor ihr herum. So wie er aussah, in seinen Shorts und dem langen Mantel, hätte er genausogut Anreißer bei einer Freakshow sein können. In einem fort redete er auf uns ein.

»Nach dem, was ich in Erfahrung bringen konnte, hat der liebe Verstorbene, unser aller Senator Taylor, eine Reihe von Geschäftsleuten nach allen Regeln der Kunst erpreßt...« Jane Marie trat einen Schritt zurück und setzte sich auf einen Baumstumpf.

Dickie sah mich mit dem Ausdruck höchster Verwunderung an und fuhr fort, selbstgefällig wie ein Märchenonkel: »Der Knackpunkt der Geschichte liegt schon ein ganzes Weilchen zurück. Wir reden hier über die fünfziger Jahre, Ostküste. Damals gingen dem FBI eine ganze Reihe von Topleuten aus dem organisierten Verbrechen ins Netz, etwa zur Zeit der Kefauver-Anhörungen. Dutzende der höchsten Bosse aus Miami und Chicago. Ohne konkrete Insiderinformation konnte man eine Anklage natürlich vergessen. Also hielt man sich an die Buchhalter und Steuerberater, die mittleren Figuren in dem Spiel. Als Gegenleistung für ihre Aussage verschaffte das FBI diesen Leuten eine neue Identität. Das FBI hatte seine Kronzeugen, und die Kronzeugen kamen ins Zeugenschutzprogramm. Einen besseren Deal gibt's nicht.«

Ich nickte. Jane Marie ließ inzwischen flache Steine über das Wasser titschen. Sie hatte eine bemerkenswerte Technik. Schnurgerade schwirrten die Steinchen über die leichten Wellen und hinterließen dort eine Spur von konzentrischen Kreisen. Eine Drossel schlug im nahen Unterholz. Der Anblick der sich ausbreitenden Kreise faszinierte mich mehr als Dickies Schilderungen aus der amerikanischen Kriminalgeschichte, und ich mußte mich zwingen zuzuhören.

»In jenen Tagen hielt man Alaska für den Arsch der Welt, also genau das richtige für eine Gruppe verbrannter Spitzel. Das FBI verfrachtete die Typen hierher, wohlversehen mit neuen Pässen und neuen Jobs. Allerdings nicht nur die, sondern Abschaum jeglicher Art. Alaska wurde so etwas wie die Müllhalde der Nation. Die Gegend war ja auch ideal: ein jungfräuliches Land und gute Chancen für den Neuanfang. Und der Mafia-Abschaum aus der zivilisierten Welt zeigte, was er konnte, fraß sich allmählich in einflußreiche Positionen von Verwaltung, Öl- und Fischindustrie, Reedereien. Gleichwohl achtete man darauf, daß keiner etwas vom anderen wußte. Nur einer wußte über alle Bescheid, denn dieser eine war irgendwie an eine Liste gekommen.«

»Senator Wilfred Taylor«, antwortete ich, immer noch im Bann der konzentrischen Kreise.

»Genau.«

Trotz aller Versuche, möglichst gelassen zu erscheinen, saß Dickie angespannt vor Eifer da, während er die Schätze seines Wissens vor uns ausbreitete. Atemlos, das Gesicht gerötet vor innerer Spannung, erzählte er weiter.

»Über seine Verbindungen zur Generalstaatsanwaltschaft gelangte er eines Tages an die Zeugenliste des FBI, was seiner weiteren Karriere in Alaska natürlich in jeder Hinsicht förderlich war. Denn ganz gleich ob in Regierung oder Wirtschaft, überall waren ehemalige Gangster am Drücker. Hier reichte meistens schon ein kleiner Hinweis auf ihre Vergangenheit, und man hatte die Leute am Wickel.«

»Haben sie nicht versucht, sich dagegen zu wehren?«

»Ist anzunehmen. Aber nach zwanzig Jahren und ohne die alten Kontakte ist das nicht ganz so einfach. Außerdem hatten sie mittlerweile viel zu verlieren, mal ganz abgesehen davon, daß sie ihre Tarnung hätten aufgeben müssen. Im Grunde konnten sie nichts gegen den Senator unternehmen.«

»Und Old Bob Sullivan war einer davon?« sagte Jane Marie, mehr zu sich als zu einem von uns, und ließ ein weiteres Steinchen über die Wellen hüpfen.

»Ich habe einen Kumpel in Chicago, der hat sich für mich mal in den alten Archiven umgetan. Ich hab ihm die Sozialversicherungsnummer und das Geburtsdatum von Old Bob gegeben, und siehe da – Bingo! Nicht auf Anhieb und nicht überall natürlich, das meiste war vernichtet, aber an einer Stelle wurde er tatsächlich fündig. Sieht so aus, als hätte Old Bob damals in der ersten Zeit selber den entscheidenden Fehler begangen. Muß ziemlich schwierig sein, sich eine neue Sozialversicherungsnummer zu merken, jedenfalls hat er in einem Immobilienvertrag seine alte Nummer angegeben, und die lautete auf einen Mann namens Steven Profieta. Mit dieser Information konnten wir weiterarbeiten. Interessant ist das Jahr sechsundfünfzig, denn da hört Steven Profieta praktisch auf zu existieren, und Old Bob Sullivan erscheint erstmals auf der Bildfläche. Sullivan und Profieta sind gleich alt, gleich groß, und auch ihre Handschrift ist gleich. Okay, das allein ist noch kein Beweis, aber ich bin sicher, Old Sullivan hat jede Menge Dreck am Stecken, genauso wie der Senator. Ich meine, man muß sich das mal vorstellen, da kommt dieser Typ in mein Hotel, überreicht mir einen Sack voll Geld und sagt mir, wo ich ihn abliefern soll. Daß das normal sein soll, kann mir keiner erzählen. Jede Wette, Old Sullivan hat eine kriminelle Vergangenheit.« Dickie grinste übers ganze Gesicht wie ein Lottogewinner, der einen riesigen Scheck in die Kamera hält.

Hinter uns Drosselgesang und das Klicken von Kieseln. Jane Marie hockte am Ufer und suchte nach geeigneten Steinen zum Werfen.

»Angenommen du hast recht, was bedeutet das für Priscilla?«

»Na ja, Priscilla hatte vom Senator vollständige Akteneinsicht verlangt. Ohne Wenn und Aber. Normalerweise ist das nicht so tragisch, denn die entscheidenden Papiere kann man ja problemlos verschwinden lassen. Aber der Senator hat sich in den vergangenen Jahren viele Feinde gemacht, dazu das Gerede über allerlei dunkle Machenschaften. Auch das ist für sich genommen nicht mal ungewöhnlich, jeder Politiker hat Feinde, aber einer davon arbeitete ausgerechnet bei der Generalstaatsanwaltschaft. Was das heißt, brauche ich wohl nicht zu erklären. Die Generalstaatsanwaltschaft jedenfalls forderte Taylor offiziell auf, Priscilla das gewünschte Material auszuhändigen. Taylor hatte natürlich nicht vor, ihr tatsächlich alles zu geben, sondern nur soviel wie eben nötig, um Priscilla ruhigzustellen. Ihre permanenten Anschuldigungen hatten bereits genug Schaden angerichtet. Aber davon weiß Priscilla nichts, als sie an dem fraglichen Abend in Juneau aufkreuzt. Unangemeldet steht sie schließlich im Vorzimmer des Senators, und gleich nebenan ist man intensiv damit beschäftigt, den Reißwolf zu füttern. Doch der Senator lehnt es rundweg ab, ihr irgendwelche Unterlagen zu geben. Es kommt zum Streit, und der Senator versucht, sie vor die Tür zu setzen. Schließlich erste Handgreiflichkeiten auf der Treppe, und dabei...«, Dickie schlug mit der geballten Faust in die offene Hand, »...zack! Er stolpert und schlägt sich am Treppenpfosten den Schädel ein.«

Dickie strahlte, als sei ihm soeben ein Kunststück geglückt. Ich wandte mich zu Jane Marie und sagte: »Ist ja irre.« Jane Marie nickte, ohne jedoch Dickie oder mir ins Gesicht zu sehen.

Sullivan und Priscilla waren vor gut zehn Minuten aufgebrochen, aber noch von den Serpentinen herab hörte man ihr Gezänk. Der steile Aufstieg und die körperliche Anstrengung hatten offenbar nicht zur Beruhigung beigetragen. Jane Marie stand auf und wischte sich die Hände an der Hose ab. »Wir sollten uns beeilen. Es wird bald dunkel, und ich fürchte, Sullivan und Priscilla können Gunk nicht mal diesen blöden Sack mit Geld geben, ohne gleich einen neuen Streit vom Zaun zu brechen.« Sie ging auf den Pfad zu.

Ich faßte Dickie beim Ellenbogen und folgte Jane Marie. »Was ist eigentlich dein Job in dem Spiel?« fragte ich ihn.

»Mein Job, wieso? Ich will nur Priscilla raushauen. Und du?«

Hinten sah ich Jane Marie festen Schritts den Berg emporsteigen. »Keine Ahnung. Sieht aber so aus, als arbeitete ich jetzt für Teller.«

Ein abschätziges Lächeln von Dickie. »Teller? Teller ist raus aus dem Spiel. Ohnehin völlig überschätzt, dieser armselige Winkeladvokat. Okay, er hat die Kaution hingekriegt, aber das ist auch alles.«

»Wer stellt eigentlich die Kaution?«

»Ich glaube, die Sullivans. Old Bob Sullivan ist nicht gerade daran interessiert, daß seine Vergangenheit ans Licht kommt. Er hat Teller angeheuert, um ihm ein Problem vom Hals zu schaffen. Ein Problem namens Priscilla. Nach meinem Stand der Kenntnis paßt alles zusammen.«

»Aber was ist, wenn dein Stand der Kenntnis schlichtweg falsch ist?« fragte ich ihn.

»Mann, du hast Sorgen.« Dann erneutes Drosselgezwitscher. Eine leichte Brise strich durch die Äste der Fichten und Pappeln. »Wenn sich später tatsächlich herausstellen sollte, daß ich falschliege, kann ich mir später immer noch den Kopf zerbrechen und sehen, wie ich den Fehler wieder korrigiere.« Er schlug mir auf die Schulter und blickte Jane Marie hinterher, die soeben zwischen den Bäumen verschwand.

»Na, dann lauf ihr mal hinterher«, sagte Dickie. »Schätze mal, ich bin da oben sowieso entbehrlich. Du kannst mir ja später alles erzählen, immerhin schuldest du mir jetzt was.« Er hockte sich ans Ufer und betastete prüfend einen flachen Stein. »Andererseits, wenn man es recht bedenkt, je weniger ich über die Transaktion weiß, um so besser.« Und mit diesen Worten war ich entlassen.

Ich machte mich also auf den Weg, Jane Marie hinterher, die zwar nur zwanzig Meter Vorsprung hatte, aber zwanzig Meter den Hang hinauf ist eine ganze Ecke. Keuchend in der kalten Luft, versuchte ich sie einzuholen. Erst weiter oben wurde es etwas wärmer, und mir kam es sogar so vor, als läge dort bereits der erste Hauch des Frühlings in der Luft. So gesehen wanderten wir mit jedem Meter weiter in den Frühling.

Ich hatte etliche Zeitungsartikel über Jane Maries ehemaliges Minengelände gelesen. Der Claim war bereits vor dreißig Jahren aufgegeben worden. Tatsächlich war er selbst in seinen besten Zeiten kaum profitabel gewesen, die Goldausbeute zu gering, um auch nur die Erschließungskosten zu decken, seit im Jahr 1920 Spuren des Edelmetalls in der Pfanne eines Prospektors hängengeblieben waren. Trotz der eher trüben Aussichten sicherte sich dieser Mann die Schürfrechte rund um den nahe gelegenen See und verleitete ahnungslose Investoren von der Ostküste, ihr Geld in das Projekt zu stecken. Das Geld ging für ein kleines Dock und eine Goldwaschanlage drauf. Die Gegend war reizvoll, nur Gold war Mangelware. Statt der Wahrheit ins Auge zu sehen, griff der Prospektor zur klassischen Methode der Epoche, um das traurige Bild etwas zu schönen. Vor dem Besichtigungstermin mit einem weiteren Geldgeber peppte er mit zugekauftem Goldstaub das Gelände um den See gehörig auf und gab dem Interessenten anschließend zwanzig Minuten Zeit zur freien Begutachtung. Niemanden machte stutzig, daß der Kaufpreis für den gesamten Claim mit allem, was dazugehörte, kaum höher war als die bisherigen Kosten. Aber wie auch immer, nach erfolgreicher Veräußerung verschwand der Prospektor auf Nimmerwiedersehen. In immer rascherer Folge, doch mit gleichbleibend dürftiger Ausbeute wechselte von da an die Immobilie den Besitzer.

Von einem stammten die steinernen Stufen im Berg, andere hatten es mit einem Knüppeldamm versucht. Ein weiterer kam auf die geniale Idee, ein Loch in den Grund des Sees zu sprengen, um auf diese Weise den Wasserspiegel zu senken und mehr von dem vermeintlich goldhaltigen Sand freizulegen. Die Hütte mit den Dynamitresten war alles, was von der Idee geblieben war. Dort, so mein Verdacht, hielt Gunk auch den Jungen fest.

Ich schloß zu Jane Marie auf. Schweigend setzten wir unseren Weg fort, der Aufstieg war auch so schon anstrengend genug – für mich allerdings noch mehr als für sie. Schließlich, nach endlosen Kehren, gelangten wir auf den Gipfel. In Richtung Süden hörte ich das Rauschen des Flusses, der von demselben See gespeist wurde, zu dem wir unterwegs waren. Von dem alten Knüppeldamm war nur noch ein verrottetes Skelett übrig, das unser Fortkommen nur behinderte. Uralte Bäume, mit mächtigen, windbewegten Kronen, überschatteten den moosbedeckten Boden. Dort, wo die Sonne hinkam, brachen die ersten grünen Triebe aus der mulchigen Erde, glitzerten Brombeer- und Hartriegelsträucher in den goldenen Strahlen.

Die erste Meile war es immer nur bergauf gegangen, doch dann führte der Weg um den Hügel herum und folgte auf der anderen Seite dem steilen Canyon mit einem Wildbach. Kurz bevor Priscilla und Sullivan den Wald verließen, hatten wir sie eingeholt. Vor uns lag ein Hochplateau mit dem See. Zwanzig Meter vor uns sahen wir auch die Hütte. In der Hütte Young Bob, regungslos und wie erstarrt auf einem schlichten Stuhl. Seine Arme waren nach hinten gebogen. Unter dem Stuhl lag eine verwitterte Holzkiste mit einer Antenne. Hinter einem Baum zu unserer Linken trat Gunk ins Freie. Er hielt eine Art Fernbedienung in der Hand. Das Ding hatte nur einen einzigen Knopf. Gunk wirkte absolut gelassen. »Also, jetzt paßt mal auf, Freunde. Ich will hier nicht die Stimmung verderben, aber ich muß wissen, was jetzt mit meinem Geld ist.« Gunk hob das Plastikding hoch und schwenkte es vor seinem Gesicht hin und her.

»Ich habe keine Lust, den Jungen in die Luft zu jagen, aber...« Hier sah er nach hinten auf Young Bob, der still auf seinem Stuhl saß, dann fiel sein Blick wieder auf die keuchende Wandergruppe vor ihm. »Aber ihr laßt mir keine andere Wahl. Wenn ihr unsere Abmachung nicht einhaltet, bin ich für das, was dann passiert, nicht mehr verantwortlich, klar?«

Robert, der sich atemlos auf die Knie gestützt hatte, richtete sich mühsam auf. »Um dich kümmern sich andere. Ich will mit dir ab jetzt nichts mehr zu tun haben.« Seine keuchende Stimme klang tonlos. »Ich will nur den Jungen und dann, dann nur weg von hier.« Mit diesen Worten reichte er Gunk den Rucksack. Gunk fand sein Lächeln wieder, aber als Sullivan an ihm vorbeiwollte, hielt er ihm drohend das Plastikding vor die Nase.

»Nur die Ruhe, Daddy, eins nach dem anderen.« Ich sah, wie Young Bob in der Hütte das Geschehen verfolgte. Seine

Augen waren weit aufgerissen, aber da war noch etwas anderes in seinem Blick, vor allem in den hochgezogenen Augenbrauen, das ich schwer einordnen konnte. Gunk drückte mir den Rucksack in die Hand. Er selbst behielt die Fernbedienung.

»Ich meine, ich hab es bereits dem Jungen gesagt, aber für euch wiederhole ich es noch mal. Die vergammelten Dynamitstangen in dem Laden sind verdammt gefährlich. Ein Teil davon ist total verrottet, bei anderen kommt das Nitro schon durch die Hülle. Ergibt zusammen eine Höllenmaschine, für die man kaum noch einen Zünder braucht. Ein Mucks von dem Kleinen, und der ganze Scheiß geht hoch.« Gunk lächelte, und seine Stimme war so ruhig, als könne bereits ein lautes Wort die Explosion auslösen. Mit dem Kopf deutete er auf den Rucksack. »Aufmachen, Amigo.«

Ich öffnete den Reißverschluß des Rucksacks, den Dickie bis in diese Einöde gebracht hatte, und zeigte Gunk die Bündel mit Zehn- und Zwanzigdollarscheinen. Er richtete sich auf und zog die Neunmillimeterkanone aus dem Gürtel. Abermals dieses unergründliche Lächeln, breit genug diesmal, daß mir auffiel, daß ihm zwei Schneidezähne fehlten, die beim letztenmal noch dagewesen waren. Wortlos trat er einen Schritt zurück, hielt die Fernbedienung hoch über den Kopf. Dann kehrte er der Hütte den Rücken zu und drückte auf den Knopf.

Priscilla und ich ließen uns zu Boden fallen. Sullivan sprang hinter einen Baum. Nur Jane Marie stand unbewegt da.

Ich hielt Priscilla umklammert, um sie mit meinem Oberkörper zu schützen. Jeden Muskel gespannt, wartete ich auf den Knall. Ich spürte bereits förmlich die Druckwelle vor dem großen Knall, doch endlose Sekunden lang geschah gar nichts. Der Wind raschelte in den Bäumen, und ein Vogel schnatterte irgendwo in den Ästen. Auf einmal brach Gunk in schallendes Gelächter aus. Ich blickte auf, und da stand er, drückte demonstrativ auf den Knopf der Fernbedienung, immer und immer wieder, was zweifellos ungeheuer komisch war, besonders wenn man mein Gesicht dazu sah. Er hatte Tränen in den Augen vor Lachen. »Mein Garagentor kriegt jetzt wahrscheinlich ’nen Affen«, meinte er und kriegte sich selber kaum ein, selbst als er sich die Tränen aus dem Gesicht wischte. Er ließ das Plastikding in seiner Tasche verschwinden. Daraufhin kam auch Young Bob aus der Hütte gerannt, übermütig wie ein junger Hund. Keine Frage, *die* Überraschung war ihnen gelungen.

Kopfschüttelnd sah uns Jane Marie an, während wir immer noch auf dem Boden lagen.

»Warum bist du nicht in Deckung gegangen?« fragte ich sie.

»Du solltest öfter mal Poker spielen, Cecil.« Sie zeigte auf Gunk, der sich mit den Geldbündeln ostentativ das Gesicht fächelte. »Er hat doch bloß geblufft, hast du das nicht gemerkt? Der war doch so angetan von der Show, die er hier abziehen konnte, und seiner eigenen Rolle. So einer jagt keinen sechsjährigen Jungen in die Luft. Außerdem, wo hast du deine Augen? Young Bob war nicht mal gefesselt. Er hat sich die ganze Zeit über uns kaputtgelacht.«

Der Junge rannte auf uns zu. Gunk zog einen Zwanzigdollarschein aus dem Bündel und drückte ihn in Young Bobs kleine Hand. »Danke, Partner, saubere Arbeit. Genau, wie ich gesagt habe, ne? Die sind so blöd, die fallen auf alles rein.«

Priscilla stieß mich fort und stand auf. Mit einem Fluch sprang Sullivan auf Gunk zu. Gunk lachte immer noch, doch als Sullivan näher kam, richtete er seelenruhig die Pistole auf Sullivans Brust. »Immer locker bleiben, Daddy. Niemandem ist etwas passiert, bisher jedenfalls. Nur ein kleiner Spaß unter Freunden. Für was hältst du mich eigentlich? Hast du im Ernst geglaubt, ich würde mich an dem Kind vergreifen?«

Doch so leicht und schnell ließ sich Sullivan nicht besänftigen. Den Lauf der Pistole auf seiner Brust, drängte er sich weiter gegen Gunk, versuchte sogar, die Waffe zu packen – ein Fehler, wie sich herausstellen sollte. Denn auf einmal spannte Gunk den Hahn und sagte mit unbewegtem Killergesicht: »Aber dich würde ich sofort umnieten, du mieser kleiner Arsch, einfach so zum Spaß.«

Sullivan zuckte zurück.

Young Bob zerrte an Priscillas Hand. »Mami, komm mal. In der Hütte sind irre Sachen. Gunk hat sie mir gezeigt. Alle möglichen tollen Sachen zum Goldsuchen. Gunk sagt, hier liegt sogar noch Gold. Wir müssen es bloß finden.«

Sullivan klopfte sich den Staub von der Hose, um auf diese Weise seine Mannesehre wiederherzustellen. »Los, Junge. Wir gehen jetzt runter. Und dann nehmen wir uns das Flugzeug und fliegen nach Hause. Hier hast du nichts verloren.«

Young Bob ließ den Kopf hängen. Jetzt trat Priscilla dazwischen, was Young Bob zum Anlaß nahm, wieder zum Spielen nach hinten zu laufen. Jane Marie folgte ihm. Auf Priscillas Gesicht machten sich die Anstrengungen der vergangenen Tage bemerkbar, sie wirkte müde und ausgebrannt, und ihre Stimme hatte einen fast flehentlichen Unterton, als sie sagte: »Du willst ihn doch nicht wirklich wieder mitnehmen, Robert?« Doch Sullivan blickte nur in die Richtung, in die Young Bob gelaufen war, und ignorierte den Rest. »Das werde ich nicht zulassen«, sagte Priscilla, fast unter Schluchzen. Robert rief nach hinten: »Bob, was machst du da? Komm her.«

Ich sah Jane Marie hinten vor der Hütte stehen. Young Bob erkundete den Schrott, den man etwas weiter einfach in die Landschaft gekippt hatte. Dann blickte ich auf Gunk, der sich hingehockt hatte, um sein Geld zu zählen. »Liegt eigentlich wirklich noch altes Dynamit in der Hütte?« fragte ich.

Gunk ließ das Geld keine Sekunde aus den Augen, hielt aber kurz inne und sagte: »Nicht daß ich wüßte. Da drin sieht's sogar ziemlich ordentlich aus. Nochmals: Der Junge war zu keiner Zeit in Gefahr. Ich hätte ihn auch nie hergebracht, wenn das Zeug noch dagewesen wäre. Reicht das?«

Priscilla mußte wohl ihre Fassung wiedergewonnen haben, denn ich bemerkte, wie sie ihrem Exmann den kleinen Finger in den Bauch stieß. Sie stritten, insofern zumindest war die Welt wieder in Ordnung, und es lohnte sich kaum, ihnen zuzuhören. Aber vielleicht kann ich mich auch nur deshalb nicht mehr an ihr Gezeter erinnern, weil es von dem, was dann geschah, völlig verdrängt wurde.

Mir fiel auf, daß Young Bob den Inhalt einer roten Kaffeedose auf das grüne Moos entleerte – Schrauben, Muttern und anderes Kleinzeug, das er eingehend untersuchte. Ich schloß die Augen, das Gezänk der Eltern war ermüdend und kaum noch zu ertragen. Außerdem meldeten sich meine Kopfschmerzen wieder.

Dann machte ich die Augen wieder auf, was zugleich der Moment war, in dem ihre Streiterei in den Hintergrund trat. Auch hätte das Rauschen der Bäume noch dasein müssen, aber in meiner Erinnerung herrscht vollkommene Windstille. Ich hörte nicht einmal, wie Young Bob auf die Kaffeedose einschlug, ich *sah* nur, daß er es tat, und sah, was er dabei in der Hand hielt. »Nein, nicht! Hör auf! Leg das weg!« flüsterte ich.

Da sah auch Jane Marie, was ich sah, und ging auf Young Bob zu. In meinem Kopf drehte sich alles, aber mein erster Impuls war ebenfalls: Hin, bevor noch ein Unglück geschah!

Selbst aus zwanzig Metern Entfernung bemerkte ich, daß die Zündkapseln an der rostigen Naht bereits aufgeplatzt waren. Sie sahen aus wie aufgequollene Kugelschreiberminen. Jeweils mehrere davon waren zu einem Bündel zusammengefaßt. Young Bob summte vor sich hin und haute mit ihnen auf die Kaffeedose, während seine andere Hand weiter in den Kleinteilen wühlte.

Jane Marie räusperte sich, legte eine verzweifelte Normalität in ihre Stimme, als sie sagte: »He, du... laß das sein, okay? Leg diese Dinger weg, ja, sei so gut.«

»Was zum Teufel machst du da?« meldete sich Sullivan unüberhörbar und rannte auf seinen Sohn zu, blieb auf halbem Weg jedoch abrupt stehen. »Hey, sieh dir das an, Mensch, sieh dir an, was er in der Hand hat. Du hast gesagt, hier läge nichts mehr rum von dem Zeug. Außerdem solltest du doch auf ihn aufpassen!«

Jane Marie kroch auf allen vieren auf den Jungen zu. »He, du«, hörte ich sie sagen, denn ich war ebenfalls näher gekommen, »leg die Dinger auf die Erde, aber vorsichtig, ja?«

Da auch Priscilla mittlerweile die sich anbahnende Tragödie bemerkt hatte, war das Kind nun auf drei Seiten von Erwachsenen umgeben. Doch Priscilla war diejenige, die ihn anschrie: »Das darf doch wohl nicht wahr sein, leg das sofort hin, oder es setzt was!!«

Young Bob stutzte. Er besah sich die Erwachsenen, die mit rotem Kopf alle irgendwie auf ihn einredeten – und legte die Zündkapseln wieder zurück in die Kaffeedose. Dann stand er auf und fing an zu weinen.

»Du Biest! Was sollte denn das geben?« Sullivan ging auf Priscilla zu und schlug sie zu Boden. Gunk hatte sich mittlerweile vom Boden erhoben und kratzte sich mit der Pistole am Kopf.

Die nächsten Augenblicke sind mir nur noch bruchstückhaft in Erinnerung. Ich bin sicher, ich hab Priscilla schreien gehört, die Hände schützend vors Gesicht gehalten. Und ich erinnere mich auch, wie ich mir sagte, daß die Dinge eine gefährliche Wendung nahmen, als Young Bob sich bückte und die Kaffeedose aufhob. Möglicherweise hatte Jane Marie noch versucht, das Schlimmste zu verhindern, ich weiß es nicht mehr genau. Aber ich erinnere mich deutlich an den Ausdruck auf Young Bobs Gesicht, die Wut, mit der er, die Dose in der Hand, ausholte, um damit nach seinen Eltern zu werfen.

Die anschließenden Sekunden gingen unter in einem Feuerball. Metallsplitter sirrten mir um die Ohren, bevor sie sich mit einem trockenen Geräusch in die Baumstämme gruben. Ich lief auf das Kind zu und spürte gleichzeitig einen glühenden Schmerz in meiner Brust. Blut tropfte auf meine Hose hinunter, während ich rannte.

Die Dose war in demselben Moment explodiert, als er sie wegschleudern wollte, und die Wucht der Detonation hatte ihn nach hinten auf den Boden gestreckt. Er lag auf dem Moos, die weiße Haut rot gesprenkelt, jede rote Stelle eine blutende Wunde, dazu eine Kopfverletzung, die aussah wie ein Streifschuß durch sein Haar. Ich sah diesen kleinen Kinderkörper, aber mein Blick fiel immer wieder auf seinen rechten Arm, denn da war etwas, was ich nicht verstand.

Die Finger fehlten. Statt dessen sah ich etwas, das mich an einen verbrannten Fächer erinnerte, ein Fächer, von dem nur die zarten weißen Streben übriggeblieben waren. Aber es gab keinen Zweifel, das war seine Hand. Die Hand war bloß nicht mehr da, nur die Knochen hatten der Explosion widerstanden. Seine hellblaue Jacke hing ihm in Fetzen am Leib, der Ärmel und die Haut darunter waren verschwunden. Ich starrte fassungslos auf das rohe Fleisch, Muskeln und Sehnen in grellem, nassem Rot vor dem Grün des Mooses, zuckende Muskelstränge, ungeschützt der Welt ausgesetzt.

Jane Marie kniete über dem Jungen, wiederholte immerzu

seinen Namen, die Hände zitternd, beschwörend über seinem Gesicht, das sie, wer weiß warum, nicht zu berühren wagte. Kreidebleich starrte Sullivan auf die Katastrophe, ein Ausdruck vollkommener Leere, der Mund offen, so, als wolle er etwas sagen, ohne ein Wort hervorzubringen. Priscilla kroch über die Erde auf Young Bob zu, berührte seinen Zeh mit der Fingerspitze. Sie weinte, aber es hörte sich an wie entweichende Luft aus einem Ballon.

Gunk warf die Pistole in die Büsche. Er sah sich um, und für einen Moment dachte ich, er wolle abhauen, aber er stürzte auf den Jungen zu, tastete nach der Halsschlagader, bog den kindlichen Kopf zurück, horchte auf seinen Atem. Dann befühlte er die Brust und den unversehrten Arm, bewegte Arm- und Handgelenke, zählte die Finger an der Hand. Gunk sah mich an. Seine Miene war ernst, und zum erstenmal erkannte ich dort so etwas wie Angst.

»Sein Herz schlägt noch. Er hat Glück gehabt. Die Explosion hat die Wunden so verbrannt, daß es erst mal nicht zu größeren Blutungen kommt.«

Ich starrte ihn ausdruckslos an, weil mir nicht in den Kopf wollte, wie man das als Glück bezeichnen konnte. Erst später wurde mir klar, daß er recht hatte.

Abermals hörte ich Gunks Stimme. Die Stimme sprach zu mir. »Es gibt eine gewisse Chance, daß er durchkommt. Ich hab so etwas schon einmal erlebt. Aber wir dürfen uns jetzt keine Fehler erlauben.«

Mit blutverschmiertem Gesicht sagte Jane Marie: »Cecil, auf dem Boot ist ein Walkie-talkie. Geh runter und hol Hilfe. Hol Hilfe!« Wimmernd kniete Priscilla an Young Bobs Füßen, während Robert hinter ihr auf und ab ging, mit sich selbst sprach und sich die Haare raufte.

Gunk untersuchte den Jungen nach weiteren Verletzungen. Er hob ein Augenlid an, um zu sehen, wie die Pupille auf

Licht reagierte. Vorsichtig tastete er dann das Rückgrat ab. »Wir brauchen Kompressen und Verbandpäckchen für einen Druckverband. Außerdem müssen wir etwas gegen den Schock tun. Aber uns bleibt nicht viel Zeit. Sieh zu, daß du irgend jemanden erreichst, dann könnte es klappen. Schaffst du das?«

Endlich drangen seine Worte in mein Bewußtsein vor. Ich erhob mich von den Knien und bemerkte, daß ich blutete – eine kleine Verletzung direkt in meiner Brust. Gunk stand ebenfalls auf und ging auf mich zu. Er sah mich von oben bis unten an und berührte die Wunde in meiner Brust. Vorsichtig entfernte er daraufhin einen Metallsplitter, zog sein Portemonnaie samt Kette aus der Tasche. Zwischen den Kreditkarten wurde er fündig und klebte ein schmudddeliges Pflaster auf die blutende Stelle. Dann knöpfte er mir noch das zerfetzte Hemd zu und die Jacke.

»Laß das mal anständig versorgen, wenn wieder Zeit ist. Alles klar mit dir? Du siehst mir auch nicht so superfit aus.« Gunk sah mir in die Augen, fühlte an meiner Stirn und tastete dann meine Gliedmaßen ab wie bei einer Leibesvisitation. »Oder soll lieber jemand anders gehen?«

Über dem See war die Dämmerung hereingebrochen. Ich schaute zu Young Bob hinüber. Jane Marie breitete ihre Wolljacke über das Kind, legte mit unendlicher Vorsicht den verbrannten Stumpf obendrauf – nichts als ein Klumpen rohes Fleisch mit den zarten weißen Enden zerfetzter Knochen. Etwas weiter stand Sullivan, die Hände vor dem Schoß verschränkt wie Leute auf dem Friedhof, und starrte in den Himmel. Er atmete schwer. Priscilla hing weinend an seiner Schulter.

Ich machte mich also auf den Weg. Gunk rief mir noch hinterher: »Aber paß auf, wo du hintrittst, nicht rennen. Wir wollen dich hier lebend wiedersehen. Hauptsache, du erreichst überhaupt jemanden. Mit einem gebrochenen Bein mitten in der Pampa geht das nicht, okay? Mach deinen Funkspruch, aber komm sofort zurück. Und nimm das Funkgerät mit. Außerdem brauchen wir den Verbandkasten, einen Schlafsack und ein paar Leuchtraketen, wenn du welche findest. Inzwischen sehen wir hier, was wir tun können. Alles klar, Mann? Dann mal los.«

Ich nickte und winkte ihm über die Schulter zu, während ich zwischen den Bäumen verschwand.

Dämmerung über dem See. Die Schatten unter den Bäumen traten ihren langen Rückzug an in die Nacht und den schwarzblauen Himmel. Ich kämpfte mich durchs Unterholz, Schatten, dicht an dicht. Der schmale Pfad war immer da, wo die dunkelsten Schatten *nicht* waren. Der einzige Orientierungspunkt war kein Punkt, sondern das Rauschen des Flusses unten im Canyon. Und für die Strecke, für die wir tagsüber nicht mehr als fünfzehn Minuten benötigt hatten, brauchte ich nun eine halbe Stunde. Während ich dem Gipfelgrat folgte, verbündeten sich die tosenden Wasser mit den raschelnden Ästen, bis alles eins war und ich allein im schwarzen Rauschen der Wildnis. Ich blieb stehen, streckte die Arme aus wie ein Kind beim Blindekuh, und so fühlte ich mich auch.

Bäume und Unterholz verschwammen zu vagen Schemen, und mir war schwindlig durch die aufsteigende Panik. Der Wind wurde stärker, heulte in den Bäumen. Das war der Erlkönig, er war hinter mir, vor mir, ich wußte – gleich faßt er mich an! Ich wollte zurück, zurück an den See, zurück zu den anderen und erschrak, als ich den Berg hinaufsah, denn da war nichts. Irgendwo weiter unten war Salzwasser. Und irgendwo darin das Boot. Ich sah Young Bob vor mir. Wahrscheinlich setzten in diesem Moment die Blutungen ein. Ich durfte nicht mehr zurück, mußte weiter. Da trat ich ins Leere und fiel und fiel.

Mein Gesicht traf es zuerst, dann rudernd, Hals über Kopf, radschlagend im Gehorsam der Schwerkraft, landete ich erneut auf dem Gesicht, brach durch das Dickicht, unaufhaltsam und immer schneller, dann freier Fall, als purzelte ich aus mir selber heraus, dann erneuter Aufschlag, und ich hörte mein eigenes Stöhnen. Ein nasses, moosüberwachsenes Etwas hatte den Sturzflug gestoppt. Mit beiden Händen, stiebende Funken vor Augen, ertastete ich einen umgestürzten Baumstamm. Ich versuchte, die Funken zu Mustern zu ordnen, als ich die hellen Flechten auf dem verfaulten Stamm bemerkte. Doch es hätte genausogut ein Nebelstreif sein können oder ein zersplitterter Knochen. Ich hörte ein Knacken, dann erst den dumpfen Aufprall, und versuchte mich frei zu machen. Ein stechender Schmerz zwischen meinen Rippen schlug neue Funken. Ein Stein kollerte in einiger Entfernung talwärts, und ich erkannte eine schwarze Kruppe, die sich durchs Unterholz wühlte. Von überall her kamen plötzlich schnüffelnde, grunzende Laute, bewegliche Schatten mit spitzen Reißern und Schnauzen wie großkalibrige Waffen. Das Grunzen klang knapp und sachlich wie entferntes Gewehrfeuer und war doch ganz nah. Ich rappelte mich hoch und versuchte zu gehen, stolperte, karriolte weiter, die Äste wie Peitschenhiebe in meinem Gesicht. Dann krachte mein Kopf gegen etwas Hartes, und ich kullerte eine Uferböschung hinab, die Hände verkrallt in der weichen Tonerde, aber unaufhaltsam rutschend, bis ich in der Sohle des Canyons angelangt war.

Hier unten herrschte Dunkelheit in ihrer reinsten Form. Ich lag regungslos da. Ich schmeckte die Erde zwischen meinen Zähnen und spürte die eisige Luft wie einen Unterdruck auf der Haut. Ich riß die Augen auf, doch wenn es hier überhaupt Licht gab, dann erreichte jedenfalls nichts davon meine Retina. Ich horchte auf das Grunzen, aber selbst das war im undurchdringlichen Dunkel untergegangen. Ich fühlte mit zitternder Hand über mein Gesicht, meine Nase, steckte mir die Finger in den Mund, biß zu, bis mich der Schmerz davon überzeugte, daß ich nicht ebenfalls von der Dunkelheit verschluckt worden war. Ausgeschickt, um Hilfe zu holen, war ich nun selbst ein Fall für die Sanitäter.

Dann durchschnitten Schallwellen die Luft, die so unverkennbar Menschenwerk waren, daß sich alle meine Nervenenden förmlich danach ausstreckten. Es war ein Signal mit einer immer wiederkehrenden Folge von Tönen, manchmal leicht abgewandelt, aber stets erkennbar. Musik! Das war Musik – eine Entdeckung so unglaublich, daß ich anfing zu lachen. Da sang jemand: »I can't give you anything but love.« Der Song kam aus Tellers Radio, mutierte per Suchlauf zu einer alten Motown-Produktion, dann zu einer irischen Ballade. Melancholischer Fiedelgesang hing in der Luft und verging. Dann Hootie and the Blowfish. The Mighty Clouds of Joy. Nirvana. Ein Werbespot für Getriebeöl. Bob Seger. Ein Anrufer in einer Sendung, aber die Leitung war schlecht. Das Kingston Trio. Alles kurz angetippt von Tellers Suchlauf und alsbald wieder verlassen. Irgend jemand hatte das Radio an die Außenlautsprecher angeschlossen, mit denen die Crew den Funkverkehr verfolgen konnte, selbst wenn sich niemand im Ruderhaus befand. Im Notfall diente die Anlage auch zur Verständigung von Boot zu Boot. Willkommen in der Zivilisation!

Ich spürte, wie eine unerwartete Wärme durch meinen Körper flutete und jegliche Todesangst aus meinem System schwemmte. Ich stand auf. Die Musik kam von links. Es lief zwar allen meinen Instinkten zuwider, aber ich kraxelte den Berg wieder hoch, denn der Canyon verlief ja nach Norden, von der Bucht weg, um sich später mit jenem anderen Fluß zu verbinden, der sich aus dem See speiste. Oben angekommen, erkannte ich durch die Bäume hindurch tatsächlich die Lichter des Boots. Dann begann der mühsame Abstieg, quer durch dichtes Gebüsch und über umgestürzte Baumstämme hinweg, deren trockene Äste mein Gesicht zerkratzten. Als ich mich bis auf fünfzig Meter dem Strand genähert hatte, erkannte ich die *Winning Hand*. Auch das Wasserflugzeug lag noch immer an der Anlegestelle. Über der offenen See braute sich ein Sturm zusammen, und einzelne Böen fegten bis in die geschützte Bucht. Die Tragflächen des Wasserflugzeugs wippten vor und zurück, während die Schwimmkörper an den Leinen zerrten.

Teller und Dickie saßen über ihrem Brandy und waren mit einer Eisensäge den Handschellen zu Leibe gerückt. Tellers linkes Handgelenk war bereits befreit, der Stahlring rechts wies bereits eine etwa ein Zentimeter tiefe Kerbe auf. Ihnen war sofort klar, daß Arbeit auf sie zukam, als ich mit letzter Kraft durch die Tür taumelte. Im selben Moment hatte sich Dickies Säge auch durch die rechte Handschelle gefressen.

Der Pilot hatte die ganze Zeit auf uns gewartet, denn Dickie hatte ihm gesagt, daß auf dem Rückflug nach Juneau ein Kind und eine erwachsene Begleitperson mit an Bord sein würden. Nur wer diese erwachsene Begleitperson sein würde, wußte er auch nicht. Allerdings war dem Piloten die Warterei zu dumm geworden. Er wollte schon allein zurückfliegen, da hörten sie die Explosion oben auf dem Berg. Daraufhin hatte er sich entschlossen zu bleiben.

Während ich Teller noch die Lage darlegte, griff er bereits in seinen Seesack und holte Verbandkasten und Schlafsack heraus. Dickie suchte alle Taschenlampen zusammen, die er nur irgend finden konnte.

Im Verlauf seines Zerstörungswerks am vergangenen Abend hatte Gunk bis auf den CB-Funk die gesamte Bordelektronik kurzgeschlossen. Aber dort meldete sich niemand, keine Menschenseele schien CB-Kanäle abzuhören. Und tief in der Bucht waren weder das Funkgerät des Wasserflugzeugs noch die Walkie-talkies stark genug, um die Küstenwache in Sitka zu erreichen. Die Funkwellen kommerzieller Radiosender drangen ab und zu in diesen gottverlassenen Winkel vor, unsere eigenen Funksprüche hingegen verloren sich irgendwo auf See.

Der Pilot, ein hochgewachsener knochiger Bursche aus Oklahoma, bot uns an, den Flieger bis kurz vor die Bucht hinauszufahren, um von dort SOS zu funken. Mehr sei bei dem Seegang nicht drin. Er wirkte nervös, denn da draußen blies der Wind mit mehr als vierzig Knoten, was bereits so ein erhebliches Risiko darstellte.

Unterdessen packten Teller und ich die Sachen zusammen, einschließlich mehrerer Taschenlampen und Leuchtraketen. Oben auf dem Gipfel würden wir nochmals versuchen, mit dem Walkie-talkie durchzukommen. Ich hatte den Rucksack geschultert und befand mich bereits fast auf dem Pfad, da sah ich zwischen den Bäumen ein loderndes Feuer, das rasch näher kam. Ich rannte zurück zum Boot und schnappte mir das Fernglas. Hektisch suchte ich den ganzen Hang nach dem Feuer ab, ohne Erfolg. Die wandernden Flammen waren nicht mehr da.

Als ich abermals aufbrechen wollte, sah ich Gunk auf dem Steg. Jane Marie, Priscilla und Sullivan hielten Fackeln in der Hand, die sie offenbar aus Ästen und ölgetränkten Kleidungsfetzen improvisiert hatten. Sullivan trug kein Hemd mehr, und Jane Marie hatte ihre Hosenbeine abgeschnitten. Ich stürzte nach draußen.

Gunk hatte ein blutendes Bündel im Arm. Hellrote Stoffstreifen bedeckten Young Bobs zerschmetterten Arm. Eine Blutspur zog sich über die Planken des Stegs. Gunk atmete schwer, und von seiner professionellen Sachlichkeit war in der tränenerstickten Stimme nichts mehr zu spüren, als er sagte: »Er stirbt...« Der Wind riß seine Worte hinaus aufs Meer.

10

Ich wandte mich an den Piloten und sagte: »Los, bringen wir ihn ins Krankenhaus nach Juneau.«

Er schüttelte den Kopf und sagte langsam: »Würde ich gerne, das kannst du mir glauben. Aber das ist unmöglich. Und es hilft dem Kind auch herzlich wenig, wenn wir alle gemeinsam abschmieren.«

Ich trat auf die Schwimmkörper des Wasserflugzeugs. »Also gut«, sagte ich, »dann fliege ich eben selber.«

»Cecil, du kannst doch gar nicht fliegen, Mensch«, sagte Jane Marie mit einer Mischung aus Verwunderung und Schrecken.

»Ich hab ein bißchen Theorie und sogar ein paar Flugstunden gehabt. Jemand hat mal gesagt, das wäre gut gegen die Flugangst. Aber mir ist es bitterernst. Ich fliege, wenn's sonst keiner tut.« Ich fummelte an den verschiedenen Hebeln und den seltsamen Knöpfen im Cockpit.

Mit der rechten Hand, an der immer noch die Handschelle hing, faßte mich Teller am Arm. »Nur die Ruhe, du Fliegeras.« Mit unbewegter Stimme wandte er sich an Gunk. »Stirbt er wirklich?«

Gunk, das hellrote Bündel im Arm, zuckte die Schultern, worauf ein Blutstropfen auf seinen Stiefel fiel. »Tja, wenn ich das wüßte. Der Schock, der hohe Blutverlust, viel Zeit bleibt dem Kleinen nicht mehr«, sagte er, ohne den Blick von Teller zu nehmen.

Teller drehte sich zu dem Piloten um. »Alles in Ordnung mit deiner Mühle? Ehrliche Antwort: Funktionieren die Instrumente? Sonst irgendwelche Macken?«

Der Pilot schüttelte den Kopf. »Die Maschine ist erst neulich in der Inspektion gewesen. Aber an der Maschine liegt es ja nicht, sondern ...« Er deutete hinaus auf die stürmische See.

»Wie lang braucht man nach Juneau?«

»Zwanzig Minuten reine Flugzeit. Bei Nordwind auch weniger. Aber der Junge bleibt hier. Was ihr vorhabt, ist das reinste Himmelfahrtskommando. Der Junge kommt gar nicht erst in Juneau an – und alles nur, weil jemand unbedingt den Helden spielen muß.«

Neben Teller wirkte der Pilot fast schmächtig. Und Tellers Stimme war eindringlich unter der dünnen Schicht von Verbindlichkeit. »Okay, mein Sohn. Aber jetzt wollen wir nicht darüber spekulieren, wer in Juneau ankommt und wer nicht. Das hier ist ein Notstand, und dein Flugzeug ist hiermit beschlagnahmt. Beschweren kannst du dich später.« Dann sagte er zu Gunk: »Ich brauche einen Freiwilligen als Copiloten und jemanden, der sich hinten um Young Bob kümmert. Legt die Schwimmwesten und den Verbandkasten nach hinten. Das bißchen Mond scheint nicht die ganze Nacht.« Er packte Gunk am Arm. »Weißt du, am liebsten würde ich dich mitnehmen, allein schon, um dir später ganz persönlich den Arsch aufzureißen ...« Und er hatte sich schon abgewandt, als er hinterherschickte: »Aber du bist leider zu schwer.« Dann steckte er seinen Kopf ins Cockpit, wo ich mich bereits eingerichtet hatte. »Los, rutsch eins rüber.«

»Heißt das, ich fliege nicht? Du hast getrunken, Teller.« Trotzdem schob ich mich ohne Widerrede auf den Sitz des Copiloten.

»Yeah, und du bist ein total bekloppter Idiot.« Teller grinste. »Wenigstens werde ich so wieder nüchtern.«

Jane Marie zwängte sich auf den Rücksitz und bedeutete Gunk, den Jungen an Bord zu hieven, der mittlerweile in die Jacken sämtlicher Beteiligten eingepackt war. Ich sah den blassen Hals, als sie ihn vorsichtig an Bord brachten.

Priscilla stand auf dem Steg neben Sullivan. Ihre Gesichter waren blutverschmiert, und sie hoben beschwörend die Hände.

»Wir wollen auch mit«, sagte Priscilla mit belegter Stimme.

Teller schwang sich auf den Pilotensitz, schnaubte gereizt und ließ den Sitz so weit wie möglich nach hinten fahren. Dann lehnte er sich halb über mich und sagte nach draußen: »Sorry, kein Platz mehr frei. Ihr fahrt mit Gunk und Mr. Stein. Sie bringen euch mit der Yacht nach Juneau. Morgen früh seid ihr da.«

Priscilla wollte protestieren, brach aber statt dessen in Tränen aus. Sullivan legte ihr die Hand auf die Schulter. Dickie winkte mir zu und ging hinüber zur *Rose*. Teller knallte die Flugzeugtür zu. »Lieber zwei tollwütige Hunde hier drin als diese beiden. Ich bin doch nicht bescheuert«, schimpfte er.

Teller richtete sich in seinem Sitz ein. »Ich brauch dich für die Balance, Younger. Alles, was du zu tun hast, ist ruhig sitzen zu bleiben.« Er tätschelte mir das Knie. »Und, hey, wir sind zum Abendessen in Juneau, was sagst du dazu?« An der Decke vor der Windschutzscheibe baumelten zwei Sicherheitsgurte. Ich zog einen zu mir herunter und ließ ihn unter dem Sitz einrasten, als wir vom Landungssteg abstießen. Heulend sprang der Motor an und brachte es nach anfänglichem Gestotter auf dröhnende Touren.

Erst als die Bucht hinter uns lag, wurde mir klar, auf was ich mich eingelassen hatte. Das Flugzeug war der Spielball der Wellen, bot dazu reichlich Angriffsfläche für den Wind. Die Gischt im Mondlicht glitzerte gefährlich. Salzwasser, vom Wind gepeitscht, prasselte an den Scheiben herunter. Durch

Wasserschleier hindurch erkannte ich die Berge auf der anderen Seite der Meerenge. Der Anblick trug allerdings wenig zu meiner Beruhigung bei, denn die See dazwischen kochte. Und genau das war unsere Startbahn. Teller hatte die Karte vor sich auf den Knien, suchte, eine Minitaschenlampe zwischen den Zähnen, nach unserer Bucht, erst auf der Vorder-, dann auch auf der Rückseite. Genervt schmiß er schließlich die Karte weg.

»Scheißding, wird ja kein Mensch schlau draus. Wir müssen in diese Richtung, oder?« Er zeigte nach Südost.

»Yeah.«

»Okay, dann mal los, irgendwie werden wir schon ankommen.«

Eine weitere Windbö warf das Flugzeug herum. Teller gab mehr Schub und drehte den Vogel in den Wind. Er starrte vor sich auf das Wellengebirge.

»So weit, so gut... der ganze Trick ist: Man sollte die Wellen die halbe Arbeit machen lassen. Der Luftdruck der Wellen sorgt für den Auftrieb, unser Job ist bloß das Timing.« Er grinste mich mit seiner Zahnlücke an. »Also im Grunde kinderleicht. Oben bleiben ist alles, denn zwischen den Wellen lauert der Tod. Oder so ähnlich.«

»Sag mal, hast du das eigentlich schon mal gemacht?« fragte ich.

Er saß über das Steuer gebeugt, beobachtete die See unmittelbar voraus, zählte die Wellen.

»Nicht direkt... aber ich hab so etwas schon immer mal machen wollen.«

Hinter uns stöhnte Young Bob. Ich drehte mich um und sah Jane Marie, die machtlos das blutende Bündel an sich drückte. Den Sicherheitsgurt hatte sie um die Hüften des Jungen geschlungen. Gleichwohl verriet ihre Miene mehr Entschlossenheit als Angst.

»Mach schon, Teller. Bring uns weg«, befahl sie.

Teller drückte den Gashebel nach vorne, und das Innere der Kabine erbebte, als würde das Flugzeug jeden Moment zerrissen. Ich klammerte mich an meinen Sitz, während der Flieger langsam an Fahrt gewann – zunächst in einer Art Achterbahnfahrt über Berg und Tal, dann in donnernden Sätzen von Kamm zu Kamm. Schließlich war die See wie ein Waschbrett unter den Schwimmkörpern. Direkt vor uns rollte, weithin sichtbar wie eine Gewitterfront, eine gewaltige See auf uns zu. Teller nahm etwas Gas weg, bewegte das Höhenruder, drückte dann den Gashebel bis zum Anschlag nach vorne. In diesem Moment erfaßte uns die Sturmbö wie eine mächtige Faust.

Mit neun Jahren war ich einmal mit meiner Mutter zu Besuch von Verwandten in der Nähe von Seattle, und meine Cousins nahmen mich mit zu einer Kirmes. Es war Mitte August, und ich erinnere mich noch an den Festplatz, den träge dahinströmenden Fluß, die Pappelsamen wie fliegende Wattebäusche in der kühlen Brise. Eine der Attraktionen nannte sich »Looping«. Mein pummeliger Cousin und ich fuhren insgesamt dreimal damit. Angeschnallt in einer kleinen, starren Kabine, wurde man nach und nach höher geschaukelt, bis dann der mächtige hydraulische Arm mit den Fahrkabinen den Zenit erreichte – und sich überschlug. Hysterisches Kreischen, Lustangst, Angstlust beim Publikum. Es gab wenig, was diesem Kick vergleichbar war, hilflos durch die Luft gewirbelt zu werden, während der Horizont selbst sich zu drehen schien und mir das Geld aus der Tasche purzelte. Trotzdem erinnere ich mich ganz genau, daß ich, im Augenblick des größten Schreckens und vielleicht gerade deswegen, überscharf registrierte, wie sehr der staubige Festplatz mit roten Pappbechern übersät war.

Ansonsten aber war ich nicht im entferntesten darauf vorbereitet, was beim Abheben des Wasserflugzeugs mit mir geschah. Denn die Sturmbö riß das kleine Luftfahrzeug wie einen entfesselten Papierdrachen in den nachtschwarzen Himmel. Ich wurde zunächst in den Sitz gepreßt, oben hinwieder schienen nur die Sicherheitsgurte zu verhindern, daß ich gegen die Decke des Cockpits geschleudert wurde – wunderbare Welt der Schwerkraft. Der Sitz knirschte in seiner Verankerung, das nervenzerfetzende Dröhnen des Motors, verbunden mit einer unglaublichen Vibration, rüttelte an der Konstruktion des Flugzeugs mit seinen vielen zerbrechlichen Nieten, zerrte an Gelenken und Nerven. Ich schlug die Augen auf. Tellers rechte Hand, immer noch in der Manschette der Handschelle, irrte nervös vom Gashebel zum Regler für die Luft-Kraftstoff-Mischung und wieder zurück, und jedesmal hörte ich das metallische Klicken der Handschelle auf den Instrumenten. Die linke Hand hielt das Steuerruder umklammert. Er kniff die Augen zusammen, sog vor Anspannung die Luft durch die Zähne. Ich sah durchs Seitenfenster hinunter auf den verräterisch aufblitzenden Schaum über den Riffen. Immer wieder sackte die Maschine weg, driftete gleichzeitig zur Seite, und mein Magen spielte verrückt in diesen seekranken Ausbrechern. Hinten hörte ich das Stöhnen von Young Bob. Jane Marie beugte sich etwas nach vorne und faßte meine Schulter.

Teller zog das Steuerruder zu sich heran, drehte nach Backbord. Einen Moment lang senkte das Flugzeug die Schnauze nach unten, und es sah fatal danach aus, als begänne nun der Sturzflug, den ich die ganze Zeit schon befürchtet hatte. Doch dann lag der Abwind hinter uns, und der eigentliche Steigflug begann. Young Bob schrie in den wütenden Turbulenzen, die das Flugzeug stets aufs neue in ihre Gewalt nahmen, denn mit jedem Stoß schlackerte unwillkürlich auch

Young Bobs Arm hin und her, und Blut spritzte auf den Boden. Seine Schreie fanden ihr Echo in meiner eigenen Brust, doch bevor ich meiner Angst Luft machen konnte, stieß das Flugzeug vor in eine Zone relativer Ruhe – wir überflogen eine der vorgelagerten Inseln. Stilles Mondlicht über den schneebedeckten Hängen, weiter voraus, unter einer milchigen Kuppel aus Licht, bereits die funkelnden Schnüre der Straßen von Juneau.

Teller schaltete das Funkgerät ein. Er gab die Kennung durch, kündigte unsere Wasserung im Landeteich an und bestellte einen Rettungswagen ans Dock. Dann fiel sein Blick auf das Massiv von Douglas Island, hinter dem sich der Flughafen versteckte, und brüllte durch das Dröhnen des Motors: »Schon mal bei einem Flugzeugabsturz dabeigewesen, Younger?«

Ich erinnerte mich an den Fall jener Familie, die während eines Urlaubstrips im Lynn Canal ums Leben gekommen war. Ich sah die Bilder von dem Crash vor mir – und verdrängte sie gleich wieder. Lieber nichts beschwören. Teller sagte: »Die Landung ist der entscheidende Punkt, sie ist in diesen Fällen nämlich immer zu hart, gewissermaßen. Ich glaube, ich sollte ein bißchen höhergehen.« Er zog das Flugzeug nach oben, und abermals ließ der Sturm von uns ab – eine trügerische Ruhe, wie mir schien. Hier konnte noch alles passieren. Die Schneefelder glitten unter uns hinweg, und bald lag das Mendenhall Valley vor uns, wo sich auch der Flughafen befand. Ich sah die Landefeuer des Teichs, der parallel zur Rollbahn verlief.

»Na, wie hat dir mein Start gefallen?« fragte Teller.

»Beeindruckend, wirklich. Jedenfalls das, was ich davon mitgekriegt habe.«

»Du hast doch keine Angst gehabt, oder?«

»Ach, woher denn? War ein bißchen ungewohnt, aber

sonst… alles im grünen Bereich.« Meine Hände schmerzten, so fest hatte ich mich an den Sitz geklammert.

»Dachte ich mir doch. Aber diese neuen Tabletten sind auch wirklich spitze!« Er öffnete ein Pillenfläschchen und schüttete sich einige der Babys in die Hand.

Tatsächlich waren Tellers fliegerische Fähigkeiten in der Startphase derart furchteinflößend gewesen, daß ich von da an das nackte Überleben bereits als Geschenk empfand. Und die Landung war auch nicht besser. Ein Blick nach draußen hätte Teller sagen können, daß sich der Vogel beim Landeanflug in einer gefährlichen Schieflage befand. Eine Tragfläche hätte beinahe das Wasser berührt, aber das schien niemanden ernstlich zu stören, so relaxt, wie wir nach der überstandenen Gefahr alle waren. Auch ich hätte am liebsten über die paar dummen Sturmböen gelacht, die uns noch Kopf und Kragen kosten würden. Ich tat es nicht, denn die Natur bestraft solche Überheblichkeit sofort. Der Landeteich kam rasend schnell näher, und Teller gelang es buchstäblich in letzter Sekunde, das Flugzeug auszutarieren. Hart setzte die Maschine auf dem Wasser auf und steuerte auf die Anlegestelle zu, als wäre es das Normalste von der Welt.

Der Rettungswagen war bereits da, und die Sanitäter hoben Young Bob aus der engen Kabine. Jane Marie kletterte ebenfalls aus dem Flugzeug und setzte sich hinten in den Rettungswagen, während eine Frau in Uniform die Infusion vorbereitete. Die Türen schlugen zu, und die Ambulanz fuhr über die Schotterpiste der Landebahn davon. Teller und ich standen allein im eisigen Mondlicht und sahen dem Wagen hinterher. Schließlich sahen wir selbst das Blaulicht nicht mehr, und die Nacht kroch auf einmal von allen Seiten an uns heran. Ein Polizist stieg aus seinem Streifenwagen und kam auf uns zu.

»Mr. Teller, der Staatsanwalt möchte Sie sprechen, rein inoffiziell, versteht sich. Wenn Sie bitte mitkommen wollen.«

Teller nickte, spuckte aus und folgte dem Beamten zu seinem Fahrzeug. Mich sah er nicht mehr an.

Ich blieb allein an dem Landeteich zurück und war wieder einmal zu Fuß. Hinten im Tal glitzerte der Viertelmond auf dem mürrischen Antlitz des Gletschers. Aber kein Vogel weit und breit, der mir gesagt hätte, wohin ich jetzt gehen sollte.

11

Ich ging über das Vorfeld hinüber zur Ankunftshalle und nahm mir ein Taxi ins Krankenhaus. Der Fahrer warf einen Blick auf meine Klamotten und fuhr mich umsonst dorthin. Ich fand Jane Marie im Meditationszimmer. Sie saß an einem Tisch und legte mit eckigen Bewegungen Patiencen.

»Sie wollen mir noch nichts sagen. Er ist immer noch im OP«, sagte sie, ohne die Augen von ihrem Spiel zu wenden.

Sie plazierte ihre Karten auf die bereits ausgelegte obere Reihe, beugte sich nach vorne, um die jeweiligen Pärchen zu begutachten.

»Schon mal *Snirts* gespielt, Cecil?« fragte sie mich mit tonloser Stimme.

»Nein.« Ich ging zu ihr und legte ihr die Hand auf die Schulter.

»Hab ich von ein paar Leuten aus Wainwright gelernt. Es ist im Prinzip eine Patience, wird aber zu mehreren gespielt. Jeder beginnt mit einem ganzen Spiel, legt die Asse in die Mitte und versucht dann, die anderen Karten unterzubringen. Wer zuerst fertig ist, hat gewonnen. Die Leute, die mir das beigebracht haben, waren ziemlich gut darin. Also wirklich gut, aber sie spielten ja auch jedesmal die halbe Nacht.«

Ich fing an, ihren Nacken zu massieren. Sie preßte die Lippen zusammen, und ihre Hände zitterten.

»Wenn ich ein zweites Spiel hätte, würde ich dir zeigen, wie es geht.« Als sie zu mir aufsah, standen Tränen in ihren Augen. Ich sagte nichts.

»Das Spiel ist wirklich nicht schlecht, wenn man erst mal verstanden hat, worum ...« Ihre Stimme brach, und sie fing an zu weinen. Und ich hielt sie fest.

Uns beide übermannte schließlich die Müdigkeit. Ein Arzt kam herein und gab uns eine Decke. Ich weiß noch, wie er sagte, Young Bob sei immer noch im OP. Ich mußte zwischendurch aufgewacht sein und mich eingehend mit dem Arzt unterhalten haben, aber das einzige, woran ich mich erinnere, war seine immer wiederkehrende Redewendung »noch nicht über den Berg«. Deutlicher erinnere ich mich an meinen Traum in dieser Nacht: von tausend Schneegänsen, die über das Marschland hinaus aufs Meer flogen, wobei es lauter Federn auf die Krankenhausbetten regnete. Dann erwachte ich mit steifem Nacken und taubem Arm. Jane Maries Kopf lag in meiner Armbeuge, und durch die Buntglasfenster fiel erstes Licht auf ihr Gesicht. Ich barg ihren Kopf in meiner Hand, und im Schlaf küßte sie meine Finger. Schließlich schlug sie die Augen auf.

»Ich hab von unserem Flug geträumt«, sagte sie mit belegter Stimme. »Wolltest du wirklich selber fliegen?«

»Nein. Alles nur Bluff. Wir wären jetzt alle tot, wenn ich das wirklich gemacht hätte.«

»Mein Held.« Sie schloß die Augen.

Jemand versorgte uns mit scheußlichem Kaffee, und wir warteten, bis nach und nach der Rest der Familie und schließlich sogar die Polizei eintrudelte. Priscilla und Robert waren die ersten. Ich sah sie an der Aufnahme stehen. Robert lehnte über dem Tresen und betete mit leiser Stimme Namen und Nummern herunter, bevor er seine Versicherungskarte aus der Brieftasche zog. Priscilla stand hinter ihm und hielt seine Hand. Ich stieß Jane Marie in die Seite. Sie seufzte. »Ich faß es nicht, sieht mir aus wie die zweiten Flitterwochen. Wart's ab, jetzt geht es mit vereinten Kräften gegen mich.« Sie trat an die beiden heran.

Ich ging in die Eingangshalle und wäre dort fast über Gunks ausgestreckte Füße gestolpert. Er hatte sich in einen Sessel geworfen und die Baseballkappe über die Augen gezogen. Er blinzelte unter dem langen Schirm hervor. »Hey, Mann, wie geht's dem Kleinen?«

»Die Finger sind ab, aber sie können möglicherweise einen Teil der Handwurzel retten.«

Gunk lächelte. »Und wie war der Flug?«

»Nicht übel, eigentlich sogar ganz nett. Und du bist mit der *Rose* durch den ganzen Sturm geschippert?«

»Yeah. War ein echtes Erlebnis. Wir wären zwar fast gekentert, aber durchkommen ist alles. Wir sind erst vor ein paar Stunden hier eingelaufen. Vorher haben wir die *Winning Hand* so gut es ging festgemacht und abgeschlossen.«

Ich bot ihm eine Tasse Kaffee an, aber er verzog nur das Gesicht und winkte ab.

Dann kam Dickie Stein durch die Tür marschiert, angetan mit einem langen Staubmantel, der ihm das Aussehen eines Revolverhelden verlieh. »O Gott, der nicht auch noch«, entfuhr es mir. Hinter ihm ein Polizist in Uniform.

Unter seinem Staubmantel trug Dickie ein Paar Hosen, die ursprünglich mal zu einem blauen Seidenanzug gehört hatten, dazu Fünfhundertdollar-Cowboystiefel und ein T-Shirt mit der kannibalischen Aufschrift *Eat the Rich* – aus dem gleichnamigen Film.

Er ging auf mich zu, und mir war, als hörte ich das Getrappel dramatisch parierter Pferde, verbunden mit der alten Western-Frage »Wird er durchkommen?« Doch bereits während ich ihm erklärte, was die Ärzte zuvor mir erklärt hatten, merkte ich, daß er im Grunde überhaupt nicht zuhörte, zu sehr beschäftigten ihn die eigenen Neuigkeiten. Der Polizist ging um die Sitzgruppe herum und blieb vor Gunk stehen. Er winkte ihm mit dem Finger, und Gunk, nichts als nackte Empörung im versteinerten Gesicht, erhob sich und folgte dem Beamten nach draußen. »Okay, die Sache ist gegessen. Wir können nach Hause«, unterbrach mich Dickie. Ich war immer noch mitten in der Schilderung von Young Bobs Verletzungen. Gleichzeitig sah ich, wie Gunk draußen in den Polizeiwagen stieg.

»Was ist gegessen?« fragte ich.

Auf Dickies Gesicht erschien das überlegene Lächeln der für gewöhnlich besserinformierten Kreise. »Wie ich sagte, die Sache ist ausgestanden. Die Anklage gegen Priscilla wurde fallengelassen.«

»Fallengelassen? Das ist alles? Und damit gibst du dich zufrieden?«

»Ich sagte ja schon, wir haben hier einen todsicheren Deal. Aus der Angeklagten ist eine Zeugin geworden. Alles, was sie noch zu tun hat, ist, vor den Geschworenen auszusagen.«

»Aber irgendeinen Angeklagten muß es doch geben?«

Dickie zuckte die Achseln, als sei diese Frage eher von nachgeordneter Bedeutung. »Das soll nicht mehr unser Problem sein. Ich weiß nur, daß Priscilla ungeschoren davonkommt, wenn sie kooperiert.« Dann blickte er sich vorsichtig im Raum um und flüsterte, mit dem Rücken zum Fenster: »Unter uns, der wahre Grund ist wahrscheinlich wieder mal das Zeugenschutzprogramm. Denn wenn herauskommt, was mit der besagten Liste passiert ist, ist die ganze Kronzeugenregelung nichts mehr wert. Sie werden 'ne schöne Show abziehen, mit dem Ergebnis, daß es kein konkretes Ergebnis gibt – es sei denn, sie finden noch irgendeinen Trottel, der den Kopf hinhält. Irgendwann ist dann die Sache gestorben, und an Senator Taylor erinnert sich kein Mensch mehr.«

Ich sah hinaus auf den leeren Parkplatz. Der Streifenwagen war nicht mehr da.

»Wo ist eigentlich Teller?«

»Schon weg. Sie haben ihn noch gestern abend vernommen, und er ist gleich heute morgen nach Fairbanks zurückgeflogen.«

»Und was hast du jetzt vor?«

»Wie gesagt, ich fliege nach Hause. Ich hab zwar noch nicht mit Priscilla gesprochen, aber ich schätze, sie hat gegen diese Lösung nichts einzuwenden. Es ist ihr ganz persönlicher Freifahrtschein aus dem Gefängnis. Jede Wette, Cecil, da kommt auch nichts mehr nach. Das FBI wird eine Anklage um jeden Preis zu verhindern suchen, denn sie müssen ihre Informanten schützen. Sie können nicht riskieren, daß diese Liste bekannt wird.«

»Mit anderen Worten, sie lassen lieber den Mörder frei herumlaufen.«

»Ach was. Priscilla kann sich in jedem Fall auf die Unfall-Version berufen, Cecil.« Er sprach langsam und überdeutlich, gerade so, als sei ich schwerhörig oder leicht beschränkt. »Die beiden hatten eine Streitigkeit im Treppenhaus. Der Senator hat sie geschlagen, es kommt zu Handgreiflichkeiten. Dabei ist er auf den Stufen ausgerutscht und – Bingo! – schlägt sich den Schädel ein. Priscilla ist außer sich und gibt sich beim Eintreffen der Polizei die Schuld an dem Unfall. Nur zu verständlich in ihrer Situation, aber nicht gleichbedeutend mit einem gerichtsverwertbaren Geständnis. Schon gar nicht bei einem Mordfall.«

»Immerhin war es eine ziemlich heftige Streitigkeit.«

»Na und? Solche Sachen passieren eben. Kein Grund, gleich den Teufel an die Wand zu malen. Ich sag dir eins, Cecil: Die Show ist zu Ende, und wir können nach Hause.«

Ich sah noch kurz in der Chirurgie vorbei. Dort standen Jane Marie, Priscilla und Sullivan im Gespräch mit dem Arzt. Der Arzt erklärte ihnen den Verlauf der Operation, demonstrierte dabei an seiner eigenen Hand, welchen Teil derselben die ärztliche Kunst hatte retten können. Sie nickten stumm im Takt seiner Ausführungen.

Ich nahm meine Jacke und wollte schon zum Ausgang, machte aber noch einmal kehrt, um mit Jane Marie zu sprechen.

»Sehen wir uns heute abend am Flughafen, so um sechs Uhr?«

Sie blickte den Gang hinab, wo der Arzt Priscilla und Sullivan in Young Bobs Zimmer geleitete. Am Ende des Gangs angekommen, bogen sie um eine Ecke. Dickie stand wortlos neben mir.

»Okay«, sagte sie, »machen wir's so. Aber wo fliegen wir hin?«

»Keine Ahnung. Aber zieh dir was Warmes an.«

Sie sah mich verwirrt an, schien mir jedoch zu vertrauen, zumindest ansatzweise.

»Okay, aber könnten wir das vielleicht auf morgen früh verschieben? Ich hab hier noch ein paar Sachen zu erledigen und wollte auch kurz Mr. Meegles besuchen.«

Ich blickte auf meine Uhr und dann nach draußen. »Kein Problem, bis morgen dann.« Ich ging hinaus, kam jedoch abermals wieder zurück und küßte sie zum Abschied.

Dickie hielt mich am Arm fest: »Was hast du vor?«

»Ich mach weiter. Der Papp ist nämlich noch längst nicht gegessen«, sagte ich und war im selben Moment bereits draußen auf der Straße. Mit einem satten Geräusch schloß sich hinter mir die automatische Tür.

Robert Sullivan senior wohnte in einem großen Haus im Mendenhall Valley. Ruhige Wohngegend, typische amerikanische Vorstadt-Idylle. Ein struppiger Terrier rannte hinter einem flachsblonden Jungen auf einem Fahrrad her. Vier kleine Mädchen spielten Seilhüpfen im Wendehammer einer Sackgasse, sangen einen Abzählvers, während ein weiteres Mädchen in einem blauen Pullover in die surrende Ellipse hüpfte. Dahinter, zwischen zwei müden Bergen, das mürrische Antlitz des Gletschers. Das Viertel lag auf ehemaligem Gletschergebiet, und alles dort wirkte neu. Die Bäume waren noch jung, und das freie Gelände morastig und übersät mit Felsen. Die zwei Erlen vor Sullivans Haus kamen mit Sicherheit aus einer Baumschule. Sie gaukelten eine Tradition vor, die in Wirklichkeit gar nicht vorhanden war, und schützten den Eingangsbereich vor dem nüchternen Licht des Frühlings.

Old Bob Sullivan trug eine gestrickte Golfjacke und fluffige Pantoffeln, als er schließlich vor mir an der Tür stand. Er war bestimmt bereits über Sechzig, aber von sehniger Schlankheit und kam mit federnden Schritten näher. Ich stellte mich vor als der, der ich war: Priscilla DeAngelos ehemaliger Privatdetektiv. Er mußte grinsen ob dieser Formulierung und schien doch im Zweifel zu sein, wie er diese Information auffassen sollte.

»Was kann ich für Sie tun?«

»Sie müssen mir nichts sagen, Mr. Sullivan, aber ich würde mich mit Ihnen gerne über Wilfred Taylor unterhalten. Über den Senator sind höchst widersprüchliche Gerüchte im Umlauf, und Sie sind der einzige, der mir hier noch weiterhelfen kann.«

Old Bob Sullivan schaute mich nachdenklich an. Ich machte mir keine Illusionen über meine äußere Erscheinung. Ich war unrasiert, verdreckt, das Haar verfilzt und blutverkrustet nach der Nacht im Meditationsraum. Doch Old Bob Sullivan grinste.

»Sie sehen mir so aus, als hätten Sie ein paar harte Tage hinter sich. Möchten Sie vielleicht was essen?« Er trat zur Seite und führte mich in die Küche.

In der Küche vertrieb er erst einmal ein paar Kids vom Kühlschrank, die sich dort um ein Eis stritten. Zum erstenmal fiel mir auf, daß es Wochenende sein mußte. Die Kids wären sonst in der Schule gewesen. Logik ist eine schöne Sache.

»Verzeihung, das sind meine Enkel«, erklärte er. »Aber... setzen Sie sich doch.«

Er bot mir einen Stuhl an, nahm dann einen Schinken aus dem Kühlschrank und schnitt eine Scheibe ab. Ich saß verlegen an diesem hölzernen Küchentisch mit den rustikalen ledergepolsterten Stühlen und spielte nervös mit einem Apfel aus dem Obstkorb. Er deutete mit der Messerspitze auf den Apfel: »Bitte, greifen Sie ruhig zu.« Bis jetzt war alles gutgegangen, und ich biß in den Apfel und fing auch schon an zu reden.

»Seit dem Tod des Senators in der vergangenen Woche habe ich immer wieder mit Leuten gesprochen, die Sie mit dem Fall in Verbindung bringen.«

»Wie das?« Er legte eine dicke Scheibe Schinken in die Pfanne und stellte die Pfanne auf den Herd.

Ich legte den Apfel hin. »Manche behaupten, Sie wären von Senator Taylor erpreßt worden. Andere sagen, Sie hätten Ihrerseits auf den Senator Druck ausgeübt, damit in der Sorgerechtssache zugunsten Ihres Sohnes entschieden wird. Und dann gibt es noch solche, die wollen wissen, Sie wären als ehemaliges Mafiamitglied seit langem im Zeugenschutzprogramm des FBI.«

Bob Sullivan sah mich festen Blickes an, dann schaute er vor sich hin in die offene Schublade. »Weißbrot dazu?«

»Ja, vielen Dank, sehr nett.«

»Und Rühreier? Sind auch frisch.«

»Wunderbar. Dankeschön.«

Er holte einen Karton Eier aus dem Kühlschrank und schlug sie in eine rote Glasschüssel.

»Und was Ihre Frage betrifft: Ja, es stimmt, ich hatte Senator Taylor seinerzeit gebeten, ob er nicht seinen Einfluß geltend machen kann, damit Robert das Kind zugesprochen wird. Aber das war ganz zu Anfang. Später habe ich meine Meinung geändert.« Er gestikulierte mit der Gabel, um auf diese Weise die Komplexität des Streitfalls und seine eigene Unentschlossenheit anzudeuten. »Mir war inzwischen klargeworden, daß ich auf diese Weise die Sache nur noch komplizierter machte, als sie ohnehin schon war.« Dann senkte er die Gabel in die Schüssel und fing an, die Eier zu schlagen. »Aber im Zeugenschutzprogramm war ich nie. Allerdings, hier muß ich Ihnen recht geben, ich hatte einmal Kontakt zum organisierten Verbrechen. Ich war nämlich Buchhalter einer Familie, die eine große Reinigungskette betrieb, nach außen hin zumindest. Aber das war nur die eine Seite des Geschäfts. Jedenfalls wurde auch ich verhaftet, sagte als Zeuge gegen meinen früheren Arbeitgeber aus – und wurde trotzdem zu einer Haftstrafe verurteilt. Nach meiner Entlassung bin ich dann nach Alaska gezogen, weiter weg ging es praktisch nicht mehr. Hier in Juneau nahm ich den Namen Sullivan an, gab vor, meine Familie käme aus Irland. Sie können das anhand der alten Gerichtsakten überprüfen, wenn Sie wollen. Sie finden mich unter – Profieta.«

Er nahm einen Bratenwender von der Halterung über dem

Herd und rührte in den brutzelnden Eiern, während er mir mit der freien Hand ein Glas Orangensaft eingoß. »Wenn ich tatsächlich im Zeugenschutzprogramm gewesen wäre, würden Sie nichts mehr von mir finden. Aber dieses Privileg ist mir versagt geblieben, Mr. Younger. Und wenn man amtlicherseits über meine Vergangenheit weitgehend Stillschweigen bewahrt hat, dann hatte das ganz andere Gründe.«

»Trotzdem wußte der Senator offenbar davon.«

Er nickte und starrte in die zischende Pfanne. »Das stimmt. Als Staatsanwalt hatte er Zugang zu sämtlichen Akten. Für die Gerichte war ich ja ein alter Bekannter, und entsprechend ließ man mich nicht aus den Augen. Aber ich bin sauber geblieben in Alaska. Und erpreßbar, erpreßbar war ich auch nicht, nicht einmal von Senator Taylor. Aber er konnte seinen Standpunkt schon sehr überzeugend vortragen, und in den meisten Fällen war es einfach sehr viel vorteilhafter für mich, ihn zu unterstützen, als mich gegen ihn zu stellen. Ich meine, er war ein mächtiger Mann und hat auch für mich vieles bewegt, nicht nur in der Gewerkschaft. Es ist nichts Anrüchiges dabei, solche Kontakte zu pflegen, oder sagen wir mal, es hängt von der Perspektive ab. Aber Taylor wußte um seine Grenzen und hat es alles in allem nie übertrieben. In dem Geschäft gibt es Leute von ganz anderem Kaliber.«

»Hat der Senator noch weitere Geschäftsleute erpreßt?«

Er stellte den Teller vor mich hin: Rührei mit Schinken und Toast. Er hatte sogar den Apfel in Scheiben geschnitten und mit Zimt bestreut. »Auch da eigentlich nicht mehr als allgemein üblich. Das ist die Wahrheit, Mr. Younger. Er war kein Gangster, hatte gar nicht die Nerven dazu. Gangster sehen anders aus, und glauben Sie mir, ich hatte mit einigen von ihnen zu tun.«

»Aber warum dann die Geheimniskrämerei um seine Akten? Warum hat man sofort nach seinem Tod alles vernichtet?« fragte ich und schob mir die erste Gabel mit Ei in den Mund.

»Wollen Sie wirklich wissen warum?«

Ich hielt inne, nickte, harrte der Antwort.

»Sein kleines schmutziges Geheimnis – war Sex. Wilfred Taylor hat praktisch mit jeder Frau in Juneau geschlafen. Und Barbara, seine Frau, wollte auf jeden Fall verhindern, daß alles herauskommt.«

Die Rühreier waren ausgezeichnet, schmeckten beinahe nach Sommer. Und als ich den Orangensaft probierte, fiel mir ein, was mir der Taxifahrer seinerzeit anvertraut hatte: nämlich daß der Senator ein Opfer seiner Fleischeslust geworden war.

»Aber diese Bettgeschichten betrafen doch nicht seine Amtsführung. Private Unterlagen hätte er in keinem Fall herausrücken müssen. Wozu also der ganze Aufwand?«

Old Bob Sullivan setzte sich vor mir an den Tisch. »Tja, Mr. Younger, ich weiß nicht, welche Erfahrungen Sie gemacht haben, aber Taylor wäre nicht der erste, den sein Doppelleben allmählich kaputtgemacht hätte. Gerade für Politiker barg es vielfältige Gefahren. Aber er war wie ein Raubtier, und nicht nur mir war klar, daß sein Tod irgend etwas mit seinen zahlreichen Schmuddelaffären zu tun hatte. Das Problem war, daß er selbst überall mit seinen Eroberungen geprahlt hat. Detailgenaue Angaben finden sich angeblich sogar in offiziellen Aktennotizen. So ein Typ war das, ein echter Großredner. Keine einzige Reise ohne weibliche Begleitung. Sie saßen zum Teil auf der Besuchergalerie, oder er traf sich mit ihnen im Sportstudio. Er hat mit ihnen gearbeitet, geflirtet, sie zum Essen eingeladen und mit ihnen geschlafen. Ich glaube sogar, Sex war letztlich seine einzige Kommunikationsmöglichkeit mit Frauen. Damit hat er angegeben und mußte es doch gleichzeitig verbergen. Und das war es auch, was seine Leute am Schluß vertuschen wollten.«

»Aber warum hängt sich ausgerechnet das FBI an die Sache und vernichtet für ihn auch noch irgendwelche kompromittierenden Unterlagen?«

Sullivan lächelte. »Sehen Sie, das ist der eigentlich komische Teil. Ich habe diese Gerüchte nämlich auch gehört. Aber die Männer in den dunklen Anzügen, das waren überhaupt keine FBI-Agenten.«

»Was dann?«

»Leute, die für Barbara Taylor gearbeitet haben. Mitglieder ihrer Kirche.«

»Kommen Sie, Sullivan, das nehme ich Ihnen nicht ab.«

»Und doch war es so. Nach dem Tod des Senators nahm seine Frau Barbara sozusagen die Nachlaßverwaltung in die Hand. Die Papiere mußten weg, egal wie. Ob Sie's glauben oder nicht, die vermeintlichen FBI-Agenten waren samt und sonders Geistliche. Daher auch die schwarzen Anzüge. Plötzlich waren sie da, und niemand hat irgendwelche Fragen gestellt. Sie waren sogar bei den Vernehmungen mit dabei. An den weiblichen Zeugen waren sie naturgemäß besonders interessiert, verlangten sogar, daß die Gespräche nicht mitgeschnitten wurden. Hier und nur hier hat sich die örtliche Polizei durchgesetzt. Die engsten Mitarbeiter des Senators wußten natürlich, was gespielt wurde. Alle anderen haben sich blenden lassen, dachten, die Leute wären wirklich vom FBI. Toller Bluff, nicht?«

Ich aß schweigend weiter. Der Orangensaft war süß, nur die Rühreier konnten noch etwas Pfeffer vertragen. Draußen vor dem Küchenfenster hörte ich die Mädchen beim Seilhüpfen. Robert Sullivan senior sagte: »Daß dieser Trick überhaupt funktioniert hat, finde ich das Interessanteste von allem. Manche Dinge sind derart simpel, daß wir sie schon gar nicht mehr glauben. Wir können sie gar nicht glauben, weil nämlich alles andere bereits so kompliziert ist. In diesen komplexen Zeiten scheiden die einfachen Erklärungen fast automatisch aus – ein klassischer Fall von kollektiver Paranoia, meinen Sie nicht?«

Ich hörte auf zu kauen und sah ihn an. Er lächelte selbstgewiß, und ich sagte: »Möglich. An eine Verschwörung glaubt man allemal lieber.«

Er nippte an seinem Kaffee. »Das soll nicht heißen, daß es keine Verschwörungen gibt. Man erlebt ja immer wieder, daß sich verschiedene Interessengruppen gegenseitig decken, wenn es der eigenen Sache dient. Die ganze Regierung funktioniert so – nahezu auf allen Ebenen.« Er lächelte und schaute mich angesichts meines leeren Tellers fragend an. Ich schüttelte den Kopf, danke nein. Er seufzte.

»Aber Scherz beiseite, Mr. Younger. Wenn es wirklich jemals eine Verschwörung gab, dann lediglich eine von der allerbilligsten Sorte. Eine Verschwörung, unternommen von ganz gewöhnlichen Menschen mit ganz gewöhnlichen Schwächen zur Verwirklichung ganz gewöhnlicher Wünsche. Um nichts anderes ging es bei diesem Sorgerechtsstreit. Priscilla und mein Sohn haben viel zu früh geheiratet, und vermutlich auch aus den falschen Gründen. Durch ihre Heirat haben sie ihre Probleme addiert – und durch das Kind potenziert. Wir haben zwar alle versucht, die Heirat noch zu verhindern, aber ohne Erfolg. Und jetzt eben dieser ewige Streit um das Kind. Nichts anderes steckt dahinter … aber es hat wohl gereicht.«

Er blickte auf meinen leeren Teller. »Und wenn an der ganzen Geschichte irgend etwas kompliziert war – oder anrüchig, wenn Sie so wollen, dann lag es daran, daß ich meiner Familie nie die Wahrheit gesagt habe.« Er stand auf, nahm meinen Teller und stellte ihn in die Spüle. »Robert war noch ein Kind, als wir hierhergezogen sind. Ich habe ihm nie die Wahrheit gesagt, habe ihm nie gesagt, daß wir eigentlich Italiener sind zum Beispiel. Aber er muß es trotzdem irgendwie geahnt haben, man kann ja seine Herkunft nicht so leicht ablegen wie einen Namen. Und ich hatte auch immer ein schlechtes Gewissen deswegen, denn ich merkte ja, daß es nicht gut für ihn war und ihn irgendwie... aus der Bahn geworfen hat. Vielleicht war es deswegen auch so schwer für ihn, selber Vater zu sein... weil ich es nie fertiggebracht habe, ihm...« Sein Redestrom verebbte. Wir beide horchten jetzt nach draußen auf die Mädchen mit ihrem Springseil und auf den Drosselgesang in den Erlen.

»Mr. Sullivan, können Sie mir sagen, wie der Senator umgekommen ist? War es wirklich nur ein Unfall?«

»Da müssen Sie Teller fragen. Teller war dabei.«

»Teller war dabei? Woher wissen Sie das?«

»Von Barbara Taylor. Sie hat es mir gesagt. Sie hat Teller ja auch um Hilfe gebeten.«

»Wie, die Frau des Senators hat Teller angeheuert?«

»Sicher, wer sonst? Barbara war aufs höchste alarmiert über den zunehmenden Ärger mit Priscilla. Priscilla hätte auch noch den letzten Anschein eines heilen Familienlebens zerstört. Sie hat ihrem Mann deshalb den Vorschlag gemacht, Teller einzuschalten, damit der sich um das Problem kümmert und Priscilla irgendwie zum Schweigen bringt. Teller hat dann versucht, die ganze Familie in diesen Fall einzubinden. Wie Sie wissen, wurde es dadurch ja erst richtig kompliziert.«

Ich nickte und versuchte, meine Gedanken zu ordnen.

»Noch am Tag seines Todes hat mich Wilfred Taylor mehrere Male angerufen. Mir schien, er war mittlerweile in einer verzweifelten Lage. Er wollte, daß ich mich mit Priscilla treffe, um sie noch irgendwie von ihrem Vorhaben abzubringen. Robert hatte offenbar in Seattle einen Privatdetektiv zusammengeschlagen, der ebenfalls...« Old Bob unterbrach sich und zeigte überrascht mit dem Finger auf mich. Erst jetzt war ihm klargeworden, mit wem er die ganze Zeit sprach. Dann fuhr er fort: »Na, wie auch immer, Wilfred hatte Angst vor Teller und erst recht vor dem Mann, der den Jungen von Seattle hierherbringen sollte. Wilfred befürchtete wohl, daß die Zeitungen Wind von der Sache bekamen. Priscilla hatte ihm offen gedroht, daß sie alles an die Presse weitergeben würde. Außerdem stand Barbara kurz davor, ihn zu verlassen. Er mußte also irgendwie sehen, wie er beide Seiten zufriedenstellte, und das möglichst sofort. Aber ich wollte mich schon gar nicht mehr in dieses endlose Trauerspiel einmischen. Ich versprach ihm zwar, daß ich mich später mit ihm treffen wollte, bin dann aber nicht hingegangen. Ich hatte Robert gesagt, er solle jetzt alles tun, was Teller vorschlug, und vor allem den Jungen zu seiner Mutter bringen – wenigstens zeitweise, damit etwas Ruhe einkehrte. Um zehn Uhr abends rief ich dann in Taylors Büro an. Teller war am Apparat. Im Hintergrund hörte ich, wie sich Priscilla und Taylor stritten. Ich sagte nur, daß ich an diesem Abend nicht mehr kommen würde. Teller war einverstanden und meinte, er hätte die Lage unter Kontrolle.

Später, nach Priscillas Verhaftung, haben Barbara und ich gemeinsam die Kaution aufgebracht. Denn obwohl Barbara die zahlreichen Affären ihres Mannes nach Möglichkeit unter Verschluß halten wollte, war ihr der Gedanke unerträglich, daß Priscilla jetzt für alles büßen sollte. Entsprechend instruierte sie auch Teller.«

Old Bob breitete in einer Geste der Hilflosigkeit die Arme aus. »Und als Robert vor ein paar Tagen abends anrief und zehntausend Dollar haben wollte, da haben wir auch nicht lange überlegt. Am nächsten Morgen ging ich zur Bank und schickte meinen Neffen ins Hotel zu diesem Anwalt.«

»Wir halten übrigens beide Priscilla für unschuldig.«

Darauf lächelte Old Bob. »Tja, Barbara zufolge hatte jede Frau, die den Senator umgebracht haben könnte, mindestens einen verdammt guten Grund dafür.«

Dann Achselzucken und der melancholische Versuch eines Lachens. »Mr. Younger, ich nehme an, Sie wollen meine Geschichte überprüfen«, sagte er, während wir zur Tür gingen. »Fangen Sie am besten mit den Gerichtsakten an. Ich glaube, die ganz alten gibt es mittlerweile nur noch auf Mikrofilm. Dort finden Sie alles über meine Namensänderung. Dann weiter mit dem Melderegister. Aber passen Sie auf, ein paarmal habe ich nicht meine richtige Sozialversicherungsnummer angegeben. Aber dergleichen fällt normalerweise sowieso niemandem auf. Damals dachte ich, ich könnte so meine Spuren verwischen. Aber meine neue Identität war immer ein offenes Geheimnis, alle Unterlagen darüber sind frei zugänglich, zumindest waren sie es, damals in New York. Aber wie ich New York kenne, dürften sie mittlerweile wohl nicht mehr auffindbar sein. Und was den Senator angeht, halten Sie sich am besten an Teller, er ist über alles im Bilde. Und wenn Sie dann noch irgendwelche Fragen haben, kommen Sie einfach vorbei. Ich helfe Ihnen, wo ich kann.« Länger als nötig gaben wir uns die Hand, sogar noch, als er hinzufügte: »Schauen Sie, das klingt jetzt möglicherweise ziemlich egoistisch, aber ich möchte, daß Sie mir glauben. Meine Vergangenheit, na ja, ich hätte gewünscht, sie für mich behalten zu können, aber besser, diese Vergangenheit kommt ans Licht als irgendwelche wilden Spekulationen über mich und den Senator und eine angebliche Verschwörung.«

Er begleitete mich zur Tür. Draußen in der Einfahrt lehnte ein junger Bursche auf der Motorhaube eines aufgemöbelten roten Impala. Bob Sullivan nickte ihm zu. »Tom, bringst du den Herrn mit deinem Schlitten in die Stadt? Aber komm bitte sofort zurück, ich muß nachher noch ins Krankenhaus, okay?« Der Bursche grinste und pflanzte sich sofort ins Auto. Dann wandte sich Old Bob wieder an mich und sagte: »Robert hat vorhin angerufen. Er hat mir von dem Unfall erzählt.« Abermals dieses hilflose Achselzucken, das Zeugnis davon ablegte, daß dieser Mann gelernt hatte, Schicksalsschläge wortlos zu ertragen. »Wissen Sie, Mr. Younger, ich glaube, Robert liebt diesen Jungen über alles.«

»Eine letzte Frage, wenn Sie gestatten. Hat Jane Marie jemals versucht, Robert und Priscilla das Kind abzujagen?«

Sein Blick wanderte hinüber zum Gletscher. »Nein. Wir haben nur versucht, irgendwie Frieden zu stiften zwischen Robert und seiner Frau. Jane Marie hat es etliche Male versucht, ich auch... aber Frieden ist etwas, was dieser Familie auf Erden wohl nicht beschieden ist. So sieht's aus, fürchte ich. Ich habe übrigens den Vater der beiden gut gekannt. Alberto DeAngelo war ein anständiger Kerl, immer gut gelaunt, immer für ein Schwätzchen zu haben. Aber als dann sein Sohn umkam, ist er fast wahnsinnig geworden vor Kummer. Und als er kurze Zeit später ertrunken ist, haben wir auch diesen Tod als etwas ganz Normales hingenommen – was blieb uns auch anderes übrig? Und von einem Tag auf den anderen hat sich Jane Marie um die ganze Familie kümmern müssen. Das Mädchen hat eine ungeheure Power und... steckt voller Optimismus. Deshalb dachten wir ja auch, vielleicht wäre es gar nicht so schlecht, wenn sie Young Bob ein Weilchen unter ihre Fittiche nimmt.«

Old Bob winkte uns hinterher, während sein Neffe den Impala zurücksetzte. Einmal außer Sichtweite, gab er Gas, schob eine Kassette in sein Soundsystem und jagte zu ohrenbetäubendem Punk die Straße hinab, bis er nach zwei Meilen an der ersten Ampel halten mußte.

Am nächsten Tag, bei der Ankunft auf dem Flughafen von Fairbanks, hatte ich immer noch die Riffs von Green Day im

Ohr. Ich summte den Refrain vor mich hin – Punk ist gut gegen Flugangst. Neben mir am Fenster saß Jane Marie.

Frühling in Fairbanks, das ist wie die volle Dröhnung einer glücksbringenden Droge. Schon beim Aussteigen blies mir ein lindes, pollenschwangeres Lüftchen um die Nase, und es roch nach Tauwasser und Erde unter diesem riesigen tiefblauen Himmel. Immer noch lagen Schneehaufen auf dem Parkplatz, aber sie schmolzen dahin in gurgelnden Bächen, schneller, als die verstopften Gullys sie aufnehmen konnten, und die Blätter an den Birken sahen aus wie druckfrische Dollarscheine. Es war fünfzehn Grad warm, ich atmete tief durch, als wäre es das erste Mal in meinem Leben. Verglichen mit dem Landesinneren war die Südostküste Alaskas eine Region der Extreme. Morgen am Tag konnten es schon wieder zwanzig Grad unter Null sein, aber im Augenblick war es richtig warm. Ich hätte mir am liebsten das Hemd ausgezogen und mich auf den Felsen in die Sonne gelegt. Aber Jane Marie zerrte mich in ein Taxi.

Tags zuvor in Juneau hatte ich mir noch die Akte Profieta angesehen. Man hatte mir freundlicherweise das Badezimmer des Richters zur Verfügung gestellt, wo ich mich geduscht hatte und auch das Telefon benutzen konnte, ohne daß jemand hereinkam – jedenfalls solange das Wasser lief.

Dann war ich zum Hafen hinuntergegangen und hatte überall nach Gunk gefragt. Aber er schien wie vom Erdboden verschluckt. Er war weder im Gefängnis noch in einer der miesen Absteigen hinter den Docks. Der einzige Polizist, der überhaupt mit mir sprechen wollte, hob verständnislos die Arme, als hätte ich Chinesisch gesprochen. »Also bei uns ist er jedenfalls nicht. Das ist ein freies Land, er kann gehen, wohin er will.«

Daraufhin hatte ich meine modebesessene Freundin in Fairbanks angerufen. Sie schrieb inzwischen ein Buch für irgendeine Kunststiftung, war sich aber ziemlich sicher, daß wir Teller in seiner Lieblingsbar am Fluß treffen würden. Ich dachte an ihre mondänen Pumps, als das Taxi auf dem Weg zur Bar einen Fußgänger gnadenlos mit einem Schwall schmutzigen Tauwassers bespritzte. Das war einfach kein Land für Pumps.

Teller saß auf der Terrasse unmittelbar am Fluß, vor ihm eine große Karaffe Sangria und zwei Gläser. Er saß neben einer zierlichen, fast mageren Frau mit graublondem Haar. Barbara Taylor trug abgeschnittene Jeans über ihren Gummistiefeln und ein orangefarbenes Top. Ihren Parka hatte sie über die Stuhllehne gehängt. Teller trug den bekannten langen Wollmantel, und sein Filzhut baumelte lässig an der Stiefelspitze. Er nahm seine Sonnenbrille ab, als wir die Stufen hinunterkamen.

»Na, dann sind wir ja alle wieder zusammen«, sagte er und setzte die Sonnenbrille wieder auf.

Wir zogen noch zwei Stühle an den Tisch, und Teller wies auf seine Begleiterin.

»Ich weiß nicht, ob ihr euch kennt. Das ist Barbara. Wir sprechen gerade über den Nachlaß ihres verstorbenen Gatten. Ich hab ihr zu einer Fischerhütte in Belize geraten. Was meint ihr, wär das was?«

»Ich würd's machen«, sagte ich.

Barbara nahm ihre Sonnenbrille ab und musterte uns aus teilnahmslos-bekifften Augen. Jane Marie meinte noch: »Ich hab gehört, es ist ein echtes Tauchparadies. Ihre Gäste sind zu beneiden.«

Aber Barbara starrte uns an, als wären wir soeben vom Himmel gefallen, und in der unerwarteten Stille hörte ich, wie dicke Eisschollen auf ihrer Reise flußabwärts am Fundament der Terrasse entlangschrammten.

»Prima Idee, vielen Dank.« Dann konzentrierte sie ihren

verschwommenen Blick mit aller Macht auf Teller und fuhr fort: »Hör zu, ich muß noch mal zurück ins Büro und ein paar Anrufe machen.« Daraufhin stand sie auf, wobei sie sich allerdings an Tellers Schulter abstützen mußte, die Hand an seiner Wange.

»Tu das«, sagte Teller, der sie gleichgültig von sich fortschob. »Ich komme später noch mal vorbei. Aber du solltest dir etwas überziehen. Sonst hast du nachher einen erstklassigen Sonnenbrand.«

Ihr Zeigefinger, prüfend auf die gerötete Haut gedrückt, hinterließ eine weiße Stelle. Sie goß sich noch ein Glas Sangria ein, kippte es in einem Zug hinunter und wischte sich mit dem Ärmel ihres Parkas den Mund ab. »Ach, das geht schon.« Unsicher machte sie sich auf den Weg und warf dabei das Glas um. Eine Krähe hüpfte vom Geländer der Terrasse und klaubte sich die Orangenscheibe aus den gescheiterten Eiswürfeln.

»Angenehmer Klient«, sagte Teller. »Aber trinkt etwas zuviel.« Sprach's und goß sich selbst noch ein Glas ein.

Dann legte er seine Sonnenbrille vor sich auf den Tisch, lehnte sich zurück. »Okay, ihr Spürnasen, immer noch nicht zufrieden? Der Staatsanwalt hat die Anklage fallengelassen, oder? Was wollt ihr noch?«

»Yeah, sieht so aus. Aber warum?«

Mit einem Zug schüttete sich Teller die Sangria in den Kopf, dann sagte er: »Weil diese Arschgeigen im Grunde nichts gegen sie in der Hand haben, darum.«

Gerade dieser Punkt eben wollte mir nicht einleuchten. »Priscilla hat vor der Polizei den Mord gestanden. Ihr Verhältnis zu Senator Taylor hätte schlechter nicht sein können. Sie hat ihn in aller Öffentlichkeit der Verschwörung bezichtigt, weil ihr das Sorgerecht entzogen wurde. Und zu allem Überfluß passiert das Ganze auch noch vor seinem Büro. Was wollte sie da überhaupt? Abgesehen von dem Wirbel in der Presse, der ganze Fall strotzt nur so vor Unklarheiten, und der Staatsanwalt verzichtet auf eine Anklage, einfach so? Da habe ich aber schon schlechtere Beweislagen gesehen. Weißt du, was ich gerne wissen möchte, Teller? Ich würde zu gerne wissen, was er dir gegenüber gesagt hat.«

Aber Teller schwieg und blickte auf den Tanana River hinaus. In der Ferne zogen ein paar Schönwetterwolken über die weite, sanft geschwungene Ebene, und ihre Schatten wanderten mit. Teller klingelte mit dem Eis im Glas. Auf dem Geländer nickte der Rabe.

»Mir hat er gar nichts gesagt, Younger. Ich hab *ihm* etwas gesagt.«

»Und das wäre?«

Teller starrte auf die schlammigen Wellen am Ufer. »Ich hab ihm gesagt, Gunk wär es gewesen.«

Ein kleines Ausflugsboot trieb gelassen den Fluß hinab. Ich hörte, wie sich die Eisschollen am Rumpf des Gefährts scheuerten. Teller beugte sich nach vorne und starrte auf den verschütteten Rotwein.

»Der Staatsanwalt war darüber nicht mal unglücklich. Gunk ist ideal für die Rolle. Der Typ ist so abgrundtief häßlich, der würde sich selber dafür in den Knast sperren.«

Ich sah die Leute auf dem Ausflugsboot. Drei Männer, die auf ihren Kühlboxen saßen, ein weiterer hinten an der Pinne, der eine blaue Ölplane auf dem Heck ausbreitete.

Ich goß Teller nach. »Was ist denn nun wirklich passiert?«

Teller nahm das Glas, trank es abermals in einem Zug aus und schenkte sich sofort wieder ein. Eine verschrumpelte Pflaume ploppte ins Glas und versank in dem blutroten Wein.

»Weißt du, Younger, ich kann Politiker nicht ausstehen. Sie sind immer so unhöflich.«

Die Krähe hoppelte auf dem Geländer herum und besah

sich interessiert die häßliche Frucht in Tellers Glas. Das Ausflugsboot kam langsam näher. Teller hatte sich warmgeredet. »Der Senator hat mir zugesagt, er würde sich um meine Wiederzulassung bemühen. So könnte ich endlich wieder meinen Beruf ausüben, könnte wieder zu richtigen Geschworenen sprechen. Ich hätte alles getan, um... aber dieser Typ... dieser sogenannte Senator... er war das mieseste Schwein, das ich kenne. Aber rumheulen, ja, das konnte er. Hielt sich dauernd dran mit seinen scheißvertraulichen Scheißunterlagen. Mein Gott, jeder in dieser gottverdammten Stadt hat doch gewußt, daß er den Weibern an die Wäsche ging. Na und, was soll's? Niemand hätte auch nur einen Pfifferling gegeben für seine gottverdammten Unterlagen, außer seiner Frau wahrscheinlich.«

Teller schnippte der Krähe ein Stück Apfel zu. »Ein paar Anrufe, und die Angelegenheit war schon so gut wie im Sack. Gunk schuldete mir noch einen Gefallen. Er gehörte zur gleichen Motorrad-Gang wie ein paar meiner früheren Mandanten. Und auf seine unnachahmliche Art konnte er Robert auch davon überzeugen, daß es besser war, den Jungen in Juneau abzuliefern. Wir hatten alles so schön geregelt, da kommt Priscilla ins Büro des Senators gestürmt und versaut alles. Die Frau hat 'ne massive Macke, da gibt's gar nichts. Ich versuche ihr noch zu erklären, daß sie ihren Jungen zurückbekommt und alles, nur damit sie endlich ihre Klappe hält. Aber das hat ihr schon nicht mehr gereicht. Sie wollte die verdammte ›Wahrheit und nichts als die Wahrheit‹ über die niederträchtigste Verschwörung aller Zeiten – darunter tat sie es nicht mehr. Und dieses Arschloch von Taylor heult mir die Ohren voll, ich soll sie rausschmeißen. Aber ich dachte gar nicht daran, ich hatte bloß die Schnauze voll von dem ganzen Theater und wollte gehen. Ich war noch nicht mal unten angekommen, da hörte ich, wie die Streiterei ausartete.«

Teller hob etwas den Kopf und sah mich an. Er trank einen Schluck Wein, und sein Blick kehrte auf den Fluß zurück. »Er war dabei, sie richtig zu verprügeln. Sie kauerte vor ihm auf dem Boden, hatte die Hände vor dem Gesicht und hörte gar nicht auf, ihn anzuschreien. Er schlägt ihr mit der offenen Hand ins Gesicht, sie fängt an zu beißen, er haut ihr die Faust aufs Auge. Er brüllt sie an: Ob es das ist, was sie haben will? Wenn schon Gangster, dann auch richtig. Solche Sprüche eben. Sie fällt abermals zu Boden, will nur ihr Gesicht schützen, schreit aber weiter. Ich gehe dazwischen, will ihn wegdrängen. Er lallt mir was vor, so von wegen: Für wen mach ich denn das alles, keine Dankbarkeit mehr bei den Leuten und so weiter. Nichts als verdammtes Selbstmitleid, ekelhaft, wirklich ekelhaft. Dann schlägt er auch mir ins Gesicht.«

Die Krähe hüpfte bis vor seinen Ellbogen, und Teller lächelte und hielt dem Tier ein weiteres weingetränktes Stück Apfel hin. »Deshalb mußte er dran glauben«, sagte er.

Die Krähe sortierte kurz ihre Flügel und flog dann von der Terrasse über den schlammigen Fluß. Einen Moment lang sah es so aus, als würde ihr dabei der Apfel entgleiten, aber dann landete sie mit ihrer Beute sicher am anderen Ufer. Das kleine Ausflugsboot war nun auf unserer Höhe und driftete gemächlich fürbaß. Der Mann im Heck schlug die blaue Ölplane zurück. Mit der Hand beschirmte Teller seine Augen, die auf einmal gerötet und entsetzlich müde aussahen.

»Also ist er ausgerutscht und hat sich dabei den Schädel eingeschlagen?« fragte Jane Marie leise, indem sie ihm gleichzeitig die Möglichkeit eines Rückziehers bot.

Teller lehnte sich zurück, und seine müden Augen sahen sie an. Er schien sich kaum noch auf dem Stuhl halten zu können. »Ich bin Strafverteidiger. Ich helfe Leuten, die in der Klemme stecken. Ich meine, wenn dieser Typ einen Schnapsladen überfallen hätte und dabei ein paar Jungs umgenietet hätte, kein Problem, ich hätte ihm geholfen. Ich hätte mir dann auch sein Rumgeheule angehört. Aber dieser verdammte Senator steckte gar nicht wirklich in der Klemme. Die Sache war ihm einfach nur peinlich, verdammt noch mal, mehr nicht, nur ein bißchen peinlich und unangenehm. Aber Peinlichkeit beziehungsweise persönliche Unannehmlichkeit sind Begriffe, die aus gutem Grund in unserem Strafrecht nicht vorkommen – weil nämlich jeder Mensch das Recht haben soll, sich so lächerlich zu machen, wie er nur will. Dieser Typ hat immer nur ausgeteilt, aber nicht mal den Mumm gehabt, ein richtiger Gangster zu werden. Er brauchte bloß jemanden, der für ihn die Drecksarbeit macht. Und zum Dank behandelte er einen wie sein verdammtes Schoßhündchen.«

Er schüttelte traurig den Kopf und setzte die viereckige Sonnenbrille wieder auf. Aus den Augenwinkeln sah ich, wie eine schwarzgekleidete Gestalt auf dem Boot mit dem Arm auf etwas zeigte.

Teller sagte: »Als er mich dann noch einmal schlug, warf ich ihn die Treppe runter, und zwar richtig. Ich wußte, was ich tat. Gunk hat alles gesehen. Deshalb auch seine kleine Nachforderung in Tenakee. Dachte wohl, er hätte mich in der Hand. Priscilla hat übrigens von alledem nichts mitgekriegt, denn sie lag immer noch auf dem Boden, hatte die Hände vor dem Gesicht und hat in einem fort geheult.«

Drinnen in der Bar ließ eine Kellnerin ihr Tablett fallen. Teller sah beiläufig in die Richtung, aus der das Klirren gekommen war. »Obwohl ich andererseits nicht glaube, daß Priscilla über sein Ableben besonders traurig war.« Er lächelte still vor sich hin.

Jane Marie trank ein Glas Wein. Knackend schrammte das schmelzende Packeis am Ufer entlang. Der Schatten einer

Wolke huschte über uns hinweg. Teller sah gebannt an mir vorbei – auf irgend etwas, das sich hinter meinem Rücken abspielte. Plötzlich sprang er auf, ruderte mit den Armen in der Luft, und einen Augenblick lang schien es, als würde er gleich in Lachen ausbrechen. Ich hörte einen kurzen trockenen Knall, und die Karaffe mit Sangria explodierte direkt vor meinen Augen. Ich erinnere mich an den metallischen Klang der Schüsse, während mich Jane Marie packte und wir uns unter den Tisch warfen. Rotwein troff auf uns herunter. Ich robbte über die Planken der Terrasse in Richtung Geländer und sah gerade noch, wie das Boot davonraste. Dennoch unschwer zu erkennen: der hünenhafte Kerl mit der Lederweste, eine Lederweste mit einem großen Aufnäher auf dem Rücken. Ich sah, wie der Mann sein Gewehr wieder unter der Ölplane verschwinden ließ.

Auf einmal kam von überall her Geschrei und das Getrappel von Füßen. Ich stand auf und stürzte auf Teller zu, der in grotesker Verrenkung auf dem zertrümmerten Stuhl hingestreckt lag. Ich drehte ihn auf den Rücken. Sein Hemd war klebrig von Blut, die Sonnenbrille zerbrochen, einzelne Scherben hingen in seinem Bart, der Mantel besudelt mit Wein. Er schaute mich an, als sei ich unerreichbar fern, und seine blutleeren Lippen zitterten.

»Ich muß zum Gericht«, sagte er und schloß die Augen.

12

Teller überlebte den Bauchschuß. Doch die Kugel hatte sich in sein Rückgrat gebohrt. Wie ich später hörte, hat er inzwischen seine Zulassung zurückerhalten und seine Kanzlei in Fairbanks rollstuhlgerecht umgebaut.

Gunk hat sich wahrscheinlich nach Belize abgesetzt – zusammen mit Mrs. Taylor. In Alaska jedenfalls ist er nie wieder aufgetaucht. Die Polizei von Fairbanks hat zwar eine Reihe der ansässigen Motorradrocker verhört, aber es kam zu keiner einzigen Verhaftung. Dazu trug wohl auch bei, daß man von Amts wegen den Anschlag auf Harrison Teller nicht unbedingt als strafwürdiges Vergehen ansah – zumal es ja bei dem bloßen Versuch geblieben war.

Im Fall des toten Senators trat zwar die Grand Jury zusammen, doch auch hier verlief die Sache wenig später im Sand. Da aus unerfindlichem Grund gleich mehrere Zeugen nicht mehr aufzutreiben waren, gab es niemanden, der Priscillas eidesstattlicher Aussage widersprochen hätte, der Senator sei schlicht und ergreifend »verunfallt«.

Gleichwohl brodelte es noch monatelang in der Gerüchteküche von Juneau. So hörte ich von einem Sachbearbeiter bei Gericht, Harrison Teller hätte eine Affäre mit der Frau des Senators gehabt und sie hätten gemeinsam versucht, den Senator aus dem Weg zu räumen. Und von einem Kollegen, der für den Pflichtverteidiger arbeitete, war gar zu erfahren, Priscillas Familie hätte den Staatsanwalt gekauft.

Reichlich bescheuerte Geschichten also, obschon ich zugeben mußte, daß einige davon durchaus im Rahmen des Möglichen lagen. Doch unterm Strich war es kaum mehr als dummes Gerede – sinnstiftende Angebote an das darbende Hirn, auf daß plausibel werde, was ohne weiteres nicht verständlich war.

Was mich betraf, so ließ ich endgültig die Finger von den Pillen. Mein Therapeut überraschte mich dann mit der freudigen Mitteilung, ich hätte vermutlich doch keinen organisch begründeten Hirnschaden. Allerdings sei das keine Garantie gegen die Scheiße im Kopf, vor allem bei jemandem mit einer so blühenden Phantasie wie mir. Von meiner generellen

Suchtgefährdung ganz zu schweigen. Er schlug daher vor, als begleitende Therapiemaßnahme sozusagen, regelmäßig angeln zu gehen, vorzugsweise Lachs. Weil das so beruhigend wäre.

Angeblich bin ich immer noch ein lausiger Privatdetektiv, was möglicherweise sogar stimmt. Aber ich höre eben gerne Leuten zu – egal was sie sagen. Denn jede Geschichte, meinetwegen sogar die dreisteste Lüge, enthält als Draufgabe jenes kostbare musikalische Element, um dessentwillen es sich durchaus lohnt, sich auch noch den größten Mist anzutun. Soweit mein Glaubensbekenntnis. Trotzdem, in jenem Sommer, als wir die Wal-Beobachtungsstation im Sitka Sound bauten, hakte Todd nach, fragte mich, ob ich auf diese Weise denn jemals an die Wahrheit gelangte.

Ich stand gerade auf der Leiter, die Brise aus Nord war warm und sommerschwer. Todd saß auf der Kante der Plattform, die wir für das Zelt errichtet hatten, und las in seiner *Encyclopaedia Britannica*. Wendell war auch da und kaute an Todds Schuh, als die Frage fiel. Ich wollte schon zu meiner schlauen Theorie ausholen von den inneren Widersprüchen einer Geschichte, von Folgerichtigkeit und menschlichem Ermessen, von der Absehbarkeit einer bestimmten Entwicklung, wenn bestimmte Voraussetzungen erfüllt waren, und so weiter. Aber dann sagte ich nichts außer: »Tja, wenn ich das wüßte.«

Die Augen hinter den dicken Brillengläsern lupig vergrößert, sah mich Todd mit einem Ausdruck grenzenloser Überforderung an. »Und was, wenn es dann keinen Himmel gibt, Cecil?« Er brach ab, wie erschrocken über seine eigene Schlußfolgerung. Ich stieg von der Leiter herab und setzte mich neben ihn.

»Wenn es dort drüben, in jener anderen Welt, keinen Himmel gibt, dann vielleicht hier?«

Ich zeigte auf unser kleines Eiland, auf die Hemlockpappeln, den wahlweise moos- oder nadelbedeckten Boden, der samten zum Ufer abfiel. Toddy lächelte zwar, aber die Antwort schien ihn keineswegs zu befriedigen.

»Aber wie kann das der Himmel sein? Wo sind all die Toten?«

Das wußte ich auch nicht. War mir auch egal. Ich hatte keine Lust, an diesem schönen Tag ausgerechnet von den Toten zu sprechen. Andererseits wollte ich Todd nicht vor den Kopf stoßen, dazu mochte ich ihn einfach zu sehr.

»Paß mal auf, Todd«, sagte ich mit wachsender Ungeduld, »ich weiß doch auch nicht, wo deine Toten sind.«

Die Wellen spülten über das Geröll ans Ufer, und der Wind rauschte in den Bäumen. Irgendwo in der Ferne brummte ein Boot, während sich die Möwen am Strand um unsere Essensreste kabbelten. Und wir saßen einfach nur da und lauschten dem Klang der Ereignisse, weil es das einzige war, was wir unter diesen Umständen tun konnten.

»Bist du jetzt sauer auf mich, Cecil?«

»Aber nein«, sagte ich. »Bist du denn sauer auf mich, weil ich nicht alles weiß?« fragte ich dann, was sich auf einmal reichlich dämlich anhörte.

Toddy lächelte. Wendell hatte sich Todds Schuh geschnappt und schleifte ihn quer über unseren Zeltplatz. Todd stieß mir leicht den Arm in die Seite, als wolle er mich trösten, daß ich so blöd war.

»Nee, das macht nichts«, sagte er und klappte die *Encyclopaedia* zu. »Man kann nicht alles wissen.« Dann rannte er los, um sich von Wendell den Schuh wiederzuholen. Ich hörte noch, wie er ein Lied vor sich hin summte, während er Wendell durchs Unterholz jagte.

Es war Spätsommer geworden, und zumindest unsere Plattform auf Mr. Toms Insel im Sitka Sound war mittlerweile fertig. Mr. Tom kam vom Stamm der Tlingit, und die Insel gehörte seinem Clan bereits seit Urzeiten. Er hatte Jane Marie gestattet, dort eine provisorische Beobachtungsstation zu errichten, denn ganz in der Nähe versammelten sich im Herbst die Buckelwale. Altes Material aus den Weltkriegsbunkern sollten wir dabei, so Mr. Tom, wieder in etwas Nützliches verwandeln.

Der Honigmond von Robert und Priscilla indes währte nicht lange, und so blieb ihnen am Ende gar nichts anderes übrig, als Young Bob bei Jane Marie zu lassen, bis sie sich über die Scheidungsmodalitäten geeinigt hatten – was dauern konnte. Young Bob hatte inzwischen eine Handprothese, mit der er überhaupt nicht zurechtkam, weil die vernarbten Brandwunden am Unterarm permanent juckten. Doch mit der Zeit gewöhnte er sich an das künstliche Körperteil. Er war bereits seit mehreren Wochen bei uns auf der Insel, und der Abenteuerurlaub schien ihm gutzutun. Wo sonst konnte man ungestört im Schlick buddeln und die halbe Nacht aufbleiben und sich den Polarhimmel ansehen?

Ich saß immer noch auf der Plattform, sah Todd und Wendell zu und dachte darüber nach, was ich zwei Nächte zuvor an diesem Himmel beobachtet hatte. Jane Marie, Toddy und Young Bob hatten sich bereits schlafen gelegt, Wendell lag friedlich unter der Plattform. Ich war zum felsigen Ufer hinuntergegangen, um unsere Äxte zu schleifen und vielleicht endlich die Bücher zu lesen, die ich im vergangenen Winter angefangen hatte. Gegen zehn war die Sonne untergegangen, ich sah in den Sommerhimmel, und auf einmal schienen sich die Sterne zu langen Schnüren aneinanderzuketten und als glühendes Band am blauschwarzen Himmelszelt entlangzulaufen. Und zum ersten Mal in meinem Leben erkannte ich in ihrer Anordnung die Bilder, die das Auge des Seefahrers seit jeher darin gesehen hatte – allein in der riesigen Nacht mit nichts als diesen fernen Lichtpunkten. Ich wollte Toddy oder Jane Marie meine Entdeckung zeigen, aber dann hörte ich draußen auf dem Kanal das Gebimmel einer Boje, und die Erscheinung war weg. Denn als ich erneut in den Himmel guckte, sah ich nichts als das sinnlose Geflimmer eines riesigen Sternenhaufens.

Todd war inzwischen im Unterholz verschwunden, und ich sah hinunter zum schmalen Uferstreifen, wo Young Bob zusammen mit seinem Freund spielte. Der Freund hieß Finn und kam aus der Stadt. Er hatte hellbraunes Haar, blitzende Augen und den Schalk im Nacken, so daß man ihm unmöglich böse sein konnte, selbst wenn er wieder mal irgendwelchen Unsinn angestellt hatte. Ich tackerte die letzten Meter der Plastikplane an unsere geniale Konstruktion, die von nun an unsere Zisterne abgeben würde. Ich hörte, wie sie sich zankten. Gegenstand der Streiterei war die zahme Maus, die Finn mitgebracht hatte.

»Hey, Cecil«, rief Young Bob, »Finn sagt, er wäre halb Mensch, halb Maus. Stimmt das?«

»Möglich«, sagte ich. »Welche Hälfte ist denn die Maus?«

Finn sah mich so genervt an, als hätte ich mit meiner Frage sogar die zu erwartende Begriffsstutzigkeit in unserem Holzfällerstaat noch überboten. »Ich hab gesagt, ich hätte eine Maus-Persönlichkeit. Das ist es, was ich gesagt habe. Maus-Persönlichkeit, das ist doch wohl ein Unterschied.«

Young Bob blieb gleichwohl skeptisch. Die Narben in seinem Gesicht waren noch nicht ganz verheilt, und sein Arm, zum großen Teil noch bandagiert, steckte in einer Schlinge. Aber irgendein begnadeter Mensch hatte mit Filzstift die coolsten Superhelden auf die Schlinge gemalt.

»Ja, da könnte er sogar recht haben«, rief ich ihnen zu, »jedenfalls führt er sich manchmal echt auf wie eine Maus.«

Und wie auf Kommando krauchten die beiden plötzlich

auf allen vieren herum und quiekten, was die echte und alles in allem ziemlich verängstigte Maus vor ihnen auf dem Strand auch nicht gerade beruhigte.

Jane Marie und Priscilla kehrten von ihrer Bootstour zurück. Jane Marie zog das Panga an Land, und Priscilla half ihr sogar dabei. Ich stieg von meiner Leiter herunter. Die beiden Schwestern und Sullivan waren mit Dickies Hilfe endlich zu einer Vereinbarung gekommen, die allen Seiten gerecht zu werden versprach. Wohl gerade deswegen bestimmte der entscheidende Passus, daß Young Bob zusammen mit Jane Marie vorerst in Sitka bleiben sollte – mit einem entsprechenden Besuchsrecht für Sullivan. Dennoch hatten alle Parteien schwören müssen, von weiteren Wahnsinnsaktionen Abstand zu nehmen. Und an diesem sonnigen Tag war ich sogar fast davon überzeugt, daß es diesmal klappen könnte. Priscilla war nicht wiederzuerkennen, wirkte entspannter und auf einmal auch viel hübscher als früher, während sie hinter den beiden Jungs herrannte. Jane Marie kam auf mich zu.

»Draußen bei Silver Bay ist ein Muttertier mit ihrem Kalb. Hast du hier auch welche gesehen?«

Ich hatte nicht und schüttelte den Kopf. Sie fing an, sich ein Sandwich zu machen. Ich legte mein Werkzeug nieder und ging zu ihr ins Zelt. Die Luft war mild, und der Salzhauch des Meeres mischte sich mit den erdigen Gerüchen der arktischen Regenwälder. Gelassen flappte der Eingang des Zelts in der Brise.

»Was für ein schöner Tag«, sagte sie und reichte mir ein Lachssandwich. »War es letztes Jahr um diese Zeit auch noch so schön?« Ich sagte ja, obwohl ich mich, um genau zu sein, gar nicht mehr erinnern konnte. Todd und Priscilla kamen zum Zelt hoch, wobei Todd sich räusperte, als hätte er mir eine offizielle Mitteilung zu machen.

»Cecil, ich hab mir da eine Expedition überlegt, und zwar

auf die andere Seite der Insel. Möglicherweise stoßen wir da noch auf Treibgut, das sich gut als Baumaterial verwenden läßt.«

»Hervorragende Idee«, sagte ich. Aber bereits im selben Moment hub erneut der Streit an, denn Priscilla wollte partout nicht mit, und wenn, dann auf keinen Fall in die Richtung, die Todd vorschwebte. Todd seinerseits hielt die Mitnahme der zahmen Maus für unangebracht, wogegen wiederum Young Bob und Finn Einspruch erhoben. Nach einigem Hin und Her verblieb die Maus jedoch – was dieser vemutlich auch am liebsten war – in ihrer Kunststoffbox mit den Luftlöchern im Deckel. Die Expeditionsmannschaft war nunmehr komplett und setzte sich, am Ufer entlang, in Bewegung.

Bereits wenige Augenblicke später zog ich Jane Marie das Hemd aus, und sie öffnete den Reißverschluß der beiden Schlafsäcke auf dem Feldbett. Ich küßte sie, strich mit der Hand ihren Bauch hinab, atmete den Duft ihrer Haut – in jeder Pore noch der Wind, der über den Golf von Alaska bis hierher geweht war. Und während die anderen, unter abermals aufflackerndem Gezanke, allmählich hinter den Bäumen verschwanden, lagen wir im taghellen Zelt, fühlten die zärtliche Nähe des anderen, berührten uns, streichelten, nibbelten an uns.

Eine Stunde später blickte sie auf und entdeckte dabei einen Wal, der etwa eine Viertelmeile vor der Bucht schäumend aus den Fluten auftauchte. Sie wollte schon losrennen, um ihr Fernglas zu holen, aber ich zog sie zurück. Ein paar ungestörte Stunden in unserem Camp waren ohnehin ein seltenes Glück, und dieses Glück mußte man festhalten, sollte es zum Himmel auf Erden werden.

Das sagte ich ihr, und sie lachte nur. Aber ich denke, diesmal hat sie mir geglaubt.